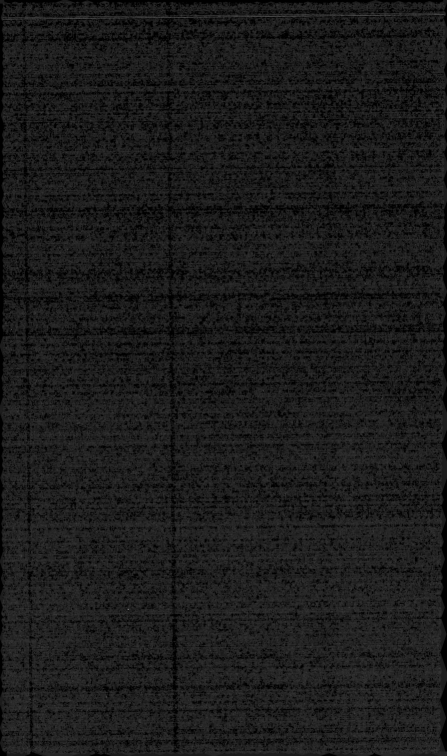

레 미제라블 2

| 차례 |

# 1. 워털루

### 니벨에서 오는 길에 있는 것

지난해(1861년) 5월의 어느 화창한 아침, 이 소설의 작가인 나그네가 니벨 쪽에서 와서 라 휠프 쪽을 향했다. 그는 가로수가 양쪽에 늘어서고 돌이 깔린 넓은 길을 따라 걸어갔다. 큰 물결처럼 구불구불 이어진 언덕 위로 굽이친 길은 올라갔다 싶으면 내려가고, 내려갔다 싶으면 올라가는 등 굴곡이 심했다. 릴루아와 부아세뇌르이자크는 오래전에 지났다. 서쪽으로는 꽃병을 거꾸로 한 것 같은 브렌랄뢰의 슬레이트 지붕 종탑이 보였다. 동산 같은 숲을 하나 지나고, 다시 어느 갈림길 모퉁이에 '옛 관문 제4호'라고 쓴 벌레 먹은 푯말이 서 있고 그 옆에 '네 바람 집, 개인 경영 카페 에샤보'라는 간판을 내건 음식점 하나를 지났다.

그 음식점에서 반마일 쯤 더 지나 어느 조그마한 골짜기 입구에 도착했는데 한길 둑에 뚫어 놓은 아치 아래로 한 줄기 냇물이 흘렀다. 길 한쪽 골짜기를 가득 메운, 성글지만 짙은 녹음으로 우거진 나무숲이 길을 넘어 목장까지 닿으면서 다시 브렌랄뢰 쪽으로 듬성듬성 이어지는 풍광은 정말 아름다웠다.

그 길 오른쪽으로 문 앞에 네 바퀴 짐수레, 커다란 홉 덩굴 다발, 쟁기

등이 놓여 있고, 산나무 울타리 옆에는 건초 더미가 쌓여 있는 여관이 있었다. 네모진 구덩이 속에서는 석회가 연기를 내고, 짚으로 칸을 막은 낡은 헛간에는 사다리가 하나 놓여 있었다. 젊은 아가씨가 혼자 김을 매고 있는 밭에는, 케르메스 축제의 유랑 극단이 들어와 있다는 표지처럼 보이는 누렇고 큰 선전 깃발이 바람에 펄럭였다. 오리 떼가 헤엄치고 있는 여관 모퉁이 연못가에, 돌도 제대로 깔리지 않은 외줄기 길이 풀숲으로 이어져 있었는데 나그네는 그 길로 들어섰다.

그는 기와를 얼기설기 얹고 뾰족한 벽돌 박공을 붙인 15세기풍 담장을 따라 100걸음쯤 걸어가 커다란 아치형 돌문 앞에 섰다. 그것은 아치를 떠받치는 직선식 인방석(引枋石)이 붙은 중량감 있는 루이 14세식 건축물로, 양쪽에 편편한 원형 돋을새김 두 개가 새겨져 있었다. 굉장한 건물 정면이 그 문 위로 우뚝 솟아 있었다. 정면과 직각을 보이는 한쪽 벽이 거의 문까지 뻗쳐 나와, 그 문과의 여유도 없이 직각을 이루었다. 문 앞 풀밭에는 써레 세 개가 나뒹굴고, 그 사이로 5월의 갖가지 꽃들이 뒤섞여 만개했다. 낡아 빠진 문은 닫혀 있었는데 그것을 두드리는 데 쓰는 녹슬고 똑같이 낡은 쇠고리가 달려 있었다.

날씨는 화창하고 나뭇가지들은 부드럽게 흔들렸다. 이 흔들거림은 바람보다는 새들의 둥지에서 전해 오는 5월의 조용한 살랑거림 때문인 듯했다. 작고 아름다운 새 한 마리가 큰 나무에서 정신없이 노래하고 있었다. 아마도 사랑을 하고 있는 모양이었다.

왼쪽 문설주 아랫돌에 분화구 같은 꽤나 크고 둥그런 구멍이 있었으므로 나그네는 몸을 구부리고 들여다보았는데 그때 문이 열리면서 한 시골 여자가 나왔다.

나그네가 무엇을 들여다보고 있는지 안 그녀가 말했다.

"프랑스의 대포알이 만든 구멍이에요."

그리고 덧붙였다.

"문 위쪽의 못이 박힌 곳 근처에도 있어요. 그건 커다란 비스카이앵 총알구멍이랍니다. 비스카이앵 총은 나무도 못 뚫었던 거죠."

"여기는 뭐라고 부르는 곳입니까?"

나그네가 물었다.

"우고몽이죠."

시골 여자가 대답했다.

나그네가 몸을 일으켜, 두어 걸음 걸어가서 울타리 너머를 바라보았다. 나무들 사이로 지평선에 나지막한 언덕이 걸쳐 있고, 그 언덕 위로 멀리 사자 모양처럼 보이는 것이 눈에 들어왔다. 그는 워털루 전쟁터에 와 있었다.


## 우고몽


우고몽은 불길한 장소로, 나폴레옹이라 부르는 유럽의 거대한 벌목꾼이 워털루에서 맞게 된 장애의 시초였고, 최초의 저항이었으며, 도끼질로 처음 보게 된 옹이였다.

이곳은 성채였지만 지금은 농원이 되어 있다. 우고몽을 고고학자들은 '위고몽'이라 부른다. 이 성은 빌레르 대수도원에 여섯 번째 성당 영지를 기증한 소므렐의 영주 위고가 세웠다.

나그네는 문을 열고 현관의 낡은 마차 옆을 지나 안마당으로 들어섰다. 옆 부분이 다 망가지고 부서져 아치형 기둥만 남은 16세기풍 문이 제일 먼저 눈에 들어왔다. 흔히 폐허에서 기념물다운 모습이 생겨나는 법이다. 그 아치 옆에 앙리 4세 시대의 이맛돌이 박힌 또 다른 문이 열려 있어, 과수원 나무들이 바라다보였다. 그 문 옆으로는 거름 구덩이, 곡괭이와 삽, 짐수레 몇 대, 판석이 깔린 낡은 우물, 뛰놀고 있는 망아지, 꼬리를 펼치고 있는 칠면조, 자그마한 종탑이 달린 성당, 그 성당 벽을 따라 꽃을 피운 배나무 등이 보였다. 이 안마당이야말로 나폴레옹이 점령하려고 꿈꾸던 곳이다. 이 작은 땅을 가질 수 있었다면 그는 아마도 세계를 점령했을 게 틀림없다.

지금은 암탉들이 부리로 먼지를 일으키고 있었다. 으르렁거리는 소리가 들렸다. 이빨을 드러낸 커다란 개 한 마리가 영국군을 대신하고 있는 모양이다.

이곳에서 쿠크가 이끄는 영국군의 네 개 근위 중대는 일곱 시간에 걸쳐 한 군단의 돌격을 막아 내는 대단한 활약을 펼쳤다.

실측도로 보면, 우고몽은 건물과 담장을 포함해 모서리 하나가 떨어져 나간 불규칙한 직사각형 같은 모양을 하고 있다. 떨어져 나간 그 모서리에 남문이 있는데 총을 바싹 들이대고 쏠 수 있는 벽이 이 문을 보호했다. 우고몽에는 입구가 둘로, 하나는 성곽의 출입구로 사용했던 남문이고, 또 하나는 농원의 출입구가 되는 북문이다. 나폴레옹은 우고몽을 공격할 때 아우 제롬을 보냈다. 기유미노, 푸아, 바슐뤼 3개 사단이 여기로 돌진하고, 레위의 군단 대부분이 여기 투입되었지만 실패했다. 이 용감한 벽면 쪽으로 켈레르만은 포탄을 한 알도 남김없이 다 쏟아부었다. 보뒤앵 여단은 우고몽을 뒤쪽에서 점령하려고 했지만 실패했고, 수아 여단은 앞쪽에 돌파구만 만들어 놓고는 역시 점령하지 못했다.

안마당 남쪽에는 농원 건물이 늘어서 있고, 두 개의 가로대에 못 박힌 녁 장의 널판때기에 프랑스군에게 공격당한 흔적이 역력히 보이는 파괴당한 북문의 잔해가 벽에 걸려 있었다.

프랑스군이 파괴한 북문은 아랫부분은 돌이고 윗부분은 벽돌로 된 담장 속에 사각형으로 뚫려 있었다. 벽에 걸린 나무판 대신 판자 조각 하나를 붙여 놓았고, 안마당 쪽으로 반쯤 열려 있다. 허름한 판자로 만든 두

짝으로 된 문인데, 짐마차가 드나드는 간단한 문으로 어느 소작지에서나 흔하게 볼 수 있는 문이다. 문 저쪽은 목장이다. 이 출입구를 두고 공방전이 치열했는지 문설주에 수많은 피투성이 손자국이 오래도록 지워지지 않고 있었다. 보뒤앵이 전사한 곳도 바로 이곳이었다.

격전의 태풍은 아직도 이 안마당에서 사라지지 않았다. 무서운 광경은 눈에 선하고 요란했던 대접전은 화석으로 남았다. 어떤 이는 살고 어떤 이는 죽는 모습이 눈에 보이는 것 같고 마치 어제 일어난 일인 듯싶다. 벽은 지금도 죽음의 고통 속에 있고, 돌은 부서지고, 틈새는 울부짖는다. 구멍은 상처이고, 기우뚱하게 서서 떨고 있는 나무들은 도망치려 몸부림치는 것처럼 보인다.

1815년에 이 안마당은 지금보다 훨씬 더 튼튼하게 구축되어 그 뒤로 무너져 버린 여러 가지 구조물들이 성가퀴며 포루며 망루를 형성하고 있었던 것이다.

영국군은 이곳에 방벽을 쌓았다. 프랑스군이 쳐들어 와 끝내 버티지는 못했다. 성당 옆에는 성채의 한쪽 날개가 있었는데, 우고봉 성곽의 단 하나 남은 유적으로, 무너졌다기보다는 배를 가른 듯한 모습으로 서 있다. 성곽 본체는 망루가 되고, 성당은 보루가 되었다. 양군은 여기서 치열한 전투를 벌였다. 영국군이 벽 뒤, 헛간 위, 지하실 안, 모든 창과 바람구멍과 돌 틈새 등 사방에서 화승총을 쏘아 댔기 때문에 프랑스군은 섶을 가져다가 벽과 적에게 불을 질렀다. 산탄을 방화로 응전한 것이다.

그렇게 허물어진 성곽의 한쪽 날개의 쇠창살 달린 창문 너머로 벽돌로 된 본체의 벽이 부서진 방들이 보인다. 영국 근위병들이 숨어 있던 곳이다. 나선형 층계는 1층에서 꼭대기까지 갈라져 깨진 소라 껍데기 속처럼 보인다. 층계는 두 층으로 되어 있는데 층계 위로 쫓겨 올라가 포위되자 영국군이 아래 층계를 끊어 버렸다. 지금은 커다랗고 푸른 판석만이 쐐기풀 속에 수북이 쌓여 있고 열 계단 정도는 아직도 벽에 붙어 있고 첫 계단 윗면에는 삼지창 모양이 새겨져 있다. 아무도 올라갈 수 없는 그 층계는 아직도 벽 속에 견고하게 박혀 있다. 그 밖에 어느 곳이나 다 이 빠진 턱 같은 모양이었다. 거기에 고목 두 그루가 서 있는데, 하나는 죽고 또 하나는 1815년부터 층계를 뚫고 나와 자라기 시작했다. 비록 둥치에 상처를 입었지만 4월이 되면 다시 파란 싹이 돋아난다.

양군은 성당 안에서도 백병전을 벌였다. 지금은 원래대로 고요를 되찾았으나 그 내부는 어딘지 모르게 야릇한 느낌이 든다. 피를 흘린 뒤로는 한 번도 미사를 드린 일이 없다. 그런데도 안쪽의 거친 돌 벽에 기대 세워진 허술한 나무 제단은 그대로 남아 있다. 석회유로 칠해진 네 벽, 제단 맞은편 입구, 조그만 아치형 창문 두 개, 입구 위 커다란 나무 십자가, 십자가 위의 건초 한 다발로 틀어막은 네모진 공기창, 유리가 박살난 채 마룻바닥 한구석에 떨어져 있는 낡은 액자. 그런 것들이 이 성당의 풍경을 만들고 있었다.

제단 옆에는 15세기풍의 성 안나의 목상이 못으로 고정되어 있다. 아기 예수의 머리는 비스카이앵 총에 맞아 떨어져 나가 버렸다. 한때 성당을 점령했던 프랑스군은 쫓겨나면서 불을 질렀다. 허술한 이 집을 불꽃이 가득 채워 불을 뿜는 용광로 같았다. 문도 타고 마루도 탔지만 나무로 된 그리스도상은 타지 않았다. 불은 나무상의 발을 지금 보는 것처럼 검게 그을렸으나 불은 거기서 끝나 버려 이 고장 사람들은 기적이라 말하고 있다. 머리가 없어진 아기 예수는 이 그리스도상만큼 운이 없었던 셈이다.

벽면은 온통 글씨투성이로, 그리스도의 발 언저리에는 '엔키네즈'라는 이름이 보이고, '리오 마이오르 백작', '알마그로 후작과 후작 부인(아바나)' 같은 이름도 보인다. 프랑스 사람 이름 아래 감탄 부호가 붙어 있는 것은 분노를 표시한 것이다. 여러 민족이 그 벽면에서 서로 욕하고 있었기 때문에 벽은 1849년에 다시 하얗게 칠해졌다.

이 성당 문에서 도끼를 손에 쥔 시체를 한 구 꺼냈다. 르그로 소위의 시체였다.

성당을 나오면 왼쪽에 우물이 하나 보인다. 이 안마당에는 우물이 둘인 셈이다. 그런데 이 우물에는 왜 두레박도 도르래도 없는지 궁금할 것이다. 이제는 여기서 물을 긷지 않기 때문인데 해골이 잔뜩 들어 있는 탓이다.

이 우물에서 마지막으로 물을 길은 사람이 기욤 반 킬솜이라는 사나이였다. 우고몽에 사는 농부였는데 여기서 정원사 노릇을 했다. 1815년 6월 18일, 그의 가족은 달아나 숲 속에 숨어 있었다. 빌레르 대수도원을 에워싸는 숲은 흩어진 이 불행한 사람들을 몇 날 며칠 품어 주었다. 지금도 타다 만 고목 둥치 같은 흔적이 여기저기 남아 있어, 그 가엾은 사람들이 숲 속에서 떨며 지냈던 자리를 정확히 알아볼 수 있다.

기욤 반 킬솜은 '성곽을 지키기 위해' 우고몽에 남아 어느 지하실에 몸을 숨기고 있다가 영국군에게 발각되었다. 병사들이 그를 끌어내어 칼등으로 후려치면서 겁에 질린 그에게 이것저것 심부름을 시켰다. 기욤은 목이 마른 그들에게 물을 떠다 주었는데 그가 물을 길은 것이 바로 이 우물이었다. 수많은 병정이 여기서 마지막 물을 마셨고 죽어 가는 많은 이들에게 물을 제공한 이 우물도 스스로 죽어 버렸다.

싸움이 끝난 다음 사람들은 시체를 묻느라 바빴다. 죽음은 승리를 골탕 먹이는 독특한 방법을 가지고 있는데, 영광 다음에 흑사병을 가져다 준다. 티푸스도 으레 승전의 뒤를 따라 온다. 이 우물은 깊었으므로 그곳이 무덤이 되었다. 300구의 시체를 우물에 던졌는데, 너무 서둘렀던 것 같다. 거기에 던져진 것이 모두 죽은 사람이었을까. 매장한 날 밤 희미하게 부르는 목소리가 우물에서 새어 나왔다고 한다.

이 우물은 안마당 한복판에 따로 떨어져 있다. 돌 반 벽돌 반으로 쌓아 올린 삼면의 벽은, 병풍처럼 굳어져 E자 모양으로 우물을 둘러쌌다. 나머지 한쪽은 트여 있는데 물은 그 쪽에서 긷는다. 안쪽 벽에는 볼품없는 원창(圓窓) 비슷한 것이 하나 뚫려 있는데 아마도 포탄 구멍인 것 같았다. 이 바람막이 벽에는 원래 지붕이 있었지만 지금은 서까래밖에 안 남았다. 오른쪽 벽 버팀쇠는 십자가 모양이다. 구부리고 들여다보면, 눈은 어둠으로 꽉 찬 벽돌의 깊은 원통 속으로 빨려 들어간다. 우물 주위와 그 바람막이 벽 아래는 온통 쐐기풀투성이다.

이 우물에는 모든 벨기에식 우물의 발판 역할을 하는 크고 푸른 판석이 없다. 대신 가로대가 하나 있는데, 거기에 그것을 커다랗고 마디진 뼈처럼 구불구불한 통나무 대여섯 개가 기대어져 있다. 두레박, 사슬, 도르래가 모두 없어져 버렸지만 물이 흘러 빠지던 나팔꽃 모양 물통은 아직 남아 있다. 여기에 빗물이 괴면 가끔 가까운 숲에 사는 새가 와서 마시고 날아간다.

이 폐허 속의 외딴집인 농원 안집에는 여전히 사람이 살고 있다. 그 집 입구는 안마당으로 향해 있는데 문에는 고딕식 철 자물쇠 옆에 클로버 모양 쇠 손잡이가 비스듬하게 달려 있다. 하노버의 빌다 중위가 농가 안으로 피신하려고 잡는 순간, 한 프랑스 공병이 그 손을 도끼로 단숨에 찍어 버린 바로 그 손잡이다.

이 집에 사는 가족의 할아버지가 예전 정원사였던 기욤 반 킬솜인데, 그는 이미 오래전에 죽었다. 머리가 희끗희끗한 여자가 이런 이야기를 들려주었다.

"그때 나는 세 살이었는데 여기 있었어요. 언니는 무섭다고 울었고 우리는 어른들을 따라 숲으로 갔답니다. 나는 어머니 품에 안겨 있었어요. 사람들은 땅바닥에 귀를 대고 무슨 소린가를 들었어요. 나는 대포 소리를 흉내 내어 '뺑뺑' 소리를 내고 있었고요."

안마당 왼쪽 문은 앞에서도 말한 것처럼 과수원으로 통하고 있었는데 황폐한 것으로 따지면 과수원도 만만치 않았다. 그것은 정원, 과수원, 숲

세 부분으로 나뉘어 있어, 마치 연극의 세 장면을 보는 것 같다.

세 부분은 같은 울타리를 갖고 있다. 출입구 쪽은 성곽과 농가 건물이고, 왼쪽은 산나무 울타리, 오른쪽과 안쪽은 벽이다. 오른쪽 벽은 벽돌이고 안쪽 벽은 돌로 되어 있다. 들어서면 맨 먼저 낮은 정원이 나오는데 구스베리 나무를 심었으며, 잡초가 우거지고 웅대한 돌 축대로 경계를 삼았다. 아래가 넓은 화병을 거꾸로 이어 놓은 것 같은 기둥으로 된 난간이 축대 위에 붙어 있다. 르노트르(프랑스의 정원 설계자. 베르사유 궁전의 정원 설계_옮긴이) 이전의 초기 프랑스식으로 된 영주 저택의 정원이었지만 지금은 황폐해져서 가시덤불만 제 구역을 넓히고 있었다. 난간 기둥 위에는 대포알처럼 동그란 돌 꼭지가 붙어 있고 난간 밑바닥 위에는 지금도 기둥 43개가 서 있는 것을 세어 볼 수 있다. 나머지 기둥들은 풀 속에 나뒹굴었다. 거의 모두에서 총알 자국이 보였고, 부서진 기둥 하나는 부러진 다리마냥 난간 앞머리 바닥 위에 넘어진 채였다.

과수원보다도 낮은 이 정원으로 돌진해온 제1경보병 연대 정예병 여섯 명은, 굴속 곰처럼 쫓기고 몰리면서 여기서 빠져나가지 못하게 되자 하노버군 2개 중대와 맞붙어 싸워야만 했다. 적의 1개 중대는 기병총을 갖고 있었다. 하노버군은 그 난간을 따라 늘어서서 위에서 사격하고 정예병 여섯 명은 200명을 상대로 구스베리나무 숲만을 방패 삼아 밑에서 용감하게 맞서 싸우며 15분 동안 버텼지만 끝내 전사하고 말았다.

몇 계단을 오르면 정원에서 과수원으로 들어가게 된다. 거기 얼마 안 되는 땅에서는 150명의 병정이 한 시간도 못 돼서 쓰러졌다. 그 벽을 바라보고 있으면 금방이라도 다시 격전이 벌어질 것 같은 기분이 든다. 다양한 높이에 영국군이 뚫어 놓은 서른여덟 개의 총안이 지금도 거기 남아 있다. 열여섯 번째 총안 앞에는 화강암으로 된 영국병 무덤 두 개가 있다. 총안은 남쪽 벽에만 있으며 공격은 주로 여기서 이루어졌다. 그 벽 바깥은 커다란 산나무 울타리로 가려져 있었다. 프랑스군이 거기 도착한

후 산나무 울타리인 줄만 알고 그것을 타고 넘었으나, 앞에는 벽이 가로 막았다. 벽 뒤에 숨어 있던 영국군이 서른여덟 개 총안으로 일제히 불이 뿜으며 산탄과 포탄을 날렸다. 그렇게 수아 여단은 거기서 쓰러졌고 워털루 전투는 이렇게 시작된 것이다.

그 과수원도 점령되었다. 사다리가 없는 프랑스군은 손톱 발톱으로 기어 올라갔다. 나무 아래에서는 백병전이 벌어졌고 풀밭은 피가 강물처럼 흘렀다. 나소 대대 700명이 여기서 격퇴되었다. 벽은 켈레르만의 2개 포병 중대가 포화를 퍼부은 탓에 포탄 구멍투성이가 되었다.

이 과수원도 지금은 다른 곳처럼 5월이 한창이다. 미나리아재비와 데이지가 피고, 풀이 우거지고, 밭 가는 말은 풀을 뜯고, 말총으로 꼰 빨랫줄이 이 나무에서 저 나무로 걸쳐져 지나가는 사람들은 머리를 수그려야 했다. 이 황무지를 걷다 보면 두더지 굴속에 발이 빠지는 경우도 생긴다. 덤불 속에 뿌리째 뽑혀 넘어진 나무둥치 하나가 파릇한 새싹이 돋고 있는 게 보인다. 블랙만 소령이 거기에 기대어 명을 달리 했다. 옆 의 거목 아래에서는 낭트 칙령 폐지 때 망명한 프랑스 가문 출신인 독일의 장군 뒤플라가 죽었다. 바로 그 옆에 병든 사과나무 고목 하나가 짚과 흙을 붕대처럼 감고 기우뚱한 모습으로 서 있다. 사과나무는 거의 모두가 늙거나 병들어 죽어 가고 있다. 총탄과 산탄을 받지 않은 나무는 한 그루도 없으며 이 과수원은 썩은 나무의 잔해로 가득했다. 까마귀 떼가 가지 사이를 날고 있고 그 안쪽으로 오랑캐꽃이 가득 핀 숲이 있다.

보뒤앵은 전사하고, 푸아는 부상당하고, 방화와 살육과 학살이 이루어졌다. 영국군과 독일군과 프랑스군의 피는 미친 듯 뒤섞여 냇물을 만들고, 우물은 시체로 가득 찼으며, 나소와 브라운슈바이크의 연대는 괴멸당했다. 뒤플라, 블랙만도 전사하고, 영국 근위대는 붕괴되었으며, 프랑스군의 레유 군단 40개 대대 중 20개 대대가 전멸했다. 쓰러져 가는 우고몽의 이 집 하나에서 3천 명의 병사들이 베이고 찔리고 총을 맞고 목이 잘리고 불에 탔다. 그래서 이 모든 것에 대해 오늘날 한 농부는 나그네에게 이렇게 말한다.

"나리, 3프랑만 내시지요. 그러면 워털루 이야기를 해 드리겠습니다!"


## 1815년 6월 18일

과거로 되돌아가는 건 작가가 가진 권리 중 하나이므로 1815년으로 가 보자. 더욱이 이 책 제1부에서 이야기한 사건이 시작되는 좀 더 그 이전으로 거슬러 가 보자.

1815년 6월 17일에서 18일에 걸쳐 밤에 비가 내리지 않았다면 유럽의 미래가 달라졌을 것이다. 비가 몇 방울 더 많았냐 적었냐 하는 것이 나폴레옹의 운명을 가름했다. 워털루를 아우스터리츠 승리의 결말로 만들기 위해서 하늘은 오직 조금의 비를 뿌렸고, 계절을 역행해서 하늘을 가로질러 가는 구름 한 조각은 세상을 뒤집어 놓기에 충분했다.

워털루 전투는 11시 반까지도 시작되지 않았고, 그래서 블뤼허 장군이 전장으로 달려갈 시간적 여유를 주었다. 왜 그때까지 기다려야만 했을까? 땅이 젖은 탓이다. 포병이 움직이려면 땅이 좀 굳어지기를 기다려야 했다.

나폴레옹은 본디 포병대 장교 출신이라 그 영향을 많이 받았다. 이 비범한 장군의 본질은 집정관 정부에 보내는 아브키르 전투 보고서 속에서 '아군 포탄 가운데 어떤 것은 여섯 명의 적을 쓰러뜨렸다.'라고 말한 것에도 뚜렷하게 드러나 있다. 그는 모든 작전을 오로지 포탄을 위해 세웠다. 어느 한 자리에 포탄을 집중시키는 것, 그것이 승리의 열쇠였다. 그는 적장의 전술을 마치 하나의 요새처럼 생각하고 그 틈새를 공격했다. 산탄으로 적의 약점을 잡고 대포로 전세를 흔들었다. 그의 천재 속에는 사격법이 있었다. 방어선을 돌파하고, 연대를 분쇄하고, 전선을 끊어 놓고, 밀집 부대를 분산시켜 쫓으면서 그는 오직 끊임없이 치고 또 쳤는데, 그는 그 일들을 모두 포탄에 맡겼다. 진짜 무서운 이 전법이 천재와 결탁하여 15년 동안 불가사의한 전쟁의 투사로서 패배를 모르게 했던 것이다.

1815년 6월 18일, 그는 수적으로 훨씬 우세했기 때문에 더욱 더 포병을 믿었다. 웰링턴이 159문의 화포밖에 없었던 데 비해 나폴레옹은 240문을 가지고 있었다. 예컨대 땅이 말라 있었다고 하면 포병이 움직일 수 있었으므로 전투는 아침 6시에 시작되었을 것이다. 그리고 이 전투는 프로이센군 때문에 싸움의 국면이 갑자기 뒤 바뀌기 세 시간 전인 오후 2시에 그의 승리로 끝났을 게 틀림없다.

그 패전에서 나폴레옹 쪽에는 과연 과실이 얼마 만큼일까? 그 파선은 사공의 책임이라고 봐야 할까? 나폴레옹은 확실히 몸이 쇠약해져 있었지만 그 때문에 정신력마저 떨어졌다고 봐야 할까? 20년 동안 전쟁을 하느라 칼집과 더불어 칼날마저 무뎌지고, 몸과 함께 정신까지도 소모된 것일까? 전군을 거느리고 선 이 장수의 정신에 불길하게도 늙음의 그림자가 비치고 있었나? 한마디로 말해서 수많은 훌륭한 역사가가 그렇게 믿은 것처럼 이 천재도 빛을 잃어 가고 있었단 말인가? 자신의 노쇠함을 스스로 감추기 위해 광포해진 걸까? 모험의 충동으로 정신이 어지러워져 비틀거리기 시작했던 건가? 장군으로서는 엄청나게 큰일이지만 그는 위험을 인식하는 기능이 떨어진 것일까? 행동의 거인이라고도 할 수 있는 이러한 육체적 위인들의 천재가 근시안이 되는 나이가 있기는 할까? 노년도 사상의 천재는 붙잡지 못하고 단테나 미켈란젤로 같은 사람들에게 늙음은 성장인데 한니발이나 보나파르트 같은 사람에게는 쇠퇴로 나타나는가? 나폴레옹은 어김없이 승리를 움켜잡는 감각을 잃었던 걸까? 이제는 암초를 분간해 내고 함정을 꿰뚫어 보고 무너져 가는 심연의 낭떠러지를 알아내는 능력을 상실한 걸까? 불행을 맡아 내는 후각조차 잃었단 말인가?

예전에는 승리의 길을 잘 알고 있으며, 번갯불이 번쩍이고 천둥소리 요란한 수레 위에서 전능의 손가락으로 그 길을 가리키던 그가, 지금은 질서 없이 뒤따르는 군대를 끔찍한 벼랑으로 이끌어 넣을 정도로 자신을 잃어버린 건가? 마흔여섯 살 나이에 그는 벌써 망령이 들었단 말인가? 운명의 안내자였던 저 거인이 지금은 다만 엄청난 만용으로 가득 찬 인간에 지나지 않은 것일까?

작자는 그렇게 생각하지 않는다. 그때 그의 작전은 모든 이들이 인정한 것처럼 탁월한 계획이었다. 동맹군의 중앙을 바로 무찔러 적진을 뚫고 들어가 둘로 가른 뒤, 한쪽의 영국군은 알 방면으로 다른 쪽의 프로이센군은 통그르 방면으로 밀어내고, 웰링턴과 블뤼허를 갈라놓아 몽생장을 탈취하고 브뤼셀을 점령해 독일군을 라인 강으로 영국군은 바다로 몰아넣으려 한 계획이었다. 나폴레옹에게는 모든 게 이 전투에 달려 있었다. 그다음은 더 말할 것도 없을 것이다.

물론 여기서 워털루 역사를 쓰자는 건 아니다. 작자가 하려는 이야기의 밑바탕이 되는 장면 하나가 이 전투와 관련 있기 때문이지 그 역사가 목적은 아니다. 더욱이 그 역사는 이미 쓰여 있는 상태다. 하나는 나폴레옹의 관점, 다른 하나는 빛나는 별 같은 역사가들의 관점에서 훌륭하게 완성되어 있으니 우리는 그들이 논쟁하는 대로 놓아두는 게 현명하다. 우리는 멀리 떨어져 바라보는 구경꾼이고, 벌판을 지나가는 나그네이고, 인간의 살로 다져진 이 땅 위에 몸을 구부리는 탐구하는 사람에 지나지 않아 보이는 것을 사실로 인지하는 잘못을 저지를지도 모른다. 틀림없이 공상이 섞였을 그 전체의 사실들에 대해 학문의 이름을 대고 대항할 권리도, 하나의 학설을 세울 만큼 실전 경험도, 전술상의 능력도 우리에게는 없다. 다만 우리가 본 것에 따르면 몇 가지 우연이 워털루에서 두 장

수를 지배하고 있었다는 것이다. 그리고 운명이라는 저 신비로운 피고에 대해서는 순박한 재판관인 민중의 판단에 따를 것이다.

## A

워털루 전투에 대해 명확하게 알고 싶다면 땅 위에 눕힌 대문자 A를 상상하는 것으로 충분하다. A의 왼쪽 다리는 니벨로 가는 길, 오른쪽 다리는 주나프로 가는 길이며, A의 가로대는 오앵에서 브렌랄뢰로 움푹 파인 길이다. A의 꼭대기는 몽생장으로, 거기에 웰링턴이 있다. 왼쪽 아래 끝은 우고몽이며, 여기에 제롬 보나파르트와 더불어 레유가 있다. 오른쪽 아래 끝은 라 벨알리앙스로, 나폴레옹이 있는 곳이다. A의 가로대가 오른 다리와 마주치는 지점에서 조금 내려온 데가 라 에생트이다. 그 가로대의 한가운데가 바로 승패가 결정된 지점인데 저 사자상이 세워진 곳은 바로 그곳으로, 그 사자는 뜻하지 않게 나폴레옹 황제의 근위군에게 최고의 무용의 상징이 되었다.

A의 위쪽인 두 개의 다리와 가로대 사이의 세모꼴은 몽생장 고지로, 그 고지 쟁탈전이 워털루 전투의 전부였다. 양군의 두 날개는 주나프와 니벨 두 길의 양옆으로 펼쳐져 있다. 에를롱은 픽턴과 맞서고 레유는 힐과 맞서고 있다. A의 꼭대기 뒤인 몽생장 고지 배후에 수아뉴 숲이 있다.

벌판 그 자체는 들쑥날쑥한 넓은 지면을 상상하면 되는데 어느 능선에서나 다음 능선을 내려다볼 수 있고, 그 기복은 차츰 몽생장 쪽으로 올라가 거기서 숲에 다다를 수 있다.

전장에 마주선 두 군대는 두 사람의 씨름꾼이다. 전투는 서로 상대방을 쓰러뜨리려고 하는 것과 같다. 그들은 무엇에든 달라붙는데 한 무더기 덤불이 발판이 되기도 하고, 벽 모서리 하나가 거점이 되는 수도 있다. 뒤의 방패로 삼을 만한 허물어진 집 한 채 없는 것이 한 연대를 패주하게 만들기도 한다. 평지의 우묵한 곳, 땅의 기복, 알맞게 비스듬한 오솔길, 숲, 움푹 팬 땅 같은 것이 군대라고 부르는 저 거인의 발목을 묶기도 하고 퇴각을 방해하는 방해물이 되기도 한다. 전장에서 벗어나는 자는 패자가 되므로 책임감 있는 사령관은 하찮은 수풀도 조사하고 땅바닥의 작은 기복도 신중하게 살펴볼 필요가 있다.

두 장군은 오늘날 워털루 평원이라고 부르는 몽생장 평원을 미리 신중하게 연구했다. 이미 그 전해부터 웰링턴은 어떤 대전투에 대비하여 그곳을 조사해 둘 정도의 선견지명이 있었다. 그리하여 6월 18일 이 땅에서 예상대로 결전이 벌어지자, 웰링턴이 유리한 위치를 차지하고 나폴레옹은 불리한 위치에 놓였는데, 영국군은 위쪽으로 프랑스군은 아래쪽으로 자리를 잡았다.

1815년 6월 18일 새벽, 로솜 고지에서 망원경을 손에 들고 말을 탄 나폴레옹의 모습을 여기에 그리는 것은 사족이 될 것이다. 구태여 그것을 보여 주지 않아도 이미 누구나 보았다. 브리엔 사관학교의 조그만 모자를 쓴 조용한 옆얼굴, 초록빛 군복, 별 모양 표장을 가리는 군복 앞가슴의 하얀 옷깃, 견장을 감추고 있는 회색 외투, 조끼 안으로 엿보이는 붉은 훈장의 한 모서리, 가죽 반바지, N의 장식 대문자와 독수리 무늬를 온통 새겨 넣은 자줏빛 우단 안장을 얹은 백마, 비단 양말, 승마용 구두, 은으로 만든 박차, 마렝고에 승리를 가져왔던 칼. 마지막 황제의 이 모습은 모든 이의 상상 속에 살아 있어 어떤 이들은 칭송하지만 어떤 이들은 싸늘하게 바라보는 것이다.

이 모습은 오랫동안 빛으로 둘러싸여 있었는데 그것은 대부분의 영웅이 언제나 얼마쯤 진실을 감추는 그 어떤 전설적인 모호성에 힘입어 발산하는 빛이었다. 그러나 지금은 그것을 비추는 역사와 밝은 빛이 있다.

역사인 이 밝은 빛은 참으로 무자비해서 불가사의하고 신성한 어떤 것을 지니고 있으며, 빛이면서도, 아니 빛이기 때문에 사람들이 빛만 보려는 자리에 그늘을 던지는 일도 허다하다. 그것은 한 인간에게서 서로 다른 두 그림자를 만들어 내어 그 하나가 다른 하나를 공격하고 탄핵하며, 독재자의 어두운 그림자가 장군의 광채와 겨루게 된다. 따라서 민중이 내린 여러 평가 가운데 최후의 평가에 가장 진실 된 척도가 존재하게 된다. 침략당한 바빌론은 알렉산더의 가치를 떨어뜨리고, 속박된 로마는 카이사르의 가치를 떨어뜨렸으며, 멸망된 예루살렘은 티투스의 가치를 떨어뜨린다. 폭군 뒤에는 포학이 따라온다. 자기 모습을 가지는 어둠을 자신의 뒤에 남기고 가는 건 인간에게 하나의 불행이다.

## 전국을 뒤덮는 어둠

이 전투의 처음 형세는 모두들 충분히 알고 있다. 양군 모두 처음에는 불안하고 확실하지 않아 주저하고 위협을 느꼈지만 프랑스군보다 영국군이 훨씬 더 심각한 상황이었다.

밤새도록 억수같이 비가 쏟아져 땅은 진흙 밭이 되어 있었다. 평원의 낮은 지대에는 그릇에 담아 놓은 것처럼 구덩이 여기저기에 물이 고였다. 어떤 곳에서는 군수품 마차가 바퀴 굴대까지 흙탕에 잠겨 말의 배면 띠에서 흙물이 뚝뚝 떨어졌다. 만약 이 수송대의 정신없는 행군으로 흩어진 밀과 호밀이 바퀴 자국을 메우며 수레바퀴 밑에 깔려 있지 않더라면, 특히 파플로트 언저리 골짜기에서는 움직이지 못했을 것이다.

전투는 늦게야 시작되었다. 앞에서 설명한 바와 같이, 나폴레옹은 늘 포병 전체를 마치 권총처럼 손에 휘어잡은 뒤 전장 이쪽저쪽을 겨냥했기 때문에 말이 끄는 포병대가 자유롭게 움직이고 돌아다닐 수 있을 때까지 기다리기로 작정한 것이다. 그러려면 햇볕이 땅을 말려야 했지만 해는 좀처럼 모습을 드러내지 않았다.

아우스터리츠 전투와는 사정이 달랐다. 첫 번째 대포 소리가 울렸을 때, 영국 장군 콜빌은 11시 35분인 것을 확인했다.

전투는 황제가 원하던 것보다 더 치열했다. 프랑스군 좌익이 우고몽을 공격하는 것으로 시작되었다. 동시에 나폴레옹은 키오 여단을 라 에생트로 진격시켜 적의 중앙을 치게 하고, 네는 파플로트에 진을 치고 있는 영국군의 좌익을 향해 프랑스군 우익을 움직였다.

우고몽 공격은 일종의 위장 전술이었다. 웰링턴을 거기로 끌어낸 후 좌익으로 쏠리게 하려는 전략이었다. 만약 영국 근위대 4개 중대와 페르퐁세르 사단의 용감한 벨기에군이 그 진지를 굳게 지켜 내지 못했다면 이 작전은 성공했을지도 모른다. 웰링턴은 거기에 병력을 집중시키지 않고, 원군으로서 다른 4개 중대의 근위대와 브라운슈바이크의 1개 대대를 파견하는 것만으로 그칠 수 있었다.

프랑스군 우익은 파플로트를 매우 철저히 공격했다. 영국군 왼편을 무너뜨리고, 브뤼셀에서 오는 길을 끊어 혹시라도 올지 모르는 프로이센군의 진로를 차단하고, 몽생장을 빼앗아, 웰링턴을 우고몽 쪽으로 밀어 내 브렌랄뢰 쪽으로 후퇴시켜 다시 알 쪽으로 격퇴시킨다는 전략은 매우 명료해 보였다. 사실 한두 가지를 빼놓고 보면 그 공격은 성공이었다. 파플로트는 점령되었고 라 에생트도 손아귀에 들어왔다.

여기서 주목할 일이 있다. 영국 보병대, 특별히 켐프트 여단에는 많은 신병이 있었는데 그 젊은 병사들은 무서운 프랑스 보병을 맞아서 용감하게 싸웠다. 그들은 경험이 없었기에 오히려 대담했다. 그 가운데에서도 소규모 전투에서 특히 탁월했다. 그 전투에서는 얼마쯤 제멋대로할 수 있었는데, 예컨대 자기 스스로 지휘관이 되는 식이다. 이 신병들은 프랑스군에게서 볼 수 있는 독창성과 용맹함을 발휘했다. 경험이 없는 이 보병대에는 혈기라는 게 있었지만 웰링턴은 이를 마음에 들어 하지 않았다.

라 에생트를 점령한 다음 전쟁터는 혼란에 빠졌다. 그날 정오부터 4시까지는 모호했다. 전투의 중간은 불분명했고, 혼전 상태였다. 거기에 황혼까지 드리웠다. 이 안개 속을 바라보면, 거대한 파동, 눈부신 환영, 오늘날에는 거의 알려지지 않은 그때 군인 복장인 불꽃 같은 새빨간 깃이 달린 털모자와 허리 가죽 띠에 달려 철렁거리는 장식, 가죽 멜빵, 수류탄 가방, 긴소매의 경기병 외투, 쭈글쭈글한 붉은 장화, 술로 장식된 묵직한 군모, 거무스름한 브라운슈바이크 보병과 다홍빛 영국 보병, 견장 대신 커다란 흰 몰을 둥그렇게 어깨에 단 영국 병사, 구리쇠 벨트와 빨간 깃이 달린 뾰족한 가죽 투구를 쓴 하노버 경기병, 무릎을 드러낸 채 체크무늬 망토를 걸친 스코틀랜드 병사, 프랑스 척탄병의 커다란 흰 각반 등이 보였다. 이 모든 건 전선이 아닌 그림 같은 광경으로 보였는데 그리보발에게 필요한 게 아니라 살바토르 로사에게 필요한 것이었다.

전투에는 언제나 약간의 폭풍우가 섞여 드는 법이다. '그 어떤 암담한 것, 그 어떤 하늘의 뜻인 것'인데, 역사가는 그러한 혼전 속에서 저마다 멋대로 줄거리를 세워 보려 한다. 하지만 장군들이 어떤 작전 계획을 세웠든지 무장한 집단이 서로 부딪칠 때에는 예측 못하는 역류라는 게 일어난다. 실전에서는 양군 사령관의 두 계획이 서로 엇갈리고 서로를 방해한다.

전장의 어떤 지점은 다른 어떤 곳보다 많은 병사를 삼켜 버리는데 마치 땅의 부드럽고 딱딱한 정도에 따라 스며드는 물의 속도가 다른 것과 비슷하다. 그런 지점에는 예상보다 많은 병사를 투입해야만 한다. 이것은 예기치 못한 손실이다. 전선은 실처럼 굽이치고, 피는 무작정 흘러내려 냇물을 만들고, 군대의 최전선이 물결치는가 하면, 들락날락하는 연대가 곶과 만을 이루고, 암초들은 끊임없이 앞다투며 이동해 보병이 있던 곳에 어느 새인가 포병이 도착하고 포병이 있던 곳에는 기병이 들이닥친다. 군대는 마치 연기와도 같아서 뭐가 있으려니 하고 찾아가면 벌써 사라지고 흔적도 남기지 않는다. 찢어진 구름 사이로 얼굴을 내밀었던 푸른 하늘은 금세 사라지고, 검은 구름만이 물러났다 다가서기를 반복한다. 음습한 바람이 그 비장한 무리들을 불러내고 불어들이고 부풀어 올리고 흩뜨린다.

혼전이란 건 하나의 진동이다. 평면적인 수학적 도면에서는, 한순간의 일은 설명할 수 있지만 하루의 일은 설명하지 못한다. 하나의 전투를 그려 내려면, 붓에 혼돈을 섞을 줄 아는 역량 있는 화가가 아니면 어렵다. 그러므로 렘브란트는 반 데르 묄른보다 뛰어난 셈이다. 반 데르 묄른은 정오에는 정확하지만 오후 3시에는 불확실해진다. 기하학은 오류를 가져오고, 폭풍만이 진실을 전한다. 그 때문에 폴라르가 폴리비오스를 반박할 권한을 갖는다. 한마디 더 덧붙인다면, 전투에는 언제나 국지전으로 변하는 어떤 순간이 꼭 있으며 그때 전투는 따로따로 쪼개져 무수히 작은 부분으로 분산되기 마련이다. 그 부분들은, 나폴레옹 말마따나 '군대의 역사에 속하는 것이 아니라 차라리 각 연대의 전쟁 기록에 속한 성질의 것이다.' 역사가는 그럴 경우에 물론 그것을 요약할 권리가 있지만 그런 식으로는 그 전투 전체의 선으로밖에 파악하기 어려우며, 또 아무리 충실한 서술가라 하더라도 전투라고 부르는 저 무시무시한 먹구름의 형체를 완전히 그려 내기는 힘든 것이다.

이러한 것들은 모두 어떤 대전투에서나 진실이지만, 특별히 워털루에 더욱 잘 들어맞는다고 할 수 있다. 하지만 오후 어느 한 순간에 이르자 대세는 명확해졌다.

## 오후 4시

4시쯤 영국군은 위험한 상태에 빠져 있었다. 오렌지 대공은 중앙, 힐은 우익, 픽턴은 좌익을 지휘했다. 물불을 가리지 않는 용감무쌍한 오렌지 공은, 네덜란드와 벨기에 연합군을 향해 외쳤다.

"나소! 브라운슈바이크! 한 발짝도 물러서지 마라!"

힐은 기진맥진해서 웰링턴에게 의지하려 했으며 픽턴은 전사했다. 영국군이 프랑스군 제105연대의 부대기를 빼앗음과 동시에 프랑스군 탄환이 영국군 픽턴 장군의 머리를 꿰뚫었다. 웰링턴에게 전투의 주축이 되는 지점은 우고몽과 라 에생트 두 곳이었다.

그러나 우고몽은 아직 버티고는 있지만 불타는 중이었고, 라 에생트는 빼앗기고 말았다. 그곳을 지키던 독일 대대 중 살아남은 것은 고작 마흔두 명으로, 장교는 다섯 명만 남고 모두 죽거나 포로가 되었다. 3천 군사가 그곳 헛간에서 죽어 갔다. 영국에서 첫손가락에 꼽히는 권투 선수이며 동료들 사이에서는 불사신으로 불리던 한 영국 근위병도 거기에서 프랑스군의 북치는 소년에 의해 죽음을 맞았다. 베어링도 격퇴당하고 알텐도 칼을 맞았다. 수많은 부대기를 빼앗겼는데, 그중에는 알텐 사단 것과 되퐁의 어느 명문 귀공자가 기수로 있던 루네부르크 대대의 것도 포함되어 있었다.

회색의 스코틀랜드 병사는 이제 남아 있지 않았다. 폰손비의 용기병도 전멸당하는 중이었다. 그 용감한 용기병은 브로의 창기병과 트라베르의 흉갑 기병에게 패퇴했었다. 1200기 가운데 남은 것은 600기뿐이었고, 중령 세 명 가운데 해밀턴은 부상하고 메이터는 전사했다. 폰손비도 일곱 군데나 창에 찔려 쓰러졌다. 고든과 마츠도 전사했다. 제5사단, 제6사단 2개 사단이 궤멸되었다.

우고몽은 위험해지고, 라 에생트는 적의 수중에 들어갔으며, 이제는 유일한 거점인 중앙만 남아 있었다. 중앙은 여전히 버티고 있었다. 웰링턴은 그곳을 더욱 굳게 수비했다. 그는 거기로 메르브브렌에 있던 힐을 불러들이고, 브렌랄뢰에 있던 샤세도 불렀다.

영국군의 중앙은 가운데가 좀 우묵한 형태로, 굉장히 두텁게 밀집하여 진을 펼치고 있었다. 군대는 몽생장 고원을 차지했는데, 뒤에는 마을이 앞에는 꽤 가파른 경사가 있었다. 후방의 방패로 삼은 견고한 석조 건물은 그즈음 니벨이 재산인 공공건물이었다. 이 건물은 매우 튼튼한 16세기식 건물로 포탄을 맞아도 퉁겨 내며 허물어지지 않았다. 지금도 도로 교차점의 푯말 구실을 하고 있다.

고원을 뺑 둘러싼 영국군은 여기저기에서 산나무 울타리를 베어 쓰러뜨리고, 아가위나무 사이에 포안을 설치하고, 나뭇가지 사이에 포문을 감추고, 덤불 속에 총구멍을 뚫어 놓았으며 포병은 가시덤불 아래 매복해 있었다. 어떤 함정을 파 놓아도 상관없는 전쟁에서는 그런 음흉한 수법이 당연하게 허용되고, 정말 교묘하게 만들어졌다. 적의 포열을 탐색하기 위해 오전 9시에 황제가 파견한 악소도 전혀 눈치채지 못하고 돌아와 니벨과 주나프의 두 길을 가로막은 두 개의 바리케이드 말고는 장애물이 없다는 보고를 할 정도였다. 때마침 곡식이 한창 높이 자랄 때여서, 고원 끝에는 켐프트 여단의 한 대대인 제95대대가 카빈총을 가지고 높이 자란 밀 사이에 매복하고 있었다.

이런 모양으로 안전하게 수비진을 만들어 놓고 영국군과 네덜란드군의 중앙은 좋은 위치에 자리해 있었다. 그 진지에서 오직 위험한 건 수아뉴 숲이었다. 이 숲은 전장과 닿았으며 그레넌델과 부아포르의 두 늪으로 끊겨 있었다. 만약 그곳으로 퇴각하게 되면 대오가 흐트러질 게 뻔하고 연대는 순식간에 산산조각 나 버릴 게 분명했다. 포병은 늪 속에서 꼼짝도 못 하게 될 터였다. 여러 전문가 의견에 따르면, 그곳으로 퇴각하는 것은―물론 이의를 내세우는 사람도 있었지만―완전한 패배가 되고 말리라는 게 중론이었다.

웰링턴은 우익에서 샤세의 1개 여단, 좌익에서 윙케의 1개 여단을 빼내어 중앙에 보태고, 거기다 다시 클린턴 사단으로 보강을 마쳤다. 자기 휘하 영국군과 할케트의 몇 연대와 미첼의 여단, 메이틀런드의 근위대를 돕는 지원대로 브라운슈바이크의 보병, 나소의 징집병, 키엘만제게의 하노버 병사들, 옴프테다의 독일 병사들을 보충했다. 이렇게 해서 그는 26개 대대를 한 손에 주무르게 되었다. 샤라스가 말한 대로 '우익은 중앙 배후에 고쳐 세워졌다. 포병의 대부대는 오늘날 세워진 '워털루 박물관'이라는 건물 주위에 흙을 쌓아 올려 진지를 위장하고 있었다. 웰링턴은 어느 낮은 지대에도 서머싯의 근위 용기병 1400기를 매복시키고 있었는데 그것은 명성이 높았던 저 영국 용기병의 반이 넘는 숫자였다. 폰손비는 패퇴했으나, 서머싯은 남아 있었다.

일단 대오를 갖출 경우 거의 하나의 각면보가 될 정도의 그 포병대는, 지극히 얇은 담장 뒤에 배치되어, 모래 포대와 육중한 흙을 둑으로 만들어 서둘러 덮어 놓았다. 하지만 거기에 울타리를 둘러칠 만한 겨를이 미처 없었던 까닭에 공사가 완전히 끝난 것은 아니었다.

웰링턴은 조금 불안했지만 태연하게 몽생장의 낡은 방앗간 조금 못 미친 느릅나무 아래에서 하루 종일 말 등에 올라앉아, 같은 자세로 버티고 있었다. 방앗간은 지금도 남아 있으나, 느릅나무는 그 뒤 어느 영국인 찬양가가 200프랑에 산 뒤 베어 가 버렸다. 웰링턴은 거기에 침착하고 용감한 모습으로 머물렀다. 부관 고든은 방금 그의 옆에서 쓰러졌고 힐 경은 계속 터지는 포탄을 가리키며 그에게 말했다.

"각하, 만약 각하께서 전사하게 되시면 저희한테 어떤 지시를 내리실 겁니까?"

"나처럼 하도록."

웰링턴이 대답했다. 그는 클린턴에게 간단명료하게도 "최후의 한 사람까지 여기를 지켜라." 라고 했다. 전세는 눈에 띄게 불리해졌다. 웰링턴은 탈라베라와 비토리아와 살라망카 같은 옛 전우에게 이렇게 외쳤다.

"제군! 어떻게 감히 퇴각을 생각할 수 있나? 예로부터의 영국을 생각하라!"

4시쯤 영국군 전열이 후방으로 움직이자 갑자기 고지 꼭대기에는 포병과 저격병만을 남겨 두고 나머지는 사라졌다. 모든 연대는 프랑스군의 유탄과 포탄에 쫓겨 훨씬 후방으로, 지금도 몽생장의 농원으로 통하는 오솔길이 가로지르고 있는 언저리까지 퇴각했다. 이런 후퇴 작전이 이루어지자 영국군 진지는 텅 비었으며 웰링턴도 후퇴했다.

"퇴각하기 시작했다!"

나폴레옹이 외쳤다.


## 유쾌해진 나폴레옹

황제는 몸살 기운 때문에 뼈마디가 쑤시고 말 타는 게 거북했지만, 이날처럼 기분이 유쾌했던 것도 처음이었다. 늘 감정을 드러내지 않는 그 얼굴이 아침부터 미소를 띠었다. 대리석 탈을 쓴 그의 깊은 마음도 이 날 1815년 6월 18일에는 유난히 밝게 빛났던 것이다.

아우스터리츠에서 침울했던 그가 워털루에서는 명랑했다. 위대한 운명을 타고난 사람들도 그런 실수를 한다. 우리들 인간의 기쁨은 그림자에 불과할 뿐 최상의 미소는 신의 것이다.

'카이사르는 웃고 폼페이우스는 운다.' 라고 풀미타나 군단의 병사들은 말했다. 폼페이우스가 이번에는 울지 않아도 되었지만 카이사르가 웃고 있었던 건 확실하다.

이미 지난밤 1시에 비바람을 무릅쓰고 베르트랑과 함께 로솜 근방 언덕을 말을 타고 돌 때, 야영하는 영국군의 긴 화톳불이 프리슈몽에서 브렌랄뢰에 걸쳐 이어진 것을 보고 만족한 나폴레옹은, 자기가 날을 받아 워털루 평원에서 대결하기로 작정해 놓은 운명이 자기 생각대로 명확하게 진행되고 있는 것처럼 여겨졌던 것이다.

그는 말을 멈추고 잠시 그 자리에 가만히 서서 번갯불을 바라보고 천둥소리를 들었다. 그때 이 운명적인 사나이가 어둠을 향해 신비스러운 말을 던지는 것이 들렸다.

"우리는 일치하고 있구나."

하지만 나폴레옹은 잘못 알고 있었다. 그것들은 더 이상 일치하지 않았다.

나폴레옹은 그날 밤 한 잠도 자지 않았는데 그 밤은 시시각각 그에게 기쁨을 안겨 주었다. 그는 전초 부대를 돌아보면서 군데군데 발을 멈추고 보초병에게 말을 건넨다. 2시 반, 우고몽 숲 언저리에서 그는 한 종대가 행진하는 소리를 듣고 한때 웰링턴의 퇴각하는 것으로 짐작했다.

나폴레옹은 베르트랑에게 가슴 벅찬 듯 말했다.

"저건 영국군 후위대가 퇴각해 가는 거다. 나는 오스텐드에 막 도착한 6천 명의 영국군을 포로로 잡을 작정이다."

그의 말투는 명랑했다. 3월 1일 상륙할 때 열렬하게 환영하는 쥐앙 만의 농부들을 가리키며, "저것 봐 베르트랑, 저기에 벌써 원병이 있구나!" 하고 외쳤던 활기를 되찾고 있었다. 지금 6월 17일에서 18일에 걸친 밤에 나폴레옹은 웰링턴을 비웃으며 "잘난 체하는 그 영국 놈에게 본때를 보여 줘야겠군." 하고 말했다. 비는 더욱 세차게 퍼부었으며 황제가 이야기하는 동안 천둥소리마저 요란하게 울렸다.

오전 3시 반, 나폴레옹은 공상에서 깨어났다. 정찰하러 나갔던 장교들이 돌아와 적이 조금도 움직이지 않는다는 보고를 한 것이다. 아무것도 움직이지 않고 야영지의 화톳불 하나도 꺼져 있지 않았다. 영국군은 꼼짝도 하지 않았으며 지상에는 깊은 정적만 감돌 뿐 폭풍우가 일고 천둥 치는 하늘만 소란스러웠다.

4시에 척후병에게 붙잡힌 농부가 그에게 끌려왔다. 농부는 어느 영국군 기병 여단, 아마도 비비언 여단이 맨 좌익인 오앵 마을로 진지를 구축하러 가는 길을 안내해 주었다고 했다. 5시에는 벨기에군 탈주병 두 명이 자기들은 지금 연대를 빠져나왔으며 영국군은 전투에 대비하고 있는 중이라고 그에게 알렸다.

나폴레옹이 외쳤다.

"더 좋군! 나는 그들을 퇴각시키기보다 무찌르고 싶거든."

그는 아침이 되자 플랑스누아로 통하는 길모퉁이 둑 위에서 진창 위로 말을 내리고, 로솜 농장 부엌에 있는 식탁과 농부들 걸상을 가져오게 하여 짚 한 다발을 깔고 걸터앉고는 식탁 위에 전장 지도를 펼치고 술트에게 말했다.

"근사한 장기판이구만!"

밤새도록 내린 비 때문에 진흙탕 길과 씨름하느라 식량 수송대는 아침이 되어도 도착하지 못했다. 병정들은 잠도 못 잤고, 비를 맞은 데다 굶고 있었다. 그런데도 나폴레옹은 들뜬 마음으로 네에게 외쳤다.

"십중팔구 승리는 우리 거야!"

8시에 황제의 아침 식사가 도착했다. 그는 몇몇 장군을 초대했다. 밥을 먹으면서 그들은, 웰링턴이 그저께 브뤼셀의 리치몬드 공작 부인이 주관하는 무도회에 참석했다는 이야기를 전했다. 그러자 대주교 예하 같은 얼굴을 한 엄격한 군인인 술트가 말했다.

"무도회는 오늘이오."

"웰링턴도 폐하를 가만히 기다릴 정도로 바보는 아닐 테죠."라고 말하는 네를 황제는 놀렸다. 그런 식으로 놀리는 건 그의 버릇이었다. 플뢰리

드 샤불롱은 "그는 즐겨 농담을 했다."라고 말했다. 구르고는 "그의 본성이 쾌활한 기질이었다."라고 말했다. 뱅자맹 콩스탕은 "그는 재치가 있는 편이 아니라 오히려 기발한 농담을 잘하는 편이다."라고 말했다. 거인의 이런 쾌활함은 강조할 만한 가치가 있다. 근위병들을 근황병이라고 바꾸어 부른 것도 그였으며 그들의 귀를 비틀고 수염을 잡아당기곤 했다. 그들 가운데 한 사람은 "황제는 우리들을 놀리기만 하셨다."라고 말했다.

2월 27일 엘바 섬에서 프랑스로 은밀하게 항해 중이던 프랑스 군함 '제피르'호가 나폴레옹이 숨어 있는 '앵코스탕'호를 만나 나폴레옹의 소식을 물었을 때, 엘바 섬에서 그가 창안한 모표—흰빛과 맨드라미빛 꿀벌 무늬 모표—를 그때까지도 그냥 모자에 달고 있던 황제가 웃으면서 메가폰을 들고 "황제는 안녕하다."라고 직접 대답했다. 그런 우스갯소리를 할 수 있는 사람은 어떤 일이 일어나도 태연할 수 있다. 나폴레옹은 워털루에서 아침을 먹으면서도 그런 우스갯소리를 몇 번인가 했다. 아침을 먹은 다음 그는 15분 정도 생각에 잠겨 있다가 마침내 두 장군이 짚단 위에 걸터앉아 손에 펜을 들고 무릎에 종이를 펼쳐 놓자 전투 대형을 받아 그리도록 했다.

9시에 사다리꼴 5열 종대로 행군하던 프랑스군은 넓은 간격으로 펼쳐져 각 사단은 2열 횡대가 되고, 포병대는 여단과 사단 사이에 자리 잡은 뒤 군악대를 선두로 북을 둥둥 울리며 나팔이 부는 행진곡에 따라 씩씩하고 우람하고 기쁨에 넘쳐 널찍하게 흩어졌다. 군모와 군도와 총검이 벌판 일대에 바다를 이루자 황제가 감동하여 두 번이나 거듭 외쳤다.

"훌륭하군! 훌륭해!"

9시부터 10시 반까지 전군은 믿을 수 없을 만큼 신속하게 진을 치고 6열로 늘어서, 황제의 말 그대로 '여섯 개의 V자 모양'이 되었다. 전선이 정돈된 얼마 뒤, 폭풍 전야의 저 깊은 고요 속에 에를롱과 레위와 라보의 세 군단에 명령을 내려 뽑은, 니벨과 주나프 두 길의 교차점인 몽생장을 포격하는 것으로 전투를 개시할 임무를 띤 12파운드 포를 가진 3개의 포병 중대가 분열 행진을 하는 것을 보고 황제는 악소의 어깨를 치며 말했다.

"어떻게 보이나, 장군. 저 24명의 아리따운 아가씨들이 말일세."

전쟁 결과에 자신만만하던 그는, 몽생장 마을을 점령한 뒤 바로 바리케이드를 치도록 지시해 둔 제1군단의 공병 중대가 앞을 지나갈 때 웃으면서 그들을 격려했다. 황제의 화창한 이 마음은 단 한 번, 거드름 떨며 동정에 찬 한마디를 했을 때 잠시 흐려졌을 뿐이었다. 황제는 오늘날 커다란 묘석이 하나 서 있는 주위에 회색 제복을 입은 늠름한 스코틀랜드 병사들이 훌륭한 말을 타고 밀집해 있는 왼쪽을 본 뒤 "참으로 아까운 일이군." 하고 말했던 것이다.

그런 다음 그는 로솜 앞쪽으로 말을 몰고 가서, 주나프에서 브뤼셀로 통하는 길 오른쪽에 있는 나지막하고 좁은 풀밭을 관측소로 정했다. 전투하는 동안 그의 두 번째 관측소가 된 곳이다. 그리고 오후 7시에 그가 있었던 곳으로, 라 벨알리앙스와 라 에생트 사이에 있는 무시무시한 곳이 세 번째 관측소가 되었다.

이곳은 지금도 남아 있는 꽤 높은 언덕인데 그 뒤 들판 비탈에 근위병이 집결되어 있었다. 언덕 주위에서는 길에 깐 돌에 맞아 튄 포탄이 나폴레옹이 있는 데까지 날아왔다. 브리엔느에서처럼, 그의 머리 위로 탄환과 비스카이앵 총탄이 윙윙 날았다. 그 뒤 그의 말이 발을 딛고 서 있던 그 주위에서 사람들은 삭을 대로 삭은 포탄이며 헌 군도, 형체도 알아볼 수 없이 녹슨 총탄 같은 것을 줍곤 했다. 몇 년 전에는 화약이 그대로 들어 있는 60밀리미터 포탄 하나를 거기 서 파낸 일도 있었다. 그 신관은 포탄 표면까지 부서져 있었다.

이 마지막 관측소에서, 한 경기병의 안장에 묶인 채 적의를 드러내며 겁을 내던 라코스트라는 길잡이 농부가 산탄이 날아올 때마다 돌아서 자기 등 뒤에 숨으려는 것을 보고 황제가 말했다.

"천치 같은 놈! 안 부끄럽더냐, 등을 맞고 죽으려는 게야."

지금 이 글을 쓰고 있는 작자 자신도 그 언덕에서 쉽게 부스러지는 비탈 모래흙을 파서, 46년 동안 산화되어 완전히 망가진 포탄 쇠 부스러기와 손가락 사이로 겨우살이덩굴처럼 흩날리는 낡은 윗조각들의 나머지를 얻어 왔다.

오늘날 나폴레옹과 웰링턴이 전투를 벌였던 갖가지 비탈을 이루고 있는 들판의 기복은 물론 1815년 6월 18일 그 당시 그대로가 아니다. 이 처참한 들판에서 기념품이라고 부를 만한 것은 사람들이 모조리 빼앗아 가버렸기 때문에, 이 땅이 본래 갖고 있던 기복은 사라져 버렸다. 그리고 이젠 역사의 그림자도 짧아진 탓에 그 옛날을 되살릴 방법이 없다. 사람들은 이 땅에 영광을 주려다 그 그림자를 허물어뜨리는 결과를 낳았다. 2년 뒤 워털루를 다시 찾은 웰링턴이 이렇게 외쳤다.

"나의 싸움터는 변해 버렸구나."

오늘날 거대한 피라미드 모양으로 흙을 쌓아 올리고 사자상이 서 있는 자리는 그때는 봉우리를 이루고 있었고, 니벨로 가는 길 쪽은 올라갈 수 있을 정도로 낮은 비탈면이었으며, 주나프로 가는 길 쪽은 벼랑처럼 되어 있었다.

그 벼랑의 높이는 주나프에서 브뤼셀로 통하는 길을 사이에 두고 거대한 두 묘지가 자리한 양쪽 언덕 높이로 잴 수 있다. 왼쪽에 영국군 묘지가 있고, 독일군 묘지는 오른쪽에 있다. 프랑스군 묘지는 따로 없는데 프랑스로서는 이 벌판 전체가 무덤인 셈이다. 높이 150피트에 500피트의 둘레를 가진 봉우리를 쌓아 올리기 위해 몇천 수레의 흙을 파 옮겼기 때문에 몽생장 고원은 오늘날 느릿한 오르막길을 따라 올라갈 수 있다.

그러나 그 전투 당시의 고원은, 더욱이 라 에생트 방면은 기복이 심한 험난한 길이었다. 너무 가파른 경사 때문에 영국 포병대는 전투 중심지인 골짜기 안쪽 농장을 찾아내지 못했다.

1815년 6월 18일 가뜩이나 험난한 그 고원의 땅을 비가 더욱 깊이 파헤친 바람에 오르기가 힘든 나머지 기어오르며 진창 속에 빠져야 했다. 멀리서 잘 알아볼 수 없는 구렁 같은 것이 능선을 따라 길게 뻗어 있었다.

이 구렁은 대체 무엇일까? 브렌랄뢰는 벨기에의 한 마을이며, 오앵도 역시 그렇다. 이 두 마을은 모두 지면의 기복 사이에 가려져 있으며 1리 그 반쯤 되는 길 하나로 이어졌는데 물결처럼 굽이치는 들판을 가로질러 가끔 밭고랑처럼 언덕 사이를 뚫고 지나가면서 군데군데 협곡을 이루고 있다. 1815년에도 오늘날과 마찬가지로, 길은 주나프와 니벨의 두 길 사이에서 몽생장 고원의 능선을 끊었다. 다만 오늘날에는 평지와 같은 높이지만, 그 무렵에는 푹 패어 들어간 길이라는 게 다를 뿐이다. 기념 묘지를 쌓아 올리느라고 양쪽 경사면을 허물어 냈던 것이다. 이 길은 옛날에도 지금처럼 대부분 참호 같은 모양이었다. 그것도 자리에 따라서는 12피트나 되는 깊은 참호가 되기도 했는데, 너무나도 가파른 경사면의 그 흙은 겨울이 되면 모진 비바람으로 인해 여기저기 사태를 일으키기도 했다.

여러 가지 사건이 여기서 일어났는데 브렌랄뢰 어귀는 길 폭이 너무나 좁아 먼 옛날 통행인 하나가 마차에 깔려 죽은 일도 있었다. 무덤 옆에 서 있는 돌 십자가에는 '베르나르 드브리 씨, 브뤼셀의 상인'이라고 죽은 사람의 이름이 새겨져 있으며, 사고 날짜가 '1637년 2월'로 되어 있어 이 사실을 알려 준다.

또 다른 돌 십자가에는 몽생장 고원의 길은 너무나 깊이 패어 있어서 마티와 니케즈 라는 농부가 1783년에 흙 사태로 깔려 죽었다고 적혀 있다. 그러나 십자가 꼭대기는 이곳을 개척했을 때 사라졌고, 뒤엎어진 받침돌만은 지금도 라 에생트와 몽생장 농장 사이의 길 왼쪽 풀밭 언덕 위에서 찾을 수 있다.

전투가 있었던 그 날, 몽생장의 능선을 타고 달리는 벼랑 위 구렁이며, 땅속에 감춰진 바퀴 자국이며, 아무도 그 소재를 모르는 움푹 팬 그 길은 사람 눈에 전혀 띄지 않았고 그것은 무서운 일이었다.


## 황제가 길잡이 라코스트에게 묻다


워털루의 아침에 나폴레옹은 만족했다. 당연한 것이 그가 세운 작전 계획은 아까 작자도 인정한 것처럼 실로 훌륭했기 때문이었다.

일단 싸움이 시작되자, 작전에 맞서 그야말로 다양한 변화가 생겼다. 우고몽의 저항, 라 에생트의 용전, 보뒤앵의 전사, 전투력을 잃어버린 푸아, 뜻밖의 벽에 부딪혀 좌절해 버린 수아 여단, 폭발 기구나 화약 주머니도 준비하지 않았던 기유미노의 치명적인 경솔, 진창에 빠져 버린 포병대, 호위 없이 가던 억스브리지에 의해 구렁 길에서 전복당한 15문의 대포, 영국군 전선에 떨어졌으나 물기 머금은 땅속으로 박혀 고작 진흙만 튀기고 아무런 효과도 못 낸 포탄, 헛수고가 된 브렌랄뢰 방면에서 피레에 대한 위협, 거의 전멸해 버린 15개 중대의 기병, 별다른 타격도 받지 않은 영국군 우익, 역시 대단한 손해를 입지 않은 좌익, 엉뚱한 착각으로 제1군단의 네 개 사단을 사다리꼴로 하지 않고 집중시켰던 네, 그로 인해서 200명씩 27열을 이루는 대부대가 받은 산탄 세례, 그 밀집 부대 한복판을 포탄이 뚫어 생긴 무시무시한 구멍, 대오가 무너져 버린 공격 종대, 그 측면에 느닷없이 나타난 횡사포(橫射施) 부대, 위기에 놓인 부르주아와 동즐로와 뒤뤼트, 격퇴당한 키오, 라 에생트의 성문을 도끼로 부수다가 주나프에서 브뤼셀로 통하는 길모퉁이를 가로막고 있는 영국군 바리케이드에서 쏘아 대는 총에 부상을 당한 이공 대학 출신의 힘센 비외 중위, 보병과 기병에게 협공당하고 브레스트와 팩에게 밀밭에서 총격을 당하고 폰손비에게 여지없이 무찔러진 마르코네 사단, 발이 묶여 꼼짝달싹 못한 대포 7문, 에를롱 백작의 공격에도 끄떡하지 않은 프리슈몽과 스모앵을 끝까지 지켜 낸 작스바이마르 대공, 제105연대와 제45연대의 빼앗긴 군기, 와브르와 플랑스누아 사이의 길을 정찰하던 300기의 경기병 유격대 척후병들이 잡은 검은 옷을 입은 프로이센의 표기병(廳騎兵), 그 포로의 입에서 나온 불안한 진술들, 그루시의 뒤늦은 움직임, 한 시간도 못 되어 우고몽 과수원에서 전사한 1500명의 병사, 그보다 더 짧은 동안에 라 에생트 부근에서 쓰러진 1800명의 병사. 이 모든 사건들이 모진 비바람을 동반한 전운처럼 나폴레옹의 눈앞을 지나갔으나 그의 눈은 거의 흔들림이 없었고 확신에 찬 얼굴도 흐려지는 법이 없었다. 나폴레옹은 전투를 응시하는 일에 익숙했다.

그는 자질구레한 일을 일일이 따지고 걱정하는 일 같은 건 결코 하지 않았다. 숫자 하나하나는 그 합계인 승리를 얻기만 하면 상관없는 일이었다. 초반전이 어지럽다고 해도 결과는 예상처럼 자기 것이 될 것을 굳게 믿었다. 자신감을 갖고 만사에 초연한 있는 그는 때를 기다릴 줄 알았고, 운명을 자기와 똑같이 다뤘다. 그는 운명을 향해 말했다.

"네 뜻대로는 되지 않을 것이다."

빛과 그림자 속에 반씩 잠겨 있던 나폴레옹은 행운이 자신을 보호하고 재앙이 너그럽게 봐주는 것처럼 느껴졌다. 그는 모든 사건이 자기에게 불리한 게 아니라 오히려 도움이 되며, 저 고대의 불사신과 대등한 무엇을 자신이 갖고 있다는 걸 알고 있었다. 아니, 적어도 그렇게 믿었다.

그러나 과거에 베레지나, 라이프치히, 퐁텐블로를 거쳐 온 그는 워털루를 경계해도 좋았을 거라 생각한다. 저 신비의 눈썹이 찡그리고 있는게 하늘 저쪽에 보이니 말이다.

웰링턴이 후퇴하자 나폴레옹은 크게 감동을 받아 떨었다. 그는 영국군의 최전선이 몽생장 고원에서 갑자기 철수하여 자취를 감추는 것을 보았다. 영국군은 일단 집결했다가 곧 자취를 감춘 것이다. 황제는 등자 위에 반쯤 일어섰고 그의 눈에 승리의 빛이 스쳐 갔다.

웰링턴이 수아뉴 숲으로 쫓겨 가 괴멸된다는 것은 영국이 프랑스의 칼에 숨통을 찔리는 것과 같았다. 크레시, 푸아티에, 말플라케, 라밀리에서의 원수를 갚는 일이었다. 마렝고의 용사가 아쟁쿠르의 치욕을 씻는 일이었다.

황제는 이때 운명의 무서운 변화를 생각하면서, 마지막으로 다시 한번 전장의 모든 지점을 망원경으로 훑었다. 그의 등 뒤에서는 총을 받들고 선 근위대가 신을 보듯 그를 우러러보고 있었다. 그는 생각에 잠겼다. 경사면을 살피고, 언덕에 주의를 집중하고, 나무숲과 호밀밭과 오솔길을 유심히 보았다. 덤불까지도 하나하나 세듯 뚫어지게 보았다. 그는 두 길을 차단하고 있는 가시나무로 엮은 그 두 개의 커다란 방어물인 영국군 바리케이드를 물끄러미 쏘아보았다. 하나는 라 에생트 위쪽 주나프로 가는 길의 바리케이드였다. 영국군 전 포병대 가운데에서 그때까지 남아 전장 아래를 내려다보는 대포 두 문으로 방어하고 있었다. 다른 하나는 니벨 가도의 바리케이드로 거기는 샤세 여단에 속한 네덜란드 병사의 총검이 번뜩였다. 황제는 그 바리케이드 옆의 브렌랄뢰 쪽으로 통하는 지름길 모퉁이에 있는 하얗게 칠한 낡은 성 니콜라 성당에서 눈길이 멎었다. 그는 몸을 구부려 길잡이 라코스트에게 뭔가를 작은 소리로 물었다. 길잡이는 아니라고 하는 것처럼 머리를 가로저었는데, 이 사람의 생각 따위는 믿을 만한 게 못 되었을 것이다.

황제는 다시 봄을 일으키고 생각에 잠겼다. 웰링턴은 퇴각해 버렸고 이렇게 된 바에야 남은 문제는 그 퇴각을 철저하게 분쇄해 버리는 일이다. 나폴레옹은 갑자기 휙 돌아서서 승전보를 알리기 위해 전령을 파리를 향해 전속력으로 달리게 했다.

나폴레옹은 뇌신을 업은 천재였다. 그는 지금 막 그 장기인 뇌격을 감행하려고 결심했다. 그는 밀로의 흉갑 기병대에 몽생장 고원 점령을 명령했다.


## 뜻밖의 일

1킬로미터에 걸쳐 포진한 그들의 수는 3500명이었다. 거대한 군마를 탄 거대한 병사들로 26개 중대로 편성되었고, 전후방 엄호를 맡은 르페브르 데누에트 사단과 106명의 정예 헌병과 근위 경기병 1197명과 근위 창기병 880명이 있었다. 그들은 모두 깃 장식이 없는 철모를 쓰고, 무쇠 갑옷을 입고, 장전된 권총에 긴 칼을 찼다. 그날 아침 9시, 나팔이 울리고 전 군악대가 연주하는 '제국을 지키자'를 따라 그들이 밀집 종대로 도착하여, 그 포병의 1개 중대를 측면으로 다른 1개 중대는 중앙으로 하고, 주나프의 도로와 프리슈몽 사이에서 2열 횡대로 펼쳐서, 나폴레옹이 실로 교묘하게 편성한 저 강력한 제2선의 전투 위치에 자리 잡았을 때, 모두들 감탄하며 그들에게 눈길을 빼앗겼다. 제2선은, 왼쪽에 켈레르만의 흉갑 기병이 오른쪽에 밀로의 흉갑 기병이 있어 철로 된 두 날개를 이룬 듯 보였다.

부관 베르나르가 그들에게 황제의 명령을 전달하자 네는 군도를 빼어 들고 선두에 섰다. 기병대가 움직이기 시작했다. 그때 사람들은 대단한 광경을 보았다. 기병대 전체가 칼을 높이 빼 들고 군기를 바람에 펄럭이며, 나팔 소리도 우렁차게 사단마다 종대를 이루었다. 발걸음을 맞춰 한 덩이가 되어 돌파구를 뚫는 청동으로 만든 대들보처럼 힘차게 라 벨알리앙스의 언덕을 내려가 이미 많은 병사들이 쓰러진 무시무시한 골짜기로 뛰어들어 화약 연기 속으로 사라졌다. 그런 뒤 다시 그 어둠 속에서 뛰어나와 골짜기 저편에 나타나고 촘촘히 밀집한 채로 머리 위에서 마구 퍼부어 대는 포탄이 터지면서 생겨나는 구름을 헤치고 몽생장의 무시무시한 진흙탕 언덕을 단숨에 달려 올라갔다. 그들은 위풍당당하고 태연자약하며 늠름했다.

소총과 대포 소리 사이사이 그 거대한 발굽 소리를 들을 수 있었다. 2개 사단이라 2열 종대를 이루고 있었다. 바티에 사단은 오른쪽, 들로르 사단은 왼쪽이었는데, 멀리서 보면 고원 등성이로 커다란 강철 구렁이 두 마리가 기어 올라가는 것 같았다. 그것은 기적을 일으키는 군사처럼 전장을 가로질러 가고 있었다.

이것은 중기병대가 모스크바의 거대한 각면보를 점령한 뒤로는 보기 힘들었던 광경이다. 그때의 뮈라는 없었지만, 네는 다시 여기에 있었다. 그 집단은 마치 한 개의 괴물이 되고 한 개의 넋을 가지고 있는 것 같았다. 각 중대는 강장동물의 촉수처럼 물결치며 부풀었다. 자욱한 화약연기가 여기저기 갈라지는 틈으로 그들 모습이 보였다. 철모와 함성과 군도가 뒤얽히고, 대포와 나팔이 울리는 가운데 말 엉덩이가 하늘로 치솟고, 질서정연하지만 무시무시한 혼란이 일어나고, 그 위로 히드라의 비늘 같은 갑옷이 겹쳐졌다.

이런 이야기는 마치 옛이야기 같기도 하다. 이것과 비슷한 어떤 광경이 분명 오르페의 옛 서사시에도 나온다. 이 서사시에는 얼굴은 사람이고 몸뚱이는 말인 타이탄족이 무시무시하고 어떤 일에도 굴하지 않고 숭고하게 올림포스 산을 올라갔다는 이야기, 신이면서 짐승인 괴물들의 이야기가 나오는 것이다.

그 26개 중대를, 희한하게도 같은 수인 26개 대대의 영국군이 맞아 싸우려는 중이었다. 고지 봉우리 뒤 덮개를 씌운 포대 곁에서 영국 보병대는 2개 대대씩 13개의 방진을 만들어 제1선에 7개, 제2선에 6개를 두어

두 줄로 진을 치고, 개머리판을 어깨에 대고, 조용히 조만간 앞에 나타날 것을 겨누어 움직이지 않고 기다렸다.

그들에게는 흉갑 기병들이 보이지 않고, 흉갑 기병들에게는 역시 그들이 보이지 않았다. 그들은 다만 인간의 물결이 밀려 올라오는 소리에 귀를 기울였다. 그들은 차츰 커져 오는 3천 군마의 요란한 소리, 굉장히 빠른 속도로 달려오는 말발굽의 리드미컬한 울림, 갑옷이 스치는 소리, 군도가 부딪히는 소리, 거칠고 커다란 숨결 같은 소리를 들을 뿐이었다. 그리고 무서운 한순간의 침묵.

그때 느닷없이 군도를 뽑아 쳐든 팔들의 기다란 한 줄이 등성이에 나타나고, 철모들이, 나팔들이, 깃발들이, 그리고 회색 수염을 기른 3천의 얼굴이 나타나 "황제 만세!"를 외치며, 기병대 전체가 일제히 고원 위에 넘쳐흘러 마치 지진이 덮치는 것 같았다.

그러다가 갑자기 비장하게도 영국군에게는 왼편, 프랑스군의 오른편으로, 흉갑 기병의 종대 선두가 처절한 외침과 함께 말의 두 발굽을 허공으로 높이 치켜들었다. 방진도 대포도 단숨에 섬멸해 버리려고 미친 듯 돌격하여 죽을힘을 다해 고지 봉우리에 다다른 흉갑 기병들은, 그들과 영국병들 사이에 있는 구렁, 무덤 구멍을 보았던 것이다. 그것은 오앵으로 통하는 골짜기 길이었다.

무시무시한 순간이었다. 뜻하지 않은 골짜기 길이 말굽 아래로 절벽을 이루어 벼랑과 벼랑 사이에 2투와즈로 입을 딱 벌리고 있었다. 그 속으로 제2열이 제1열을 밀어 떨어뜨리고, 제3열이 제2열을 밀어 떨어뜨렸다. 말들은 높이 뛰어오르고, 뒤로 젖혀지고, 자빠지고, 네 발굽을 모아들고, 미끄러져 떨어지며, 기병을 내동댕이치고 짓밟았다.

후퇴할 길은 어디에고 없었다. 전 종대는 마치 이미 쏘아 버린 탄환과도 같아서 영국군을 짓누르려던 힘이 오히려 프랑스군을 깔아뭉개 버렸다. 냉혹한 골짜기 길을 가득 채우기 전에는 지칠 줄 몰랐다. 기병도 말도 한 덩어리가 되어 굴러 떨어지고 서로 짓밟아, 이 심연 속에서는 다만 한 덩이 살점에 불과했다. 그리고 마침내 그 무덤 구멍이 산 사람으로 가득 채워졌을 때, 그 위를 다른 사람들이 짓밟고 지나갔다. 뒤부아 여단의 3분의 1이 그 심연으로 굴러떨어졌다. 여기서부터 패배가 시작되었다.

그 고장에 전해 오는 말로는, 물론 과장된 것이겠지만 2000마리 말과 1500명의 군인이 오앵의 구렁 길에 묻혔다고 한다. 이 숫자는 아무래도 싸움이 끝난 다음날 그 구렁 길에 던져 넣어진 다른 시체까지 포함된 숫자로 보인다.

말이 난 김에 더 하자면, 한 시간 전에 단독으로 공격하여 루네부르크 대대의 기를 빼앗은 것은 바로 이렇게 처참한 꼴을 당한 뒤부아 여단이었다.

나폴레옹은 이 돌격 명령을 밀로 흉갑 기병대에 내리기 전에 지면을 세밀히 조사했건만 고원 표면에 한 올 주름조차 접히지 않은 그 구렁 길만은 눈치채지 못했던 것이다.

그렇지만 그 길과 니벨 도로의 교차점을 나타내고 있는 하얗게 칠한 작은 성당을 보고 경계심을 느낀 그가 아마도 예상 밖의 장애물을 걱정했는지 길잡이 라코스트에게 한마디 물어보았지만 그는 아니라는 대답을 했다. 농부가 머리를 한 번 가로저었기 때문에 나폴레옹이 파멸하게 됐다고 해도 지나친 말은 아닐 것이다.

이 밖에도 피할 길 없는 재앙이 잇따라 발생했다. 도대체 나폴레옹은 이 전투에서 이길 가망이 있었을까? 우리는 아니라는 대답을 한다. 왜냐고? 웰링턴 때문인가? 블뤼허 때문인가? 아니다. 그것은 신의 뜻이기 때문이다.

보나파르트가 워털루에서 승리한다는 건, 이미 19세기의 법칙에 없었다. 나폴레옹이 더 끼어 들 여지가 없는, 전혀 뜻밖의 사건들이 일어나려하고 있었다. 불운의 싹은 오래전부터 움트고 있었으며 이 거인도 쓰러질 때가 됐던 것이다.

인류의 운명에서 이 사람의 과도한 비중이 형평성을 깨뜨리고 있었다. 이 개인이 혼자서 전 인류보다도 더 큰 비중을 차지하고 있었다. 전 인류의 생명력이 한 사람의 머릿속에 지나치게 집중되어, 세계가 한 인간의 두뇌 속에 포괄되어 있는 이런 일이 계속된다면, 문명의 파멸을 부추기게 될 것이다. 범접할 수 없는 우주의 올바른 길을 다시 세워야 할 때가 된 것이다.

아마도 물질세계처럼 정신세계에도 규정된 중력 관계가 있어, 그 관계의 바탕이 되는 원칙과 요소가 불만을 토로했으리라. 넘쳐흐르는 피, 그득한 무덤, 눈물로 지새우는 어머니들은 무서운 고발자들이다. 대지가 너무도 무거운 압력에 시달리게 되면 신비로운 신음 소리가 어둠 속에서 일어나 무한한 깊이까지 그 소리를 듣게 하는 법이다. 나폴레옹은 시대를 뛰어넘어 고발되었고, 그의 몰락은 이미 예정된 상태였다. 그는 신의 뜻을 거스르고 있었다.

## 몽생장 고지

골짜기 길과 포대가 한꺼번에 모습을 나타냈다. 대포 60문과 열셋의 방진은 총포를 들이대고 흉갑 기병에게 포탄을 퍼부어 댔다. 용감무쌍한 들로르 장군은 영국군 포대에 거수경례를 했다.

영국군의 포병들은 모두 서둘러 방진 속으로 돌아와 있었다. 흉갑 기병은 잠시 발을 멈출 시간조차 없었다. 구렁 길의 불운으로 수많은 전우가 죽었지만 용기를 꺾지는 못했다. 그들은 수가 줄면 줄수록 더욱 용기가 솟아오르는 용사들이었다.

그 불행을 당한 것은 바티에의 종대뿐이었다. 네는 마치 함정을 미리 짐작했던 것처럼 들로르의 종대를 왼쪽으로 돌린 까닭에 종대는 모두 무사히 도착해 있었다.

흉갑 기병은 영국군 방진으로 진격했다. 고삐를 늦추고, 군도를 입에 물고, 권총을 손에 쥔 채 전속력으로 돌격했다.

전투 중에는 정신이 사람을 강하게 만들어 끝내는 병정을 조각처럼 온몸이 화강암이 되게 하는 그러한 순간이 있다. 영국군 각 대대는 광풍 같은 공격을 받으면서도 그렇게 꿈적하지 않았다.

그때야말로 무시무시한 광경이 벌어졌다. 영국군의 각 방진은 사방에서 한꺼번에 공격당했고 미처 날뛰는 소용돌이가 그들을 에워쌌다. 그러나 냉정한 이 보병대는 태연하게도 움직이지 않았다. 제열은 무릎을 땅에 댄 채 총검으로 흉갑 기병들을 막아 내고, 제2열은 포화를 퍼부었다. 제2열 뒤에서는 포병들이 대포에 포탄을 장전하고, 방진 앞쪽이 열린 다음 포탄을 마구 쏘아 댄 뒤 다시 닫혔다. 흉갑 기병들은 거기에 대응하여 적진을 유린했다.

거대한 말들은 뒷발로 서서 전열을 뛰어넘고, 총검 위를 건너뛰어 그들은 살아 있는 벽 한복판에 산더미처럼 무너져 떨어졌다. 포탄은 흉갑 기병에게 구멍을 뚫고, 흉갑 기병은 방진을 꿰뚫었다. 병사의 대열은 말굽에 짓밟혀 허물어졌으며 총검은 그 같은 반인반수의 괴물 옆구리를 정통으로 찔렀다. 이리하여 보기에도 끔찍한 살상극이 벌어졌다.

영국군 방진은 광포한 기병대에 의해 파손되었지만 축소될 뿐 붕괴되지 않았다. 방진은 포탄을 엄청나게 뿜어내면서 공격군의 한복판에서 폭발시켰다. 전투 광경은 매우 처참했다. 방진들은 더 이상 대오가 아닌 분화구였으며 흉갑 기병은 기병대가 아닌 폭풍우였다. 각 방진은 구름안개에 뒤덮인 화산이고, 용암은 뇌성벽력과 싸우고 있었다.

오른쪽 끝에 있던 방진은 모든 방진 중 가장 많이 노출되어 있어 충돌이 시작되자마자 심한 타격을 입어 맨 먼저 거의 전멸하다시피 했다. 그것은 스코틀랜드 고지 사람들의 제75연대로 편성되어 있었다. 피리 부는 사나이는 중앙에 앉아 주위에서 살육전이 벌어지는 동안 넋이 나간 채 고향의 숲과 호수의 환영이 어린 우울한 눈을 내리깔고 북 위에 걸터앉아, 피리로 고향 산과 들의 노래를 불고 있었다. 그 방진의 스코틀랜드 병사들은 그리스인들이 아르고스를 생각하며 죽었듯이, 벤로디언을 생각하며 죽어 갔다. 한 흉갑 기병은 피리와 피리 부는 사나이의 팔을 검으로 내리쳐 연주를 멈추게 만들었다.

흉갑 기병은 움푹 팬 구렁 탓으로 터무니없이 수가 줄었지만 거의 모든 영국군과 교전하며, 저마다 열 사람 몫의 공을 세워 모자란 수를 채웠다. 그러는 동안에 하노버의 몇몇 대대가 굴복하기 시작했다. 웰링턴은 이것을 보고 자신의 기병대를 생각해 냈다. 만약 나폴레옹이 이 같은 순간 자신의 보병대를 생각해 냈다면 그가 승리를 쟁취했을 수도 있었을 것이다. 나폴레옹이 이것을 잊은 건 돌이킬 수 없는 커다란 실수였다. 공격에 열중해 있던 흉갑 기병대는 갑자기 자신들이 공격당하기 시작한 것을 알아차렸다. 영국 기병이 그들 등 뒤로 돌아와 있었다. 앞에는 방진이 있고 뒤에는 근위 용기병 1400명을 거느린 서머싯이 있었다. 서머싯 오른쪽에서는 도른베르크가 독일 경기병을 지휘하고, 왼쪽에서는 트립이 벨기에 중기병을 지휘했다. 흉갑 기병은 옆으로, 위로, 앞으로, 뒤로 공격받아 사방으로 대응해야만 했다. 하지만 흉갑 기병들은 회오리바람이었고 무서울 게 없었으며 더욱 용맹스러워졌다.

게다가 그들 뒤에서도 끊임없이 포성이 울렸다. 이 용사들의 배후에 상처를 입히려면 그 방법밖에 없었다. 비스카이앵 총탄으로 왼쪽 견갑골 근처를 꿰뚫린 갑옷 하나가 워털루 박물관 진열품 속에 지금도 보존되어 있다. 이런 프랑스 용사에게는 정말로 이런 영국군이 필요했던 것이다.

그것은 이미 단순한 혼전이 아니라 음영이고, 광란이며, 정신과 용기의 열광적인 분노이자, 번개 같은 칼날의 회오리바람이었다. 눈 깜짝할 사이에 근위 용기병 1400명이 800명으로 줄었고 그들의 풀러 중령은 전사했다. 네가 르페브르 데누에트의 창기병과 경기병을 거느리고 달려왔다. 몽생장 고지는 뺏고 빼앗기고 다시 뺏기를 거듭했다.

흉갑 기병은 상대하던 기병대를 내버려 두고 다시 보병대를 맞아 싸웠다. 싸웠다기보다 천지를 진동하는 이 군상들은 서로 떨어지지 않고 그저 한 덩어리를 이뤘다. 방진은 여전히 가로막고 있어서 열두 번이나 돌격이 감행되었다. 네가 타고 있던 말은 네 번이나 죽임을 당했고 흉갑 기병의 반수가 고원 위에서 쓰러졌다. 두 시간이나 지속된 전투였다.

이로 인해 영국군은 몹시 동요했다. 만일 흉갑 기병이 구렁 길에서 떨어지는 재앙을 당하지 않고 처음의 공격력이 약해지지 않았다면, 그들은 틀림없이 적의 중앙을 무찌르고 승리를 차지했을 것이다. 이 용감무쌍한 기병대는 탈라벨라와 바다호스의 싸움에 참가한 일이 있는 클린턴을 놀라게 했다. 그는 4분의 3정도까지 지고 있었는데도 영웅답게 낮은 목소리로 적을 칭송했다.

"참으로 훌륭하군!"

흉갑 기병대는 13개의 방진 가운데 7개를 무찌르고, 대포 60문을 노획하거나 부수고, 영국 연대기 6개를 빼앗아 흉갑 기병 셋과 근위 경기병 셋이 라 벨알리앙스 농장 앞에 있는 황제에게 가져갔다.

웰링턴의 정세는 나빠지고 있었다. 이 무서운 전투는 마치 서로 싸우고 끝끝내 버티면서 피를 모두 잃고 있는 상처 입은 두 사람의 맹렬한 결투와 비슷했다. 과연 두 사람 중 누가 먼저 쓰러질 것인가?

고원의 전투는 계속되고 있었다.

흉갑 기병은 과연 어디까지 진격했던 걸까? 그것은 아무도 말할 수 없겠지만 다만 확실한 것은 전투 다음 날 몽생장에 있는 마차의 짐을 다는 저울 보관소에서, 곧 니벨, 주나프, 라 위프, 브뤼셀로 가는 네 길이 교차

되는 지점에서 죽어 있는 흉갑 기병과 말이 발견됐다는 사실이다. 그 기병은 영국군 전선을 돌파했던 것이다. 시체를 처리했던 드아즈는 당시에 열여덟 살이었는데 아직도 몽생장에 살고 있다.

웰링턴은 형세가 상당히 나빠지고 있다는 걸 깨달았다. 위기가 눈앞에 닥치고 있었다. 흉갑 기병은 적의 중앙을 돌파하지 못했다는 점에서는 성공하지 못했다. 양쪽 다 고원을 점령하고 있었지만 어느 쪽의 소유도 아니었고, 아직은 거의 대부분 영국군 수중에 있었다. 웰링턴이 마을과 높은 평지 일대를 차지한 데 반해, 네는 고지의 봉우리와 비탈만을 차지했다. 양쪽 모두 음산한 이 땅에 뿌리를 내리고 있는 것처럼 보였다.

하지만 영국군의 약화는 돌이킬 수 없는 것으로 보였고 출혈은 무시무시했다. 켐프트가 좌익에서 원병을 청해 왔다.

"한 명도 없다, 거기서 사수하도록!"

웰링턴은 말했다.

거의 같은 때에 네도 나폴레옹에게 보병을 요청하여 양쪽 군대가 똑같이 기진맥진해졌다는 걸 보여 주었다.

나폴레옹이 외쳤다.

"보병? 어디서 내라고! 날더러 만들어 내라는 얘긴가?"

그러나 영국군의 타격은 더 심했다. 강철 같은 가슴에 무쇠 갑옷을 입은 위대한 프랑스 기병대의 광포한 돌진은 영국 보병대를 분쇄해 버렸던 것이다. 몇 사람이 군기 하나를 에워싸고 서서 한 연대가 있다는 걸 알리는 데도 있었는데, 그런 연대는 이미 대위나 중위의 지휘를 받고 있을 뿐이었다.

라 에생트에서 이미 심한 타격을 받았던 알텐 사단은 거의 전멸당했다. 반 클루제 여단의 용감한 벨기에 병사들은 니벨로 통하는 길 옆 호밀밭에 어지럽게 흩어져 있었다. 1811년 스페인에서 프랑스군에 섞여 웰링턴과 싸우고, 1815년에는 영국과 손잡고 나폴레옹과 싸우던 네덜란드의 척탄병들 중에는 살아남은 자가 별로 없었다.

장교들의 손실도 상당했다. 억스브리지 경은 무릎 뼈가 깨어져 이튿날 한쪽 다리를 묻어야 했다. 프랑스군 쪽은 흉갑 기병의 전투에서 들로르, 레리티에, 콜베르, 드노프, 트라베르, 블랑카르가 전투력을 상실했다. 영국군 쪽은 알텐과 반이 부상하고 들랜시가 전사하고 웰링턴의 참모 대부분이 죽었다. 그 출혈을 비교해 봤을 때 영국군 쪽 출혈이 훨씬 컸다. 근위 보병 제112연대는 중령 다섯 명과 대위 네 명과 기수 세 명을 잃었다. 보병 제30연대 제1대대는 장교 26명과 112명의 병사를 잃었다. 스코틀랜드 산악병 제79연대에서는 장교 24명이 부상당했으며, 장교 18명과 병사 450명이 전사했다.

컴벌런드의 하노버 경기병대는, 뒷날 재판에 회부되어 면직 처분을 받게 되는 연대장 하케가 지휘했는데, 연대원 전체가 싸움을 앞두고 길을 되돌아와 수아뉴 숲 속으로 도망쳐 브뤼셀까지 도망쳤다.

군수품 마차, 탄약 마차, 화물 마차, 부상병을 가득 실은 유개 마차들은 프랑스군이 전진하여 숲으로 다가오는 것을 보고 서로 급하게 숲 속으로 달아났다. 프랑스 기병대에 여지없이 짓밟힌 네덜란드 병정들은 위험하다고 외쳐 댔다.

생존해 있는 몇몇 목격자에 따르면 베르쿠쿠에서 그뢰넨델까지, 브뤼셀 방면으로 20리에 걸쳐 도망병이 들끓었다고 한다. 이 공포가 어찌나 심했던지 말린에 있던 콩데 대공과 강에 있던 루이 18세에게까지 전해졌다.

몽생장 농장 안에 세운 야전병원 후방에 사다리형 진을 치고 있는 예비군 소수와 좌익을 지키고 있는 비비언과 반델뢰르 2개 여단 빼고는 웰링턴에게 기병은 없었다.

수많은 대포는 산산조각이 난 채 널브러져 있었다. 이러한 사실들은 시번이 고백하고 있다. 프링글은 불운을 과장하여, 영국군과 네덜란드군은 3만 4천 명밖에 남지 않았다고까지 말했다. 철의 공작 웰링턴은 여전히 침착해 보였지만 입술은 새파랗게 질렸다.

영국군 참모부의 일원으로 참전하고 있던 오스트리아의 관전 무관 빈센트와 스페인의 관전 무관 알라바는 철의 공작이 패배했다고 믿었다. 5시에 웰링턴은 시계를 꺼내고는 우울하게 중얼거렸다.

"블뤼허가 먼저일 것이냐, 밤이 먼저일 것이냐!"

그때 멀리 한 줄의 총검이 프리슈몽 쪽 언덕 위에서 번쩍였다.

그것을 기점으로 거대한 이 참극이 급변했다.


## 나폴레옹에게는 나쁜 길잡이, 뷜로에게는 좋은 길잡이

알려진 대로 나폴레옹의 착각에는 가슴을 찌르는 듯한 것이 있다. 그루시를 고대하고 있던 때 갑자기 나타난 블뤼허는 생명 대신 죽음을 가져온 것이다.

운명이란 이런 모양으로 바뀐다. 세계를 지배하는 제왕의 옥좌를 기대했건만 세인트헬레나가 눈앞에 나타나는 식이다.

만약에 블뤼허의 부관 뷜로의 길잡이였던 목동이 숲으로 진출하려면 플랑스누아 아래로 가는 것보다 프리슈몽 위쪽으로 돌아가는 것이 훨씬 좋다고 가르쳐 주었더라면 19세기는 아마도 오늘날과 달라져 있을 것이다. 만약 그렇게 됐더라면 나폴레옹은 워털루 전투에서 이겼을 것이다. 플랑스누아 아랫길 이외의 길을 택했다면 프로이센군은 도저히 포병이 통과할 수 없는 그런 협곡을 만나 뷜로는 도착하지 못했을 것이다.

프로이센 무플링 장군이 공언하듯 한 시간만 더 늦었더라면 블뤼허는 살아 있는 웰링턴을 보지 못했을 것이다.

"전투는 패하고 있었다."

누구나 아는 것처럼 뷜로가 도착하지 않으면 안 될 시간이었다. 그는 이미 늦어지고 있었다. 뷜로는 디옹르몽에서 야영하고 있다가 날이 새자마자 출발했다. 그러나 길은 걸음을 옮기기조차 힘들었고 어느 사단이나 진흙탕에 발이 빠져 버렸다. 포차는 바퀴자국에 굴대까지 파묻혔다. 게다가 좁다란 와브르 다리로 딜 강을 건너야만 했다. 그리고 그 다리로 통하는 도로에는 프랑스군이 불을 질렀다. 포병대의 탄약 마차와 식량 마차는 불타는 동네 사이를 빠져나갈 수 없으니 불이 꺼질 때까지 기다려야 했다. 뷜로의 전위 부대가 아직 샤펠생랑베르에 닿기도 전에 벌써 정오였다. 전투가 두 시간 더 빨리 시작됐더라면 오후 4시에는 끝났을 테고 블뤼허는 나폴레옹이 이미 승리를 잡은 뒤에야 전장으로 달려올 수 있었을 것이다.

우리 인간이 이해할 수 없는 무한에 어울리는 엄청난 우연이란 항상 그런 식이다.

정오가 되어 황제는 맨 먼저 망원경으로 지평선 끝에서 뭔가를 알아보고 주의를 기울였다. 그는 말했다.

"저기 구름 같은 것이 보이긴 하는데, 어딘지 군대와 비슷하군."

그리고 달마티아 공작에게 물었다.

"술트, 저 샤펠생랑베르 방면에 보이는 것에 대해 어떻게 생각하는가?"

원수는 망원경을 그쪽으로 돌려본 다음 대답했다.

"사오 천의 군사입니다, 폐하. 그루시가 틀림없습니다."

하지만 그것은 안개 속에서 꼼짝도 하지 않았다. 참모부의 모든 망원경은 황제가 지적한 그 '구름'을 자세히 살펴본 뒤 더러는 이렇게 말했다.

"저것은 정지하고 있는 중대입니다."

하지만 대부분의 사람들은 나무숲이라고 대답했다.

확실한 건 그 구름이 움직이지 않는다는 것뿐이었다. 황제는 도몽의 경기병대를 그 뚜렷하지 않은 것 쪽으로 보내 정찰하게 했다.

아닌 게 아니라 뷜로는 움직이지 않았다. 그의 전위 부대는 수가 매우 적어 아무 힘도 없으니 군단의 주력을 기다릴 수밖에 없었고, 또한 전선에 나가기 전에 집결하라는 명령을 받았다. 그러나 5시에 웰링턴의 위기를 알아차린 블뤼허는 뷜로에게 공격할 것을 명령하면서 대단한 말을 던졌다.

"영국군의 숨구멍을 틔워 주자."

얼마 뒤에 로스틴, 힐레르, 하케, 리셀 각 사단이 로보의 군단 앞에 전개되고, 프로이센의 빌헬름 대공 기병대가 파리 숲에서 출격해서 플랑스누아는 불꽃에 휩싸였다. 그리고 프로이센군은 나폴레옹의 배후에 예비대로 대기하고 있던 근위병 대열에까지 포탄을 빗발치듯 쏟아 냈다.

## 근위대

그 뒤의 일은 이미 알려진 그대로다. 제3세력의 돌입, 전투의 분열, 갑자기 불을 뿜기 시작한 86문의 대포, 뷜로와 함께 도착한 피르히 1세, 블뤼허가 몸소 지휘한 지텐 기병대, 프랑스군의 후퇴, 오앵 고원에서 소탕된 마르코네, 파플로트에서 퇴각한 뒤뤼트, 동즐로와 키오의 퇴각, 측면에서 공격당한 로보, 장비를 잃은 아군 각 연대에 황혼과 함께 덮친 새로운 전투, 다시 공세를 취하고 전진하는 모든 영국군의 전선, 프랑스군속에 뚫린 커다란 구멍, 서로 엄호하는 영국군과 프로이센군의 산탄, 섬멸전, 정면과 측면의 참패, 그 무서운 붕괴 전선으로 뛰어드는 근위대.

근위대는 죽음이 다가온다는 것을 느끼고 "황제 폐하 만세!"를 외쳤다. 마침내 그러한 함성까지 지르게 된 최후의 그 고통보다 더 감동을 주는 것은 역사상 유례를 찾기 어렵다.

하늘은 온종일 흐려 있었다. 그런데 갑자기 그 순간, 저녁 8시였는데 지평선의 구름이 갈라지며 지는 해의 불길한 붉은빛이 니벨 도로의 느릅나무들 사이로 커다랗게 번져 나왔다. 아우스터리츠에서는 이 해가 솟아오르는 것을 보았건만.

근위병의 각 대대는 이 마지막을 위해 저마다 장군의 지휘를 받고 있었다. 프리앙, 미셸, 로게, 아를레, 말레, 포레 드 모르방이 모두 거기 있었다. 커다란 독수리 휘장이 달린 근위 척탄병의 높은 모자가 가지런히 줄지어 숙연하고도 위풍당당하게 이 혼전의 안개 속으로 나타났을 때에는 적군조차도 프랑스군에 대한 존경심을 느끼지 않을 수 없었다. 마치 수많은 승리가 날개를 활짝 펼치고 전장으로 들어오는 것을 보는 것 같았고, 승자가 패자인 것 같은 마음이 들어 뒤로 물러났다. 웰링턴이 외쳤다.

"일어서라, 근위병! 정확하게 겨누도록!"

울타리 뒤에 엎드려 있던 붉은 옷의 영국 근위 연대가 일어섰다. 빗발치는 포탄이 프랑스군의 독수리 용사들 주위에서 바람에 나부끼고 있는 삼색기에 수 없이 많은 구멍을 뚫고, 전군이 서로 부딪치면서 최후의 살육전이 벌어졌다.

황제의 근위병들은 그들 주위에서 퇴각해 가는 군대를, 패전의 기운이 깔려 흔들리는 것을 어둠 속에 느꼈다. "황제 폐하 만세!"가 "달아나라!"는 소리로 바뀌는 것을 들었다.

그리고 뒤에 달아나는 그 소리를 들으면서도 그들은 한 걸음 한 걸음 더욱 더 포화의 세례를 받고 쓰러지면서도 계속 전진했다. 주저하는 자도, 겁내는 자도 없었다. 근위대에서는 한낱 병졸도 장군 못지않은 영웅이었다. 죽음을 각오하지 않는 사람은 아무도 없었다.

네는 미친 듯 날뛰면서, 죽음을 감수하는 인간만이 갖는 저 극한의 위엄으로, 이 난전에 몸을 맡겼다. 이때 그가 탄 다섯 번째 말이 죽임을 당했다. 땀범벅이 되어, 눈에 불을 켜고, 입에 거품을 물고, 군복 단추는 떨어져 달아났으며, 한쪽 견장은 영국 근위 기병의 군도를 받아 반토막이되고, 레지옹 도뇌르 최고 훈장의 독수리 휘장은 탄환을 맞아 찌그러졌으며, 피를 뒤집어쓰고, 흙투성이가 되어 용감무쌍하게 부러진 칼을 손에 들고 말했다.

"자, 프랑스의 원수가 전장에서 어떻게 죽어 가는지 보러 오너라."

하지만 그런 말을 한 보람도 없이 그는 안 죽었다. 그는 살기를 띤 채미쳐 날뛰었다. 그는 드루에 데를롱에게 내뱉듯 말을 했다.

"자네는 전사하지 않을 건가, 자네는?"

병사들을 몰살시켜 가는 포탄 속에서 그는 외치고 있었다.

"나를 맞힐 총탄은 없는 건가! 오! 영국 놈들의 포탄은 모두 내 배 속으로 들어와라!"

불운한 네여, 그대는 프랑스 군대의 탄환에 맞기 위해 남겨졌다!


## 파멸


근위대 뒤에서 일어난 퇴각은 처참했다. 군대는 한꺼번에 사방에서, 우고몽에서, 라 에셍트에서, 파플로트에서, 플랑스누아에서 정신없이 퇴각했다. "배신자!"에 이어 "달아나라!"는 외침이 들렸다. 패퇴하는 군대는 마치 눈사태와 같다. 모든 게 휘어지고, 금이 가고, 깨지고, 흘러가고, 뒹굴고, 미끄러져 떨어지고, 부딪치고, 서로 앞을 다투며, 한꺼번에 밀린다. 처참한 해체. 네는 말을 빌려 타고, 모자도 넥타이도 검도 없이 브뤼셀 도로를 가로막고 서서, 영국군과 프랑스군을 한꺼번에 막았다. 그는 군대를 저지하려고 애쓰며 소리 지르고, 욕을 퍼붓고, 패주하는 병사들을 몸으로 막았지만 병사들은 넘쳐흘러 그의 옆을 빠져나가면서 "네 원수 만세."라고 외쳤다.

뒤뤼트의 2개 연대는 독일 창기병의 칼과 켐프트, 베스트, 팩, 라일란 트 같은 여러 여단의 틈바구니에서 마치 공깃돌 굴러다니듯 어쩔 줄을 모르고 우왕좌왕한다. 혼전 중에서도 가장 최악은 도망이다. 도망가기 위해서라면 전우끼리도 서로 죽인다. 기병대와 보병대는 싸움의 거대한 거품처럼 서로 부딪쳐 산산이 흩어졌다. 한쪽 끝에서는 로보가, 다른 한 쪽에서는 레유가 그 물결에 휘말렸다. 나폴레옹은 근위대의 나머지 병력 을 모아 방어벽을 구축하려 했지만 힘이 미치지 않았다. 최후의 노력도 성과 없이 측근 기병 중대를 소모시켜 버렸다.

키오는 비비언 앞에서 물러나고, 켈레르만은 반델뢰르 앞에서 물러나 고, 로보는 뷜로 앞에서 물러나고, 모랑은 피르히 앞에서 물러나고, 도몽 과 쉬베르비크는 프로이센의 빌헬름 대공 앞에서 물러난다. 기요는 황 제의 기병 중대를 거느리고 돌격했으나 영국 용기병의 말발굽 아래 쓰 러졌다. 나폴레옹은 도망병들 사이로 말을 달리며 훈계하고, 재촉하고, 으르고, 애원한다.

그날 아침 "황제 폐하 만세!"를 외쳤던 그 입들이 지금은 모두 헤벌어 질 뿐 황제조차도 알아보지 못하는 모양이었다. 갓 도착하여 밀어닥친 프로이센의 기병대는 뛰고, 날고, 치고, 베고, 부수고, 죽이고, 무찔렀다. 말은 수레를 내동댕이치고, 대포는 그 자리에 버려지고 보급병들은 탄약 마차에서 말을 풀어 그 말을 타고 도망쳤다.

식량 마차는 네 바퀴를 위로 쳐들고 자빠져 길을 가로막았고 수많은 학살이 벌어지고 있다. 사람들은 서로 밀치고 짓밟으며, 죽은 사람과 산 사람의 몸 위를 마구 타고 넘는다. 팔이란 팔은 모두 기를 쓰고 서로 붙 잡으며 안간힘을 쓴다. 엄청난 군중이 큰길, 작은 길, 다리며 들판, 언덕 과 골짜기, 숲을 메우며 4만 군사가 도망쳤다.

절망에 찬 아비규환, 호밀밭에 내팽개친 배낭과 총, 칼을 휘둘러야만 겨우 열리는 통로에 이제는 전우도, 장교도, 장군도 없고 오직 말로 표현하기 어려운 공포만이 있을 뿐이다. 제멋대로 프랑스군의 목을 베어 쓰러뜨리는 지텐. 사자는 이제 사슴 새끼가 되었다. 이러한 것들이 패주하는 광경인 것이다.

주나프에서 사람들은 뒤돌아서서 대항하고 적을 막아 보려고 애를 썼다. 로보는 300의 병사를 모아 마을 입구에 바리케이드를 쳤지만 프로이센군이 처음으로 포탄을 마구 쏘아 대기 무섭게 그들은 다시 도망쳤다. 그리고 로보는 포로가 되었다. 그 연발된 포탄 자국은, 주나프로 들어가기 조금 전 길 오른편 허물어진 벽돌집 낡은 박공 위에 남아 있어 지금도 볼 수 있다. 너무나 반응이 없는 승리자가 되는 게 싫기라도 한 듯 프로이센군은 주나프에 돌입했고 그 추격은 맹렬했다.

블뤼허는 적을 몰살하라고 명령했다. 이보다 먼저 로게는 프랑스의 모든 척탄병에게, 저마다 한 명씩 프로이센 병사를 산 채로 잡아 오면 목을 베겠다고 위협한 저 비통한 전례를 남긴 바 있었는데 블뤼허는 로게 이상으로 잔혹했다. 젊은 근위대 장군인 뒤엠은 주나프의 한 여관 문 쪽으로 몰려 들어가, '죽음의 사자'라고도 할 수 있는 한 경기병에게 항복의 뜻으로 자기 칼을 건네주었는데, 경기병은 그 칼을 받아 포로가 된 장군을 찔러 죽였다. 승리는 패자를 학살하는 것으로 완성되었다. 그러나 우리는 이것이 역사이므로 단죄하는 견지에서 늙은 블뤼허가 스스로 자신의 명예를 더럽힌 것이라고 말할 것이다.

이 만행의 참상은 극에 달했다. 필사의 도망자들은 주나프를 지나고, 카트르브라를 지나고, 고슬리를 지나고, 프란을 지나고, 샤를루아를 지나고, 튀앵을 지나 국경까지 이르러서야 겨우 멈추었다. 아, 그토록 도망친 것은 대체 누구였나? 그것은 다름 아닌 저 '위대한 육군'이었다.

역사 이래 전무후무한 일이라고 일컬은 용맹의 이 착란, 공포와 전략,

이것은 과연 까닭 없이 일어난 것일까? 아니다. 하느님의 거대한 오른손 그림자가 워털루 위에 떨어져 있었고 운명의 날이었다. 인간을 초월한 힘이 이 하루를 만들어 낸 것이다. 그런 까닭에 사람들의 머리는 공포로 수그러졌다. 그래서 그처럼 위대한 정신들이 고스란히 항복했다. 유럽을 정복했던 그들도 이제는 손을 들고 땅 위에 쓰러져, 할 말도 없고 행동할 어떤 것도 없이, 다만 그 그림자 속에 어떤 무시무시한 것이 들어 있다는 것을 깨달았을 뿐이다. '이것이 그들의 운명이었다.' 이날 인류의 앞날에 대한 예상이 완전히 뒤바뀐 것이다.

워털루, 그것은 19세기의 돌쩌귀와 같다. 그 위인의 소멸은 위대한 세기의 도래를 위해 필요했다. 반항의 말을 허락하지 않는 어떤 것이 그 일을 감당했던 것이다. 영웅들이 두려움에 떨며 뒷걸음질 치는 것도 다 이런 까닭 때문이었다. 워털루 전투 속에는 풍운 이상이며 유성과 같은 것이 있었다. 바로 하느님이 지나가신 것이다.

밤의 장막이 내릴 무렵, 베르나르와 베르트랑은 주나프 근처 밭 속에서 일그러지고 생각에 잠긴 듯한 사나운 한 사내의 외투 자락을 붙잡아 세웠다. 그 사나이는 패군의 흐름에 휩쓸려 거기까지 와서는 이제 막 말에서 내려 말고삐를 팔에 끼고, 혼미한 눈을 하고 혼자 워털루 쪽으로 되돌아가는 길이었다. 그는 아직도 전진을 계속하려던 사내, 허물어져 버린 꿈을 향해 가는 엄청난 몽유병 환자 나폴레옹이었다.

## 마지막 방진

근위대의 몇몇 방진은 흐르는 물속의 바위처럼 패군의 흐름 속에서 점잖게 밤이 될 때까지 버티고 있었다. 밤이 오고 죽음도 함께 왔다. 그들은 그 이중의 어둠을 기다리며 조금도 흔들림 없이 포위당하는 대로 그냥 두었다. 연대마다 서로 고립되고 사방에서 본대와 단절되어 각자 죽음을 기다릴 뿐이었다. 그들은 그 최후의 전투를 위해 로솜 고지며 몽생장 벌판 여기저기에 진을 치고 있었다. 버림받고 격파되고 처참한 꼴이 된 그들의 방진은 몸서리쳐지는 단말마의 고통에 시달리고 있었다. 울름, 바그람, 예나, 프리틀란트 모두 모두 그 안에서 전사했다.

해가 지며 어둑어둑해지는 밤 9시 무렵, 몽생장 고원 아래 그러한 방진이 하나 남아 있었다. 불길한 그 골짜기에서, 아까는 흉갑 기병들이 기어오르고 지금은 영국병들이 가득 차 있는 그 비탈 기슭에서, 승리를 구가하는 적의 포병이 집중하는 포화 아래에서, 무섭고 치열하게 쏟아지는 총알 속에서 캉브론이라는 한 이름 없는 장교가 지휘하는 그 방진은 싸웠다. 적탄이 일제히 사격될 때마다 방진은 줄어들면서도 응전했다. 줄곧 사위를 좁혀 가면서 산탄에 소총으로 대응했다. 도망병들은 숨이 차서 이따금 발길을 멈추고, 차츰 약해져 가는 이 음산한 울림을 멀리 어둠 속에서 들었다.

그 부대가 벌써 한 줌의 인원에 지나지 않고, 그들의 군기가 걸레 조각에 지나지 않으며, 탄환을 다 쏘아 버린 그들 총이 막대기에 지나지 않고, 시체 더미가 살아남은 사람의 부피보다 더 커졌을 때, 승리에 도취한 자들 사이에 거룩하게 죽어 가는 용사들을 에워싼 그 어떤 신성한 공포심이 생겨 영국군 포병은 한숨을 쉬며 침묵했다.

그러나 그것은 잠깐 동안의 휴식에 지나지 않았다. 그들 용사 주위에는 유령이 몰려드는 것처럼 기마 병사들의 실루엣, 대포의 검은 측면, 수레바퀴와 포가(砲架) 사이로 보이는 희뿌연 하늘같은 것들이 에워쌌다. 영웅들이 싸움의 배경인 화약 연기 속에서 언제나 보게 되는 저 죽음의 거대한 머리가 그들의 머리 위로 바싹 다가든 채 그들을 바라보았다. 그들은 어슴푸레한 어둠 속에서 포탄이 장전되는 소리를 가려낼 수 있었다.

어둠 속에 번뜩이는 호랑이 눈처럼 불붙은 화약심지가, 그들 머리 위에 원을 그리고 영국군 포대의 모든 도화선이 대포로 다가갔다. 그때 감동하여, 어떤 자는 콜빌이라고도 하고 어떤 자는 메일틀런드라고도 하는 한 영국군 장교가 그들 용사 위에 닥친 최후의 순간을 제지하면서 그들에게 외쳤다.

"용감한 프랑스 병사들이여, 항복하라!"

캉브론이 대답했다.

"똥이나 먹어라!"

## 캉브론

프랑스 독자는 모두 허영심 많고 체면 차리기를 좋아하니까, 기왕에 프랑스인이 말한 아마도 가장 아름다운 이 말 "똥이나 먹어라!"를 여기에 되풀이하는 것은 실례가 될지도 모르겠다. 역사 속에서 숭고함을 입증하는 것은 금기지만 모든 책임은 작자가 지기로 하고 그 금기를 굳이 깨려 한다.

그리하여 감히 말하건대 이들 모든 거인들 속에는 거인 캉브론이 있었다.

이 말을 하고 나서, 곧이어 죽는다! 이 이상 위대한 일이 또 있을까! 이 말을 하는 것은 죽음을 원한다는 일이기 때문이다. 이 사나이가 마구 쏟아지는 포탄을 뒤집어쓰고도 살아남았다 해도 그의 잘못이 아니다. 워털루 전투에서 이긴 사람은 패주한 나폴레옹도 아니고, 4시에 퇴각하고 5시에 절망한 웰링턴도 아니고, 전혀 싸우지 않은 블뤼허도 아니며, 바로 캉브론이다.

자기를 죽이려는 포성을 그런 말로 분쇄시켜 버리는 것이 곧 승리다. 파국을 향해 이런 대답을 하고, 운명을 향해 이런 말을 던지고, 뒷날 세워질 사자상에게 이런 터전을 주고, 간밤의 비와, 우고몽의 음험한 방벽과, 오앵의 골짜기 길과, 그루시의 지연과, 블뤼허의 도착 등에 대해 이런 항변을 내뱉고, 무덤 속에 다리를 처넣고도 우스갯소리를 하고, 다들 쓰러진 뒤에도 서 있을 수 있고, 단 한마디 말 속에 유럽 동맹을 빠뜨려 가라앉게 하고, 이미 황제들에게 알려져 있는 변소를 제국의 국왕들에게 진상하고, 프랑스의 예지를 깃들여 최하의 말을 최상의 말로 변하게 하고, 참회의 말로 담담하게 워털루의 막을 내리고, 라블레로 레오니다스를 보충하고, 입에 담기도 힘든 이 최상의 말 한마디로 이 승리를 정리하고, 진지를 잃었으면서도 역사를 쟁취하고, 그러한 살육이 행해진 다음에도 적을 웃음거리로 만들었으니, 이것이야말로 정말 대단하다. 으르렁대는 뇌성에 던지는 비웃음이다. 이것은 아이스킬로스의 위대함에까지 다다르는 것이다.

캉브론이 내뱉은 이 말 한마디는 파열을 느끼게 해주는데 격한 경멸로 가슴이 터지는 것이며, 충만한 고민이 폭발하는 것이다.

누가 이겼나? 웰링턴? 아니다. 블뤼허가 오지 않았더라면 웰링턴은 틀림없이 패했을 것이다. 그렇다면 블뤼허? 아니다. 웰링턴이 처음에 싸우지 않았더라면 블뤼허는 싸움의 마무리를 지을 수 없었을 것이다.

이 캉브론는, 이 최후의 시각에 도달한 사나이, 이 이름 없는 전사이며 이 전쟁에서 한없이 작은 이 사람은 거짓이 있다는 것을, 파국 속에 겹겹이 가슴을 누르는 하나의 거짓이 있음을 느낀 것이다. 그래서 그가 분노를 폭발시켰을 때, 적들은 그에게 뼈아픈 조롱을 던진다. 생명을 준다! 어찌 격노하지 않을 수 있을 것인가?

유럽의 모든 나라 왕들, 행복한 장군들, 우레를 몰고 오는 주피터들은 모두 거기에 있다. 그들은 승리를 구가하는 10만 병사를 가졌고, 10만의 뒤에는 다시 100만의 병사를 가졌으며 그들의 대포는 화승줄에 불을 붙이고 포문을 열었고, 그들은 황제의 근위대와 '위대한 육군'을 발밑에 짓밟았으며, 그들은 방금 나폴레옹을 부수었고, 이제 캉브론 하나만 남아 있는 것이다. 저항하는 것은 이제 이 한 마리 지렁이뿐이며 이 지렁이는 저항할 것이다.

그리하여 캉브론은 칼을 찾는 것처럼 말을 찾는다. 그의 입에서는 거품이 솟아나는데 이 거품이야말로 그가 찾고 있는 말이다. 이상하고도 실로 허무맹랑한 승리 앞에, 승리자 없는 승리 앞에, 절망한 이 사람은 분연히 일어선다. 그는 승리의 거대함에 압도되지만 그것의 허망함을 알아서 승리에 침을 뱉는 것만으로 만족하지 않고 수와 힘과 물량에 압도되면서도 그는 마음속에서 하나의 표현, 똥을 발견한다. 거듭 말하거니와 그것을 내뱉고, 그것을 외치고, 그것을 행하고, 그것을 발견하는 것은 바로 승리자가 되는 것이다.

엄숙한 심판의 정신이 최후의 이 한순간에 이름 없는 이 사나이의 머릿속으로 들어갔던 것이다. 마치 루제 드 릴이 '라 마르세예즈'를 찾아낸 것처럼, 하늘의 숨결이 불어 내려와 캉브론이 워털루의 말을 찾아낸 것이다. 한줄기 신성한 비바람이 하늘에서 불어와 이 두 사람을 스쳐 지나가, 그들은 부르르 몸을 떤 것이다. 한 사람은 그지없이 숭고한 노래를 불렀으며 한 사람은 끔찍한 외침을 남겼다.

캉브론은 타이탄의 경멸과도 같은 그 한마디를 제국의 이름으로 유럽에 던지는 것만이 아니며, 그것만으로는 너무나도 모자란다. 그는 이것을 대혁명의 이름으로 과거에 던지고 있는 것이다. 사람들은 그것을 듣고 캉브론 속에서 옛 거인들의 정신을 발견하는 것이다. 당통이 외치고 클레베르가 부르짖는 것 같다.

캉브론의 한마디에 영국군이 대답했다.

"쏴라!"

대포가 불을 뿜고, 언덕은 진동하고, 그들의 모든 청동 포문에서는 마지막으로 무시무시한 기세로 산탄을 토하고, 뭉게뭉게 솟아오르는 화약 연기가 떠오르는 달빛을 받아 희뿌옇게 퍼졌다. 그 연기가 흩어진 뒤에는 이미 아무것도 찾을 수 없었다. 그 무서운 잔병들은 전멸했으며 근위병들은 모두 죽었다.

그 각면보의 네 벽도 이제는 허물어졌고, 여기저기 시체 사이에 가끔씩 뭔가 움직임이 보일 뿐이었다. 이렇게 해서 로마 군단보다도 위대했던 프랑스 근위대는 몽생장의 비와 피로 적셔진 땅 위에서, 어두운 호밀밭 속에서 사라졌던 것이다. 지금은 새벽 4시에 유쾌하게 휘파람 불고 말에 채찍질을 하면서 니벨의 우편마차를 모는 조제프가 지나다닌다.


## 지휘관을 어떻게 평가해야 하나?

워털루 전투는 하나의 수수께끼다. 이긴 쪽이나 진 쪽이나 똑같이 불가해했다. 나폴레옹에게는 이 전투가 하나의 공포였다.

블뤼허는 마치 여우에 홀린 기분이었으며, 보고서를 보면 알 수 있듯 웰링턴은 뭐가 뭔지 아무것도 이해하지 못했다. 전황 보고서는 모호하기 이를 데 없고, 전쟁 회상록은 갈피를 잡기 어렵다. 후자는 머뭇거리고 전자는 더듬거리고 있다. 조미니는 이것을 네 개의 국면으로, 무플링은 이것을 세 개의 국면으로 나누고 있다. 오직 샤라스만이, 비록 몇 가지 부분에서 우리와 다른 견해를 가지고 있지만, 그만의 날카로운 시선으로, 신성한 우연과 싸우는 천재적인 인간의 파멸상을 뚜렷이 포착하고 있다. 그 밖의 역사가들은 모두 하나의 현혹에 사로잡힌 채 그 속에서 더듬거릴 뿐이다.

무리도 아닌 것이 실로 섬광 같은 하루였고 여러 나라의 왕들이 아연

해 있는 동안 일어난, 모든 왕국을 휩쓴 군국주의의 붕괴, 힘의 전락이며 전쟁의 파탄이었다.

인간을 초월한 필연의 자취가 역력히 새겨진 이 사건 속에서 인간이 관여한 것은 아무것도 없다. 워털루를 웰링턴이나 블뤼허에게서 떼어 내는 것은 영국이나 독일에서 무엇을 빼앗는 일이 되는가? 그렇지 않다. 저 빛나는 영국도, 저 정체불명의 독일도, 워털루 문제에서는 가장 미미한 존재였다.

다행스럽게도 민중들은 처참한 난폭한 교전의 밖에 있으면서도 위대한 것을 얻었다. 독일도 영국도 프랑스도 칼집 속에 들어 있지는 않다. 그 시대, 워털루가 단순히 칼 부딪는 소리에 지나지 않는 그 시대에, 독일에는 블뤼허 위에 괴테가 있었고 영국에는 웰링턴 위에 바이런이 있었다. 광대한 사조의 용솟음은 19세기 특유의 것이고, 오직 그 여명 속에서만 영국도 독일도 그 화려한 빛을 발하는 것이다. 그 나라들은 그들 사상 때문에 위대하다. 그들이 문명에 이바지한 수준의 향상이야말로 그들의 본질이었다. 거기에는 그들 자신이 근원이지 어떤 사건이 근원이 된 건 아니다.

19세기에 그들이 강대해진 이유가 워털루 때문은 아니다. 전쟁의 승리 뒤에 갑작스러운 성장을 보이는 것은 야만 민족에게나 가능하며 큰비에 불어난 급류의 일시적인 허영에 불과하다. 문명한 민족, 더욱이 현대에는 한낱 장군의 행운이나 불운 여하에 따라 지위가 높아지거나 낮아지지는 않는 것이다.

인류에 있어서 나라마다 특유의 민중을 만드는 것은 단순한 전쟁 이상의 그 무언가에서 유래한다. 다행스럽게도 한 나라의 명예며 위신, 광채와 정신은, 영웅이라든가 정복자라고 불리는 저 도박꾼들이 전쟁이라는 제비뽑기에 걸 수 있는 숫자가 아니다. 싸움에 패하고 진보하는 일은 흔하다. 영광이 적을 뿐 그만큼 자유는 많으며 북소리가 울리지 않을 뿐 이

성은 입을 여는 수가 있다. 그것이야말로 지는 자가 이기는 도박이므로 워털루에 대해서도 냉정하게 두 가지 면에서 살펴보기로 하자.

우연에 속한 것은 우연에, 신에 속한 것은 신에게 돌리도록 하자. 그러면 워털루란 과연 무엇인가? 하나의 승리? 아니다. 하나의 요행인 것이다. 유럽에 요행수가 붙어 프랑스가 손해를 입은 노름판이었으니 거기에 사자상을 세우게 된 것은 당치도 않은 일이다.

워털루는 역사상 가장 불가사의한 전투로, 나폴레옹과 웰링턴은 서로 적이 아니라 상반되는 양극일 뿐이었다. 대립을 좋아하는 신도 전에는 이처럼 사람을 놀라게 한 대조와 이렇게 기이한 비교를 빚어내지는 않았다. 한편에는 치밀, 선견지명, 기하, 신중, 안전한 퇴각, 예비 병력의 보존, 끈질긴 침착함, 확고부동한 병법, 지형을 이용한 전술, 각 부대 사이의 평형을 유지하는 방법, 일망타진의 살육, 시계로 계산하는 전쟁, 각종 임의 행동 금지, 고전적인 낡은 용기, 절대의 규율. 다른 한편에는 직감, 통찰, 신출귀몰한 전법, 초인의 본능, 번뜩이는 눈초리, 독수리처럼 쏘아보고 번개처럼 후려치는 그 어떤 것, 사람을 깔보는 격렬한 기상 속에 감춰진 불가사의한 기술, 심오한 영혼이 갖는 온갖 신비, 운명과의 결합, 복종을 강요당한 것 같은 강과 들, 숲이며 언덕, 싸움터마저 제멋대로 억압하려는 전제군주, 천운을 일으킴과 동시에 헤쳐 버리면서 병법과 함께 그 천운을 믿는 마음. 웰링턴은 전쟁의 바렘이었고, 나폴레옹은 전쟁의 미켈란젤로였다. 그랬기 때문에 이번에는 천재가 계산에 패배한 것이다.

양쪽 모두 누군가를 기다리고 있었고 성공은 정확한 계산가 편이었다. 나폴레옹은 그루시를 기다렸지만 오지 않았으며 웰링턴은 블뤼허를 기다렸고 그는 왔다.

웰링턴, 그는 보복을 행하는 고전적 전법의 화신이다. 보나파르트는 파죽지세의 기세를 떨칠 무렵 이탈리아에서 그 고전적 전법을 만나 보기 좋게 쳐부쉈다. 늙은 올빼미는 젊은 독수리 앞에서 도망쳤다. 낡은 전술은 부서졌고 흙을 뒤집어쓰기까지 했다.

저 스물여섯 살의 코르시카 젊은이는 대체 어떤 자였나? 모두를 적으로 돌리고, 자기편은 하나도 없이, 군량도, 탄약도, 대포도, 구두도 없이, 거의 군대랄 것도 없는 한 줌의 병사로 대군단과 맞서고, 전 유럽 동맹에 달려들어 신기하게도 불가능 속에서 승리를 붙잡은 그 불가사의한 사나이는 대체 무엇을 뜻하는 건가?

거의 숨 돌릴 새도 없이, 언제나 변함없는 한 줌의 전투원을 비장의 장기 말로 내놓아 알빈치에 이어 볼리외를, 볼리외에 이어 부름저를, 부름저에 이어 멜라스를, 멜라스에 이어 마크를 무찔러 쓰러뜨리고, 독일 황제의 다섯 군단을 차례차례로 격파해 간 그 우레 같은 광인은 대체 어디서 나왔단 말인가? 반짝이는 별 같은 철면피인 그 전쟁의 신참은 대체 어떤 자였나?

군사 전문 아카데미파는 꼬리를 사리고 도망치면서 그를 파문했다. 그리하여 새로운 무단 정치에 대한 옛 무단 정치의 원한, 불꽃 같은 검에 대한 정통적 군도의 원한, 천재에 대한 장기판의 원한이 생겨났다. 1815년 6월 18일 그 원한은 마침내 앙갚음을 하게 되어, 로디, 몬테벨로, 몬테노테, 만토바, 마렝고, 아르콜라 같은 곳 아래에 '워털루'라고 단 한마디를 적는 것으로 그 숨통을 찔렀던 것이다. 그것은 다수인에게 환영받는 보통파의 승리라고 볼 수 있다. 운명은 이 아이러니를 허용했다. 나폴레옹은 무너져 가는 비탈에 서서 이번에는 자기 앞에 선 젊은 부름저를 발견했던 것이다. 하기야 부름저를 보기 위해서는 웰링턴의 머리를 하얗게 물들이는 것으로 충분하다. 워털루는 이류 장군이 승리를 거둔 일류의 전투이다.

워털루 전투에서 칭송해야 할 것은 영국, 영국의 강인함, 영국의 결단, 영국의 뜨거운 피다. 영국이 거기서 보여 준 숭고함은 미안하지만 영국 그 자체다. 그 장군이 아니라 그 군대인 것이다.

기이하게도 웰링턴은 그러한 공을 잊어버리고 배서스트 경에게 보낸

편지 속에서 자기의 군대, 즉 1815년 6월 18일 싸운 군대는 '경멸할 만한 군대'였다고 말하고 있다. 워털루 들판에 무더기로 파묻힌 저 음산한 해골들은 그 말을 어떻게 생각할까?

영국은 웰링턴에 대해 너무나 지나친 양보를 했다. 웰링턴을 그렇게 위대하게 만드는 것은 영국을 깎아내리는 일이며 웰링턴은 흔히 있는 영웅에 지나지 않는다. 회색 제복의 스코틀랜드 병사, 근위 기병, 메이틀런드와 미첼의 연대, 팩과 켐프트의 보병대, 폰손비와 서머싯의 기병대, 산탄 아래에서 피리를 불고 있던 스코틀랜드 병사, 라일란트의 대대, 총을 다루는 법도 제대로 모르면서 에슬링과 리볼리 전투 이래 노련한 프랑스 군단과 대적했던 풋내기 신참병들. 이들이야말로 위대했다.

웰링턴은 끈기가 있었지만 그게 그의 가치의 전부였다. 작가는 그 점을 낮게 평가하려는 것이 아니다. 그의 휘하에 있던 보병과 기병의 가장 미미한 자에 이르기까지 모두 그와 똑같이 강인했다. 철의 공작에 어울리는 철의 병사들이었다. 우리는 영국 병사, 영국군, 영국 국민을 모두 다 최대한 칭찬하고 싶다. 만약에 전승 기념패가 있다면 그것은 영국이 차지해야 한다. 워털루의 원기둥 탑이 만일 지금처럼 한 인간의 얼굴(렘) 대신 한 국민의 상을 하늘 높이 떠받들어 올린다면 그것은 더욱 정당한 일이 될 것이다.

그러나 그 위대한 영국은 이렇게 말하는 작자에게 화를 낼 게 틀림없다. 영국은 그들의 1688년(명예혁명)과 우리 프랑스의 1789년(프랑스대혁명)을 지난 다음에도 오히려 봉건적 환상을 가지고 있어 아직도 세습제도와 계급제도를 받든다. 힘으로나 영광으로나 그 어느 면에서도 다른 나라에 지지 않는 이 나라 사람들은 민중이 아닌 국민으로 자처하고 있는 것이다.

민중이면서도 그들은 기꺼이 복종하고 우두머리로 한 군주를 받든다. 노동자는 모멸을 감수하고, 병사는 몰매를 감수한다. 사람들이 기억하듯 인케르만의 싸움에서, 한 하사관이 전군을 구출한 일이 있었으면서도 래글런 경 때문에 이름을 내세우지 못했다. 영국군의 계급제도는 장교 아래 계급은 보고서에 그 이름을 기록하지 못하기 때문이다.

워털루 같은 전투에서 우리가 먼저 무엇보다도 감탄하는 것은 놀라울 만큼 교묘하게 우연히 개입했다는 점이다. 밤에 내린 비, 우고몽의 방어벽, 오앵의 골짜기 길, 대포 소리를 듣지 못한 그루시, 나폴레옹을 속인 그의 길잡이, 뷜로를 재치 있게 이끈 길잡이와 같은 모든 것을 살펴보더라도 큰 변동은 정말 교묘하게 조종되고 있었다. 그리고 뭉뚱그려 말하자면 워털루에는 전투가 아닌 학살이 있었다.

워털루는 정연히 대치한 싸움 가운데에서, 그토록 막대한 병사 수에 비해 가장 협소한 전선을 가진 전투였다. 나폴레옹은 3킬로미터, 웰링턴은 2킬로미터의 전선을 가졌으며, 고작 거기에 양군이 저마다 7만 2천의 군사였으니 이와 같은 밀집 때문에 저 대살육이 일어났던 것이다.

사람들 계산에 의하면 다음과 같은 숫자와 비례로 나타낼 수 있다. 군사의 손실로는 아우스터리츠에서 프랑스군 14퍼센트, 러시아군 30퍼센트, 오스트리아군 44퍼센트, 바그람에서는 프랑스군 13퍼센트, 오스트리아군 14퍼센트. 모스크바에서는 프랑스군 37퍼센트, 러시아군 44퍼센트. 바우첸에서는 프랑스군 13퍼센트, 러시아와 프로이센군 14퍼센트. 워털루에서는 프랑스군 56퍼센트, 연합군 31퍼센트. 워털루에서는 합계 41퍼센트로 양군 전투원 14만 4천에 대해 전사자 6만이다. 오늘날 워털루 평원은, 인간을 무감동하게 받아들이는 대지 특유의 평온함을 지녔으며 다른 평원과 비교해 보아도 조금도 다를 것이 없다.

그러나 밤에는 무슨 환상의 안개 같은 것이 솟아올라 만일 어떤 나그네가 거기서 발길을 멈추고, 지켜보고, 귀 기울이고 저 처참한 필리피 평원 앞에 선 베르길리우스처럼 명상에 잠긴다면, 그는 거기에서 일어났던 참극의 환각을 보게 될 것이다. 처참했던 6월 18일이 되살아나고, 인공으로 만들어진 기념 언덕은 사라지고, 그 사자상인가 하는 것도 스러지고, 싸움터가 역력히 눈앞에 떠오른다. 보병대의 행렬이 평원을 굽이치고 미친 듯 달리는 기병은 지평선을 지나간다. 명상에 잠겨 환각에 현혹된 나그네의 눈앞에 군도가 번뜩이고, 총검의 불꽃이, 작렬하는 포탄과 대포의 으르렁거림이 무섭게 교차한다. 무덤 밑바닥에서 들려오는 신음 소리와 같이 환상 속 싸움터에서 아련하게 절규하는 소리가 들려온다. 저 그림자는 척탄병이고 저 번뜩임은 흉갑 기병들이고, 이 해골은 나폴레옹, 저 해골은 웰링턴. 모든 것이 이제 허깨비일 뿐인데도 서로 부딪치며 아직도 싸우고 있다.

골짜기는 피로 물들고, 나무는 떨고, 구름 위까지 흉포한 기운이 퍼지고, 컴컴한 어둠 속에 몽생장, 우고몽, 프리슈몽, 파플로트, 플랑스누아의 저 참혹한 고원이 희미하게 떠오르고, 그 위에서 서로 살육하는 유령들이 소용돌이를 만들고 있다.


### 워털루에 찬동할 것인가


세상에는 워털루를 증오하지 않는 매우 존경할 만한 자유주의 일파가 있지만 작자는 그러한 자들과 같은 부류는 아니다. 워털루는 다만 자유의 어리둥절한 한 시기를 구분하고 있을 뿐이다. 그런 알에서 그런 독수리가 태어나는 건 정말 뜻밖의 일이다.

워털루를 그러한 문제의 최고 견지에서 본다면 의식적인 반혁명의 승리다. 그것은 프랑스에 대항하는 유럽이고, 파리에 맞서는 피츠버그와 베를린과 빈, 그것은 진취에 대항하는 현상 유지이며, 1815년 3월 20일을 통해서 공격당한 1789년 7월 14일이며, 억압할 수 없는 프랑스의 폭동에 대항하는 여러 군주 국가의 동요이다. 이미 26년째 불을 뿜고 있는 이 우렁찬 민중을, 어떻게 해서든 소멸시켜 버리는 것이 오랜 세월에 걸친 꿈인 브라운슈바이크가(家)와 나소가(家)와 로마노프가(家)와 호엔촐레른가(家)와 합스부르크가(家)과 부르봉가(家)의 제휴이다. 그런데 워털루는 신권설을 등에 업고 있다. 물론 제국이 독재했기에 왕정이 자연적인 반동에 의해 싫어도 자유주의적이었어야 했으며, 또한 승리자들로서는 몹시 아니꼬운 일이었지만 입헌 체제가 마지못해 워털루에서 나온 것도 사실이다. 진실로 혁명은 뿌리 뽑을 수 없는 것이며, 신의 뜻에 따라 절대적으로 결정되어 늘 되살아나기를 반복하는 탓이다.

그리하여 워털루 전에는 낡은 왕조를 쓰러뜨린 보나파르트 속에 나타났고, 워털루 뒤에는 '헌법'에 동의하고 이에 복종한 루이 18세 속에 모양을 바꾸어 나타났다. 보나파르트는 평등을 표명하기 위해 불평등을 사용하여, 한 마부를 나폴리의 왕위에, 한 하사관을 스웨덴의 왕좌에 앉혔다. 루이 18세는 평등을 표명하기 위한 장치로 생 투앵에서 인권 존중 선언에 서명했다.

만약 혁명이 무엇인지를 알고자 한다면 여러분은 그것을 '진보'라 부르고, 진보가 뭔지를 이해하려 한다면 그것을 '내일'이라고 불러 보자. 내일은 누가 뭐래도 내일의 일을 하는 것이며, 게다가 그것을 벌써 오늘부터 하고 있는 중이다. 그것은 희한하게도 그 목적하는 바를 달성한다. 한 병졸에 지나지 않았던 푸아를 웅변가로 만들기 위해 웰링턴을 끌어낸다. 푸아는 우고몽에서 쓰러졌지만, 연단에서 다시 일어난다. 진보란 이렇게 행동한다.

이 직공에게 쓸모없는 연장이란 하나도 없다. 그는 알프스를 넘었던 그 사람도, 엘리제 노인이라고 불린 그 절름거리는 불구의 착한 노인도, 조금도 당황하는 일 없이 자기의 신성한 일에 끌어들인다. 그는 중풍환자, 정복자 할 것 없이 다 이용한다. 바깥에서는 정복자를, 안에서는 중풍

환자를 이용한 워털루는 유럽 여러 왕조의 붕괴를 황급히 칼로 막으면서, 또 한편으로는 혁명의 작업을 지속시키는 결과를 낳았다. 군도를 차고 뽑내던 시대는 가 버리고 사상가의 세상이 왔다. 워털루는 세기의 발걸음을 멈추게 하려고 길을 가로막았지만, 세기는 그 위를 뛰어넘은 채 제 길을 계속 간다. 그 불길한 승리는 자유에 의해 격파당했다.

어쨌든 확실한 것은, 워털루에서 승리를 거두고 웰링턴 뒤에서 미소를 지은 것은, 사람들 말처럼 프랑스 원수의 지휘봉을 포함한 유럽 모든 원수의 지휘봉을 송두리째 그에게 가져다준 것은, 해골이 가득한 흙을 즐거운 듯 손수레로 퍼 담아 사자상의 언덕을 쌓아올린 건, 그 대리석에 '1815년 6월 18일'이라는 날짜를 의기양양하게 쓴 건, 블뤼허를 부추겨 도망치는 그를 후려치게 한 건, 몽생장 고지 위에서 마치 먹이를 덮치려는 것처럼 프랑스를 내려다본 그것은 바로 반혁명이었다. 저 '분할'이라는 뻔뻔한 말을 중얼거렸던 반혁명이다. 그 반혁명은 파리에 이르러 눈앞의 분화구를 보고, 그 재가 자신의 발을 태우고 있다는 걸 느끼고 생각을 바꿨다. 반혁명은 다시 '헌법'이라는 말을 입에 올리는 것도 양보했다. 우리는 워털루 속에서 다만 워털루 속에 있는 것만을 보기로 하자. 거기에는 애초부터 간절히 원해서 얻은 자유 따위는 털끝만큼도 없다. 반혁명은 자신의 뜻과는 다르게 자유주의자가 되고, 마찬가지로 그것에 대응하여 나폴레옹도 본의 아니게 혁명가가 되었다. 1815년 6월 18일, 로베스피에르는 말에서 굴러 떨어진 것이다.

## 신권설의 재기

독재 정치의 종말. 유럽의 한 체제가 완전히 무너졌다. 제국은 멸망해

가는 로마 제국처럼 암흑 속에 사라졌다. 사람들은 암흑시대처럼 다시 심연을 보았지만 반혁명이라는 통칭으로 불러야 하는 이 1815년의 암흑은 호흡이 짧은 탓에 곧 숨이 끊어졌다. 멸망한 제국은 사람들의 눈물을 자아낸다. 특히 용감한 사람들 눈에 눈물을 흘리게 만든다. 만약 영광이 제왕의 칼 속에 들어 있는 거라면 제국은 지난날 영광 그 자체로 볼 수 있다. 제국은 압제자가 줄 수 있는 모든 빛을 지상에 뿌려 댔는데 그것은 어두운 빛, 아니 더 아주 깜깜한 빛이었다. 그러면서도 그 어두운 밤이 소멸되는 건 일식 같은 인상을 던져 주었다.

루이 18세는 다시 파리로 돌아왔다. 7월 8일의 원무는 3월 20일의 열광을 지웠다. 코르시카인이라는 말은 베아른인이라는 말과 대조가 되었다. 튈르리 궁전 둥근 지붕에 나부끼는 깃발은 흰색이 되었다. 망명자가 왕좌에 앉은 탓이다. 하트웰의 전나무 식탁은 루이 14세의 백합꽃 무늬가 있는 안락의자 앞에 놓였다. 부빈과 퐁트누아의 이름이 어제 일처럼 사람들 입에 오르내리고 아우스터리츠는 아득한 옛날 일처럼 바래져 갔다. 성당과 왕좌는 엄숙하게 형제의 의를 맹세했으며 19세기 사회 안녕의 가장 확고한 형식 하나가 프랑스와 대륙에 세워졌다. 유럽은 흰 모표를 달았고 트레스타이용은 세상에 이름을 날렸다. 오르세 강둑 병영 정면의 태양 광선을 나타내는 돌 위에는 '많은 자에게 평등하게'라는 문구가 다시 나타났다. 황제의 근위대가 있었던 곳에는 왕실 근위대가 들어섰고 카루젤 광장 개선문은 비열하게 얻어진 승리에 가려지고, 그 새로운 유행 속에서 어리둥절하며, 마렝고와 아르콜꼴라의 전승에 대하여 약간 부끄러운 얼굴을 하고서 앙굴렘 공작의 동상에 의해 겨우 한숨 돌리고 있었다.

1793년의 무시무시한 공동묘지가 되었던 마들렌 묘지는, 루이 16세와 마리 앙투아네트의 유골이 먼지 속에 그대로 방치되어 있다고 한 바람에 대리석과 벽옥으로 치장됐다. 뱅센 성 해자 속에서는 묘석 하나가 나와 나폴레옹이 제위에 올라앉은 바로 그 달에 앙기앵 공작이 총살당한 일을 새삼 생각나게 만들었다. 이 총살이 있던 바로 그 무렵 황제의 대관식을 주관한 교황 피우스 7세는, 그 즉위를 축복했을 때처럼 이번에는 제법 엄숙하게 그 몰락을 축복했다. 쇤브룬에는 네 살 난 조그마한 그림자 하나가 있었고 사람들은 그를 로마 왕이라고 부르기를 꺼려했다.

이렇듯 위와 같은 일들을 모두 행한 뒤에 제왕들은 다시 왕위에 오르고, 유럽의 지배자는 우리 속에 갇히고, 구체제는 신체제가 되고, 지상의 모든 빛과 그림자는 서로 그 위치를 바꾸었다. 그 원인은 어느 여름날 오후, 한 목동이 프로이센인에게 숲 속에서 이렇게 말했기 때문이다.

"이쪽 길로 가셔야 되고 저쪽으로 가셔서는 안 됩니다!"

이 1815년은 어딘지 고통스러운 4월과 비슷했다. 해로운 낡은 현실이 새롭게 몸단장을 하고 나섰다. 허위가 1789년과 결혼하고, 신권설이 '헌법'의 탈을 둘러쓰고, 가짜 제도는 입헌적이 되고, 편견과 미신과 저의는 헌법 제14조를 바탕으로 그 위에 자유주의를 칠해 놓았다. 완전히 구렁이가 허물을 벗는 식이었다.

인간은 나폴레옹에 의해 위대해졌으며 더불어 왜소해졌다. 이상은 화려한 물질의 지배를 받으면서, 공상이라는 묘한 이름을 얻었다. 미래를 웃음거리로 만든 것은 위인이 저지른 크나큰 실수였다. 그래도 민중은 대포에 몸을 바치면서도 그 포수를 열렬히 사랑하는 지라 그를 눈으로 찾고 있었다. 그는 어디 있지? 그는 뭘 하고 있을까? 마렝고와 워털루에서 싸운 어느 상이군인에게 지나가던 한 행인이 "나폴레옹은 죽었소."라고 말했더니, "그 사람이 죽었다니! 대관절 그분을 알기나 하오!"라고 병사가 소리쳤다. 민중은 패배한 그 사나이를 신으로 떠받들었다. 유럽 천지는 워털루 이래로 캄캄해졌다. 나폴레옹이 사라진 다음 그 어떤 거대한 것이 오랫동안 텅 비어 있었다.

왕들은 그 공허 속에 틀어박혔다. 낡은 유럽이 그것을 기점으로 옛날로 돌아갔다. 신성동맹이 맺어졌다. 그런데 워털루의 운명의 들판은 그에 앞서 벨 알리앙스라고 불리지 않았던가!

이 재건된 낡은 유럽에 대해 새로운 프랑스의 그림이 그려졌다. 황제가 경멸하던 미래가 드러나기 시작했다. 미래의 이마에는 '자유'라는 별이 붙어 있었다. 젊은 세대의 타오르는 눈은 미래 쪽으로 쏠렸는데 희한하게도 사람들은 '자유'라는 미래와 나폴레옹이라는 과거를 같이 흠모했다. 패배가 패자를 위대하게 만든 것이다. 쓰러진 보나파르트가 서 있는 나폴레옹보다 더 커 보이는 셈이다.

승리를 차지한 자들은 불안스러워 하며 영국은 허드슨 로에게 나폴레옹을 지키게 했고, 프랑스는 몽슈뇌에게 나폴레옹을 엿보라 했다. 팔짱을 낀 그의 두 팔은 여러 나라 왕좌를 불안에 떨게 만들었다. 알렉상드르 1세는 그를 '나의 불면'이라고 부르기도 했다. 나폴레옹 안에 있는 그 어마어마한 혁명이 이와 같은 두려움의 원인이었다. 이것이 보나파르트적 자유주의의 설명이자 변명이다. 이 환영은 낡은 세계에 파장을 일으켰고 수평선 저 멀리 세인트헬레나의 바위 때문에 왕들은 왕좌에 앉아 있는 게 불편했다.

롱우드에서 나폴레옹이 죽어 갈 동안 워털루 들판에 쓰러진 6만 명은 조용히 썩어 갔으며, 그들의 평화가 얼마간 온 세상에 퍼졌다. 빈 회의는 그것으로 1815년의 조약을 만들었고, 유럽은 그것을 복고라는 이름으로 불렀다.

이것이야말로 있는 그대로의 워털루이다. 하지만 영원에 비해 어떤 의미가 있을까? 그 모든 비바람, 그 모든 먹구름, 그 전쟁, 그리고 그 평화, 그 모든 어둠, 그들 가운데 어느 하나도 저 거대한 눈의 광채를 한순간도 흐리게 만들지는 못했다. 그 눈앞에서는 풀잎에서 풀잎으로 옮아가는 진딧물도, 노트르담의 종탑에서 종탑으로 날아가는 독수리도 모두 평등한 것이다.

# 밤의 싸움터

다시 저 운명의 싸움터로 돌아가야 하는데 사실 그것이 이 이야기에 필요하다. 1815년 6월 18일 밤은 보름달이 떴다. 그 달빛이 블뤼허의 맹추격을 쉽게 만들어 주었고, 도망병들이 어디 있는지 훤히 드러냈으며, 그 불행한 집단을 무자비한 프로이센 기병의 거친 손아귀에 넘겨 학살을 도와주었다. 파국에는 가끔씩 비참한 밤의 협조까지도 손을 보태는 법이다.

마지막 포성이 울리고 난 후로, 몽생장 평원에는 인기척이 나지 않았다. 영국군은 프랑스군의 진영을 점령했는데 패자의 진지에서 잠을 자는 것은 승리를 확인하는 그들의 습관 중 하나였다. 그들은 로솜 저편에 야영했고 프로이센군은 도주하는 자의 뒤를 계속 쫓아갔다. 웰링턴은 워털루 마을로 들어가 배서스트 경에게 보내는 보고서를 썼다. '너희들이 그처럼 애쓰지만 보답받는 이는 너희가 아니니라.' 하는 격언이 절묘하게 맞아떨어지는 경우가 바로 이 워털루 마을이었다. 워털루 싸움터에서 반 리그나 떨어져 있는 마을인데 한 일이라고는 아무 것도 없었다. 몽생장은 포격당했고, 우고몽과 파플로트, 플랑스누아가 불에 탔으며, 라 에생트는 점령되었고, 라 벨알리앙스는 두 승리자가 포옹하는 것을 보았지만 이 이름들은 거의 알려지지 않고, 아무런 일도 하지 않은 워털루가 전투의 명예를 모두 차지했다.

작자는 전쟁을 찬양하는 사람이 아니다. 기회만 닿는다면 그 전쟁의 진상을 알려 줄 생각이다. 작자는 전쟁에 무서운 아름다움이 있다는 걸 숨기지 않았지만 더불어 추악한 면이 다양하다는 것도 인정해야 한다. 추악한 짓 중에 가장 놀라운 것은, 승리 뒤에 바로 죽은 자가 당하는 약탈이라고 할 수 있다. 싸움이 끝난 뒤 새벽은 으레 벌거벗은 시체 위로 밝아 오는 법이다.

누가 그런 짓을 하나? 누가 그런 짓으로 전승을 더럽히나? 승리의 허리춤에 살그머니 더러운 손을 집어넣는 그는 과연 누구인가? 영광 뒤에 숨어서 그런 짓을 하는 소매치기는 어떤 자란 말인가? 여기에 대해 어떤 철학자들은, 그중에서도 볼테르는 영광을 획득한 바로 그 사람들이라고 단언한다. 그런 짓은 승리를 차지한 바로 그자들이 하는 것이며 다른 사람이 그럴 수는 없다고 한다. 서 있는 사람들이 넘어진 사람들에게서 훔치는 것이다. 낮의 영웅이 밤의 흡혈귀가 되는 것으로 요컨대 자기 손에 죽은 시체로부터 조금 훔치는 건 매우 정당한 일이라고 생각한다. 하지만 우리는 월계수의 가지를 꺾는 것과 죽은 자의 신을 훔치는 일을 같은 사람이 할 수는 없다고 생각한다. 다만 확실한 건 승리자 뒤에는 반드시 도둑이 끼어든다는 사실이지만 군인은, 더구나 현대의 군인은 이런 논의의 대상에 넣고 싶지 않다.

어떤 군대에나 꼬리가 있는 법이니, 바로 그것을 비난해야 한다. 반은 도둑이고 반은 하인인 박쥐 같은 인간, 전쟁이라고 부르는 저 그늘이 만들어 낸 온갖 박쥐족들, 군복을 입었지만 싸우지 않는 자들, 꾀병쟁이들, 때로는 조그만 수레에 아내까지 태우고 돌아다니며 술을 밀매하는 무시무시한 경상 환자들, 밀매한 술을 다시 훔치는 무허가 상인들, 장교들의 길잡이를 자청한 거지들, 군대를 따라다니는 심부름꾼들, 그 곁을 얼씬대는 날치기들. 행진하는 군대는 옛날에 그 모든 것들을—현대에도 그렇다는 말은 아니다 뒤에다 질질 끌고 다녔기 때문에 전문 용어로 그럴싸하게 낙오병이라고 부를 정도였다.

그런 족속에 대해서는 어느 군대, 어느 나라도 책임이 없었다. 그들은 이탈리아 말을 지껄이면서 독일군을 따라다니거나, 프랑스 말을 하면서 영국군을 따라다니기도 했다. 페르바크 후작이 체리졸라에서 승리한 날 밤 바로 그 싸움터에서 엉터리 피카르디 사투리에 속아 프랑스인으로 믿어 버린 사내에게 암살되고 약탈당한 것도 프랑스어를 지껄이는 스페인의 한 낙오병이 저지른 짓이었다. 약탈에서 불량배가 생겨났다. '적에게서 군량을 얻자.'라는 치사한 격언이 그와 같은 폐단을 만들어 냈다. 그것은 엄한 규율만이 고칠 수 있었다.

그러나 세상에는 빛 좋은 개살구 같은 사람들도 있어 아무개 장군들은 사실 위대하긴 했으나 왜 그토록 인망이 있었던가 하는 점에서는 납득되지 않을 때가 많다. 튀렌은 약탈을 너그럽게 보아 준 덕분에 병사들에게 인기가 많았다. 악행을 눈감아 주는 것은 친절의 일부로 튀렌은 친절했던 나머지 팔라티나의 땅이 불과 피바다 속에 던져지는 것을 보고도 못 본 체했다. 사령관이 얼마나 엄격하느냐에 따라 그 군대에 붙어 따라다니는 도둑 떼가 많아지거나 적어진다는 건 누구나 아는 사실이다. 오슈와 마르소 두 장군에게는 낙오병이 하나도 없었고 웰링턴에게도 낙오병은 거의 없었는데, 그 점은 우리가 기꺼이 인정해 주어야 한다.

그럼에도 6월 18일로부터 19일에 걸친 밤사이에 전사자들이 약탈당했다. 웰링턴은 엄격했다. 현행범으로 붙잡히면 가차 없이 총살하라는 명령이 내려졌지만 약탈은 끈질기게 계속되었다. 도둑놈들은 싸움터 한 구석에서 총살이 이루어지고 있는 동안 다른 한쪽 구석에서 약탈을 하곤 했다.

평원의 달이 음산하게 내리비쳤다. 한밤중에 한 사나이가 오앵의 골짜기 길 쪽에서 어슬렁거렸다. 아니, 어슬렁거린다기보다 기어 돌아다녔다. 어느 모로 보나 방금 말했던 특성을 지닌 자로 영국인도 아니고, 프랑스인도 아니고, 농군도, 병사도 아니고, 인간이라기보다도 식인귀에 가깝고, 송장 냄새에 이끌려 도둑질을 승리로 착각해 워털루를 약탈하러 온 자였다. 그는 군인 외투 비슷한 작업복을 입고 겁내는 듯하면서도 대담한 얼굴로 앞으로 나아갔다 뒤돌아보기를 반복했다. 그 사나이는 대체 어떤 자였을까? 그에 대해서라면 낮보다는 밤이 더 잘 알고 있을 것이다.

그는 자루는 안 갖고 있었지만, 외투 밑에 커다란 주머니가 몇 개 달려 있는 게 확실했다. 가끔 걸음을 멈추고 누가 보고 있지나 않은지 살펴듯 주위 평원을 둘러보고, 갑자기 몸을 구부려 땅바닥에서 말없이 움직이지 않는 무엇인가를 뒤적거린 뒤 다시 몸을 일으켜 자취를 감추는 식이었다. 그 미끄러지는 듯한 걸음걸이와 몸짓, 날쌔고 신기한 손의 동작은 고대 노르망디 전설에서 황혼의 폐허에 산다는 알뢰르라는 원귀를 떠오르게 만들었다.

어떤 날 밤에 물새가 늪지에서 그와 비슷한 모습을 하는 경우도 있다. 만일 그 밤안개 속을 유심히 들여다 본 사람이 혹시라도 있었다면, 거기서 좀 떨어진 니벨 도로 위 몽생장에서 브렌랄뢰로 통하는 길모퉁이 찌그러진 집 뒤에 감추듯 놓아둔 조그마한 종군 행상 마차가 눈에 띄었을 것이다. 그 마차에는 타르 칠을 한 고리버들로 싼 덮개를 씌웠으며, 수레에 비끄러맨 야윈 말은 재갈이 물린 입으로 쐐기풀을 뜯었고, 그 수레 안에는 궤짝과 보퉁이 위로 여자로 보이는 사람 그림자가 앉아 있었다. 아마도 그 마차와 들판에서 어슬렁대는 사나이 사이에는 무슨 관련이 있는 건지도 모른다.

밤하늘은 밝았고 구름 한 점 없었다. 땅은 붉은 피로 물들어 있어도 달은 역시 새하얬는데 이것이야말로 하늘의 무관심을 나타내는 것이다. 들판에서는 산탄을 맞아 부러진 나뭇가지들이 간신히 껍질만으로 매달린 채, 밤바람에 조용히 흔들렸다. 산들바람이 마치 사람의 숨결이기라도 한 듯 찔레 덤불을 쓰다듬었으며 덤불 속에는 영혼이 날아가기라도 할 것 같은 설렘이 있었다. 멀리 영국군 진영에서 순시병과 순회 군의관이 서성이는 발자국 소리가 희미하게 들려왔다.

우고몽과 라 에생트는 아직도 불타고 있었다. 하나는 서쪽, 또 하나는 동쪽에서 두 개의 커다란 불기둥이 치솟고, 지평선 능선 위로 반원형으로 큼직하게 펼쳐진 영국군이 야영하는 불길이 그 사이를 띠처럼 이어주니, 마치 끌러진 루비 목걸이의 양 끝에 석류석이 매달려 있는 모양이었다.

오앵 골짜기 길에서 어떤 참변에 있었는지는 이미 말한 바와 같다. 그토록 수많은 용사들에게 그 죽음이 어떤 것이었을지 생각하기만 해도 소름이 끼친다.

살아 있고, 태양을 바라보고, 억센 힘이 온몸에 넘쳐흐르며, 건강하고 명랑한 마음을 가지고 기운차게 웃고, 눈부신 영광을 향해 돌진할 줄 알고, 가슴에는 호흡하는 폐와 고동치는 심장과 올바르게 작용하는 의지를 느끼고, 이야기하고, 생각하고, 희망하고, 사랑하고, 어머니와 아내, 아이들이 있고, 빛이 있고, 그러다가 느닷없이 '앗' 하고 외칠 틈도 없이 순식간에 심연 속으로 떨어져 넘어지고, 미끄러지고, 밟고, 밟히고, 보리이삭과 꽃과 잎사귀와 가지를 보면서도 아무것에도 매달리지 못하고, 칼도 이제 아무 소용없다는 걸 느끼고, 밑에는 사람들이 깔리고, 위에는 말들이 덮치고, 빠져나가려고 헛되이 몸을 버둥거려 보고, 어둠 속에서 갑자기 말의 뒷발에 세게 채여 뼈가 부러지고, 이어 누군가의 발꿈치에 짓밟혀 눈알이 튀어나오는 것을 느끼고, 미친 듯 말발굽에 매달리고, 숨이 막히고, 아우성치고, 몸을 뒤틀고, 밑바닥에 깔린 채 '조금 전까지도 나는 살아 있었는데!' 하고 생각하는 것이야말로 세상에 어떤 무서운 것, 꿈보다 더한 현실일 것이다.

그처럼 애달픈 재난의 허덕임이 들렸던 그곳도 지금은 완전히 정적에 싸여 있었다. 골짜기 길은 손도 못 댈 만큼 빽빽하게 포개어 쌓아 올려진 말과 기병으로 꽉 들어차 무시무시하게 뒤얽힌 상태였다. 시체가 길과 들을 평평하게 만들어 비탈도 이미 사라졌다. 말에 깨끗이 되어 놓은 보리처럼 길 가장자리까지 찰랑하게 올라와 있었다. 위쪽은 시체의 산, 아래쪽은 피의 냇물이 흘렀는데 이것이 1815년 6월 18일 밤 그 길의 상태였다.

피는 니벨 대로까지 흘러내려 길을 가로막은 가시나무 울타리 앞에서 커다란 웅덩이가 되어 넘쳐흘렀는데 그 자리는 지금도 가려 낼 수 있다. 하지만 독자도 기억하듯 흉갑 기병대가 떼죽음당한 곳은 그곳과 반대쪽인 주나프 대로 쪽이었다. 시체가 포개진 두께는 골짜기의 길 깊이와 비례했다.

골짜기가 얕아진 지점은 들로르 사단이 지나간 곳으로, 거기는 시체층도 똑같이 얇았다. 한밤에 어슬렁거리고 있는 모습을 보였던 조금 전 그 사나이가 그쪽으로 가고 있었다. 그는 이 거대한 무덤을 여기저기 더듬고 지그시 살피며 둘러보았다. 피 속에 발을 적시며 혐오스러울 만큼 처참한 이 시체 부대를 마치 사열하듯 지나갔다. 갑자기 그가 걸음을 멈추었는데 대여섯 발자국 앞 골짜기 길 속, 시체 쌓인 것이 끝나 가는 곳에서 사람과 말이 겹쳐진 더미 밑에 손바닥을 펼친 손 하나가 달빛에 비쳐 튀어나와 있는 게 보인 까닭이었다. 그 손에는 무언가 반짝이는 것이 손가락에 끼워져 있었다. 금반지였다. 사나이가 몸을 구부리고 시체와 시체 사이에 한참 웅크렸다가 다시 몸을 일으켰을 때 튀어나온 그 손에는 이미 반지가 사라지고 없었다.

사나이는 사실 제대로 일어선 것도 아니고 겁먹은 짐승처럼 엎드린 채 엉거주춤 궁둥이를 추켜들어, 시체가 쌓인 쪽으로 등을 돌리고 무릎을 꿇은 채 지평선을 바라보며 땅에 짚은 두 손의 집게손가락에 윗몸을 싣고 머리만 골짜기 길 가장자리 위로 내밀어 주위를 살피는 모양새였다. 어떤 행동을 할 땐 들개의 네 발이 훨씬 편리한 것이다.

그런 뒤에 그는 마음을 정한 듯 일어섰는데 그 순간 움찔했다. 뒤에서 누가 자기를 붙잡은 것 같아 고개를 돌려보니 아까 펼쳐져 있던 그 손이 손가락을 오그려 그의 외투 자락을 붙잡았던 것이다. 여느 사람이라면 겁을 먹었겠지만 이 사나이는 소리 내어 웃기 시작했다.

"난 또 뭔가 했더니 송장이군. 귀신이 헌병보다야 낫긴 하지."

그가 말했다.

그러는 동안에 그 손은 힘이 빠져 그를 놓았다. 무덤 속에서는 금방 기운이 다하는 법이다. 어슬렁대던 사나이가 말했다.

"흠, 이 송장은 살아 있는 모양이군. 어디 좀 볼까."

그는 다시금 몸을 웅크리고, 시체 더미를 파헤쳐 거치적대는 것을 치우고, 그 손을 붙잡아 팔을 움켜쥐고, 머리를 추켜든 다음 몸을 끄집어내어 죽은 것 같은, 아니 정신을 잃은 건지도 모르는 한 사나이를 골짜기 길 가장자리 어둠 속으로 끌어냈다.

그것은 흉갑 기병으로 장교였고 계급 또한 상당한 듯했다. 커다란 금빛 견장이 갑옷 밑으로 드러나 보였으나 철모는 이미 사라지고 없었다.

얼굴에 심한 칼자국이 나 있고 온통 피투성이였다. 팔다리는 부러진 데가 없는 것 같았고, 다행스럽게도―이런 경우에도 다행이라는 말을 쓸 수 있다면―많은 시체들이 그 위에 아치 모양으로 서로 떠받친 덕분에 이 장교는 밟혀 죽지 않은 것이다. 그의 눈은 감겨 있었다. 갑옷 위에 레지옹 도뇌르 은십자 훈장을 달고 있었다. 어슬렁거리던 사나이는 십자 훈장을 떼어 내 외투 밑에 감춰진 주머니에 넣었다. 장교의 가슴께를 더듬어 시계가 만져지자 그것도 빼내고 조끼에서 찾아낸 지갑도 주머니에 넣었다.

사나이가 이 죽어 가는 인간에게 베푸는 구조의 손길이 거기까지 미쳤을 때 장교가 눈을 뜨고 꺼져 가는 목소리로 말했다.

"고맙소."

사나이의 거친 동작과 밤의 냉기, 자유롭게 숨 쉬게 된 공기가 그를 빈사 상태에서 살아나게 해 준 모양이다. 부랑배는 대답하지 않고 머리를 쳐들었다. 사람 발자국 소리가 들판에서 들려왔는데 아마도 순시병이 가까이 오는 모양이었다.

장교가 기어들어 가는 목소리로 다시 말했다.

"어느 쪽이 이긴 거요?"

그 목소리에는 아직도 죽음의 고통이 느껴졌다. 배회하던 사나이는 대답했다.

"영국군이라오."

장교는 다시 말을 했다.

"내 주머니를 찾아보시오. 지갑과 시계가 있을 것이오. 그걸 가져요."

그것은 이미 꺼낸 뒤였지만 배회하던 사나이는 그의 말을 따르는 시늉을 한 뒤 말했다.

"아무것도 없구려."

"누가 훔쳐 갔군. 거참, 유감스럽소. 당신에게 주고 싶었소만."

순시병의 발소리가 점점 다가왔다.

배회하던 사나이는 가 버릴 것 같은 몸짓을 하며 말했다.

"사람이 옵니다."

장교는 가까스로 한 팔을 들어 사나이를 붙잡았다.

"당신은 내 목숨을 구해 주었소. 이름이 뭐요?"

배회하던 사나이가 낮은 목소리로 서둘러 대답했다.

"나는 당신처럼 프랑스군이었습니다. 이제 헤어져야겠소. 붙잡히면 총살을 당하거든요. 나는 당신 목숨을 구했으니 뒷일은 알아서 처리해 주시오."

"계급은?"

"중사요."

"이름은?"

"테나르디에라고 합니다."

장교가 말했다.

"그 이름을 잊지 않도록 하겠소. 내 이름을 기억해 두시오. 나는 퐁메르시오."

2. 군함 오리온호

### 24601호가 9430호로 되다

장 발장은 다시 붙잡혔다. 그 비통한 경위를 여기서 장황하게 설명하지 않는 것이 독자들에겐 더 좋을 것이다. 단지 저 뜻하지 않은 사건이 몽트뢰유쉬르메르에서 일어난 지 두어 달 후에 신문에 실렸던 두 개의 짧은 기사를 옮기는 것으로 만족하려 한다. 기사치고 간단한 것들인데 다들 아는 것처럼 그때에는 아직 법원 공보가 없었다. 먼저 〈흰 깃발〉지에 실렸던 1823년 7월 25일자 기사는 다음과 같다.

최근 파드칼레 군의 한 지방이 유례없는 어떤 사건의 무대가 되었다. 타 지방에서 떠돌다 온 마들렌 씨라고 불리는 사나이가 그 지방에서 예로부터 내려온 공업인 흑옥과 검은 유리구슬 제조를 여러 해 전부터 새로운 제조법으로 부흥시켰다. 그는 이를 바탕으로 자신의 부를 이룩했으며 그 지방까지도 풍족하게 만들었다. 그는 그 공로를 인정받아 시장에 임명되었는데 경찰은 마들렌 씨가 장 발장이라는 전과자이며 1796년에 절도죄로 형을 받은 일이 있고, 또한 감시 위반자인 것을 알아냈다. 그리하여 장 발장은 감옥으로 다시 끌려갔고 체포되기 전에 라피트 은행에 예금해 두었던

50만 프랑이 넘는 돈을 교묘하게 인출한 것으로 보인다. 단 이 돈은 그가 정당하게 장사하여 번 것이라고 하는데 장 발장이 툴롱 감옥에 들어간 뒤 이 돈을 어디에 숨겼는지는 아무도 모른다고 한다.

다음 기사는 같은 날짜에 실렸던 〈파리 일보〉에서 발췌한 것으로, 더 자세하다.

장 발장이라는 한 전과자가 최근 바르의 중죄 재판소에 출두했는데 그의 전후 사정은 참으로 사람들의 주목을 끌 만했다. 이 전과자는 교묘하게 경찰의 눈을 피하고, 이름을 바꾸어 북부 어느 조그만 도시에서 시장 노릇을 버젓이 했다. 그는 그 시에서 상당히 중요한 산업을 일으키기도 했는데 검찰 당국의 끈질긴 노력 덕택에 마침내 가면이 벗겨지고 체포되었다. 그는 한 매춘부를 정부로 두었는데, 그 여자는 그가 체포될 때 너무 놀라 죽고 말았다. 이 악한 사나이는 타고난 비상한 힘으로 감쪽같이 탈주해 버렸다. 그러나 탈주한 지 삼사 일 뒤에 경찰은 파리에서, 그가 마침 몽페르메유 마을(센에우아즈 도)로 가는 작은 마차에 올라타려는 순간 다시 그를 붙들었다. 그런데 그는 자유로운 몸이었던 그 사나흘을 이용, 우리 나라 안에서도 손꼽히는 은행에 예금했던 엄청난 금액을 손에 넣었다고 한다. 그것은 60만 내지 70만 프랑쯤으로 추측되고 있다. 기소장에 의하면, 그는 이 돈을 자신만이 아는 어떤 곳에 파묻은 모양인데 그곳이 어디인지는 아직 밝혀내지 못한 것 같다. 아무튼 이 장 발장이라는 사나이는 8년 전 시골길에서 한 어린아이의 돈을 강탈한 절도죄로 최근 바르의 중죄 재판소에 회부되었다. 그 어린아이란 바로 페르네의 대주교가 그 불후의 시 속에서 노래했던 부지런한 소년들 가운데 한 명이다.

사부아에서 해마다 찾아와

손으로 홍겹게 닦아 내는
그을음으로 막힌 저금통

이 도적은 구차하게 자기변명을 늘어놓지 않았다. 검사의 능란한 논고에 따라 장 발장은 공범자가 있었고 남부 지방 도둑 떼 중 한 명이라는 것이 만천하에 드러났다. 따라서 장 발장은 유죄가 인정되어 사형을 선고받았으며 범인은 상고를 거부했다. 국왕 폐하가 무한한 관용을 베풀어 무기징역으로 형을 감해 주셨다. 장 발장은 즉시 툴롱 감옥으로 이송되었다.

장 발장이 몽트뢰유쉬르메르에서 종교의식을 잘 지켰던 것을 사람들이 기억했기 때문에 어떤 신문들은, 특히 〈콩스디튀시오넬〉은 이렇게 가벼운 형을 받은 것은 사제 집단의 승리라고 말하기도 했다.

장 발장은 감옥에서 번호가 바뀌어 9430호로 불리게 되었다. 또한 더 이상 다시 말하지 않아도 되게끔 여기서 말해 두지만, 마들렌 씨가 사라지자 몽트뢰유쉬르메르의 번영도 사라졌다. 고뇌와 주저의 그날 밤에 그가 예상했던 모든 일이 현실이 되어 나타났다. 그가 없어졌다는 건 말 그대로 '넋이 빠진' 것과 다를 게 없었다.

그가 권력의 자리에서 굴러떨어진 뒤 몽트뢰유쉬르메르에는, 위대한 인물이 쓰러졌을 때 흔히 보이는 저 이기적인 분할이 이루어졌다. 영화를 누리던 사람이 그런 식으로 분해되는 일은 피할 수 없는 일로 인간 공동체에서 날마다 일어나지만, 역사에 기재된 것은 오직 한 번, 그 유명한 알렉산더 대왕이 세상을 떠난 뒤 일어났다.

장군들이 스스로 왕관을 썼으며, 직공장이 하룻밤 사이에 공장장이 되는가 하면, 시기심 많은 경쟁이 시작되는 것이다. 이제 마들렌 씨가 경영하던 그 커다란 공장은 문을 닫았다. 건물은 황폐해지고 직공들은 여기저기로 흩어져 어떤 이는 그 고장을 떠나고, 또 어떤 이는 그 직업 자체를 버렸다. 그 뒤로는 모든 것이 커지지 않고 쪼그라들고 선을 위해서가 아닌 이익을 위해서 모든 일이 실행되었다.

이제 중심은 없어지고, 어디를 가나 경쟁으로 눈이 벌겋게 달아올랐다. 마들렌 씨는 모든 것을 지배하고 이끌어 갔지만, 일단 그가 쓰러진 뒤 모두들 사리사욕을 채우기에 바빠졌다. 단체정신이 투쟁 정신으로 바뀌고, 친화는 냉혹으로, 모든 사람들을 위한 것이었던 창립자의 호의는 상호 간의 증오심으로 바뀌어 버렸다.

마들렌 씨가 맺어 놓은 유대는 얽히고 끊겼다. 사람들은 제조 과정을 속이고, 제품의 질을 떨어뜨렸기 때문에 신용도 덩달아 땅에 떨어졌다. 상품 판로가 막히고 주문은 줄어들었다. 직공의 임금이 내려가고, 공장은 휴업하고, 파산이 코앞이었다. 이렇게 돼서 이제 가난한 사람들을 위한 원조는 아무 것도 없게 되었다. 모든 게 사라져 버렸다.

국가에서도 어디선가 누가 없어졌다는 걸 깨달았다. 마들렌 씨가 장발장이 틀림없다는 판결을 내려 중죄 재판소가 그를 감옥으로 보낸 뒤 4년도 채 되기 전에 몽트뢰유쉬르메르에서는 세금을 두 배로 걷어 들였다. 그리고 빌렐 씨는 1827년 2월, 국회에서 그 점을 지적하고 있다.


## 도깨비가 지은 시 두 줄


이야기를 진전시키기 전에 마침 그 무렵 몽페르메유에서 일어난 이상한 일을 여기서 조금 자세하게 말해 두는 게 좋겠다. 검찰 당국이 내놓은 추측과 어딘가 모르게 일치하는 점이 있다고 생각되기 때문이다.

몽페르메유 지방에는 예로부터 전해 내려오는 미신이 한 가지 있다. 파리 근처에 그 같은 민간의 미신이 나돈다는 건 시베리아에 알로에가 있다는 것과 마찬가지 일이니 더욱더 희귀하다고 하겠다. 대저 인간이란 진기한 것을 존중하는 동물이다.

몽페르메유의 미신이란 다음과 같다. 사람들은 도깨비가 태곳적부터 숲을 보물을 감추는 장소로 택한다고 믿는다. 아낙네들은 해 질 무렵 먼 숲 속에서 검은 사나이를 발견하는 일이 흔히 있다고 주장하는데 그 사나이는 짐 마차꾼이나 나무꾼 같은 얼굴에, 나막신을 신고, 무명 바지와 작업복 윗옷을 입었으나 그런 사람들이 쓰는 모자 대신 머리에 커다란 뿔 두 개가 돋아 있어 쉽게 알아볼 수 있다고 한다. 하기야 그런 게 있다면 누구나 쉽게 알아볼 수 있을 것이다. 그 사나이는 언제나 열심히 구덩이를 판다.

그리고 그를 만났을 때 대응하는 방법에는 세 가지가 있다. 첫 번째, 사나이에게 다가가 말을 건다. 그러면 그 사나이는 그저 여느 농부와 다를 바 없으며, 저녁 무렵이므로 검게 보일 뿐이고, 구덩이를 파는 게 아니라 젖소에게 먹일 풀을 베고 있는 중이며, 뿔이라고 생각한 것도 실은 등에 진 쇠스랑 끝이 사나이 머리 위로 내밀어져 황혼에 뿔처럼 보인 것뿐임을 알게 된다. 하지만 그렇게 이야기를 나누고 집으로 돌아오면 일주일 안에 죽게 된다.

두 번째, 사나이의 행동을 멀리서 지켜보고 있다가, 그가 구덩이를 다 판 뒤 무엇인가 묻고 가 버리면 얼른 그것을 파헤쳐, 그 검은 사나이가 틀림없이 파묻어 놓았을 그 '보물'을 꺼내 갖고 오는 것인데 이 경우에는 한 달이 못 되어 죽게 된다.

세 번째, 그 검은 사나이에게 말도 안 걸고, 거들떠보지도 않고, '걸음아 날 살려라.' 도망치는 것인데 이 경우에도 1년이 채 안 되어 죽게 된다.

세 가지 방법이 모두 나중에 화를 당하는 건 마찬가지지만, 그래도 둘째 방법에는 조금은 좋은 점이 있다. 게다가 겨우 한 달이지만 보물을 가질 수 있다는 점에서 사람들은 대개 이 방법을 사용한다. 그래서 수단과 방법을 안 가리고 한 밑천 잡아 보려는 배짱 좋은 사나이들은 검은 사나이가 판 구덩이를 파헤쳐 도깨비 보물을 훔치려고 한 적이 많았다는 이야기이다.

하지만 그게 썩 좋은 벌이는 못 되었던 모양이다. 적어도 그렇게 전해지고 있으며, 특히 마술에 좀 능했던 노르망디의 악덕 수도사 트리퐁이라는 자가 이 일에 관해 남긴 수수께끼 같은 서투른 라틴어 시구 두 줄에 의하면, 전혀 대수롭지 못한 것 같다. 이 트리퐁이라는 수도사는 루앙 근처 생조르주드보셰르빌 수도원에 매장되었고, 그의 무덤 주위에는 두꺼비만이 득시글하다.

그런 것도 모르고 사람들은 굉장한 노력을 들이는데 그 구덩이가 의외로 깊어 땀을 뻘뻘 흘리며 샅샅이 파헤치고, 날이 새기 전에 끝내야 하니 밤새도록 애를 쓰는 것이다. 셔츠는 땀에 흠뻑 젖고, 초는 모두 닳고, 곡괭이를 망가지고, 그리하여 구덩이 밑바닥까지 다다라 그 '보물'을 손에 잡을 수 있는데, 대체 그게 무엇일 거라고 생각하는가? 도깨비의 보물이란 과연 어떤 것일까?

1수짜리 동전 한 닢, 때로는 은화 한 닢, 돌멩이나 해골바가지, 피투성이 송장이나 지갑 속에 든 지폐처럼 두 번 접힌 도깨비, 또 가끔은 아무것도 아닐 때도 있다. 그것은 덮어 놓고 비밀을 들추어내기 좋아하는 호기심 많은 경박한 사람들에게 트리퐁의 시가 말해 주는 모양 그대로다.

땅을 파고, 어두컴컴한 구덩이에 파묻은 보물은
동전, 은화, 돌멩이, 시체, 유령, 혹은 아무것도 아니네.

오늘날에 이르러서는 그 외에도 탄환과 화약통, 또 도깨비들이 사용한 게 틀림없는 손때 묻은 불그레한 낡은 트럼프를 거기서 찾을 수도 있을 것이다. 트리퐁은 이 두 가지를 언급하지 않지만, 생각해 보면 그는 12세기 사람이니 도깨비나 로저 베이컨보다 먼저 화약을 발명하고 샤를 6세보다 먼저 트럼프를 고안해 낼 만한 머리는 없었던 것이다.

게다가 그 트럼프로 노름을 한다 치면 가진 걸 모두 잃을 게 뻔하고, 또 화약통 속의 화약은 총을 가진 사람의 얼굴을 향해 쏘아 대는 특성을 갖고 있다. 그런데 검찰에서는 전과자 장 발장이 며칠 동안 탈주한 사이에 몽페르메유 언저리를 방황했을 거라고 추측한 적이 있었는데, 바로 그 얼마 뒤 마을의 불라트뤼엘이라는 나이 먹은 한 도로 인부가 숲 속에서 '이상한 짓'을 하고 있다가 사람들 눈에 띄었다.

그 지방에서는 불라트뤼엘이 지난달 감옥에 들어간 적이 있는 사람이라고 믿었다. 그는 경찰의 감시를 받았기 때문에 아무 데서도 일자리를 얻지 못해, 정부에서는 싼 임금으로 가니에서 라니에 이르는 샛길을 만드는 인부로 썼다.

이 불라트뤼엘은 그 고장 사람들의 업신여김을 받았는데 그는 지나치게 공손하고 어처구니없을 정도로 겸손하여 헌병들 앞에서는 벌벌 떨며 비위를 맞추기 일쑤라, 아마도 도둑 떼들과 연결되어 있을 거라고 쑥덕거리곤 했다. 날이 저물면 숲 속 으슥한 곳에 있다가 지나가는 사람을 노린다는 의심도 받았다. 그의 인간다운 점을 찾으려면 고작 주정뱅이라는 것뿐이었다.

아무튼 사람들이 수상쩍게 여긴 일은 다음과 같았다. 얼마 전부터 불라트뤼엘은 도로에 자갈을 깔고 손질하는 일을 일찌감치 집어치운 뒤 곡괭이를 들고 숲 속으로 들어갔다. 저녁 무렵 인적 끊긴 숲 속 빈터나 멋대로 뒤얽힌 덤불 속에서 무언가 찾는 듯 가끔씩 구덩이를 파는 그를 볼 수 있었다.

지나가던 여자들은 처음에 그 모습을 보고 베엘제붑이 아닌가 여겼으나, 잘 보니 불라트뤼엘이라는 걸 알고 나서도 좀처럼 놀란 가슴이 가라앉지 않았다. 그런 식으로 사람들과 마주치는 것을 불라트뤼엘도 굉장히 거북스러워하고 분명히 사람 눈에 띄는 것을 꺼려했기 때문에 그가 하는 행동에 무슨 비밀이 있는 것 만 같았다.

마을에는 이런 말이 떠돌았다.

"모르긴 몰라도 아마 도깨비가 나타난 모양이야. 불라트뤼엘이 그걸 봤으니까 찾고 있는 거지. 사실 그놈이라면 마왕의 은밀한 재산을 움켜잡는 일 정도는 하고도 남지."

볼테르파 사람들은 이렇게 덧붙였다.

"불라트뤼엘이 도깨비를 때려눕히거나 도깨비가 불라트뤼엘을 잡거나 둘 중 하나일 걸세."

늙은 아낙네들은 성부, 성자, 성령을 찾으며 몇 번이나 성호를 그었다.

그러는 동안 불라트뤼엘은 숲 속에서 하던 그 짓을 그만두고 다시 도로 일을 제대로 하기 시작했고 사람들의 관심도 다른 데로 향했다. 하지만 몇 명은 아직도 호기심을 갖고, 그것이 전해 내려오는 이야기 속 황당무계한 보물이 아니라 도깨비의 재물보다도 더 진실하고 실제적인 횡재가 있는데 저 도로 인부가 틀림없이 그 비밀을 반쯤은 알아낸 거라는 생각들을 했다.

그중에서도 특히 '호기심을 가진' 사람은 초등학교 선생과 싸구려 음식점 주인인 테나르디에였다. 누구를 막론하고 잘 어울리는 테나르디에는 불라트뤼엘 같은 사람과 사귀는 일도 싫다 하지 않았다.

"그놈이 감옥살이를 한 적 있었단 말이야? 뭐, 무슨 상관인가? 누가 거기 들어갔었는지, 앞으로 거기 들어갈 건지 알 게 뭐냐고."

어느 날 밤 그 초등학교 선생은 옛날 같으면 당국에서 불라트뤼엘이 숲 속에 들어가 무슨 짓을 했는지 틀림없이 조사했을 거라면서, 놈도 입을 열지 않을 도리가 없었을 것이고, 고문이 필요했다고 해도 불라트뤼엘은 물을 먹이는 정도에서도 자백을 하지 않고는 못 견뎠을 거라는 말을 했다.

"그럼 놈에게 어디 술이나 한번 먹여 보자고."

테나르디에가 말했다.

그들은 교묘한 방법으로 그 늙은 도로 인부에게 술을 먹였지만 불라트뤼엘은 술만 벌컥벌컥 퍼마실 뿐 도무지 입을 열지는 않았다. 그는 술이 넘어가는 목구멍과 재판관의 조심성을 지닌 입을 제대로 구분하며 실수를 없앴다. 하지만 끈질기게 물어본 끝에, 그의 입에서 애매한 말 몇 마디를 끌어내는 데 성공했고, 그것을 모으고 붙여 테나르디에와 학교 선생은 대강의 것을 알아냈다.

불라트뤼엘은 어느 날, 날이 밝을 무렵 일터로 나가는 길에 숲 한쪽 구석 덤불 밑에 '마치 누가 숨겨 놓은 것처럼' 삽과 곡괭이가 한 자루씩 놓여 있는 것을 보았지만 물장수 영감 씨푸르의 삽과 곡괭이일 거라고 생각하여 그다지 신경 쓰지 않았다. 그런데 그날 저녁 그는 커다란 나무 뒤에 숨어서 상대방이 눈치채지 않도록, '이 지방 사람은 전혀 아니지만 불라트뤼엘 자신은 잘 아는 사나이'가 길에서 숲 속의 가장 으슥한 곳으로 들어가는 것을 보았다.

테나르디에는 그것을 '감옥 동료의 한 사람'이라고 짐작하여 해석했다. 불라트뤼엘은 그 이름을 말하는 것을 강하게 거부했던 것이다. 그 사나이는 커다란 상자나 조그만 돈궤 같은 무슨 네모진 짐 한 개를 들고 있었다. 불라트뤼엘은 깜짝 놀랐지만 '그 사나이'의 뒤를 밟아 보자는 생각이 떠올랐다. 하지만 칠팔 분이나 지난 뒤였는지 이미 너무 늦어서 사나이는 숲 안쪽으로 들어가 버렸고, 날도 저문 까닭에 불라트뤼엘은 사나이를 찾아 내지 못했다.

그래서 그는 숲 어귀를 지켜봐야겠다고 생각했다. 달이 떠 있었다. 두어 시간 정도 지났을 때 불라트뤼엘은 사나이가 숲에서 나오는 것을 보았는데 그때는 벌써 조그마한 짐 대신 곡괭이와 삽만 들고 있었다. 불라트뤼엘은 사나이를 지나가게 내버려 둔 채 가까이 다가가 보려는 생각은 하지 못했다. 상대방은 자신보다 세 배나 힘이 센 데다 곡괭이까지 가졌으니 그 사나이가 자기를 알아보고, 게다가 아는 사람에게 들킨 걸 눈치채면 틀림없이 자기를 죽일 거라고 생각했기 때문이다. 옛 동료들의 갑작스러운 만남치고는 너무나 끔찍한 일이다.

그러나 불라트뤼엘은 그 삽과 곡괭이에 대해 짐작되는 게 있어 아침나절에 보았던 덤불 근처로 달려가 보니, 거기에는 이미 아무것도 없었다. 그래서 그는, 그 사나이가 숲 속에 들어가 곡괭이로 구덩이를 파고 그 상자를 묻고는 다시 메우고 가 버린 거라는 짐작을 했다. 그 상자가 사람 시체를 담기에는 너무나 작았으니 틀림없이 돈이 들어 있을 거라고 단정 짓고 그것을 찾기 시작했다. 불라트뤼엘은 숲을 꼼꼼하게 살피고 돌아다니며 쑤시고 뒤져 땅을 갓 파헤쳐 놓은 듯 보이는 곳은 어디나 파 보았지만 헛일이었다.

그는 아무것도 '파내지' 못했다. 몽페르메유에서는 이제 아무도 그 일을 떠올리지 않게 되었고 다만 수다스러운 아낙네들 몇 명만이 이렇게 지껄였다.

"정말이에요, 그 가니의 도로 인부가 별일도 아닌 일에 그리 야단법석을 떨었을 리가 없다니까. 틀림없이 도깨비가 왔던 거라고요."

## 쇠망치 일격에 부서진 족쇄

같은 해인 1823년 10월도 다 지날 무렵의 어느 날, 툴롱 사람들은 폭풍우를 만나 파손된 군함 오리온호가 수리를 위해 항구로 돌아오는 것을 보았다. 이 오리온호는 뒷날 브레스트에서 연습함으로 사용되었지만 그때는 지중해 함대에 속해 있었던 것이다.

이 군함은 몹시 거친 바다로 인해 많은 상처를 입은 상태였지만 항구로 들어오는 그 모습은 참으로 장관이었다. 어떤 기를 달고 있었는지 확실히 알 수는 없지만, 그 기 때문에 항구에서는 열한 방으로 정해진 예포를 쏘고, 그 예포 각 한 방마다 함상에서도 답례를 쏘는 바람에 모두 스물두 방이 울려 퍼졌다.

예포에는 군주에 대한 예의와 군대의 의례, 떠들썩한 의례의 교환과 예식의 신호, 항구와 포대 의식, 날마다 요새와 군함에서 맞는 일출과 일몰, 항구가 열리고 닫히는 것에 대해 것 등 여러 가지 뜻이 담겨 있었다.

문명사회는 여기저기에서, 어떤 사람의 계산에 따르면 24시간마다 15만 발이나 되는 대포를 쓸데없이 쏘아 올린다. 한 방에 6프랑으로 계산을 해 보면 하루에 90만 프랑, 1년이면 3억 프랑이 연기로 사라져 버리지만 이런 것쯤은 극히 미미한 예에 지나지 않는다. 그동안에도 다른 한편에서는 가난한 사람들이 굶어 죽어 가고 있다.

1823년은 왕정복고 정부가 '스페인 전쟁 시대'라고 부른 해로, 이 전쟁 속에는 많은 사건과 특이한 여러 가지 사실이 들어 있었다. 부르봉 왕가의 중대한 가계 문제였는데 프랑스 왕실이 마드리드 왕실을 원조하고 보호하여 말하자면 부르봉 가문이 본가 구실을 다했다는 것. 북쪽 여러 나라의 정부에 예속되고 복종하여 더욱 혼잡해지긴 했지만 겉으로 볼 땐 프랑스 고유의 국민적 전통으로 되돌아갔다는 것. 자유주의자들의 공상적인 공포 정치와 싸우고 있던 종교 재판소의 실제적인 예로부터의 공포 정치를, 앙굴렘 공작이 이제까지의 온화했던 태도를 버리고 고답적인 태도로 탄압하여 자 유파 신문들로부터 '안두하르의 영웅'이라고 불린 것. 상퀼로트가 '데스카미사도스'라는 이름으로 다시 나타나 귀족 미망인들에게 큰 공포를 주었다는 것. 군국주의가 무정부주의 취급을 받던 진보에 대하여 장애가 되었다는 것. 1789년의 혁명 이론이 깊이 침투해 가다가 느닷없이 허물어지고 중단되었다는 것. 프랑스가 어떤 사상을 갖고 있는지 꿰뚫어 본 유럽 각국이 경계하는 소리가 세계로 퍼져 나갔다는 것. 총사령관인 프랑스 황태자와 대등한 위치에서 뒤에 샤를 알베르라고 불린 카리냐노 대공이 민중과 맞서는 여러 나라 왕들이 모은 십자군에 붉은 모직 척탄병 견장을 달고 지원병으로 들어갔다는 것. 제정 시대 병사들은 다시 전장에 참가했으나 8년 동안의 휴식 끝이라 이미 늙어 용맹을 떨치지 못했어도 그들이 흰 모표를 달고 있었다는 것. 30년 전 코블렌츠에서 흰 깃발이 휘날린 것처럼 이번에는 삼색기가 용감한 프랑스 사람 몇 명의 손을 거쳐 외국에서 휘날렸다는 것. 프랑스 군대 속에 수도사들이 섞여 들었다는 것. 자유와 신시대의 정신이 총검 앞에 억압당했다는 것. 원칙이 포탄 앞에 무릎을 꿇고 정신이 이룩한 것을 힘으로 무너뜨리는 프랑스. 게다가 매수된 적의 장수들과 갈피를 잡지 못하는 병사들과 수백만 금의 돈으로 포위 공격된 도시들. 불의의 습격으로 점령당한 갱도 속처럼, 포화에 따른 위험은 전혀 없지만 언제 폭발할지 모르는 위험과 많은 피를 흘리지 않은 대신 얻은 명예는 적고, 치욕을 얻은 자는 있었으나 아무도 영광은 얻지 못했다는 것.

이상의 것들이, 루이 14세의 피를 이어받은 여러 왕공 귀족이 수행하고 나폴레옹 휘하에서 배출된 여러 장군이 지휘한 이 전쟁의 실태였다. 이 전쟁은 이미 나폴레옹이 치렀던 위대한 전쟁이나 루이 14세가 가졌던 위대한 정략의 그림자조차도 찾아볼 수 없는 매우 슬픈 운명을 간직하고 있었다.

훌륭한 전공이 없지는 않아서 그 가운데에서도 트로카데로 요새의 점령 같은 것은 매우 훌륭한 싸움이었다. 하지만 반복해서 말하지만, 이 전쟁의 나팔 소리는 끝내 깨진 소리밖에 내지 못했고, 전체적으로 볼 때 뭔가 분명치 않은 진쟁이었으므로 역사가 인정하는 것처럼 프랑스는 이름뿐인 승리를 괴롭게 생각했다.

저항의 책임을 지고 있던 스페인의 어떤 장군들이 너무나 쉽게 항복해 버렸다는 건 자명했으며, 이 승리에서는 타락의 냄새까지 맡을 수 있었다. 승리를 얻었다기보다 장군들을 매수한 느낌을 주었다. 그 때문에 싸움에 이긴 병사들은 굴욕감을 느끼면서 귀환했다. 군기의 주름 사이로 '프랑스 은행'이라는 글자가 보이던, 가치 없는 전쟁이었다.

1808년의 전쟁에 참가했던 병사들은 사라고사 성벽이 머리 위로 무너져 내리는 무서운 경험을 했는데, 1823년에는 차례차례로 쉽게 열리는 성문을 앞에 두고 눈살을 찌푸리며 다시 팔라폭스 장군을 그리워했다. 발레스테로스보다 로스토프친을 상대하고 싶어 하는 것이 프랑스 사람의 기질이기 때문이다.

그리고 훨씬 더 중요해서 마땅히 강조해야 하는 관점에서 볼 때, 이 전쟁은 프랑스 군국 정신을 훼손시켰고 더불어 민주 정신의 분노까지 샀는데 그것은 민중을 복종시키려는 음모였다.

이 전쟁에서 민주주의의 아들인 프랑스 병사가 남에게 멍에를 씌울 목적으로 싸워야 했다는 건 끔찍한 모순이다. 프랑스는 여러 나라 민중의 영혼을 눈뜨게 하기 위해 세워졌을 뿐, 영혼을 질식시키기 위해서 세워진 게 아니었다.

1792년 이후에 일어난 유럽의 모든 혁명은 프랑스 혁명이라고 볼 수 있다. 자유의 빛이 나온 뿌리는 단연 프랑스로, 이것은 태양처럼 확실한 사실이다.

"그것을 못 보는 자는 장님이다."라고 보나파르트도 말한 적이 있지 않은가!

1823년의 전쟁은 용감한 스페인 국민에게 저지른 범죄임과 동시에 프랑스 혁명에 대한 가해였다. 그와 같은 엄청난 폭행을 프랑스 자신이 저지른 것이다. 더욱이 폭력으로. 독립 전쟁을 제외하면 군대가 하는 모든 일은 폭력으로 이루어지기 때문 이며 '맹목적 복종'이라는 말이 이런 특징을 잘 나타낸다.

군대란 불가사의한 집합체의 걸작이며 무능력들이 엄청나게 모이면서 힘이 생긴다. 이렇게 해서 전쟁이라는 것이 인류에 의하여, 인류에 대하여, 인류에 반대하여 실현된다는 것이 비로소 설명된다.

부르봉 왕가 사람들에게는 1823년의 전쟁이 치명적이었지만 성공한 전쟁인 것처럼 생각했다. 하나의 사상을 짓밟고 죽인다는 게 얼마나 위험한 짓인지 몰랐던 것이다. 그들은 잘못된 얕은 생각으로 죄(혁명운동)에 대한 엄청난 둔갑을 마치 힘을 만드는 요소라도 되는 양 그들의 체제 속에 끌어들이는 잘못을 저질렀다. 그리하여 호시탐탐 사람을 모함하는 비겁한 정신이 그들의 정책 속으로 스며들었다.

1830년은 1823년에 싹튼 것이다. 스페인 전쟁은 그들의 어전회의에서 무력행사와 신권 발동을 변호하는 근거가 되어 주었다. 프랑스는 스페인에 '전제군주'를 다시 세워 놓았기 때문에 이번에는 자기 나라에도 감쪽같이 전제군주를 세울 수 있었다. 그들은 병사의 복종을 국민의 동의로 속단하는 저 무서운 잘못을 저질렀다. 그런 허망한 기대는 왕위를 잃는 원인이 된다. 만사니냐나무 그늘에서 잠들어서는 안 되는 것처럼 군대의 그늘에서도 잠이 들면 안 되는 법이다.

이제 다시 군함 오리온호로 이야기를 돌아가자. 황태자를 총사령관으로 추대한 군대가 스페인으로 출동해 있는 동안 다른 함대 하나는 지중해를 순항하는 중이었다. 아까 말한 것처럼 오리온호는 그 함대에 소속이었으나, 폭풍우로 파손되어 툴롱 항구로 보내졌다. 항구에 들어와 있는 군함은 어딘지 모르게 군중을 매혹시키고 마음을 들뜨게 한다. 군함은 웅장하고 군중은 웅장한 것을 좋아하기 때문이다.

전함은 인간의 재능과 자연의 힘이 가장 장엄하게 결합된 물건이다. 전함은 가장 무거운 것과 가장 가벼운 것으로 이루어져 있는데 물질의 세 가지 형태인 고체와 액체, 기체를 한꺼번에 상대하여 그 세 가지에 모두 맞서 싸워야 하기 때문이다.

바다 밑 화강암을 움켜잡기 위한 열한 개의 쇠갈고리와 구름 사이 바람을 잡기 위한 날벌레보다도 더 많은 날개와 더듬이가 있었다. 거대한 나팔에서 나오듯 120문의 대포를 통해 숨결을 토하고 천둥 번개를 향해 의기양양하게 짖어 댄다. 망망대해는 늘 똑같이 판에 박은 무시무시한 파도를 일으켜 군함을 집어삼키고 싶어 하지만 전함은 정신과 나침반을 가지고 있으니 그것이 가리키는 대로 언제나 북쪽이 어딘지 안다. 깜깜한 밤에는 항해등이 부족한 별빛을 보충해 준다.

이처럼 전함은 바람에 맞설 밧줄과 동, 물에 맞설 목재, 바위에 맞설 무쇠와 구리와 납, 어둠에 맞설 불빛이 있고, 가없는 공간에 맞설 나침반이 있다. 이런 것들이 모두 거대한 비율로 잘 짜여 하나의 전함을 형성하는 구조에 관해 대강의 것을 파악하려면, 브레스트나 툴롱 같은 항구에 있는 지붕 달린 7층 높이의 도크 하나에 들어가 보면 쉽게 알 수 있다.

거기서는 건조 중인 배가 마치 유리그릇에 들어 있기라도 한 듯 잘 보인다. 어마어마한 대들보 같은 것은 활대, 눈도 다 보지 못할 만큼 기다랗게 땅바닥에 누워 있는 굵은 나무 기둥은 큰 돛대다. 선창 밑바닥에서부터 구름을 찌를 것 같은 꼭대기까지 재어 보면, 길이는 16투와즈, 밑동의 지름은 3피트나 된다. 영국 배의 큰 돛대는 흘수선 위 270피트 높이까지 닿는 게 있다.

우리 조상은 배에 굵은 밧줄을 사용했지만 지금은 쇠사슬을 사용한다. 100문의 대포를 가진 배의 쇠사슬만 쌓아 놓아도 높이 4피트, 가로 20피트, 세로 8피트로 산더미가 만들어진다. 그리고 그 함선을 하나 만드는 데 목재는 3천 세제곱미터가 들어간다. 숲 하나가 바다에 뜨는 것과 마찬가지다.

특히 이것은 독자들이 잘 기억해 주었으면 좋겠다. 여기서 말하는 건 40년 전 옛 군함이던 단순한 범선에 관한 이야기다. 그 무렵 막 등장한 증기력은 그 뒤 군함이라고 불리는 불가사의한 이 물체에 더욱 새로운 기적을 보태 주었다. 스크루가 달린 오늘날의 절충식 함선 같은 것은 겉넓이 3000제곱미터의 돛과 2500마력의 힘을 가진 기관이 움직이는 어마어마한 기계인 것이다.

이러한 새로운 기적에 대해서는 말할 필요도 없지만, 크리스토퍼 콜럼버스나 라위터르가 타고 갔던 구식 배도 인간이 만든 위대한 걸작 중 하나다. 마치 무한이 끝없는 숨결을 가졌듯 그것은 무궁한 힘을 지닌 채 동에 바람을 품고, 끝이 없는 파도에 둘러싸여도 방향이 정확하며, 바다 위에 떠서 호령한다.

그러나 때로는 돌풍이 길이 60피트나 되는 활대를 마치 지푸라기처럼 손쉽게 부러뜨리고, 질풍이 높이 400피트나 되는 돛대를 마치 등심초처럼 휘어 놓으며, 10톤이나 되는 무게의 닻은 갑상어의 입에 걸린 어부의 낚시처럼 성난 파도의 입 속에서 비틀리고, 대포가 괴물 같은 포효를 토해도 태풍으로 인해 허공과 암흑의 밤 속에 보람도 없이 사라져 버리고, 그 모든 위력과 위풍이 더욱 큰 위력과 위풍 속에 사라진다.

막대한 위력을 보여 줄 때마다 결국에는 이 힘도 극도로 쇠약해지지만, 그런데도 사람들은 언제나 몽상에 잠기고 항구마다 수많은 구경꾼들이 자신도 모르게 흥미에 이끌려, 전쟁과 항해로 놀라운 이 기계 주위에 몰려든다.

그래서 툴롱 항구는 아침부터 저녁까지 해안이며 선창이며 방파제고 할 것 없이 오리온호를 바라보는 것 외에는 할 일이 아무것도 없는 한가로운 이들과 소위 건달이라고 불리는 수많은 사람들로 가득 찼다.

오리온호는 오래전부터 훼손되어 있었다. 여기까지 항해하는 동안 조개껍질이 배 밑에 몇 켜씩 두껍게 눌어붙어 속력이 반으로 줄어든 까닭에 지난해 도크에 넣어 조개껍질을 제거하고 다시 바다로 나갔던 것이다. 그런데 그 제거 작업을 하느라 배 밑의 볼트가 상해 버렸다. 발레아르 군도 앞 큰 바다에서는 화물 창고가 쓰러지는 바람에 틈이 벌어졌고,

그 무렵에는 아직 내부 기재에 철판을 쓰지 않을 때이니 당연히 물이 샜다. 거기에 모진 가을 태풍까지 불어, 좌현의 이물과 창문 하나가 부서지고 앞 돛대의 밧줄 걸이가 상했다. 이런 파손으로 오리온호가 툴롱 항구로 돌아온 것이다.

오리온호는 해군 정비소 옆에 정박하고 항해 준비가 된 채로 수리했다. 선체의 우현은 멀쩡했지만, 늘 하던 관습대로 뱃전 널빤지를 여기저기 뜯어 뼈대 속까지 공기가 통하도록 만들었다.

어느 날 아침 오리온호를 구경하던 군중은 뜻밖의 사고를 목격했다. 선원들이 활대에 돛을 달아매고 있을 때였는데 우현 큰 중간 돛 아래에서 두 번째 돛 귀퉁이를 붙잡는 임무를 맡은 선원이 몸의 균형을 잃었고 그가 비틀거리는 것을 보고 해군 공창 안벽에 모여 있던 많은 사람들이 '앗' 하는 소리를 지르기가 무섭게, 사나이 몸이 머리를 밑으로 하여 활대 둘레를 빙 돌고 심연을 향해 두 팔을 벌려 떨어지다가 그는 우연히 한 손으로 돛 아래 밧줄을 잡고 다른 한 손으로 마저 잡아 거기에 매달렸다. 그의 발밑으로 아득한 깊이의 바다가 입을 벌리고 있었다. 그가 떨어져 온 반동 탓으로 매달린 밧줄이 그네처럼 상당히 흔들렸다. 사나이의 몸은 마치 돌팔매질한 돌처럼 밧줄 끝에서 휘둘렸으므로 그를 구조하려면 엄청난 위험을 무릅써야 했다.

선원들은 모두 새로 채용된 연안의 어민들이었으므로 그런 위험한 짓을 자처하려는 이가 아무도 없었다. 그동안에도 불행한 선원은 지쳐 가, 얼굴에 떠오른 고통의 빛은 멀어서 안 보였지만, 기진맥진해지는 건 팔다리에 똑똑히 나타났다. 그의 두 팔은 보기에도 무서울 정도로 늘어져 있고 줄을 타고 기어오르려고 안간힘을 쓸 때마다 오히려 늘어진 밧줄은 더욱 더 흔들렸다. 그는 힘이 빠질까 겁이 나서 소리도 지르지 못했다.

사람들은 이제 그가 밧줄을 놓치는 순간을 기다리는 일밖에 할 수 없었는데 사나이가 떨어지는 것을 차마 못 보겠다는 듯 가끔씩 얼굴을 돌렸다. 한 오리의 끈이나 한 토막의 막대기 또는 나뭇가지가 바로 생명처럼 여겨지는 때가 있다. 그리고 어떤 생명을 가진 물체가 익은 과일처럼 떨어지는 것을 보는 일은 정말로 무서운 법이다.

그때 갑자기 한 사나이가 살쾡이처럼 날쌔게 밧줄을 타고 올라갔다. 그 사나이는 붉은 옷을 입고 있으니 죄수요, 푸른 모자를 쓰고 있는 걸 보면 무기수였다. 조망대 위에 이르자 바람이 그 모자를 획 날려 버려 백발이 성성한 머리가 보이는 걸 보니 젊은이가 아니었다.

그 사고가 일어나자 배 안에서 노역을 치르던 한 죄수가 곧 당직 장교에게 달려가서, 선원들도 어쩔 줄 몰라 주저하고 모든 수부들도 벌벌 떨면서 망설이고 있을 때 목숨을 걸고 선원을 구조하러 가는 것을 허락해 달라고 간청했던 것이다.

장교가 고개를 끄덕이자, 그는 자기 발에 걸린 쇠고랑에 달린 사슬을 쇠망치로 한 번에 때려 부수고 이어 줄을 들고 돛대의 밧줄로 올라갔다. 그 족쇄가 얼마나 쉽게 부서졌는지를 그 순간에는 아무도 몰랐으며 사람들이 그것을 생각해 낸 것은 훨씬 나중 일이었다.

그는 눈 깜짝할 사이에 활대 위로 올라서서 잠시 동안 움직이지 않고 활대의 길이를 눈으로 가늠하는 모양이었다. 그 사이에도 바람이 불어 밧줄 끝에 매달린 선원의 몸이 흔들려 아래에서 지켜보는 사람들은 그 순간이 몇백 년이나 되는 긴 세월처럼 아득하게 여겨졌다.

마침내 죄수는 눈을 하늘로 치뜨고는 한 걸음을 앞으로 내딛었고 군중은 숨을 죽였다. 활대 위를 달리는 것처럼 그 끝에까지 이르자 그는 가지고 간 밧줄 한 끝을 거기에 비끄러매고, 다른 한 끝은 내려뜨린 뒤 두 손으로 그 줄을 타고 내려갔다.

이때쯤에는 바라보고 있는 사람들의 안타까움이란 말로 표현할 수 없었다. 이제 바다를 아득히 밑에 두고 밧줄에 매달린 게 한 사람이 아니라 두 사람이 된 것이다.

마치 한 마리 거미가 파리를 잡으러 오는 것 같았는데 여기서는 거미가 죽음이 아닌 삶을 가져가는 중이었다. 몇만의 눈길이 그 두 사람에게 쏠렸다. 아무도 소리치지 않았고, 입을 벌려 말하는 이도 없었다. 모두 똑같이 떨리는 마음으로 눈길을 모았으며, 누구나 숨마저 참고 참담한 지경에 놓인 그 두 사람을 흔들어 대는 바람에 숨결을 보태지 않으려고 애쓰는 것처럼 보였다.

마침내 죄수는 선원 가까이까지 내려갔다. 극한의 순간으로 이제 1분만 더 늦으면 그 선원은 기진맥진하여 아스라한 바다 밑으로 떨어지기만을 기다려야 했다. 죄수는 한 손으로 밧줄에 매달려, 비어 있는 다른 손으로 선원의 몸을 그 밧줄에 튼튼하게 비끄러맸다.

이윽고 그가 다시 활대 위까지 기어오르고 선원을 끌어올렸다. 그는 거기서 선원이 기운을 차릴 수 있게 한참 동안 붙잡고 있다가, 두 팔에 끌어안고 활대 위의 가로대 있는 데까지 걸어간 뒤 거기서 다시 돛대 위 장루에 이르러서 마침내 그를 동료들에게 넘겨주었다.

군중은 환호성을 질렀고 늙은 간수 중에는 눈물을 흘리는 사람들도 있었고, 여자들은 바닷가에서 서로 껴안았다. 그리고 모든 사람이 감동을 받은 듯 들뜬 목소리로 다같이 "저 사람을 용서해 줘라." 하고 외쳤다.

죄수는 그러는 동안에도 노역으로 돌아가기 위해 곧장 돛대를 타고 내려왔다. 조금이라도 빨리 아래로 내려오려고 그는 돛 속으로 내려 아랫돛의 활대 위를 달렸다. 사람들은 일제히 그를 눈으로 좇았다가 순간적으로 흠칫 몸을 움츠렸다. 기운이 빠진 것인지 눈이 어지러워진 건지, 그가 별안간 주춤거리더니 비틀거린 듯 보였다. 갑자기 군중들이 크게 고함을 질러 댔는데 죄수가 바다에 떨어진 것이다.

목숨이 위태로웠다. 군함 알제지라호와 마침 나란히 정박해 있는 오리온호 두 척 사이로 가엾은 한 죄수가 떨어졌는데 그는 이 두 배 가운데 한 척 밑으로 빨려 들어갈 위험이 있었다. 사나이 네 명이 급히 보트에 뛰어올랐고 군중은 그들에게 격려의 말을 던졌다. 불안이 다시 사람들의 마음속을 휘저었다. 사나이는 수면 위로 떠오르지 않았으며 마치 석유통 속에 빠지기라도 한 것처럼 물결 하나도 일으키지 않고 바닷속으로 사라졌다. 사람들은 물속을 더듬고 잠수까지 해 봤지만 헛수고였다. 저녁 때까지 계속 찾아보았지만 시체도 찾지 못했다.

이튿날, 툴롱의 한 신문은 다음과 같은 기사 몇 줄을 실었다.

1823년 11월 17일, 어제 오리온호 갑판에서 노역하던 한 죄수가 조난당한 선원을 구출하고 돌아오다 바다에 떨어져 익사했으며 시체는 못 찾았다. 추측컨대 조선 공창 끝의 구멍 속으로 빨려 들어간 것 같다. 그 사나이의 수감 번호는 9430호이며 이름은 장 발장이다.

3. 죽은 여자와의 약속

## 몽페르메유의 음료수 문제

몽페르메유는 리브리와 셸 사이, 우르크와 마른을 가르는 고원의 남쪽 끝에 자리 잡고 있다. 오늘날에는 제법 큰 도시로 1년 내내 흰 석고로 된 별장들이 여기저기 들어앉아 일요일이면 화사한 옷차림을 한 사람들로 붐비지만, 1823년에는 지금처럼 하얀 집도 많지 않고 시민들 수도 그리 많지 않았다. 그저 숲 속 작은 마을에 지나지 않았다. 하지만 여기저기에 근세풍 별장이 몇 채 있는데 그 당당한 모습과, 발코니에 달린 구부러진 철책과, 닫힌 흰색 덧창 위에서 온갖 초록색을 드러내는 긴 유리창으로 알 수 있었다. 그렇기는 해도 몽페르메유는 역시 작은 마을이었다. 대대로 주단 포목상을 하거나 별장을 갖고 살 만한 사람들이 미처 이 땅을 발견하기 전의 일이었다. 그곳은 평화롭고 아름다운 고장이고 어느 곳과도 통하는 길이 없었다. 거기서는 적은 비용으로 넉넉하고 평온한 시골 생활을 영위할 수 있었지만 지대가 높은 까닭으로 물이 부족했다.

물은 꽤 멀리까지 길러 가야만 했는데 가니 쪽으로 잇닿은 마을 변두리에서는 숲에 있는 몇 개의 아름다운 못에서 물을 길어다 먹었으며 성당을 에워싸고 있는 셸 쪽에 면한 마을 변두리에서는 몽페르메유에서 15

106

분이나 걸리는 셸로 가는 길가 산허리에 있는 작은 샘터까지 가야 물을 얻을 수 있었다.

그런 탓에 어느 집에서나 물을 긷는 것은 꽤 힘든 일이어서 큰 집들, 상류 계급, 테나르디에의 싸구려 음식점 모두 한 통에 1리아르씩 주고 물장수 노인에게서 사 먹었다. 이 노인은 마을 물을 긷는 일로 하루에 8수쯤 벌었지만 여름에는 저녁 7시, 겨울에는 5시까지만 일했기 때문에 집집마다 아래층 덧문이 닫힐 밤이 되면 마실 물마저 떨어진 집에서는 자기들이 물을 길러 가거나 아니면 아예 참는 쪽을 택해야 했다.

독자들은 아마 잊지 않았겠지만, 저 가엾은 여자아이 코제트가 몹시 두려워하는 것도 바로 이 일이었다. 코제트는 두 가지 점에서 테나르디에네 집에 보탬이 되었는데 그들은 아이 어머니에게 돈을 뜯어내고 어린아이에게는 일을 시켰던 것이다.

그리하여 훨씬 앞 여러 곳에서 독자가 본 것처럼 아이 어머니가 전혀 돈을 보내지 못하게 되었을 때에도 테나르디에 부부는 하녀 노릇을 하던 코제트를 내놓지 않았다. 그러므로 필요할 때 물을 길러 가야 하는 것은 하녀인 코제트가 해야 할 일이었다. 한밤중에 샘터까지 간다는 생각으로도 소름끼치게 두려웠던 코제트는, 결코 집에 물이 떨어지지 않도록 굉장히 신경을 썼다.

몽페르메유에서 1823년의 크리스마스이브는 특별히 북적거렸다. 그해 초겨울은 날씨가 제법 따뜻하여 아직 얼음도 얼지 않고 눈도 내리지 않았다. 곡예사 패거리들이 파리에서 내려와 읍장의 허가를 얻은 뒤 마을 큰길가에 가건물을 세웠고, 행상인들도 성당 광장에서 블랑제 골목에 이르기까지 허가를 받고 노점을 차렸다.

독자들도 기억하겠지만, 테나르디에의 싸구려 음식점은 이 블랑제 골목에 있었다. 여관이며 술집은 사람들로 북적거렸고, 이 조용한 마을도 흥청거리기 시작했다. 그밖에—충실한 역사가의 자격으로 말해 두는

데—1823년이라는 해에 광장에서 볼 수 있었던 구경거리 중 짐승 우리 비슷한 게 하나 있었는데, 어디서 굴러 온 건지 알 수 없는 남루하고 험상궂은 광대들이 그 안에서 무시무시한 브라질산 독수리 표본 하나를 몽페르메유의 시골 사람들에게 보여 주었던 것이다.

이것은 1845년까지 왕실 박물관에도 없었는데, 그 눈빛은 어찌 보면 모자에 다는 삼색 장식처럼 보이기도 했다. 자연과학자들은 이 새를 '카라카라 폴리보루스'라고 부른다던가 했고 아피키데스 목(目) 독수리 과(科)에 속하는 매의 한 종류였다.

옛날 보나파르트파 병사였던 마을의 몇몇 노인들은 이 새를 경건한 마음으로 바라보았고 광대들은 삼색 장식을 닮은 이 새의 눈을 가리키며 고마우신 하느님께서 우리 동물원을 위해 특별히 내리셨으며, 다른 데서는 결코 볼 수 없는 불가사의한 것이라고 떠들어댔다.

이 크리스마스이브에 천장이 낮은 테나르디에의 여관 홀에는 마차꾼과 행상인 몇 사람이 너덧 개의 촛불을 둘러싼 채 식탁에 앉아 술을 마시고 있었다. 어느 술집에서나 흔히 볼 수 있는 그런 홀이었는데 식탁 몇 개와 놋쇠 주전자, 술병이 있고, 술 마시고 담배 피우는 사람들로 인해 불빛은 희미하고 상당히 시끄러웠다.

그래도 한 식탁 위에는 이 1823년이라는 해에 특히 시민계급 사이에 유행하던 두 가지 물건, 즉 만화경과 나뭇결무늬로 된 양철 램프가 올려져 있었다.

테나르디에의 아내는 밝게 타오르는 불앞에서 구워지는 저녁 식사거리를 지켜보았고, 주인 테나르디에는 손님들과 어울려 술을 마시며 정치 이야기를 했다. 주로 스페인 전쟁과 앙굴렘 공작에 대한 이야기를 하다가도 가끔씩 지방에서 발생한 다양한 여담으로 주제가 빗나가기도 했다.

"낭테르와 쉬렌 지방에서는 포도주가 많이 나왔다네. 열 통 예상했는데 열두 통이나 나왔다는군. 압착기를 사용했기 때문에 많이 나온 거라고 하더구먼."

"하지만 포도가 아직 안 익었을걸?"

"아니, 그곳에서는 다 익은 뒤에 따는 게 아냐. 다 익은 다음에 담그면 봄이 될 무렵엔 텁텁해지거든."

"그럼, 아주 붉겠는데?"

"암, 그렇고말고. 이런 데서 나는 것보다야 훨씬 붉은 색이지. 어쨌든 포도는 파랄 때 따야 하는 걸세."

그리고 또 방앗간 사나이는 이렇게 말했다.

"아니, 부대 속에 든 걸 우리가 어떻게 책임지나? 자디잔 씨들이 잔뜩 들어 있는데 일일이 골라 낼 수야 없지. 그냥 확 쏟아붓는 게 내 일일세. 보리, 누에콩, 깜부기, 풀씨, 가브롤, 세콩 등등 오만 가지가 다 들어 있지. 또 돌이 엄청나게 많이 섞인 밀도 있다네. 특히 브르타뉴의 밀은 아주 지독해. 브르타뉴 밀을 찧는 건 정말 짜증나. 목수가 못이 박힌 대들보에 톱질하는 걸 싫어하는 거나 매한가질세. 그 따위 밀이니 얼마나 고약한 밀가루가 될 건지 생각 좀 해 보게. 그 꼴인데도 가루만 탓하는 건 그야말로 억지라니까. 가루가 좋고 나쁜 건 내 탓이 아니잖나."

창문과 창문 사이 자리에서는 풀 베는 일꾼이 지주와 마주 앉아 봄이 되면 해야 할 목장 일의 품삯에 대해 의논하고 있었다.

"젖은 풀이 나쁠 건 하나도 없습니다요. 오히려 그 편이 베기는 더 좋거든요. 이슬은 상관없구먼요, 나리. 그건 상관없지만 풀이 아직 어려서 베기가 힘들단 말씀입니다. 너무 부드러우면 낫 아래서 휘어지니까 곤란하거든요……."

코제트는 평상시처럼, 벽난로 옆 부엌 식탁 다리의 가로대 위에 걸터앉아 있었다. 코제트는 누더기를 걸치고, 맨발에 나막신을 신고, 벽난로 불빛에 비춰 가며 테나르디에네 딸들이 신을 긴 털양말을 짜는 중이었다. 아주 조그마한 새끼 고양이 한 마리가 걸상 밑에서 장난치고 옆방에서는 에포닌과 아젤마 두 어린아이가 쾌활하게 웃으며 조잘대는 소리가 들려왔다. 벽난로 구석에는 가죽 채찍 하나가 못에 걸려 있었다.

가끔씩 집안 어디선가 아주 어린 아기의 울음소리가 술집의 소음을 뚫고 들려왔는데, 그것은 테나르디에의 아내가 지난해 겨울에 낳은 남자아이 울음소리였다.

"왜 또 저럴까, 추워서 깼나."

그녀는 이렇게 말하곤 했다. 아이는 벌써 세 살이 되었지만 테나르디에의 아내는 그 아이를 기르고 있으면서도 조금도 사랑하지 않았다. 어린애의 자지러지는 듯한 울음소리가 너무나 시끄럽게 들리자 테나르디에가 말했다.

"아이가 울고 있잖아. 어서 가서 좀 보지 그래."

"흥! 저 아인 정말 지긋지긋하다니까."

어머니가 대답했다. 아무도 돌봐 주지 않는 어린아이는 어둠 속에서 계속 울었다.


### 두 인물의 완전한 묘사


독자들은 이 책에서 아직 테나르디에 부부의 옆얼굴밖에 못 보았으니 이제 이 부부의 주위를 돌며 앞뒤 양옆으로 볼 때가 되었다. 테나르디에는 겨우 오십 고개를 넘어섰고 테나르디에의 아내는 사십 고개를 바라보고 있었는데, 이 나이의 여자는 오십이 된 거나 마찬가지라서 그들 아내와 남편은 서로 걸맞은 나이가 된 셈이었다.

키가 크고 금발에, 불그레한 얼굴에는 개기름이 흐르고, 피둥피둥 살이 찌고 얼굴은 네모지고, 덩치가 크면서도 동작은 날쌘 테나르디에의 아내를 독자들은 처음부터 잘 기억하고 있으리라 믿는다.

앞에서도 말한 것처럼 그녀는 시장거리를 거들먹거리며 다니는 저 절구통 같은 몸집의 야만스러운 족속 가운데 한 명으로 집안일은 혼자서 모두 해치웠다. 침대를 매만지는 일, 방을 치우는 일, 빨래, 요리 할 것 없이 닥치는 대로 해내는 여자로 입 싸고 손이 쟀다. 심부름꾼이라고는 코제트 하나가 있을 뿐이었는데 이 어린아이야말로 코끼리에게 시달림받는 한 마리의 생쥐와 다름없었다.

그녀가 한번 소리치면 온 집안이, 유리 창문과 가구, 사람들, 모든 것이 벌벌 떨었다. 커다란 주근깨투성이 얼굴은 거품 떠내는 구멍 뚫린 국자 모습 그대로였다. 게다가 수염마저 나 있어서 시장의 짐꾼으로는 딱 알맞은 이상적인 모습인데 그런 짐꾼이 여자 옷을 입고 있다고 상상하면 된다.

그녀가 욕설을 퍼부을 때는 굉장한 구경거리가 됐으며 그녀는 호두를 주먹으로 단번에 깨뜨릴 수 있다는 자랑도 하고 다녔다. 그래도 소설을 읽은 덕분인지 가끔씩 식인귀 같은 모습 뒤로 야릇하게 교태를 머금은 여자 모습이 나타나는 일이 있기 때문에 겨우 여자라는 생각이 들게 만들었다.

이 테나르디에의 아내는 마치 생선 장수와 천한 여자를 섞어 만들었다고 보면 딱 맞을 것이다. 그녀가 하는 이야기를 들으면 헌병인가 생각되고, 술을 마시는 꼴을 보면 마차꾼인가 싶고, 코제트를 부려 먹는 걸 보면 냉혈동물인가 생각되는 것이다. 그녀가 쉬고 있을 때 보면 이 한 개가 입 밖으로 튀어나온다.

남편 테나르디에는 몸집이 작고, 여위고, 창백한 데다 광대뼈가 불거지고, 빼빼 마르고, 궁상맞게 생긴 사나이로 언뜻 보면 앓는 사람 같지만 실제로는 굉장히 튼튼했다. 그의 교활함은 이런 체질에서부터 비롯되었다. 그는 언제나 조심스러운 웃음을 띠고, 거의 누구에게나 공손하고, 적선 한 푼을 안 하면서 거지에게도 공손하게 대했다. 족제비 눈초리에 얼굴 생김새는 문인 같았다. 들리유 신부가 그린 인물과 비슷한 데가 많은 사람이었다.

그는 곧잘 마차꾼들과 한데 어울려 술을 마셨는데 혼자 고상한 척했다. 이제까지 그를 취하게 만든 사람은 없었으며 그는 언제나 커다란 파이프로 담배를 피웠다. 그는 작업복 윗도리를 걸치고 그 밑에 헌 검정색 옷을 입었다.

그는 문학을 애호하며 자칭 유물론자라고 했다. 자기주장에 얼마쯤 무게를 싣기 위한 이름들을 입에 올리곤 했는데, 그중에는 볼테르, 레날, 파르니, 그리고 어이없게 성 아우구스티누스도 포함되었다. 그는 자기가 '하나의 철학'을 지니고 있다고 장담을 했지만 천만에 말씀! 그는 사기꾼이었다. 철학자와 사기꾼 사이에는 미묘한 차이가 존재한다. 모두 기억하겠지만, 그는 늘 군대에 있었노라고 주장한다. 그가 자랑 삼아 늘어놓는 말에 따르면, 그는 워털루에서 경기병 제6연대인지 제9연대인지의 중사로 복무했는데 그 지독한 프로이센의 1개 중대에 혼자 맞서 빗발치듯 날아오는 탄환 속에서 '중상 입은 어떤 장군'을 자기 몸으로 가리고 교묘히 빠져나와 생명을 구해 주었노라고 했다. 여관 벽에 걸린 빨간색 간판과, '워털루 중사의 여관'이라고 알려진 이름은 거기서 유래했다고 한다.

그는 자유주의자고, 고전파고, 보나파르트당이었다. 그는 지난날 샹 다질에 보내려고 돈을 낸 일이 있었다. 마을 사람들이 전하는 바로는, 그가 사제가 되려고 학문을 익혔다고 했다.

우리가 믿는 바에 따르면, 그는 다만 여관 주인이 되기 위해 네덜란드에서 공부한 듯하다. 그리고 이 혼합적인 악당은 틀림없이 플랑드르에서는 리유 태생의 플랑드르 사람, 파리에서는 프랑스 사람, 브뤼셀에서는 벨기에 사람으로 둔갑하여 교묘하게 두 개의 국경을 넘나들고 있었던 것 같다.

그가 말하는 워털루 무용담은 이미 독자가 알고 있는 그대로인데 그는 물론 이 이야기를 좀 과장했다. 유랑과 방황, 모험. 그것이 그의 일생의 특성이었다. 닳아빠진 양심은 생활을 엉망으로 만드는 법이다. 1815년 6월 18일 난리 때 테나르디에가 종군 상인 겸 도둑 무리에 속해 있었다는 건 꽤 그럴 듯하다. 앞에서도 말한 것처럼 그들은 전장을 돌아다니며 어떤 자에게는 술을 팔고, 어떤 자에게서는 뭔가를 훔쳐 내고, 사내도 계집도 어린아이도 모두 한 식구가 절뚝거리는 헌 수레에 올라앉아, 언제나 이 긴 군대에 붙는다는 본능에 의지해 진군하는 부대의 뒤를 따라 다녔던 것이다. 그렇게 전쟁터에 따라다니면서, 그는 자기가 말하는 것처럼 '한 밑천'을 잡아 몽페르메유로 와서 음식점을 차렸다.

그 밑천이란 게 시체가 뿌려진 밭에서 알맞은 수확기에 거두어들인 지갑과 시계, 금반지와 은십자 훈장 같은 것이며, 그리 큰 액수가 못 되어 그것만으로는 이 음식점 주인이 된 종군 상인을 오래 버티게 만들어 주지 못했다.

테나르디에의 거동은 어딘지 부동자세 같은 데가 있는지라 호통을 칠 때면 군인을, 성호를 그을 때면 신학생을 보는 것 같았다. 말솜씨가 좋아 학자처럼 보이기도 했다.

하지만 초등학교 선생이 재빠르게 알아차린 것처럼, 그는 연음(連音)을 잘못하는 버릇이 있었다. 그는 손님에게 내는 계산서를 훌륭하게 써 내는 것 같았지만 능숙한 눈으로 보면 철자법이 더러 틀린 게 보였다.

테나르디에는 교활하고 탐욕스럽고 게으르고 꾀가 많았다. 그는 하녀 조차도 막 대하지 않은 탓에 그의 아내는 하녀를 두지 않았다. 이 절구통 같은 여자는 질투가 심했는데 이 여위고 누르퉁퉁한 얼굴을 한 작은 사나이에게 누구나 반할 거라고 생각했던 것이다.

테나르디에는 무엇보다도 간사한 꾀가 많은 침착한 사나이로, 악당치고는 온순한 편이었는데 사실 거기에 위선이 섞여 있기 때문에 그런 종류의 인간들이 가장 질이 안 좋다.

그렇다고 해서 테나르디에가 아내처럼 화내는 경우가 없다는 건 아니고 다만 매우 드물 뿐이었다. 그 대신 그런 때에는 마치 인류 전체에 원한을 품은 듯 뿌리 깊은 증오의 불을 마음 밑바닥에서 태우는 것처럼, 끝없이 복수를 다짐하고, 자기들한테 떨어진 불행은 모두 눈앞에 보이는 것들 탓이라 생각하고, 인생의 실의와 파탄과 재앙 모두를 마치 당연하다는 듯 언제나 함부로 누구한테든지 퍼부으려 했으며, 마음속의 울분이 한꺼번에 끓어올라 입과 눈 속으로 넘치는 것처럼 보여 그 무서운 형상은 말로 표현하기 어려웠다. 그러니 그의 분노를 사는 사람이야말로 얼마나 불행한 사람인지!

그 밖에 그의 여러 가지 성질은 논외로 치더라도, 테나르디에는 조심성도 많고 관찰력이 풍부하며 때와 경우에 따라 벙어리도 되고 웅변가도 되기도 했는데 그의 두뇌가 명석한 덕분이었다. 그는 망원경을 들여다보는 일에 익숙해진 선원의 눈초리를 가졌으며 일종의 책략가였다.

이 음식점에 처음 들어오는 사람은 모두 테나르디에의 아내를 보고 '저 여자가 이 집 주인이구나.' 하고 생각하지만 그것은 잘못 생각하는 것이다. 그녀는 이 집의 주부조차도 아니고 주인과 주부를 모두 남편 혼자서 맡았다. 아내는 일하고 남편은 일을 꾸몄다.

그는 눈에 보이지 않는 자석 같은 작용을 하며 끊임없이 모든 일을 지휘했다. 한마디 말만으로도 충분했는데 가끔은 슬쩍 눈짓만 해도 코끼리 같은 아내가 순순히 그 의 말을 따랐다. 테나르디에의 아내는, 왜 그런지 자신도 이해할 수 없었지만, 남편이 어떤 특별한 주권을 갖고 있는 것처럼 느껴졌다.

그녀는 자기 나름의 미덕이 있었는데 만일 자질구레한 일로 '주인양반'과 의견이 안 맞을 경우라도—물론 이런 일은 실제로 있을 수 없는 가정이나—그녀는 결코 어떤 일이든 남들 앞에서 남편이 나쁘다는 식의 말을 하는 법이 없었다. 걸핏하면 보통 여자들이 저지르기 쉬운 그런 과오, 법정 용어로 '남편의 위엄을 손상시킨다.'라고 하는 과오를 그녀는 결코 '남들 앞에서' 저지르지 않았다.

이들 두 사람이 뜻이 맞을 땐 결과적으로 악밖에 태어나지 않지만, 테나르디에의 아내가 그 남편의 지시에 다소곳이 따르는 태도를 보면 어떤 차분함이 느껴졌다.

꽥꽥 소리 지르고 살쪄서 절구통 같은 여자가 휘청휘청한 말라깽이 독재자의 손가락 하나로 움직였는데 말하자면 그것은 물질이 정신에 바치는 숭배로 추한 것일지라도 어떤 것들은 영원한 아름다움의 심연 속에서 그 존재 이유를 가지고 있을 수 있는 법이다. 테나르디에에게는 딱 꼬집어 얘기할 수 없는 무언가가 숨어 있었는데 그 무언가에서 이 사나이가 아내에게 휘두르는 절대 권력이 생기는 것이었다. 그녀는 이따금 불타는 촛불인 듯 그를 바라보기도 했고, 또 어떤 때는 그를 짐승의 발톱처럼 느끼기도 했다.

이 여자는 자기 아이들만을 사랑했으며, 자기 남편 이외에는 두려워하는 사람이 없는 끔찍한 동물이었다. 그녀는 포유동물이기 때문에 어머니가 되었을 뿐이며 게다가 그녀의 모성애라는 게 오직 딸자식에게만 미칠 뿐, 뒤에 알게 되지만 아들아이에게는 해당사항이 없었다.

한편 남편 쪽은 머리에 단 한 가지 부자가 되려는 계획밖에 없었다. 그러나 그는 그 계획을 성공하지 못했는데 그의 훌륭한 재능에 어울릴 만한 무대가 없었던 탓이다. 몽페르메유의 테나르디에는 파산 지경에 이르렀다. 물론 파산이라는 말이 재산이 전혀 없는 자에게도 해당된다는 전제를 두고 하는 이야기지만……. 스위스라든가 피레네 지방이라면 이 무일푼 사나이도 백만장자가 되었을 수도 있다. 그러나 여관 주인은 운명이 매어 놓은 범위에서만 풀을 뜯어야 했다.

여기서 '여관 주인'이라는 말은 좁은 의미로 사용된 것이다.

1823년 테나르디에는 1500프랑쯤 되는 빚 때문에 불같은 독촉을 받으며 속을 썩고 있었다. 운명이 제아무리 끈덕지게 행패를 부린다 해도 이 테나르디에라는 사나이는, 야만인에게는 하나의 덕이요, 문명인에게는 하나의 상품인 그 애교 있는 접대 방법을 가장 적절하고 가장 투철하게, 또한 가장 근대적으로 터득하고 있는 사람 중 하나였다. 그리고 그는 교묘한 밀렵자이며, 명포수로 이름을 떨치고 있었다. 그의 웃음은 어딘지 섬뜩하고 조용한 데가 있었고, 특히 위험성을 내비쳤다.

여관 주인으로서 가지고 있는 그의 이론은 가끔 번갯불처럼 그의 입에서 뿜어 나왔다. 그는 장사에 대한 몇 가지 신조를 아내의 머릿속에 새겨 넣었다.

그는 어느 날 거칠고 나지막한 목소리로 그녀에게 말했다.

"여관 주인이 해야 할 일은 말이야. 누구든 들어온 사람에게는 음식과 휴식, 촛불과 난롯불, 더러운 시트와 하녀, 벼룩, 애교 띤 웃음을 팔아야 해. 지나가는 놈들을 붙들어서 조그만 지갑이라도 몽땅 털게 만들고, 큼직한 지갑이라면 적당히 가볍게 만들어 주고, 식구를 거느린 나그네는 정중히 재워 주면서 남편에게서는 털어 내고 아내에게서는 뜯어내고 아이놈들에게서는 벗겨 내는 거지. 창문 하나 여닫는 데도 돈을 받고, 벽난로 구석, 안락의자, 보통 의자, 걸상, 발판, 깃털이불, 요, 짚방석, 무엇이든 손님이 건드린 것은 일정한 값을 정해 계산에 넣는 거지. 거울에 비친 그림자라도, 그것이 얼마나 거울을 닳게 했는지 알아 두었다가 그 값을 매겨야 하는 거야. 그 밖에도 만약 손님의 개가 파리를 잡아먹었으면 그 값도 모조리 손님에게 씌우란 말이야!"

이 남편과 아내는 마치 음모와 억척이 한데 어울린 것 같은 부부로 정말 지독하고 끔찍스러웠다. 남편이 이런저런 궁리를 하고 일을 꾸밀 동안, 아내는 당장 눈앞에 있는 것도 아닌 빚쟁이 따위를 생각하는 게 아니라, 어제 일도 내일 일도 아랑곳없이 오직 눈앞의 일에만 신경 쓰면서 하루하루를 보냈다.

이상이 이 두 사람이 살아가는 모습이었다. 코제트는 그들 틈바구니에 끼어 양쪽에서 짓눌리며 마치 맷돌에 갈리면서 동시에 쇠 집게로 집힌 것 같은 꼴이 되었다.

이 부부는 각자 다른 방식을 갖고 있었기 때문에 코제트는 아내로부터는 매질을 당하고, 남편 때문에 겨울에도 맨발로 걸어 다녀야 했다.

코제트는 층계를 올라갔다 내려갔다 하고, 빨래를 하고, 솔로 문지르고, 닦고, 쓸고, 뛰어 돌아다니고, 헐레벌떡거리고, 무거운 짐을 나르는 등 허약한 몸으로 온통 힘든 일을 해내야 했다.

잔인한 안주인과 혹독한 바깥주인은 조금의 인정도 찾아보기 어려웠다. 테나르디에의 싸구려 음식점은 마치 거미줄처럼 코제트를 휘감아 떨게 만들었는데 압제의 본보기는 이 지독한 곳에서 만들어졌으며 코제트는 마치 거미에게 봉사하는 파리 새끼처럼 보였다.

가엾은 여자아이는 꾹 참고 견뎌 냈다. 이처럼 어리디어린 코제트가 여리고 벌거벗은 인생의 첫새벽부터 모진 어른들의 틈바구니에 살고 있으니, 이제 막 하느님의 품을 떠나온 그 어린 영혼 속에는 대체 어떠한 일이 일어나고 있을까?


### 사람에게는 술이, 말에게는 물이

네 명의 나그네가 새로 도착했다. 코제트는 슬픈 생각에 잠겨 있었다. 아직 여덟 살밖에 되지 않았지만 너무나 많은 고통을 겪었기 때문에 나이 먹은 여자처럼 처량한 모습으로 시름에 잠겼다.

코제트의 눈두덩은 테나르디에의 아내에게 주먹으로 쥐어 박혀 늘 시커멓게 멍들어 있었기에, 테나르디에의 아내는 그것을 보고 가끔 이렇게 말했다.

"어머, 보기 흉하기도 하지. 눈두덩에 기미가 끼어 있군."

코제트는 생각하고 있었다. 이제 밤인데, 아주 깜깜해졌는데, 느닷없이 들이닥친 저 손님들 방의 물그릇이나 주전자에 물을 넣어야 되는데, 물통에는 이제 물이 떨어졌으니. 하지만 테나르디에의 집에서는 사람들이 물을 그다지 마시지 않는 게 조금 마음이 놓였다. 갈증 나는 사람이 없는 것은 아니지만, 목이 마르면 물주전자보다 술병을 더 찾았는데 만약 이렇게 많은 술병을 늘어놓았는데도 물 한 잔을 원하는 사람이 있었다면 모두들 야만인 취급을 했을 것이다.

코제트는 테나르디에의 아내가 화덕 위에서 끓고 있는 냄비 뚜껑을 열어 보고 나서, 컵을 하나 손에 들고 급히 물통 쪽으로 간 걸 보고 갑자기 몸을 떨었다. 코제트는 고개를 빼고 그 여자가 하는 행동을 처음부터 지켜보았다. 그녀가 꼭지를 틀었다. 물이 실오라기처럼 꼭지에서 흘러내리더니 컵을 반쯤 채웠다. 그 여자가 말했다.

"이런, 벌써 물이 떨어졌어!"

잠시 말이 없었다. 코제트는 숨도 제대로 못 쉬었다.

"그래, 뭐 괜찮아. 이만하면 되겠지."

그 여자는 물이 반쯤 담긴 컵을 쳐들어 보면서 말했다.

코제트는 다시 하던 일을 계속했지만 거의 15분 동안이나 심장이 커다란 솜뭉치처럼 가슴속에서 뛰는 것 같았다. 그렇게 흘러가는 시간을 헤아리며 빨리 내일 아침이 왔으면 좋겠다고 생각했다.

가끔 술을 마시고 있는 패들 가운데 한 사람이 밖을 내다보면서 커다란 목소리로 말했다.

"굉장히 어두워, 아궁이 속 같다니까!"

그러고는 또 말했다.

"이런 때 고양이 말고는 등불 없이 밖에 나다닐 수가 없겠군."

그 말을 듣고 코제트는 소름이 돋는 것을 느꼈다.

그때 갑자기 여관에 들어 있는 행상인 하나가 들어와 거친 목소리로 말했다.

"내 말에게 물을 안 줬더군."

테나르디에의 아내는 말했다.

"안 줄 리가 있나요?"

상인은 다시 말했다.

"주지 않았으니까 안 줬다는 거 아니오, 아주머니."

코제트는 식탁 밑에서 나왔다.

"아니에요! 준걸요! 손님, 말은 물을 먹었어요. 물통 하나 가득 다 마셨답니다. 내가 물을 가져다가 말하고 얘기하면서 먹였어요."

여자아이가 말했다. 그것은 진실이 아니었다. 코제트는 거짓말하고 있었다.

"요것 보게, 주먹만 한 게 집채만 한 엄청난 거짓말을 잘도 꾸며 대는구면."

상인이 외쳤다.

"말은 물을 먹지 않았다고 말하고 있단 말이다, 요것아! 내 말은 물을 안 먹으면 코를 부는 버릇이 있는 걸 내가 잘 알고 있단 말이야."

코제트는 억지를 부렸다. 그리고 너무 고통스러워 목까지 쉬어서 거의 들릴락 말락 한 목소리로 덧붙여 말했다.

"벌컥벌컥 마셨다니까요!"

"제기랄. 그럴 리가 없다니까. 내 말에게 물을 주란 말이야. 어서 갖다 줘."

상인이 화가 나서 말했다. 코제트는 다시 식탁 밑으로 들어갔다.

"아무렴요, 당연히 그래야지요. 말이 아직 못 마셨다면 갖다 줘야지요."

테나르디에의 아내가 말하고는 주위를 두리번거렸다.

"아니, 이 계집애가 어딜 갔담?"

그녀는 몸을 구부려 식탁 저쪽 끝에서 술을 마시고 있는 사나이들 발치께에 웅크리고 있는 코제트를 찾아내고 소리를 질렀다.

"이리 못 나와?"

코제트는 숨어 있던 굴 같은 곳에서 기어 나왔다. 테나르디에의 아내는 다시 소리쳤다.

"이 미친 개 같은 계집애야, 어서 말에게 물을 갖다 먹이라고."

"그렇지만 아주머니, 물이 없어요."

코제트는 기어들어 가는 목소리로 말했다.

테나르디에의 아내는 한길 쪽으로 난 바깥문을 활짝 열어젖혔다.

"어서 빨리 길어 오면 되잖아!"

코제트는 고개를 떨어뜨리고 화덕 구석에 있는 빈 물통을 집어 들었다. 그 물통은 코제트의 몸뚱이보다도 더 커서 그 속에 들어앉아도 될 지경이었다.

테나르디에의 아내는 다시 화덕 쪽으로 다가가 나무 국자로 냄비 속에 있는 것을 떠 맛을 보며 중얼댔다.

"샘터에 가면 물은 얼마든지 있잖아. 저런 능청맞은 계집애 같으니. 아니, 이 양파는 넣지 말걸 그랬나."

그리고 그녀는 잔돈이며 후추며 마늘 같은 것들이 가득 든 서랍 속을 뒤졌다.

"야, 이 두꺼비 같은 년아, 돌아올 때 빵가게에 들러 커다란 빵 한 덩어리 사와. 자, 15수짜리다."

코제트는 아무 대꾸 없이 돈을 받아 앞치마에 달린 조그만 주머니에 집어넣었다. 코제트는 물통을 손에 들고 문 앞에 서서 움직이지 않았는데 누군가 구원해 주러 오기를 기다리고 있는 것처럼 보였다.

테나르디에의 아내가 소리쳤다.

"빨리 안 가니!"

코제트는 밖으로 나갔고 문은 다시 탕 닫혔다.


## 인형의 등장

노점의 행렬이 성당 앞에서부터 시작해서 테나르디에네 여관 앞까지 펼쳐져 있다는 것을 독자들도 기억할 것이다. 그 가게들은 자정 미사에 가는 시민들이 머지않아 그 곳을 지나게 될 걸 대비해, 깔때기 모양 종이 촛대에 켜 놓은 촛불로 온통 휘황찬란하게 밝혀 놓았다. 그때 테나르디에네 여관 식탁에 앉아 있던 몽페르메유 초등학교 선생의 말마따나 '마술 같은 효과'를 내고 있었다. 그와는 반대로 하늘에는 별 하나 찾아보기 어려웠다.

그 노점들의 맨 끝 가게는 바로 테나르디에 여관 문 맞은편에 세워져 있는 장난감 가게였다. 그곳에서는 금빛 은빛으로 번쩍거리는 싸구려 장난감과, 유리로 만든 것과 고운 양철 제품 같은 것들이 찬란하게 빛났다.

이 장난감 가게 주인은 맨 앞 첫째 줄에 흰 보자기를 깔고 높이가 2피트는 될 것 같은 커다란 인형을 장식해 놓았는데 장밋빛 비단 의상을 입고, 진짜 머리털로 만든 머리는 금발이었으며, 파란 눈을 가진 인형이었다.

이 아름다운 인형 앞에는 하루 종일 열 살 아래 어린아이들이 몰려 홀린 듯 바라보았지만, 몽페르메유에 이것을 사 줄 만큼 넉넉하고 사치스러운 어머니는 한 명도 없었다. 에포닌과 아젤마는 몇 시간이나 정신이 팔려 있었고 코제트조차 살그머니 구경하러 갔을 정도로 아름다웠다.

물통을 들고 밖으로 나온 코제트는 풀이 죽었지만 그래도 이 황홀한 인형에 눈을 빼앗기지 않을 도리가 없었다. 어린 여자아이는 이 인형을 '여왕님'이라 불렀다. 그것은 단순한 인형이 아니라 환영이었다. 기쁨이며 빛이며 부귀며 행복이었고, 어둡고 싸늘한 고통의 저 밑바닥 깊숙이에서 웅크리고 있는 이 불행한 여자아이의 눈에는 마치 꿈처럼 보였다.

코제트는 어린아이다운 천진하고 서글픈 마음으로 자기와 인형 사이에 가로놓인 깊은 심연을 재어 보았다. 왕비나 적어도 공주가 아니고는 저런 '것'을 가질 수 없을 거라는 생각이 들었다. 코제트는 그 아름다운 장밋빛 옷과 곱고 윤기 도는 머리를 바라보며 '저 인형은 얼마나 행복할까!' 생각했다. 불쌍한 소녀는 그 앞에서 화석처럼 서 있었는데 여태까지 이렇게 가까이 다가서서 보지 못했던 것이다. 코제트는 가게 전체가 궁전 같다고 생각했다. 코제트의 눈은 이 꿈의 궁전 같은 가게에서 멀어질 줄 몰랐다. 마치 천국을 보고 있는 듯했는데 그 커다란 인형 뒤에는 더 많은 다른 인형들이 요정이나 영혼들처럼 보였다. 가게 안쪽에서 왔다 갔다 하는 상인은 아버지이신 하느님 같다는 생각도 들었다. 그렇게 황홀경에 빠져 있는 동안 어린 소녀는 모든 걸 다 잊었다. 심지어 지금 해야 할 일도 잊어버렸다. 그런데 테나르디에의 아내가 불쑥 내지르는 무서운 고함 소리가 코제트를 현실 세계로 돌아서게 만들었다.

"아니, 저런 바보 천치 좀 보게나. 여태 안 갔어! 거기 있어라! 내가 나갈 테니까! 아니 그래, 거기서 뭘 꾸물거리고 있는 거야! 정말 못돼 먹은 계집애 같으니라고. 어서 가지 못하니!"

테나르디에의 아내는 아무 생각 없이 밖을 내다보다 멍하니 서 있는 코제트를 보게 된 것이다. 코제트는 물통을 들고 급히 달아났다.

## 어린 소녀 홀로

테나르디에 여관은 마을에서도 성당 가까운 쪽에 자리했기 때문에 코제트는 셸 쪽의 숲에 있는 샘터까지 물을 길러 가야 했다. 코제트는 이제 다른 가게는 하나도 들여다보지 않았다. 불랑제 골목에서 성당까지 가는 동안 가게 불빛이 길을 비춰 주었지만 드디어 맨 끝 가게에서 나오던 어스름 불빛도 끝났다. 가엾은 어린 소녀는 어둠 속에서 그 어둠을 뚫고 무작정 나아갔다. 어떤 무서운 생각에 사로잡히면 코제트는 물통 손잡이를 힘껏 흔들었는데 그렇게 하면 소리가 나고 길동무 역할을 해주었다.

갈수록 어둠은 더욱 짙어졌다. 이제 길에는 아무도 없고 딱 한 번 여자를 만났는데, 그녀는 코제트가 지나가는 것을 보고 돌아서서 가만히 있다 중얼거렸다.

"대체 이 밤에 어디 가는 거지? 아기 도깨비 같구먼."

드디어 그녀는 코제트인 것을 알아챘다.

"누군가 했더니……. 아기 종달새로구나!"

코제트는 셸 쪽으로 몽페르메유 마을 끄트머리에 인기척 없는 꾸불꾸불 오솔길을 걸어갔다. 어린 소녀가 가는 길 양쪽으로 집과 담이 있는 동안은 그래도 기운을 내서 걸어갔다. 이따금 코제트는 덧문 틈으로 새어 나오는 불빛을 보았는데 그건 광명이고 생명이었다. 거기에 사람이 있었고 그것만으로도 마음이 놓였다. 하지만 앞으로 갈수록 코제트 걸음걸이도 거의 기계적으로 느려졌다. 마지막 집 모퉁이를 완전히 돌았을 때 코제트는 걸음을 멈추었다. 마지막 가게를 지나치는 것도 어려웠지만 이제 마지막 집에서 더 앞으로 나아간다는 것은 도저히 생각할 수도 없었다.

코제트는 물통을 땅바닥에 내려놓고 머리털 속에 한 손을 집어넣어 천천히 머리를 긁었는데 겁을 집어먹고 어쩔 줄 모르는 어린아이들이 곧잘 하는 몸짓이었다.

여기는 이제 몽페르메유 마을이 아닌 들판으로 인기척이 전혀 없는 어둠이 코제트 앞에 있을 뿐이었다. 어린 여자아이는 절망이 가득한 눈으로 그 어둠을 바라보았다. 거기에는 사람의 그림자조차 없었으며 짐승들이 어슬렁거렸다. 틀림없이 유령도 있을 것이다.

코제트가 뚫어지게 바라보자 풀숲을 돌아다니는 짐승 발자국 소리가 들려왔다. 나무들 사이에서 흐느적거리는 유령의 모습도 똑똑히 보였다. 코제트는 물통 손잡이를 다시 꼭 움켜잡았다. 공포가 코제트를 대담하게 만들었다.

"그래! 물이 없었다고 하자."

코제트가 말했다. 그런 다음 용기를 내 몽페르메유 쪽으로 발길을 돌렸지만 백 걸음도 다 못 가서 다시 멈추고 머리를 긁어 댔다. 이번에는 테나르디에의 아내가 떠올랐던 것이다. 몰인정한 테나르디에의 아내는 늑대 같은 입을 벌리고, 두 눈은 이글이글 분노에 찬 모습으로 나타났다.

코제트는 애처로운 눈으로 앞을 보고 뒤를 바라보았다. 어떻게 하면 좋지? 앞으로 어떻게 될까? 어디로 가야 되지? 앞에는 테나르디에 아내의 무서운 얼굴이, 뒤에는 밤과 온갖 숲의 유령이 어른거렸다.

그러나 마침내 어린 소녀는 테나르디에의 아내 앞에서 물러서서 다시 샘터로 가는 길을 달리기 시작했다. 마을을 빠져나가고, 숲으로 들어섰다. 이제는 아무것도 보지 않고 아무것도 듣지 않으려고 노력했다.

코제트는 숨이 끊어지도록 달린 다음에야 비로소 달리기를 멈췄지만 그래도 여전히 걸었다. 코제트는 정신없이 앞으로 나아갔다. 울고 싶어졌다. 밤 숲의 떨림이 코제트를 송두리째 에워쌌다. 코제트는 이제 아무 생각도 하지 않았다. 아무것도 보지 않았다. 한없이 깊은 밤이 한없이 어린 소녀와 마주하고 있었는데 한쪽은 깜깜한 어둠의 세계이며 한쪽은 한낱 미립자에 불과했다.

숲가에서 샘터까지는 겨우 칠팔 분 거리였고 코제트는 벌써 몇 번이나 낮에 와 본 적 있어 신기할 정도로 길을 잘 찾아갔다. 어떤 본능 같은 게 남아 있다가 희미하게나마 인도해 준 것이다. 아무튼 코제트는 오른쪽으로도 왼쪽으로도 눈을 돌리지 않았는데 높은 나뭇가지 사이나 낮은 덤불 속에서 무엇이 튀어나오지 않을까 겁이 났기 때문이었다. 코제트는 샘에 도착했다.

그 샘은 황토 바닥에 천연적으로 생긴 깊이 2피트 쯤 되는 좁은 웅덩이였는데 둘레에 이끼가 끼고, 앙리 4세의 목도리라 불리는 레이스처럼 꼬불꼬불한 잎사귀가 우거지고, 또 커다란 돌이 몇 개 깔려 있는 샘으로 한 줄기 물이 조용하게 졸졸졸 흘러내렸다.

코제트는 숨 쉴 틈도 없었다. 깜깜한 어둠 속이었지만 이 샘에는 익숙했다. 샘 위로 늘어져 언제나 휘어잡고 몸을 지탱하곤 했던 어린 참나무를 어둠 속에서 더듬어 왼손으로 가지 하나를 잡고, 거기에 매달린 채 몸을 구부리고 통을 물속에 넣었다. 그런 때면 어린 여자아이는 몹시 흥분이 되어 평소의의 세 배나 되는 기운이 나는 법이다.

그런데 몸을 구부리고 있는 동안 앞치마 주머니에 들었던 게 샘 안으로 떨어지는 것을 몰랐다. 15수짜리 동전이 물속에 빠졌지만 떨어지는 것을 보지도 듣지도 못했다. 코제트는 물이 거의 가득 담긴 통을 끌어올려 풀밭 위에 놓았다. 거기까지 하고 나서 완전히 지쳐 버린 것을 깨달았다. 얼른 되돌아가고 싶었지만 통을 가득 채우려고 너무나 안간힘을 썼기 때문에, 한 걸음도 걸을 수가 없었다. 코제트는 그 자리에 주저앉았다. 축 늘어져 그대로 쪼그리고 앉아 눈을 감았다. 그리고 나서는 다시 떴다. 자신도 몰랐지만 그렇게 하는 수밖에 없었다.

곁에 있는 통 속에서 흔들리는 물이 몇 개나 되는 원을 그리고, 그 통은 양철 뱀같이 보였다. 머리 위에는 연막 같은 검은 구름이 하늘을 덮었으며 깜깜한 어둠이 쓰고 있는 무시무시한 탈이 코제트 위로 천천히 내려오는 것만 같았다.

목성은 하늘 저 멀리로 기울어져 가고 있었다. 코제트는 근심 어린 눈초리로 그 커다란 별을 바라보았다. 어떤 이름의 별인지도 모르지만 무서워서 소름이 오싹 끼쳤다. 그 유성은 그때 지평선 가까이에 걸려 있었기 때문에 짙게 깔린 안개 너머로 불그스름한 무서운 빛을 뿜어냈다. 그리고 끔찍하게도 빨갛게 물든 안개가 그 별을 실제보다 더 크게 보이도록 만들었는데 마치 하나의 새빨간 상처처럼 보이기도 했다.

들판에 찬바람이 불고 있었다. 숲은 어둡고, 나뭇잎의 살랑거림도 없고, 여름의 저 몽롱하고 서늘한 으스름한 빛 하나 없었다. 커다란 나뭇가지들이 무서운 형상으로 저마다 툭툭 불거지고 흉측하게 말라비틀어진 덤불이 듬성듬성한 나무들 새로 서로 스치는 소리를 냈다. 키 큰 풀은 북풍 탓에 뱀장어처럼 꿈틀댔다. 가시덩굴이 뒤얽힌 모습은 먹이를 찾는 손톱 달린 기다란 팔처럼 보였다. 바싹 마른 히스 줄기가 바람에 날렸는데 마치 뭔가가 습격해 올 것을 예상하고 무서워 도망치는 것 같았다. 어디를 보나 무시무시한 것들뿐이었다. 어둠은 마음을 어지럽게 만든다. 인간에게는 빛이 없으면 안 되는 법이다. 낮과 반대의 세계로 떨어져 들어가는 사람은 누구나 가슴이 죄어드는 것 같은 기분을 느낀다. 눈앞이 캄캄해질 때 정신도 산란해져 일식과 밤, 지적을 분간 못하는 깜깜한 어둠 속에는 그럴 수 없이 강한 사람까지도 피할 길 없는 불안을 느낀다.

밤중에 홀로 숲 속을 걸으며 떨지 않을 사람은 없다. 그림자와 나무들은, 두 가지 모두 무섭도록 깊은 두께를 지니고 있어 환영이 그 몽롱한 심연 속에서 현실로 나타나는 것이다. 바로 앞에 상상도 못 할 것들이 요괴로 선명하게 나타난다.

잠든 꽃의 꿈이라고나 부를 수 있는 그 어떤 어렴풋하고 걷잡을 수 없는 것이 공간 속에서 혹은 자기 머릿속에서 휘날리는 게 보인다. 지평선에는 무서운 들짐승 형상이 보이고 시커멓고 커다란 공허감은 가슴속을 파고든다.

무서워져서 뒤돌아다보고 싶어진다. 밤의 동굴, 갖가지 험상궂은 형상들, 다가가면 사라져 버리는 말없는 것들의 옆모습, 머리를 풀어헤친 것 같은 시커먼 것들, 설레는 풀숲, 희푸른 물웅덩, 음산한 죽음의 반영, 무덤 같은 끝없는 침묵, 어딘가에 실제로 있을지도 모르는 기이한 존재들, 기울어진 신비로운 나뭇가지들, 깜짝 놀라게 만드는 나무 둥치, 흔들대는 기다란 풀줄기 등 그 모든 것들과 싸워 몸을 지킬 방법이 없다.

아무리 대담한 사람도 몸이 떨리고 격렬한 불안에 쫓기며 마치 자기 마음이 어둠에 녹아들어 가는 것 같은 말로 표현하기 어려운 끔찍함을 느낀다. 그리고 그렇게 가슴속까지 스며드는 어둠은 어린아이의 마음에는 더없이 불길한 손톱자국을 남기는 법이다.

숲은 하늘의 묵시다. 조그만 영혼의 날갯짓은 거대한 괴물과도 같은 숲의 둥근 천장 아래에서 임종의 고통스러운 신음만 낼 수 있을 뿐이다. 코제트는 지금 무엇을 느끼고 있는지 잘 몰랐지만 자기가 자연의 거대한 어둠에게 붙잡혀 있다고 느꼈다. 코제트를 휘어잡고 있는 것은 이미 단순한 무서움뿐만이 아니라 그보다도 더 무서운 그 무엇이 있었다. 어린 여자아이는 떨었다. 마음 밑바닥까지 얼어붙게 하는 그 떨림이 얼마나 기괴한 것인지 말로 표현하기는 어려울 것이다. 코제트의 눈은 거칠고 사나워졌다. 내일도 이런 시간에 어김없이 여길 와야 한다는 생각이 들었다. 그러자 원인을 알 수 없는 이 무섭고 불가사의한 상태에서 빠져나가려고 본능적으로 코제트는 커다란 목소리로 하나, 둘, 셋, 넷 하고 열까지 셌고 그것이 끝나자 다시 처음부터 되풀이했다.

그렇게 한 뒤에야 겨우 지금 자기를 에워싸고 있는 현실을 정말로 의식하게 되었다. 물을 들어 올릴 때 젖은 두 손이 시렸다. 코제트가 일어서자 다시 무서워졌다. 억누를 수 없는 두려움이 저절로 되살아났다.

코제트는 이제 한 가지, 즉 도망치고 싶은 생각밖에 없었다. 죽을힘을 다해 숲을 지나고, 들을 건너, 인가가 있는 데까지, 창문이 있는 데까지,

촛불이 켜져 있는 데까지 도망치고 싶다는 생각만 할 뿐이었다. 코제트는 자기 앞에 놓인 통에 눈길을 돌렸다. 테나르디에의 아내가 너무 무서워 도저히 물통을 버리고 달아날 수는 없었다. 두 손으로 물통 손잡이를 잡고 겨우 물통을 들어올렸다. 코제트는 열 걸음쯤 걸었지만 통에 물이 가득 차서 무거웠기 때문에 다시 땅바닥에 내려놓아야 했다. 코제트는 잠시 숨을 돌리고 다시 손잡이를 들어 올리고 걸었다. 이번에는 처음보다 조금 오래 걸었다. 그러나 다시 걸음을 멈추어야 했고 잠시 쉰 다음 다시 걸었다. 몸을 앞으로 구부리고, 고개를 늘어뜨리고, 늙은이 같은 모습으로 걸었다.

물통이 무거워 코제트의 여윈 두 팔이 늘어지면서 뻣뻣해졌다. 무쇠 손잡이를 잡고 있는 조그맣고 젖은 두 손은 감각도 없어지고 얼어붙었다. 때때로 걸음을 멈춰 서야만 했다. 그리고 멈출 때마다 찬물이 통에서 넘쳐흘러 코제트의 드러난 맨발에 쏟아졌다. 숲 속에서, 그것도 밤중에, 그것도 겨울에, 그것도 사람 눈으로부터 멀리 떨어진 곳에서.

코제트는 겨우 여덟 살이 된 어린 여자아이였는데 그때 이 애처로운 모습을 보고 있는 건 하느님뿐이었다. 그리고 또 혹시 코제트의 어머니도 보고 있을지도 모른다. 아! 무덤 속의 죽은 사람도 벌떡 일어나게 하는 그런 일이 이 세상에는 있는 법이다.

코제트는 괴로운 듯 헐떡이며 숨을 쉬었다. 북받쳐 오르는 흐느낌으로 숨이 막힐 것 같았지만 차마 울지도 못했다. 그렇게 테나르디에의 아내는 멀리 떨어져 있어도 무서운 존재였던 것이다. 언제나 테나르디에의 아내가 눈앞에 있다고 생각하는 버릇이 코제트에게 붙어 버렸다.

코제트는 그동안 얼마 가지 못했으나 조금씩 나아갔다. 서 있는 시간을 줄이고 한 번에 가능하면 오래 걸으려 했지만 소용없었다. 이렇게 해가지고는 몽페르메유까지 돌아가는 데 한 시간도 더 걸릴 것이다. 테나르디에의 아내에게 얻어맞게 될 거라 생각하니 불안해졌다. 이 불안감은 숲 속에 혼자 있다는 두려움과 함께 섞였다. 코제트는 이미 쓰러질 만큼 지쳤지만 아직 숲도 빠져나오지 못했던 것이다.

코제트는 낯익은 늙은 밤나무 옆까지 왔을 때 후유 한숨을 내쉬고 이 것을 마지막 휴식으로 삼을 요량에 다른 데보다 더 오래 서 있었다. 그리고 다시 힘을 다 짜내서 통을 들고 기운을 내어 걸었다. 절망적인 이 어린 소녀는 저도 모르게 이렇게 외쳐 버렸다.

"아, 하느님! 하느님!"

그때 갑자기 물통이 조금도 무겁지 않다는 걸 느꼈다. 누군가 아주 커다란 손이 물통 손잡이를 잡아채 기운차게 들어 올렸던 것이다. 어린 여자아이가 고개를 드니 검고 커다란 모습이 우뚝 서서 코제트와 나란히 어둠 속을 걷는 게 보였다.

그것은 어린 여자아이 뒤에서 나타난 한 사나이였지만, 코제트는 그가 다가오는 발자국 소리도 전혀 듣지 못했으나 그 사나이는 말없이 어린 여자아이가 잡고 있는 물통 손잡이를 움켜쥐었다.

인생의 어떤 일에나 그것에 순응하는 본능이 있는 법이라 코제트는 조금도 겁내지 않았다.


## 불라트뤼엘의 짐작이 맞음을 증명하는 것


1823년 바로 그 크리스마스 오후에 한 사나이가 파리 로피탈 거리의 인적이 드문 곳을 꽤 오랫동안 거닐었다. 그 사나이는 셋방이라도 찾는 것처럼 보였는데, 특히 생마르소의 그 황폐한 변두리에서도 가장 허름한 집 앞에서 걸음을 멈추는 것 같았다. 독자는 그 사나이가 정말 이 한적한 곳에서 방을 하나 빌렸다는 것을 나중에 알게 될 것이다.

사나이는 차림새와 인품으로 볼 때 상류층 거지라고나 할 만큼, 몹시 초라하면서도 웬지 깔끔한 면이 섞인 것처럼 보였다. 그러한 대조는 쉽게 볼 수 없는 것으로, 돈 있는 사람들에게 가난한 인간에 대한 경의, 훌륭한 인간에 대한 경의를 둘 다 느끼게 만드는 그런 것이었다.

그는 굉장히 낡긴 했어도 깨끗하게 손질된 운두 높은 둥근 모자를 쓰고, 다 낡아 날실이 드러난 두꺼운 주황색 나사 프록코트를 입었는데 그 무렵에는 주황색 옷이 하나도 이상스러울 게 없었다.

주머니가 달린 커다란 구식 조끼, 무릎이 회색빛으로 바래 버린 검정 반바지, 털실로 짠 검은 양말, 그리고 구리 죔쇠가 달린 두꺼운 가죽 구두가 어딘지 망명지에서 돌아온 문벌 좋은 집안의 가정교사라고 하면 딱 맞을 차림새였다.

그 새하얀 머리털이나 주름 잡힌 이마, 핏기 없는 입술과 생활의 고통과 피로가 아로새겨진 얼굴을 보면 이미 육십은 훨씬 넘어 보였지만 느리긴 해도 힘찬 걸음걸이와 동작 하나하나에 나타나는 굉장한 탄력성 등을 볼 때는 아직 오십도 채 안 된 나이로 보이기도 했다.

보기 좋게 잡힌 이마의 주름 덕분에 그를 유심히 살펴본 사람이라면 아마도 좋은 인상을 느낄 법했다. 꽉 다문 입술이 좀 특이한 주름을 만들어 언뜻 보기에 엄격할 것 같았지만 그는 겸손했다. 그의 깊은 눈동자에는 말로 표현할 수 없지만 침울하고도 맑은 빛이 담겨 있었다.

그는 왼손에 손수건으로 비끄러맨 조그만 보퉁이를 들고 오른손에는 어딘가의 산나무 울타리에서 꺾어 온 듯 보이는 지팡이를 짚었다. 그 지팡이는 상당히 공들여 손질했는지 그다지 보기 흉한 꼴은 아니었다. 마디는 모두 교묘하게 다듬고, 손잡이는 빨간 밀초를 칠해서 산호 꼭지처럼 보였다. 그 지팡이는 그저 막대기에 불과했지만, 제법 그럴듯하게 보였다.

그 거리는 행인이 적은 곳인데 겨울이면 더욱 그런 편이었다. 그 사나이는 그리 눈에 띌 정도는 아니었지만, 행인을 찾는 게 아니라 차라리 피하는 것 같았다.

그 무렵 국왕 루이 18세는 거의 매일 슈아지르루아에 나타났다. 이곳은 국왕이 좋아하는 유원지 중 하나였다. 2시쯤이면 항상 국왕이 탄 마차와 호위 기병대가 로피탈 거리를 전속력으로 달려가는 걸 볼 수 있었다. 그 행렬은 이 부근에 사는 가난한 여자들의 회중시계, 벽시계 노릇을 해 주었기 때문에 그들은 이렇게 말했다.

"벌써 2시가 됐어. 튈르리 궁으로 돌아가고 계시니 말이야."

국왕 행차는 어느 세상에서나 사람들을 떠들썩하게 만드는지라 그중에는 달려가는 사람도 있고 거리에 늘어서는 이들도 있었다. 특히 루이 18세의 행차는 파리의 거리에 확실히 그 어떤 인상을 던져 주었다. 그것은 눈 깜짝할 사이에 지나가 버리는데도 불구하고 엄숙한 그 어떤 것을 느끼게 했다.

다리가 불편했던 이 왕은 빠른 속도로 달리는 것을 좋아했는데 자신이 걸을 수 없는 대신 달리고 싶었던 것이다. 절름발이인 그는 번개처럼 빨리 달리고 싶었던 것이 틀림없다. 그는 칼을 빼어 들고 있는 기병에 호위된 채 평온하고 엄숙한 얼굴로 지나갔다. 포장에 커다란 백합 꽃송이가 그려진 묵직한 그의 황금색 사륜마차는 흘끗 쳐다볼 새도 없이 요란한 소리를 내며 굴러갔다.

마차 안 오른편에 모란이 만발한 흰 공단으로 만든 보료 위에 빈틈없고 상기된 표정으로 앉아 있는 큰 얼굴은, 왕실 격식을 따라 이마에 분칠하고, 거만하고 쌀쌀맞은 날카로운 눈에 학자 같은 미소를 보였다. 시민복 위로 흔들리는 장식 술 달린 두 개의 큰 견장 아래 황금 양털 훈장, 성루이 훈장, 레지옹 도뇌르 훈장, 성령 기사단 훈장, 성 데스프리 기사단은 훈장, 그리고 불룩한 배와 넓고 푸른 어깨 휘장들이 보였는데 그가 바로 왕이었다. 파리 교외에서는 영국식으로 각반을 넓게 두른 무릎 위에 흰 새 깃털이 달린 모자를 올려 두었지만, 시내로 들어서면서부터 모자를 쓰고 눈인사조차 별로 던지지 않았다. 그는 시민들을 무관심하게 바라보았으며 시민들 역시 그렇게 바라보았다.

그가 생마르소 지역에 처음 모습을 드러냈을 때 그가 얻은 성공은 이 도성 밖에 사는 한 사나이가 옆의 사나이에게 한 말 뿐이었다.

"저 뚱보가 이번 정부를 이끈다더군."

아무튼 언제나 같은 시간에 지나가는 국왕의 행차는 로피탈 거리에서는 일종의 행사처럼 여겨졌다.

누런 프록코트를 입고 그 거리를 걷고 있던 사나이는 분명 그곳에 사는 사람도 아니고, 또 파리 사람도 아니었는지 국왕의 이런 행차에 대해 조금도 모르고 있었다.

2시에 국왕이 탄 마차가 은몰을 늘어뜨린 근위 기병대에 호위되어 살페트리에르 구호소 모퉁이를 돌아 그 거리에 나타났을 때 사나이는 깜짝 놀랐는데 마치 겁먹은 것처럼 보일 지경이었다. 이때 인도에 나와 있던 건 그 사나이 혼자였다. 그는 재빨리 어느 집 벽 모서리에 숨었지만 그럼에도 불구하고 아브레 공작이 보고 말았다. 아브레 공작은 이날 호위대 대장으로 마차 안에 국왕과 마주 앉아 있었는데 그가 왕에게 말했다.

"저기 인상이 좋지 않은 자가 있군요."

국왕의 행차를 경호하던 경관들도 그 사나이를 보았으며 그중 한 사람은 그 뒤를 쫓아가라는 명령을 받았다. 하지만 사나이는 가까운 곳에 있는 호젓한 골목길로 피해 들어가 버린 데다 해가 질 무렵이기도 한 바람에 경관은 그의 자취를 놓쳤다.

이 사실은, 그날 저녁 국무대신이며 경시 총감인 앙글레스 백작에게 제출된 보고서에 기록된 그대로다. 누런 프록코트의 사나이는 경관을 따돌린 뒤 걸음을 재촉하면서 더 쫓아오지 않는 것을 확인하려고 몇 번이나 뒤를 돌아보았다.

4시 15분에, 막 해가 졌을 때 그는 포르트생마르탱 극장 앞을 지나가고 있었는데 그날은 〈두 사람의 죄수〉라는 연극을 상연 중이었다. 극장 조명등에 비친 그 간판이 주의를 끌었는지, 그는 급히 걷던 걸음을 멈추고 그것을 들여다보았다.

그리고 잠시 후에 플랑세트의 막다른 골목길로 접어들어 '플라 데탱' 가게 문을 밀고 들어갔다. 그즈음 거기에는 라니행 마차 사무소가 있었고 마차는 4시 30분 출발이었다.

말은 벌써 마차에 매어져 있고, 여행자들은 마부의 지시에 따라 승합마차의 높은 쇠사다리를 서둘러 올라가는 중이었다. 사나이가 물었다.

"자리가 남았습니까?"

"하나 있소만 내 옆자리라오."

마부가 말했다.

"그걸 주시오."

"타시오."

"라니까지 가시오?"

마부가 물었다. 출발하기 전 마부는 초라한 옷차림과 빈약한 짐을 흘 끗 본 뒤 요금을 먼저 치르게 했다. 손님은 라니까지의 찻삯을 냈다.

마차가 출발하고 성 밖으로 나서자 마부가 말을 붙여 보았지만 손님은 '네.' 혹은 '아니요.'라고만 대답할 뿐이어서 마부는 마음을 접고 휘파람을 불거나 말에게 호통을 치거나 했다.

마부는 망토를 꺼내 몸에 둘렀다. 추운 날씨였지만 사나이는 추위 따위는 느끼지도 못하는 모양이었다. 이러는 동안 구르네를 지나고 뇌이쉬르 마른느를 지났다.

저녁 6시가 되어 마차는 셸에 닿았고 마부는 말을 쉬게 하려고 낡은 왕립 대수도원 건물 안에 있는 마차꾼들 여관 앞에 마차를 세웠다.

"난 여기서 내리겠소."

사나이는 보퉁이와 지팡이를 들고 마차에서 뛰어내렸다. 얼마 뒤 그의 모습은 사라졌지만 그가 여관으로 들어간 것도 아니었다. 몇 분 뒤에 마차가 다시 라니를 향해 출발했을 때 도로에서는 더 이상 그 사나이를 볼 수 없었다.

마부는 마차 안의 손님들을 돌아보았다.

"아까 그 손님은 이 근처에 사는 사람이 아니에요. 본 적도 없는 얼굴인데 빈털터리 같아 보이지만 돈 같은 건 별로 상관하지 않는 사람 같네요. 라니까지 마차 삯을 치르고도 셸에서 내리다니. 이젠 깜깜한 밤이 되어 어느 집이나 다 닫혔을 텐데, 여관에도 안 들어가고 어디로 갔는지 찾을 수도 없으니. 혹시 땅속으로라도 들어간 건지." 마부가 말했다.

하지만 그는 땅속으로 들어간 게 아니라 셸 도로를 따라 어둠 속을 바삐 걸어갔으며 성당에 다다르기 전 왼쪽으로 구부러져 몽페르메유로 통하는 시골길로 접어들었는데 이 부근 지리에 밝은 것처럼 보였고 전에도 여기 와 본 적이 있는 것 같았다.

그는 빠른 걸음으로 그 길을 걸어갔다. 가니에서 라니로 가는 오래된 가로수 길과 마주치는 데까지 왔을 때 그는 여러 사람들이 다가오는 발자국 소리를 들었다. 그는 재빨리 도랑 속에 숨어서 사람들이 멀어져 가기를 기다렸다. 하지만 앞서 얘기한 대로 깜깜한 섣달 그믐밤인지라 그런 조심을 할 필요가 없었다. 하늘에는 겨우 두세 개의 별만 떠 있었다.

바로 거기서부터는 오르막길이었다. 사나이는 몽페르메유로 가는 길로 들어서지 않았고 오른쪽으로 접어들어 들판을 가로지르고 성큼성큼 숲 속으로 들어가 버렸다.

숲으로 들어가자 걸음을 늦추고 한 걸음 한 걸음 신중하게 발길을 디뎌 가며, 나무를 하나하나 조심스럽게 살펴보았다. 자기 혼자만 알고 있는 비밀의 길 같은 것을 찾는 모양이었는데 한 번은 방향을 잃었는지 우뚝 서서 한참을 망설이기도 했다.

그러나 이리저리 찾아다닌 끝에 어느 빈터에 이르렀는데 거기에는 희뿌옇고 커다란 돌멩이 여러 개가 포개져 있었다. 그는 그 돌 쪽으로 재빨리 다가가 마치 검열이라도 하는 것처럼 밤안개 속에서 그 돌을 자세히 살펴보았다. 그 돌무더기에서 몇 걸음 떨어진 곳에는 식물의 혹인 옹이가 잔뜩 달린 큰 나무 한 그루가 서 있었다. 그는 그 나무로 다가가 손으로 둥치 껍질을 어루만져 보았으며 마치 그 혹 하나하나를 확인해 가며 수를 세보는 것 같았다.

그것은 물푸레나무였고 그 맞은편에는 밤나무가 한 그루가 있는데 그 나무는 병들어 껍질이 벗겨졌으며, 자그마한 아연판이 붕대인 것처럼 못으로 박혀 있었다. 사나이는 발돋움하고 서서 그 작은 아연판을 손으로 만져 보았다.

그는 한동안 그 밤나무와 돌무더기 사이의 땅바닥을, 누군가 그 땅바닥을 새로 파헤쳐지지 않았는지 확인하는 듯이 발로 밟았다. 그리고 난 다음 그는 방향을 찾아 다시 숲 속을 걷기 시작했다. 아까 코제트가 만난 건 바로 이 사나이였다.

숲을 지나 몽페르메유 쪽으로 가던 그는 조그만 그림자를 하나 발견했는데 그 그림자는 끙끙 앓는 소리를 내 가며 무슨 무거운 것을 땅바닥에 내려놓았다가 다시 들어 올리고 걷기 시작했다. 다가가 보니 어린 여자아이가 커다란 물통을 들고 있었고 그는 말없이 물통 손잡이를 들어 주었다.

## 어둠 속에서 낯선 사람과 나란히 걷는 코제트

이미 말한 것처럼 코제트는 하나도 안 무서웠다. 사나이는 묵직하고 낮은 목소리로 말을 걸었다.

"이 물통은 네게 너무 무겁겠구나."

코제트는 고개를 들고 대답했다.

"네, 아저씨."

"이리 주렴. 내가 들어다 주지."

코제트는 물통에서 손을 뗐고 사나이는 그녀와 나란히 서서 걸었다.

"이건 꽤 무거운걸."

사나이는 중얼거리고 덧붙였다.

"몇 살이냐?"

"여덟 살이에요, 아저씨."

"이렇게 무거운 걸 들고 먼 데서 오는 길이냐?"

"숲 속 샘에서 오는 길이에요."

"갈 곳은 아직 멀었니?"

"여기서 15분쯤 더 가야 돼요."

사나이는 잠시 잠자코 있다가 마침내 다시 말했다.

"그럼, 어머니가 안 계신 모양이구나?"

"전 모르겠어요."

사나이가 다시 말을 꺼내기 전에 어린 여자아이가 말했다.

"없는 것 같아요. 다른 애들에게는 있지만 난 없어요."

그렇게 말하고 잠시 가만히 있다가 다시 말을 이었다.

"저한테는 처음부터 없었나 봐요."

사나이는 우뚝 멈춰 섰다. 물통을 땅바닥에 내려놓고 몸을 구부려 어린아이의 두 어깨에 손을 얹고, 어둠 속에서 그 모습을 훑어본 뒤에 얼굴을 들여다보았다.

여위고 가냘픈 코제트의 얼굴이 으스름한 하늘빛에 어렴풋하게 보였다.

"이름은 뭐라고 부르니?"

"코제트예요."

사나이는 마치 전기에라도 감전된 것처럼 아이를 더 바라보다가 코제트의 어깨에서 손을 내리고 물통을 집어 들고 다시 걸었다.

조금 뒤 그가 물었다.

"어디 살고 있니?"

"몽페르메유에요. 아저씨가 아실지 모르겠지만요……."

"그럼, 지금 거기로 가는 길이냐?"

그는 잠시 가만히 있다가 다시 말을 이었다.

"대체 누가 이런 시간에 물을 길어 오라고 했니?"

"테나르디에 아주머니가요."

물어보는 사나이의 목소리는 아무렇지도 않은 것처럼 보이려고 애썼지만 이상하게도 떨려 나왔다.

"그 테나르디에 아주머니라는 사람은 뭘 하고 있는데?"

"우리 주인집 아주머니인데요, 여관을 하고 있어요."

"여관이라고? 그럼, 오늘 밤은 거기서 자야겠구나. 날 거기로 데려다 다오."

"지금 거기로 가는 길이에요."

사나이는 꽤 빠르게 걸었다. 코제트도 그다지 힘들어하지 않고 따라갔는데 이제 전혀 피곤하지도 않았다. 코제트는 가끔씩 눈을 들어 말로 표현하기 힘든 안심과 신뢰를 담아 사나이를 올려다보았다.

이제까지 하느님께 마음을 주거나 기도드리는 법을 가르쳐 준 사람은 아무도 없었지만 지금 코제트는 희망과 환희 비슷한 감정을 느꼈으며 하늘로 날아 올라가는 듯한 묘한 기쁨까지 느꼈다.

몇 분 지나 사나이가 다시 말했다.

"테나르디에 아주머니한테는 하녀가 없는 거니?"

"없어요."

"너 하나뿐이냐?"

다시 말이 끊어졌다. 코제트가 목소리를 높여 말했다.

"하지만 여자아이가 둘 있어요."

"어떤 아이들?"

"포닌과 젤마라는 애들이에요."

코제트는 테나르디에의 마누라가 좋아하는 두 아이의 소설식 이름을 그렇게 줄여서 부르고 있었다.

"포닌과 젤마라니, 뭘 하는 아이들인 거냐?"

"테나르디에 아주머니의 딸들이지요. 말하자면 아가씨들이에요."

"그 애들은 뭘 하는데?"

"여러 가지를 갖고……. 예쁜 인형이랑, 금이 달린 거랑, 또 별의별 것을 다 갖고 재미있게 놀기만 해요."

"하루 종일? 그럼 너는?"

"전 일하죠."

"하루 종일?"

코제트는 그 커다란 눈을 들었다. 밤이라 잘 안 보였지만 그 눈에 눈물이 괴어 있었다. 코제트는 잠시 조용히 있다가 다시 말을 이었다.

"이따금 일이 끝나고 나서 놀아도 좋다고 할 때는 나도 놀 때가 있어요."

"뭘 하고 노는데?"

"내 멋대로 놀아요. 아무거나 하고 놀아요. 하지만 난 장난감이 많지 않아요. 포닌과 젤마는 내게 인형을 빌려 주지도 않거든요. 내게는 조그만 납 칼 하나밖에 없어요. 요만한 거예요."

코제트는 새끼손가락을 들어 보였다.

"잘라지지도 않겠구나?"

"아니에요, 잘라져요. 배춧잎도 잘라지고 파리 대가리도 끊어져요."

두 사람은 마을에 닿았고 코제트는 낯선 사나이의 앞장을 서서 큰 거리로 들어섰다. 빵가게 앞을 지났지만 코제트는 빵을 사야 한다는 사실도 잊었다. 사나이는 이런저런 질문을 그만 두고 침울하게 입을 다물었다. 그러나 성당을 지나 노점들이 죽 늘어서 있는 광경을 보자 코제트에게 물었다.

"여기가 시장이니?"

"아니에요, 크리스마스라 그래요."

여관이 가까워지자 코제트는 조심스럽게 사나이의 팔을 건드렸다.

"아저씨?"

"왜 그러니?"

"이제 집에 거의 다 왔거든요."

"그런데?"

"여기서부터는 제가 물통을 들게요."

"왜?"

"다른 사람이 들어다 준 걸 알면 아주머니한테 매 맞을 거예요."

사나이는 코제트에게 물통을 건네주었고 두 사람은 곧 여관 앞에 도착했다. 코제트는 저도 모르게 장난감 가게에 여전히 진열된 그 커다란 인형을 바라보았다. 그런 다음에야 문을 두드렸다. 문이 열리고 테나르디에의 아내가 촛불을 들고 나왔다.

"오! 너로구나, 이 거지 같은 년! 이렇게나 늦고, 어떻게 된 거냐! 실컷 놀다 온 모양이구나!"

코제트는 온몸을 떨며 말했다.

"아주머니, 이 손님이 주무시고 가신대요."

테나르디에의 아내는 여관주인 특유의, 태도를 재빨리 바꿔 버리는 몸에 밴 재주로 순식간에 성났던 얼굴을 애교 있게 바꾸고는 새로 들어온 손님을 탐색하듯 보았다.

"묵으시려고요?"

그녀는 말했다. 사나이는 모자에 손을 대면서 인사했다.

돈이 많은 손님은 그런 공손한 인사 따위는 하지 않는다. 테나르디에의 아내는 이 모습을 보고, 나그네의 행색과 몸에 지닌 짐을 재빨리 훑어보고는 애교 있는 웃음을 거두고 다시 성난 얼굴로 만들었다. 그녀는 무뚝뚝하게 말했다.

"어서 들어오시지요, 할아버지."

'할아버지'는 안으로 들어갔다. 테나르디에의 아내는 다시 흘끔 훑어보고, 다 해진 프록코트와 낡아 빠진 모자를 특히 유심히 본 다음, 머리를 흔들고 코를 찡긋거리고 눈을 껌벅이면서 아까부터 마차꾼들과 술을 마시는 남편에게 의향을 물었다. 그러자 남편은 집게손가락을 움직이는 것으로 대답을 대신했는데, 이런 경우 삐죽이 내민 입술과 더불어 빈털터리라는 뜻이었다.

테나르디에의 아내는 이렇게 외쳤다.

"이보세요, 할아버지. 안됐지만 빈방이 없다는데요."

"아무 데라도 좋으니 묵게 해주시지요. 헛간이나 마구간도 괜찮습니다. 방 하나 값을 다 치르지요."

"40수예요."

"40수라. 좋습니다."

"그럼, 그렇게 하세요."

"40수라고! 20수잖소?"

한 마차꾼이 테나르디에의 아내에게 나지막이 속삭였다.

"저 사람에겐 40수 맞아요."

테나르디에의 아내도 역시 낮은 목소리로 대답했다.

"그 이하로는 가난뱅이를 재울 수 없죠."

"정말 그렇지. 저런 자를 재우는 건 우리 집의 불명예거든."

남편이 슬며시 덧붙였다.

그동안에 사나이는 보퉁이와 지팡이를 걸상에 내려놓고 옆 식탁에 앉앉고, 코제트가 열심히 포도주병과 컵을 늘어놓았다. 물을 길러 가게 만들었던 행상인은 물통을 직접 말한테 들고 갔다. 코제트는 다시 늘 앉는 식탁 아래 자리로 돌아가 뜨개질을 했다. 사나이는 술잔에 포도주를 따랐지만 거의 입에 대지 않은 채 이상하게도 코제트를 유심히 바라보았다.

코제트는 못생긴 것 같았다. 하지만 행복하게 살고 있었다면 아마 예뻤을지도 모른다. 이 어린 여자아이의 침울한 얼굴은 앞에서도 말한 것처럼 여위고 핏기가 없었다. 그럭저럭 여덟 살이 되었지만, 겨우 여섯 살 정도로밖에 안 보였다.

커다란 두 눈은 깊은 그늘이 생겼고 눈물이 마를 새 없어 거의 윤기를 잃어버렸다. 죄수나 중병 환자에게서 흔히 보는 것처럼 입은 끊임없는 고통으로 일그러진 모습이었다. 두 손은 그 어머니가 예전에 짐작했던 것처럼 얼음이 박혀 형편없이 거칠어졌다. 마침 그때 화덕불이 코제트를 비추자 앙상한 뼈마디가 드러나고 여윈 게 무섭게 두드러졌다.

언제나 추위에 떨며 두 무릎을 꼭 붙이는 버릇이 배어 있었는데 입은 옷은 누더기인 데다 이걸로 여름에도 어떨까 싶을 정도의 것이었으니 겨울에는 차마 눈뜨고 보지 못할 정도였다. 몸에 걸친 거라곤 구멍 뚫린 무명옷으로, 털로 된 것은 눈을 씻고 찾아봐도 없었다.

군데군데 드러난 살은 온통 푸르고 검은 멍투성이였는데 테나르디에의 아내에게 얻어맞은 자국이었다. 드러난 다리는 빨갛게 언 데다 너무 가늘어서 부러질 것만 같았고 움푹 들어 간 어깨뼈 언저리를 보면 눈물이 흐를 정도였다.

이 아이의 온몸, 걸음걸이, 몸짓, 말하는 목소리나 더듬거리는 말투, 눈초리, 침울하게 말없이 앉아 있는 모습, 하찮은 동작 하나하나는 모두 오직 한 가지 생각, 즉 공포를 말해 주는 것이었다.

공포심은 아이의 온몸에 배어 있었다. 아이는 공포로 온몸을 감싼 것 같았다. 공포심 때문에 아이는 두 팔꿈치를 허리에 대고, 발꿈치는 스커트 밑으로 밀어 넣어 되도록 자리를 차지하지 않으려고 오그리고, 죽지 않을 만큼만 숨을 쉬곤 했다.

공포심은 이렇게 아이의 몸에 밴 습관이 되어 더욱 심해지기만 하고 조금도 줄어들지 않았다. 아이의 눈동자 저 밑바닥에는 언제나 놀란 듯한 흔적과 함께 공포심이 깃들어 있었다. 그 공포심은 너무나 강렬한 탓에 코제트는 아까 돌아와서도 그렇게 흠뻑 젖어 있었는데도 몸을 말리러 불 곁으로 가려고도 하지 않고 말없이 일을 시작했던 것이다.

이 여덟 살밖에 되지 않은 아이의 눈이 언제나 몹시 침울하고 서글퍼 보였기 때문에 때로 어린 백치나 악마가 되지 않을까 생각될 때도 있었다.

코제트는 기도를 드린다는 것이 뭔지도 잘 몰랐고 단 한 번도 성당에 발을 들여놓은 적이 없었다.

"그럴 시간이 어디 있담?"

테나르디에의 아내는 이렇게 말하곤 했다.

누런 프록코트의 사나이는 계속 코제트를 바라보았다. 갑자기 테나르디에의 아내가 소리를 질렀다.

"아, 그래 그렇지! 빵은?"

코제트는 테나르디에의 아내가 소리를 지를 때면 언제나 그랬듯이 곧장 식탁 밑에서 기어 나왔다. 코제트는 빵 생각을 까맣게 잊어버렸기 때문에 언제나 겁에 질린 아이들이 흔히 하는 방법인 거짓말을 했다.

"아주머니, 빵 가게가 문이 닫혔어요."

"문을 두드리면 되잖아?"

"두드렸답니다, 아주머니."

"그랬는데?"

"그래도 안 열어 주셨어요."

"정말인지 거짓말인지 내일이면 다 알게 될 테니까. 만약 거짓말이기

142

만 해봐 혼 구멍을 내 주고 말테다. 어쨌든 15수는 이리 내놔."

코제트는 앞치마 주머니에 손을 넣어 보고는 새파랗게 질렸다. 15수짜리 동전이 없었다. 테나르디에의 아내가 말했다.

"아니! 내 말 안 들려?"

코제트는 주머니를 뒤집어 보았지만 역시 아무것도 없었다. 그 돈은 대체 어떻게 된 거지? 불쌍한 어린아이는 한마디도 못했다. 말 못 하는 돌이 되었다.

"잃어버렸군, 그 15수짜리를? 아니면 슬쩍할 작정인 게야?"

테나르디에의 아내가 소리쳤다. 그렇게 말하면서 그녀는 벽 난롯가에 매달아 놓은 채찍을 향해 팔을 뻗었다. 그 무서운 동작을 보고 코제트는 가까스로 이렇게 말했다.

"잘못했어요, 아주머니! 아주머니! 다신 안 그럴게요."

테나르디에의 아내는 채찍을 내렸다. 한편 누런 프록코트의 사나이는 아무도 눈치 못 채도록 조끼 주머니를 더듬었다. 다른 손님들은 술 마시고 트럼프놀이에 빠져서 다른 일에는 조금도 신경 쓰지 않았다.

코제트는 파르르 떨면서 벽난로 구석에 몸을 움츠리고, 거의 다 드러난 작은 팔다리를 오므려 감추려 노력했다. 테나르디에의 아내가 채찍을 쳐들었다.

"잠깐, 아주머니, 지금 방금 그 아이 앞치마 주머니에서 뭔가 굴러 떨어지는 걸 봤어요. 어쩌면 그게 아닐지도 모르지만요."

그렇게 말하면서 사나이는 허리를 구부려 마룻바닥에서 뭔가를 찾는 시늉을 했다.

"역시 그랬었군, 여기 있군요."

그는 몸을 일으키며 말했다. 그리고 은화 한 닢을 테나르디에의 아내에게 주었다.

"네, 그거 맞아요."

그녀는 말했지만 사실이 아니었다. 그가 내민 것은 20수짜리 은화였지만 테나르디에의 아내는 그편이 이득이라고 생각했던 것이다. 그녀는 은화를 주머니에 집어넣고 무서운 눈초리로 소녀를 보며 말했다.

"다시 그런 짓을 했다간."

코제트는 테나르디에의 아내가 '그 아이의 집'이라고 부르는 식탁 밑으로 다시 기어 들어갔다. 그리고 그 낯선 나그네를 지그시 바라보는 그녀의 커다란 눈에 여태껏 한 번도 못 봤던 표정이 떠오르기 시작했다. 물론 그것은 아직 순진한 놀라움에 지나지 않았지만, 거기에는 어리둥절하면서도 신뢰하는 마음이 들어 있었다.

테나르디에의 아내는 손님에게 물었다.

"그런데 저녁 식사는 어떻게 하실래요?"

손님은 무엇인가 깊은 생각에 잠겨 있는지 대답하지 않았다. 그녀는 속으로 중얼거렸다.

"대체 어떤 사나이지? 아무래도 굉장히 가난해 보이는데. 저 꼴에 저녁 먹을 돈이나 있기나 할까? 숙박료나 받아 낼 수 있으려나? 그래도 마룻바닥에 떨어진 돈을 훔치려 하지 않다니 다행이지 뭐야."

그때 안쪽 문이 열리고 에포닌과 아젤마가 들어왔다. 둘 다 예쁜 소녀로 시골 아이라기보다 차라리 넉넉한 도시 아이들에 가까웠고 굉장히 귀여웠다. 하나는 윤기 있는 밤색 머리를 땋아서 얹고, 다른 한 명은 길게 땋은 검은 머리를 등 뒤로 치렁치렁 늘인 채였다. 둘 다 활발하고, 깔끔하고, 포동포동 살찌고, 건강하고, 보는 것만으로도 즐거워질 만큼 생기발랄해 보였다.

그들은 춥지 않게 옷을 많이 입었지만, 어머니 솜씨가 좋아서 두껍게 입었어도 모양이 나고 둔해 보이지 않았다. 겨울옷에 봄의 산뜻함이 느껴지는 차림새였다. 이 두 소녀는 빛나는 데다 그들에게는 두려울 것도 없었다. 그 옷차림과 그 밝고 명랑함, 떠들며 돌아다니는 태도 어디에도 집안에서 소중히 다루고 있다는 게 잘 나타났다. 테나르디에의 아내는 그들이 들어오자 사랑스러워 못 견디겠다는 말투로 타이르듯 말했다.

"어머나! 너희들은 여기 왜 나와."

그리고 하나씩 무릎으로 끌어다가 머리를 매만지고, 리본을 고쳐 매주고, 어머니들에게서 흔히 나타나는 그런 독특한 정다움으로 다독거려 주고 나서 손을 떼며 말했다.

"글쎄, 이 꼴들이 뭐야, 볼썽사납구나."

두 아이는 벽난로 옆에 앉아서 가지고 온 인형 하나를 무릎 위에 놓고 만지작거리면서 즐거운 듯 떠들었다. 가끔 코제트는 뜨개질을 하다 말고 두 아이가 노는 모양을 슬픈 듯 바라보았다.

에포닌과 아젤마는 코제트를 거들떠보지도 않았다. 코제트는 두 아이에게 그저 강아지 새끼나 매한가지였다. 이 세 어린 소녀의 나이를 모두 합쳐도 스물네 살밖에 되지 않지만, 그들 사이는 이미 완전한 어른들 세계 그대로였다. 한편에는 부러움이, 다른 한편에는 멸시가 존재했다.

테나르디에의 딸들이 가지고 있는 인형은 이제 상당히 바래고 낡아 거의 망가진 상태였지만, 그래도 코제트는 인형을—모든 아이들이 잘 알아듣는 말로 해서 '진짜 인형'을—태어나서 한 번도 가져 본 일이 없었다.

홀 안을 왔다 갔다 하던 테나르디에의 아내는 문득 코제트가 일은 안 하고 멀거니 딸들이 노는 모양에 정신을 팔고 있다는 걸 깨달았다.

"아니, 저 계집애가! 그래, 그게 일을 하는 거니! 일을 안 하면 회초리로 때려 줄 거야."

그녀가 소리를 질렀다.

낯선 손님은 의자에 앉은 채 테나르디에의 아내를 돌아다보고 미소 지으며 조심스럽게 말을 건넸다.

"아주머니! 그러지 말고 좀 놀게 해 주시면 어떻습니까!"

만일 이 말이 저녁 식사로 양의 엉덩이 살 불고기를 먹고, 포도주를 두어 병 정도 비운 손님, 이렇게 지독한 가난에 찌들어 보이지 않는 손님의 입에서 나온 말이라면 마치 어떤 명령처럼 들렸을지도 모른다. 하지만 저 따위 모자를 쓴 사나이가 감히 무슨 의견을 말하거나, 저런 프록코트를 입은 사나이가 무슨 지시 같은 말을 하는 걸 테나르디에의 아내는 용납할 수 없었다. 그녀는 볼멘소리로 되받았다.

"일을 시키지 않을 수 없지요. 저래 보여도 밥은 먹고 있거든요. 아무것도 안 하는데 먹일 순 없잖아요?"

"대체 무슨 일을 하고 있는 건데요?"

낯선 사나이는 물었는데 의젓한 그 말투는 거지 같은 모습이나 막벌이꾼처럼 떡 벌어진 그 어깨와는 독특한 대조를 이루었다.

테나르디에의 아내는 고개를 쳐들고 대답했다.

"긴 양말을 짜고 있죠. 우리 어린 딸들이 신을 양말이랍니다. 이제 거의 다 떨어져서 금방이라도 맨발로 다닐 지경이거든요."

사나이는 코제트의 빨갛게 언 작은 정강이를 보며 말했다.

"얼마나 걸려야 그 양말을 다 짜나요?"

"아무래도 아직 사나흘은 더 걸려야 될 겁니다, 게으름뱅이니까요."

"그리고 그 양말이 완성되면 한 켤레에 얼마짜리가 되는 건데요?"

테나르디에의 아내는 업신여기듯 흘끔 사나이를 보았다.

"적어도 30수는 될걸요."

"그럼, 그걸 5프랑에 내게 팔지 않으려오?"

옆에서 듣고 있던 한 마차꾼이 굵은 목소리로 웃으면서 외쳤다.

"뭐? 5프랑이라니, 정신이 나갔군! 총알이 다섯 개라니!"

테나르디에는 지금이 참견할 때라고 생각했다.

"좋습니다, 나리. 나리가 그렇게 하고 싶으시면 그 양말을 5프랑에 드리겠습니다. 손님 말씀을 거절할 순 없거든요."

테나르디에의 아내가 버릇대로 간단명료하게 말했다.

"당장 내셔야 해요."

"그럼, 그 양말을 사지요."

사나이가 대답하고는 주머니에서 5프랑 지폐 한 장을 꺼내 식탁 위에 놓으면서 덧붙였다.

"자, 돈을 드리지요."

그는 코제트 쪽을 돌아보았다.

"이제 네 일은 내 것이 됐다. 자, 놀아도 된다, 아가야."

마차꾼은 5프랑짜리 지폐를 내는 데 너무나 놀라 술잔을 내버려 두고 다가왔다. 그는 그 지폐를 살펴보고 소리쳤다.

"아니, 정말이야! 이건 진짜배기 커다란 바퀴라고! 가짜가 아니라 니까!"

테나르디에는 옆으로 다가와 조용히 그 돈을 주머니에 집어넣었다. 테나르디에의 아내는 할 말이 없어서 입술만 깨물었다. 그 얼굴에 원망하는 빛이 스쳤다.

그동안에도 코제트는 몸을 떨었지만 마음을 단단히 먹고 물었다.

"아주머니, 정말인가요? 놀아도 되나요?"

테나르디에의 아내가 앙칼진 목소리로 말했다.

"놀아라!"

"고맙습니다, 아주머니."

코제트는 입으로는 테나르디에의 아내에게 고맙다고 말했지만 그 작은 마음은 낯선 손님에게 감사했다.

테나르디에는 다시 술을 마셨다. 아내가 그의 귀에 속삭였다.

"저 누런 옷을 입은 작자는 대체 누구일까요?"

테나르디에는 의젓하게 대답했다.

"백만장자가 곧잘 저런 프록코트를 입고 다니는 것을 본 적이 있지."

코제트는 뜨개질감을 내려놓았지만 자기 자리에서 나오지는 않았다.

그 애는 언제나 될 수 있는 대로 움직이지 않으려고 애썼다. 코제트는 자기 뒤에 놓인 상자에서 몇 조각의 낡은 헝겊과 작은 납 칼을 꺼냈다.

에포닌과 아젤마는 주위에서 일어나는 일에 조금도 신경을 쓰지 않았다. 두 어린아이는 굉장히 중요한 일을 시작한 참이었는데 고양이를 붙잡았던 것이다.

인형은 마룻바닥에 내동댕이치고 언니인 에포닌은 고양이가 울며 바둥대는 것도 상관하지 않고 빨강과 파랑의 낡은 헝겊 조각으로 그 고양이 새끼에게 옷을 입히려고 애썼다.

그런 몹시 진지하고 어려운 일을 해내면서 에포닌은 동생에게 어린아이들만이 갖는 곱고 깜찍함으로 말을 걸었다. 그러한 말의 상냥함이란 나비 날개의 반짝임과도 같기 때문에 붙잡으려고 하면 달아나 버린다.

"얘, 이 고양이 인형 쪽이 저것보다 훨씬 더 재미있는 거야. 움직이기도 하고, 울기도 하고, 따뜻하잖니. 얘, 이걸 가지고 놀자. 이건 내 딸이야. 나는 엄마야. 내가 널 찾아가면 너는 이 아기를 보는 거지. 그러다가 우리 아기에게 수염이 있는 걸 보고 네가 깜짝 놀라는 거야. 그리고 또 그 귀하고 꼬리를 보고 다시 깜짝 놀라는 거야. 그다음에 나한테 이렇게 말해. '어머나, 이런! 이걸 어째!' 그러면 내가 네게 말하는 거지. '그럼요, 아주머니, 이건 내 조그만 딸이에요. 요즘 작은 여자아이들은 다 이렇게 생겼답니다.'"

아젤마는 에포닌이 하는 말을 감탄하며 들었다.

다른 쪽에서는 술꾼들이 음탕한 노래를 부르며 천장이 흔들릴 만큼 웃어 댔다. 테나르디에는 그들을 부추기며 비위를 맞췄다.

새들이 아무거나 가지고 둥지를 트는 것처럼 어린아이들은 아무것으로나 인형을 삼는다. 에포닌과 아젤마가 고양이에게 옷을 입히는 동안 코제트는 칼에 옷을 입히고 칼을 가슴에 안고 가만가만 노래 부르며 잠재웠다.

인형은 여자아이들이 가장 갖고 싶어 하는 것 가운데 하나이고 그들의 가장 귀여운 본능을 나타낸다. 시중들고, 옷을 입혀 주고, 예쁘게 꾸며 주고, 옷을 입혔다 벗기고, 또 입히고, 타이르고, 잔소리하고, 다독이고, 흔들고, 재우면서 그것이 살아 있는 것처럼 여기는 놀이 속에 여자의 미래가 다 포함된 것이다.

꿈을 그리거나 소곤거리며 귀여운 나들이옷과 속옷 같은 것을 만들고, 예쁜 드레스와 코르셋, 속저고리 같은 것을 만들면서 어린아이는 소녀가 되고, 소녀는 아가씨가 되고, 아가씨는 한 남자의 아내가 되고 첫아기는 마지막 인형이 되는 셈이다.

인형을 갖지 못한 어린 소녀는 아기가 없는 부인처럼 불행하고, 또 그처럼 부자연스러운 법이다. 그래서 코제트도 칼을 인형으로 삼았던 것이다.

한편 테나르디에의 아내는 '누런 옷의 사나이' 곁으로 다가갔다. '그이 말이 맞아.' 하고 그녀는 생각했다. '어쩌면 라피트 씨일지도 몰라. 부자들 중에도 굉장히 특이한 사람이 있으니까!' 그녀는 그의 식탁으로 가서 팔꿈치를 짚었다.

"나리!"

이 '나리'라는 말에 사나이가 고개를 들었다. 테나르디에의 아내는 여태까지 그를 '여보시오' 혹은 '할아버지'라고 불렀기 때문이다.

"저, 나리."

그녀는 상냥하게 말했다. 그것은 그녀의 흉측한 얼굴보다 더 보기 흉했다.

"그야 물론 나도 저 아이를 놀라고 하고 싶어요. 무조건 놀지 못하게 하는 건 아니랍니다. 한 번쯤은 상관없지요. 나리께서 친절을 베푸셨으니까요. 하지만 저 애는 아무것도 가진 게 없으니 일을 시킬 수밖에 없답니다."

"그러면 저 애는 댁의 아이가 아니란 말이오?"

사나이가 물었다.

"천만에요, 나리! 저 애는 가난뱅이의 자식이랍니다. 우리가 불쌍해서 거두어 키워 주고 있어요. 머리통에 물이라도 들어갔는지 좀 모자라는 아이예요. 보시는 것처럼 머리만 커다랗답니다. 우리들도 저 아이에게 힘닿는 데까지는 애쓰고 있습니다만, 원체 돈이 없어서 말이지요. 저것 어미에게도 편지를 보냈지만 벌써 여섯 달이나 답장이 없네요. 아마 죽기라도 한 모양이에요."

사나이는 고개를 끄덕이고 다시 생각에 잠겼다.

"그 어미라는 것도 보잘것없는 여자랍니다."

테나르디에의 아내가 덧붙였다.

"자기 아이를 버리고 간 걸 봐도 알 수 있죠."

그런 대화를 나누는 동안, 코제트는 본능적으로 자기 이야기를 한다는 걸 느꼈는지 테나르디에의 아내에게서 눈을 떼지 않았다. 어린 여자아이는 어렴풋하게 두어 마디씩 알아들었다.

한편 술을 마시던 이들은 거의 취해서 더욱 떠들썩하게 지저분한 노래의 후렴구를 되풀이해서 불렀다. 그것은 성모마리아와 어린 예수까지도 한데 섞여 나오는 품위 없는 음탕한 노래였다. 테나르디에의 아내마저 어울려 킬킬대고 웃었다.

코제트는 식탁 아래에서 불을 바라보고 있었다. 가만히 앉아 움직이지 않는 눈동자에 불 그림자가 빨갛게 비쳤다. 그러다가 코제트는 자기가 만든 아기를 다시 흔들어 주었고, 흔들면서 낮은 목소리로 노래를 불렀다.

"우리 엄마는 죽어 버렸네! 우리 엄마는 죽어 버렸네! 우리 엄마는 죽어 버렸네!"

에포닌과 아젤마가 고양이에게 옷을 입힐 때 코제트는 칼에 옷을 입히고⋯⋯.

여관집 안주인이 다시 성가시게 권했기 때문에 누런 옷의 '백만장자'는 결국 저녁을 먹기로 했다.

"뭘 드릴까요?"

"빵과 치즈를 주시오."

테나르디에의 아내는 생각했다.

'뭐야, 이건 틀림없는 거지잖아.'

술꾼들은 여전히 노래를 부르고, 식탁 아래 코제트도 저만의 노래를 불렀다.

갑자기 코제트가 노래를 그쳤다. 테나르디에의 딸들이 고양이 때문에 내동댕이친 인형이 조리대에서 대여섯 발짝 떨어진 곳에 뒹굴고 있는 걸 문득 발견한 것이다.

그래서 코제트는 마음에 썩 들지 않던 옷 입힌 칼을 손에서 내려놓고 천천히 방 안을 둘러보았다. 테나르디에의 아내는 작은 목소리로 남편과 무언가 이야기하며 돈을 세고 있고, 에포닌과 아젤마는 고양이와 놀고 있고, 손님들은 먹고 마시며 노래 부르느라 아무도 이쪽을 보지 않았다. 이때를 놓쳐서는 안 된다.

코제트는 테이블 아래에서 무릎과 손으로 기어 나와 다시 한 번 아무도 안 보는 걸 확인하고는 얼른 인형 있는 데까지 기어가 집어 들었다. 코제트는 곧 자기 자리로 돌아와 앉아 꼼짝도 않고, 다만 팔에 안은 인형을 그늘진 곳에 감추듯 몸을 비틀었다. 진짜 인형을 가지고 노는 행복을 한 번도 누려 본 적이 없었기에 말할 수 없는 커다란 기쁨을 맛보는 듯했다. 아무도 코제트를 보는 사람은 없었다. 보잘것없는 저녁을 천천히 먹고 있는 그 낯선 사나이를 제외하고는.

코제트의 기쁨은 15분쯤 지속되었다. 굉장히 조심했지만, 코제트는 인형의 한쪽 다리가 '나와 있는' 것과 난롯불이 그 다리를 환히 비추고 있다는 걸 깨닫지 못했다. 그늘진 곳에서 밖으로 나와 장밋빛으로 물든 인형의 한쪽 다리를 문득 아젤마가 보게 되었다. 아젤마가 에포닌에게 말했다.

"저것 봐, 언니."

두 여자아이는 하도 어이가 없어 놀이를 그만두었다. 코제트가 인형을 갖고 있다니!

에포닌은 일어나 고양이를 안은 채 어머니에게로 가서 그 스커트를 잡아당겼다.

"아이, 귀찮아. 뭔데?"

어머니가 말했다.

"엄마, 저기 좀 봐."

여자아이는 코제트를 가리켰다. 한편 코제트는 인형을 팔에 안고 너무나 좋은 나머지 이제는 아무것도 보이지도 않고 들리지도 않았다.

테나르디에의 아내 얼굴에 독특한 표정이 떠올랐는데 무서운 살기와 인생의 추악함이 몽땅 뒤섞인, 소위 독부라고 말하는 그런 종류의 표정이었다.

이번에는 자존심이 상했기 때문에 노기가 더욱 가득했다. 코제트가 한계를 넘은 것이다. 감히 코제트가 '아가씨들'의 인형에 손을 대다니. 농부가 황태자의 휘장에 손대는 것을 봤다면 러시아의 여황제도 지금 그녀와 같은 얼굴이었을 것이다.

그녀는 분노로 목까지 쉬어 외쳤다.

"코제트!"

코제트는 발밑 땅이 흔들리기나 한 것처럼 파르르 떨고 뒤돌아보았다. 테나르디에의 아내가 다시 소리쳤다.

"코제트!"

코제트는 절망적인 표정으로 안고 있던 인형을 존귀한 것을 모시듯 가만히 마룻바닥에 내려놓았다. 그리고 인형에게서 눈을 떼지 않고 두 손을 모아 쥐었다. 그리고 그 나이의 어린아이에게 말하기조차 애처롭지만, 그 두 손을 비틀어 쥐었다.

그리고 그날 하루 종일 겪은 무서운 일—어두운 숲에 갔던 일, 물통이 무거웠던 일, 돈을 잃어버렸던 일, 채찍으로 맞을 뻔했던 일, 또 테나르디에의 아내한테서 들은 가슴 메이는 말—그런 모든 걸 겪고도 잘 참아 왔던 눈물이 드디어 흘러내렸다. 코제트는 소리 내어 흐느꼈다.

그동안 낯선 사나이는 저도 모르게 일어섰다. 그는 테나르디에의 아내에게 물었다.

"무슨 일입니까?"

테나르디에의 아내는 코제트의 발밑에 뒹구는 증거물을 손가락으로 가리켰다.

"보면 몰라요?"

"그래서 뭐가 어쨌다는 겁니까?"

"저 거지 같은 계집애가 우리 아이들의 인형을 몰래 만졌다고요."

"그래서 이 야단입니까. 그래, 저 아이가 그 인형을 가지고 놀면 어때서요?"

"저 더러운 손으로 만졌다고요. 저 흉측한 손으로."

그 말을 듣고 코제트의 흐느낌이 더욱 높아졌다. 테나르디에의 아내는 소리를 질렀다.

"닥치지 못하니!"

사나이는 곧바로 출입구로 걸어가 문을 열고 나갔다. 그가 나가자 테나르디에의 아내는 기회를 놓칠세라 테이블 아래 아이에게 세게 발길질을 했고 아이는 비명을 질렀다.

문이 다시 열리고 사나이가 나타났는데 그는 멋진 인형을 가슴에 안고 있었다. 앞에서 말한, 마을 어린아이들이 아침부터 넋 잃고 바라보던 바로 그 인형이었는데 사나이는 그것을 코제트 앞에 세우며 말했다.

"자, 여기 네 거야."

그는 여기에 들어온 지 한 시간이 넘도록 줄곧 어떤 생각에 잠겨 있으면서도 램프와 촛불이 눈부시게 켜진 장난감 가게가 이 여관 유리창 너머로 화려한 장식등처럼 빛나는 것을 지켜보고 있었던 것이다.

코제트는 고개를 들었다. 사나이가 인형을 들고 자기 쪽으로 오는 것을 태양이 다가오기라도 하는 것처럼 바라보았다. "이건 네 거야."라는 믿을 수 없는 말이 귓전을 맴돌았다. 코제트는 그 사나이를 보고, 인형을 보고, 주춤주춤 뒤로 물러나더니 식탁 밑 벽 구석으로 깊숙이 숨었다.

코제트는 이제 울지도 않고 소리도 내지 않았다. 거의 숨도 안 쉬고 있는 것 같았다.

테나르디에의 아내와 에포닌과 아젤마도 모두 그 자리에 꼼짝 않고 서 있었다. 술꾼들까지 손에 든 술잔을 잊었다. 온 방 안이 무거운 침묵으로 가득 찼다. 테나르디에의 아내는 돌처럼 굳어 말도 못하고 다시금 제멋대로 추측했다.

'이 늙은이는 대체 뭐지? 가난뱅이? 백만장자? 아마 양쪽 다일지도 모르지. 그렇다면 도둑놈이라는 결론인데.'

남편인 테나르디에는 얼굴에 의미심장한 주름이 잡혔다. 강한 본능이 그 야수성을 건드려 인간의 얼굴을 날카롭게 만드는 그런 주름이었다. 싸구려 음식점 주인은 인형과 낯선 사나이를 번갈아 바라보았다. 그는 마치 돈주머니 냄새라도 맡는 것처럼 그 사나이의 냄새를 맡고 있는 것처럼 보였다. 하지만 그것은 아주 잠깐 동안에 지나지 않았고 아내에게로 다가가 나지막하게 소곤댔다.

"저 인형은 적어도 30프랑은 된다고. 바보짓을 하면 안 돼. 저 사나이 앞에 납작 엎드리라고."

비열함과 순진함은 하나의 공통점을 가지고 있다. 손바닥을 뒤집듯 돌

변한다는 것이다.

"자, 코제트."

테나르디에의 아내는 애써 부드럽게 불렀지만, 심술궂은 여자의 쉬어 버린 사탕발림 같은 소리가 새어 나올 뿐이었다.

"인형을 안 받을 거냐?"

코제트가 용기를 내서 자기 구멍에서 기어 나왔다. 테나르디에도 달콤하게 말했다.

"코제트, 나리께서 네게 인형을 주시는 거란다. 어서 받아야지. 그 인형은 네 거란다."

코제트는 놀란 얼굴로 그 멋진 인형을 바라보았다. 얼굴은 아직 눈물에 젖어 있었지만, 두 눈은 새벽하늘처럼 기묘한 기쁨으로 번쩍거렸다. 지금 코제트는 갑자기 "아가씨, 당신은 프랑스 여왕님이십니다."라는 말을 듣기라도 한 것 같은 기분이었다. 하지만 만약 그 인형을 건드리면 벼락이라도 떨어질 것 같은 기분도 들었는데 그건 어느 정도 사실이었다. 코제트는 테나르디에의 아내에게 욕을 먹지는 않을지, 얻어맞지나 않을지 생각에 잠겨 있었다.

하지만 인형이 끌어당기는 힘이 더 강했다. 코제트는 드디어 인형 쪽으로 다가가서, 놀란 얼굴로 그 멋진 인형을 바라보았다. 코제트는 테나르디에의 아내를 향해 겁먹은 목소리로 중얼거렸다.

"가져도 되나요, 아주머니?"

절망과 두려움, 환희가 한꺼번에 뒤섞인 코제트의 표정은 어떤 말로도 표현하기가 어려웠다.

"물론이지!"

테나르디에의 아내가 말했다.

"네 것이지. 나리께서 네게 주신 거야."

"정말인가요, 아저씨? 정말이에요? 정말 제 것인가요, 이 여왕님이?"

낯선 사나이의 눈에 눈물이 어렸는데 너무나 감동받은 나머지 눈물을 흘리지 않고는 말도 할 수 없는 것 같았다. 그는 다만 코제트에게 고개를 끄덕여 주고, 그 '여왕님'의 손을 코제트의 조그만 손안에 쥐어 주었다.

코제트는 마치 그 '여왕님'의 손이 자기의 손을 태우기라도 한 것처럼 손을 흠칫 움츠렸다. 그리고는 마룻바닥을 바라보았는데 이때 코제트가 있는 한껏 혀를 빼물고 있었다는 것도 덧붙여 말해 두어야겠다. 갑자기 아이는 고개를 번쩍 쳐들고 인형을 와락 끌어안았다.

"이걸 카트린이라고 이름 지어야지."

코제트의 누더기 옷이 인형의 리본이며 산뜻한 장밋빛 모슬린 옷과 맞닿고 그것을 으스러지게 꼭 끌어안은 모습은 참으로 이상하게 보였다.

코제트가 다시 말했다.

"아주머니, 이걸 의자 위에 놓아도 괜찮아요?"

테나르디에의 아내는 대답했다.

"암, 괜찮고말고."

이번에는 에포닌과 아젤마가 코제트를 부러운 듯 바라보았다. 코제트는 카트린을 의자 위에 올려놓고 자기는 그 앞 마룻바닥에 앉아 그대로 꼼짝하지 않고 말없이 보기만 했다.

사나이가 말했다.

"어서 놀아, 코제트."

어린 여자아이는 대답했다.

"예, 지금 놀고 있는걸요."

이 낯선 사나이, 하늘이 코제트에게 내려 보내 준 것 같은 이 알 수 없는 사나이를 테나르디에의 아내는 이 세상에서 가장 증오했다. 하지만 자기 자신을 꾹 억누르고 있어야만 했다. 그녀는 남편이 하라는 대로, 시키는 대로 하려고 애쓴 덕분에 감정을 죽이는 일에 익숙해져 있었지만 그래도 이렇게 격한 감정은 도저히 참기가 어려웠다. 그녀는 서둘러 딸들을 침실로 보내고, 이어서 코제트도 잠자리에 보내려고 누런 옷의 사나이에게 '허락'을 구했다.

"오늘은 저 애가 여간 지치지 않았을 겁니다."

그녀는 어머니다운 티마저 냈다. 코제트는 카트린을 꼭 껴안고 자러 갔다. 테나르디에의 아내는 가끔 홀 맞은편 끝에 있는 남편에게로 갔는데 '마음을 가라앉히기 위해서'라고 자신에게 말했다. 그녀는 남편과 두어 마디씩 말을 주고받았는데 차마 큰 소리로 하지 못하니까 더욱 화가 치밀어 올랐다.

"저 거지 같은 늙은이가! 대체 무슨 심보지? 우리를 골탕 먹이려는 모양인데! 저 계집애를 멋대로 놀게 해 주질 않나, 인형을 사 주질 않나! 40프랑이나 하는 인형을 저런 계집애에게 주다니! 저런 계집앤 40수짜리도 못되는데 말이야! 아마 이제 얼마 안 있으면 베리 공작 부인이라도 대하듯 왕비 마마라고 떠받들어야 할지도 모르지. 제 정신인 거야 돌아 버린 거야, 아무래도 수상한 늙은이라니까!"

테나르디에가 반박했다.

"천만에, 그게 아니지. 놈은 그렇게 하는 게 재미있는 거라고! 당신은 저 아이를 부려 먹는 게 재미고, 놈은 애를 놀게 하는 게 재미라는 거야. 그거야 저 사나이의 권리라고. 손님이니까 돈만 낸다면 무슨 짓을 한대도 상관없다니까. 저 늙은이가 자선가라고 한들 그게 당신과 무슨 상관이야? 저놈이 얼간이라고 해도 당신과 아무 상관도 없다고. 당신이 쓸데없이 이러쿵저러쿵 할 게 없어. 저치는 돈이 있잖아."

남편으로서의 말이나 여관 주인으로서의 이론으로서나 그 어느 것에 대해서도 아내는 아무런 대꾸를 할 수 없었다.

사나이는 테이블 위에 팔꿈치를 괴고 아까처럼 다시 무슨 생각에 잠겨 있는 모양이었다. 상인과 마차꾼 등 다른 손님들은 모두 좀 떨어진 곳에 몰려 앉아 이제 노래는 부르고 않고 저렇게 초라한 행색을 하고도, 쉽게 주머니에서 '커다란 바퀴'를 꺼내 나막신을 신은 하녀 같은 계집아이에게 아까운 기색도 없이 커다란 인형을 사 주는 저 기묘한 사나이는 틀림없이 훌륭하고 어마어마한 노인일 거라는 생각을 했다.

몇 시간이 지나 자정 미사도 끝나고, 크리스마스 만찬도 끝나고, 술집 문도 닫히고, 천장이 낮은 홀 안에도 인기척이 끊어지고, 불이 꺼진 다음에도, 낯선 사나이는 여전히 같은 자리에 같은 자세로 가만히 앉아 있기만 했다. 가끔 이마를 떠받친 팔꿈치를 바꾸곤 하는 게 다였다. 코제트가 자러 간 뒤로는 더 이상 한마디도 하지 않았는데 테나르디에 부부만이 손님에 대한 예절과 호기심 때문에 홀에 남았다.

테나르디에의 아내가 중얼거렸다.

"저렇게 앉아 밤을 새울 건가?"

새벽 2시가 울리자 그녀는 지쳐서 남편에게 말했다.

"난 그만 잘래요. 뒷일은 당선이 알아서 하세요."

남편은 구석 테이블에 앉아 촛불을 켜 놓고 〈쿠리에 프랑세〉지를 읽기 시작했다. 이렇게 다시 한 시간이 지나갔다. 여관 주인은 〈쿠리에 프랑세〉를 날짜에서부터 맨 끝 인쇄인의 이름까지 적어도 세 차례나 반복해서 읽었지만 나그네는 여전히 꼼짝도 하지 않았다.

테나르디에는 부스럭거리고, 헛기침을 하고, 침을 뱉고, 코를 풀고, 의자를 삐걱거려도 봤지만 사나이는 여전히 요지부동이었다. '잠이 들었나?' 하고 테나르디에는 생각했다.

잠든 것은 아니었으나 그 어떤 소리도 사나이의 마음을 깨우지 못했다. 마침내 테나르디에는 모자를 벗고 조용히 다가가 용기를 내어 말해 보았다.

"손님께서는 쉬지 않으시겠습니까?"

'자지 않겠습니까?'라는 말 정도도 그에게는 과분하고 친근감을 주었을지도 모르는데 '쉬지 않으시겠습니까?'라는 말은 사치스럽기도 하고 정중한 말투였다. 이런 말은 다음 날 아침 계산서의 숫자를 부풀리게 만드는 특이한 기능을 가졌다. 손님이 '자는' 방이 20수라면 '쉬시는' 방은 20프랑이 되는 식이다.

"아, 맞다. 깜박 정신 놓고 있었네. 마구간은 어딘가요?"

사나이가 말했다. 테나르디에는 민망한 듯 웃음을 띠며 말했다.

"나리, 제가 안내해 드리겠습니다."

그는 촛불을, 사나이는 보퉁이와 지팡이를 들었다. 테나르디에는 사나이를 2층의 한 방으로 데리고 갔는데 대단히 훌륭한 방으로, 마호가니 가구와 호화로운 배 모양 침대가 있고, 붉은 옥양목 커튼까지 드리워져 있었다.

나그네가 말했다.

"아니, 여기 묵어도 되는 건가요?"

"저희들 내외 혼인 때의 신방입니다요. 요즘 아내와 저는 다른 방에서 기거하거든요. 이 방은 1년에 두서너 번밖에는 손님을 들이지 않았습니다."

사나이는 무뚝뚝하게 말했다.

"나는 마구간이라도 상관없습니다만."

테나르디에는 그 냉랭한 말을 못 들은 척하고 벽난로 위에 놓인 두 개의 새 초에 불을 붙였다. 벽난로 안에서는 장작이 제법 기세 좋게 타올랐다. 벽난로 위에 놓인 유리 상자 안에는 은실과 오렌지꽃이 장식된 여자 모자가 들어 있었다.

나그네가 물었다.

"그런데 이건 뭔가요?"

테나르디에는 대답했다.

"나리, 그건 아내가 결혼할 때 썼던 모자랍니다."

사나이는 그것을 바라보았는데, 마치 '그러면 그 괴물 같은 여자한테도 처녀 시절이 있었단 말인가!' 하며 놀라는 눈치였다.

그러나 테나르디에는 거짓말을 했다. 음식점을 차리려고 이 집을 얻을 때 이 방이 지금처럼 꾸며져 있는 걸 보고 이 가구와 오렌지꽃이 장식된 모자까지 샀던 것이다. 그렇게 하는 게 '자기 배우자'에게는 아름다움이 덧붙여지고, 그의 집도 이른바 영국 사람들 말처럼 관록이 붙게 되는 거라고 생각했던 것이다.

나그네가 돌아보았을 때 주인은 이미 그곳에 없었다. 테나르디에는 이튿날 아침 듬뿍 돈을 뜯어낼 이 사나이에게 버릇없이 굴지 않는 게 좋겠다 싶어 안녕히 주무시라는 인사도 생략한 채 살그머니 빠져나갔다.

여관 주인은 자기 방으로 물러갔다. 아내는 침대에 누워 있었지만 잠든 건 아니었다. 남편이 들어오는 기척이 들리자 그녀가 돌아보고 말했다.

"내일은 정말 코제트를 내쫓아 버려야겠어요."

테나르디에는 냉담하게 대꾸했다.

"마음대로 해."

두 사람은 그 다음에는 아무 말도 하지 않았고 몇 분 뒤 촛불도 껐다.

한편 나그네는 방구석에 지팡이와 보퉁이를 내려놓고 주인이 사라진 뒤 안락의자에 앉아 한동안 골똘히 생각에 잠겼다. 그러고 나서 구두를 벗고, 초를 한 자루 집어 들고, 다른 한 자루는 불어서 꺼 버리고는 문을 열고 나가 뭔가를 찾는 것처럼 주위를 둘러보았다. 복도를 지나 층계에 이르자 어린아이의 숨결인 듯 아주 낮은 소리가 희미하게 들려왔다.

그는 그 숨소리에 이끌려 층계 밑에 만들어진, 아니 만들어졌다기보다는 층계 그 자체라고 해야 할 세모꼴 굴속 같은 곳으로 다가갔다. 그 굴은 바로 층계 밑 공간이었다. 온갖 헌 바구니와 빈 병들 사이 먼지와 거미줄 틈에, 잠자리가 하나 있었다. 잠자리라곤 하지만 구멍이 뚫려 짚이 삐어져 나온 요와 그 짚으로 만든 요가 드러나 보일 정도로 다 해진 홑이불이다였다. 짚 요 위에 깔린 천 하나 없었다. 그리고 그것은 바로 땅바닥에 놓여 있었다. 그 잠자리 속에 어린 코제트가 잠들어 있었다.

사나이는 가까이 다가가 어린아이를 들여다보았다. 코제트는 옷을 입은 채 깊이 잠들어 있었다. 겨울에는 조금이라도 덜 춥도록 옷을 벗지 않고 잤다. 코제트는 인형을 꼭 끌어안은 채 자고 있었는데 어둠 속에서 인형의 커다란 두 눈이 빛났다. 가끔 아이는 잠이 깨려고 할 때처럼 커다랗게 한숨을 내쉬고 거의 경련을 일으키듯 인형을 끌어안았다. 잠자리 옆에는 나막신이 한 짝만 놓여 있었다.

코제트가 잠들어 있는 헛간 옆에 꽤 큰 방이 문이 열린 채 어두컴컴하게 보였다. 낯선 사나이는 그곳으로 들어갔다. 유리문을 통해 희고 조그마한 침대 한 쌍이 보였다. 아젤마와 에포닌의 침대였다. 그 침대 너머에 실버들가지로 엮은 휘장 없는 요람이 보였는데, 그날 저녁 내내 보채던 작은 남자아이가 거기 잠들어 있었다.

나그네는 그 방이 테나르디에 부부의 방과 잇닿아 있다는 걸 알아차렸다. 거기서 발길을 돌리려 했을 때 벽난로가 눈에 들어왔는데 여관 같은 데 흔히 있는 커다란 벽난로로, 불을 지펴도 언제나 불길이 조금밖에 없어 보기에도 을씨년스러웠다. 지금 그 벽난로에는 불도 없고 재도 없었지만 그 속에 들어 있는 물건이 사나이의 눈길을 끌었다. 그것은 귀엽게 생긴 크고 작은 어린아이 신 두 켤레였다. 크리스마스이브 벽난로 속에 신을 넣어 두면 요정이 근사한 선물을 가져다줄 거라고 믿는 어린아이들의 아름답고 오래된 관습이라는 생각이 나그네의 머릿속에 떠올랐다. 에포닌과 아젤마가 잊지 않고 있다가 각자 신발 한 짝씩을 벽난로 속에 넣어 두었던 것이다.

나그네가 몸을 구부렸다. 친절한 요정, 즉 어머니가 벌써 왔다 갔는지 신발 속에 10수짜리 새 은화가 한 닢씩 빛났다.

사나이는 몸을 일으켜 자리를 뜨려다가 벽난로 가장 컴컴한 구석에 뭔가가 또 하나 가만히 놓여 있는 걸 보았다. 자세히 보니 말할 수 없이 허름한 나막신 한 짝이었다. 코제트는 늘 속아 왔으면서도 결코 실망하지 않는 어린아이의 갸륵한 믿음으로, 이번에도 벽난로 속에 제 나막신을 놓아둔 모양이었다.

무엇을 원해도 한 번도 이루어지지 않았던 어린아이가 그래도 희망을 잃지 않는다는 것, 그것은 실로 숭고하고 아름다운 일이었지만 그 나막신 안에는 아무것도 없었다. 나그네는 조끼 안을 더듬어 몸을 구부리고 코제트의 나막신에 루이 금화 한 닢을 넣어 주었다. 코제트는 인형을 꼭 끌어안은 채 자고 있었다. 그는 발소리를 죽여 가며 방으로 돌아갔다.


## 테나르디에의 흥정

이튿날 날이 밝으려면 아직 두 시간은 더 있어야 될 무렵, 주인 테나르디에는 천장이 나지막한 홀에서 촛불을 밝히고 테이블에 앉아 펜으로 누런 프록코트를 입은 손님의 계산서를 만들었다. 아내는 곁에 서서 남편 쪽으로 몸을 반쯤 구부리고 눈으로 펜을 쫓아갔다.

두 사람은 서로 한마디도 나누지 않고 한 사람은 깊이 궁리하고, 또 한 사람은 인간의 머리에서 놀라운 것이 생겨나고 꽃피우는 걸 바라볼 때의 저 경건한 감탄으로 가슴이 꽉 찼다.

집 안에서는 한 가지 소리만 들렸다. 그것은 '종달새'가 충계를 청소하고 있는 소리였다. 15분 정도 걸려서 군데군데 지웠다 썼다를 반복한 다음에야 테나르디에는 다음과 같은 걸작을 만들었다.

1호실 손님 청구서

저녁 식사          3프랑

| | |
|---|---|
| 숙박비 | 10프랑 |
| 초 | 5프랑 |
| 연료 | 4프랑 |
| 봉사료 | 1프랑 |
| 합계 | 23프랑 |

이 청구서에 봉사료는 'service'를 'servisse'라고 잘못 적었다.

"23프랑씩이나."

아내는 다소 주저하면서도 흥분해서 외쳤다.

위대한 예술가들이 항상 그렇듯 테나르디에도 자기 작품에 아직 만족을 못했다.

"쳇!"

그가 외쳤다. 마치 빈 회의에서 프랑스에 대한 배상금을 작성하고 있는 캐슬레이 같은 태도였다.

"하긴 그래요. 이 정도는 받아도 마땅하죠."

아내는 낯선 사나이가 그녀의 딸들 앞에서 코제트에게 인형을 주었던 일을 생각하며 중얼거렸다.

"마땅하고 말고요. 하지만 좀 너무 많은 것 같긴 해요. 다 안 내려고 할지도 몰라요."

테나르디에는 싸늘하게 웃었다.

"아니, 꼭 다 낼 거야."

이 웃음은 확신과 권위를 뚜렷이 보여 주는 웃음이었다. 그렇게 말했으니 꼭 그렇게 될 게 틀림없었다. 아내는 더 이상 자기주장을 내세우지 않고 테이블을 늘어놓았고, 남편은 홀 안을 이리저리 서성거렸다. 이윽고 조금 후에 그가 덧붙였다.

"내게는 1500프랑이나 빚이 있잖아."

그는 벽난로 앞으로 다가가 두 발을 따뜻한 재위에 올려놓고 생각에 잠겼다.

"아, 맞다. 오늘은 꼭 코제트를 내쫓아 버리고 말 거예요. 그 거지 같은 계집애! 그 계집애가 그런 인형을 꺼안고 있다는 걸 생각만 해도 메스껍다니까요! 그런 계집애를 집에 놔둘 바엔 차라리 루이 18세의 마누라가 되는 편이 낫겠어요!"

아내가 말했다.

테나르디에는 파이프에 불을 붙여 한 모금 빨고 대답했다.

"계산서는 당신이 갖다 줘."

그리고 밖으로 나갔는데 그가 나가자마자 나그네가 들어왔다. 테나르디에는 곧 다시 손님의 등 뒤에 나타나서 아내에게만 보이게끔 반쯤 열린 문 그늘에 가만히 서 있었다.

누런 옷의 사나이는 손에 지팡이와 보퉁이를 들고 있었다.

"아니, 이렇게 일찍! 벌써 떠나시게요?"

테나르디에의 아내가 말했다. 그렇게 말하면서 그녀는 겸연쩍은 듯 계산서를 만지작거리며 손톱으로 접었다. 그녀의 험상궂은 얼굴이 보기 드물게도 조바심치는 듯 보였다. 어딜 봐도 '가난뱅이'로밖에 볼 수 없는 사나이에게 이런 청구서를 내미는 게 어쩐지 꺼림칙했기 때문이었다.

나그네는 무언가 생각에 잠겨 멍한 듯 보였다.

"네, 아주머니, 지금 떠날 겁니다."

"나리께서는 그럼, 몽페르메유에 볼일이 있었던 게 아니셨나 봐요?"

"아니오, 그저 지나던 길이었습니다. 그뿐입니다. 그런데…… 얼마입니까?"

테나르디에의 아내는 접고 있던 계산서를 말없이 그에게 내밀었다.

사나이는 그 종이를 펼쳐 보긴 했지만 정신은 분명 다른 데 가 있는 것 같았다.

"아주머니, 몽페르메유는 경기가 좋은 편인가요?"

"보시는 바와 같습니다요, 나리."

테나르디에의 아내는 대답을 했지만 상대방이 계산서에 대해 별다른 말이 없는 것을 보고 어리둥절해졌다. 그녀는 한탄이라도 하듯 호소하는 말투로 말을 이었다.

"경기요? 이만저만 나쁜 게 아니에요! 거기다 이 고장에는 돈 많은 사람이 그리 많지 않거든요! 보시는 대로 조그만 시골일 뿐이거든요. 더러 나리 같은 후한 부자 양반들이 오시지 않는다면 정말 큰일이지요! 이래 봬도 비용이 많이 들어요. 우선 제 계집애를 먹이는 일만 해도 눈알이 튀어나올 만큼 많이 들거든요."

"계집애요?"

"아, 저, 엊저녁의 그 어린 계집애 말씀입니다. 코제트라는! 이 근처 사람들은 '종달새'라고 부르기도 하지만요."

"아, 네."

그녀는 계속 말했다.

"시골 사람들이란 정말 어리석다니까요. 그런 별스러운 별명을 지어 주다니! 저애는 종달새보다도 박쥐에 가깝게 생겼는데 말이죠. 저, 나리, 저희는 말씀이에요, 남에게 손을 내밀지도 않지만 남에게 적선을 해 줄 만한 그런 힘도 없답니다. 수입은 통 없는데 나가는 건 엄청나게 많거든요. 영업세, 소비세, 문세(門稅), 창세(窓稅), 게다가 부가세까지 있다니까요! 손님께서도 아시겠지만, 정부에서 무섭게 돈을 빼앗아 가거든요. 그런데다 또 저한텐 딸들이 있는데, 뭐 굳이 남의 아이까지 키울 까닭은 없지 않겠어요?"

사나이는 애써 무관심한 듯 입을 열었지만 목소리가 떨려 나왔다.

"그럼, 당신한테서 그 귀찮은 존재를 없애 드릴까요?"

"누구를? 코제트요?"

"네."

싸구려 음식점 안주인은 흥분으로 빨갛게 된 얼굴이 기쁨의 빛으로 보기 흉하게 확 밝아졌다.

"아이구, 나리! 친절하신 나리! 제발 그것을 가져가시고, 맡아서, 데려가시고, 가지시고, 사탕을 넣어 졸이든 지지든 마시든 잡수시든 마음대로 해 주세요. 이런 고마울 데가! 자비로우신 성모마리아님, 하늘에 계신 모든 성인께서 나리를 축복해 주시기를 바랍니다!"

"그럼, 그렇게 하도록 하죠."

"정말이시죠? 데리고 가실 건가요?"

"데리고 가겠소."

"지금 바로요?"

"지금 바로 데려갈 겁니다. 아이를 불러 줘요."

테나르디에의 아내가 외쳤다.

"코제트."

"그런데 먼저, 셈을 치르지요. 얼마라고 했습니까?"

사나이가 말했다. 그는 계산서를 힐끗 보고는 놀랐다.

"23프랑?"

그는 안주인을 바라보며 반복했다.

"23프랑!"

이렇게 두 번 되풀이한 속에는 놀라움과 의혹이 담겨 있었다. 테나르디에의 아내는 그동안에 반격 태세를 갖췄으며 자신만만하게 대답했다.

"그렇습니다요, 나리! 23프랑입니다."

나그네는 5프랑짜리 다섯 장을 테이블 위에 놓았다.

"아이를 데리고 오시오."

그때 테나르디에가 홀 안으로 들어서면서 말했다.

"나리의 계산은 26수로 충분하지."

아내가 외쳤다.

"26수요?"

테나르디에는 냉정한 목소리로 말했다.

"방값 20수. 저녁 식사가 6수야! 계집애에 대해서는 내가 나리와 잠깐 의논할 것이 있으니 당신은 자리를 좀 비켜 주지."

테나르디에의 아내는 그 뜻밖의 재치에 얼이 빠졌다. 주연배우가 무대에 등장한 것 같아 그녀는 한마디 대꾸 없이 나갔다.

두 사람만 남게 되자 테나르디에는 나그네에게 의자를 권했고 손님은 앉았다. 테나르디에는 서 있었는데 그의 얼굴은 사람 좋고 정직한 듯한 특별한 표정으로 바뀌어 버렸다.

"나리, 제 말씀 좀 들어 보시지요. 저는 사실 그 아이를 무척 귀여워한답니다."

나그네가 그를 물끄러미 바라보았다.

"그 아이라니요?"

테나르디에는 못 들은 척 말을 계속 이었다.

"정말 묘한 일이죠! 어쩐지 마음이 끌리니 말씀이에요. 이건 무슨 돈인가요? 아, 손님의 100수(합계를 말한 것)로군요. 어서 이 돈을 넣어 두세요. 그런데 나는 그 아이가 무척 귀여워요."

"대체 어느 아이를 말씀하시는 겁니까?"

"우리 집 코제트 말씀입니다! 나리는 그 애를 데리고 가시겠다는 거지요? 그런데 솔직히 말씀드린다면, 나리가 훌륭한 분이라는 게 사실인 것처럼 사실을 말씀드리자면 말씀이죠, 저는 거기에 동의할 수 없어요. 고것이 없으면 적적해질 거란 말이지요. 아주 어릴 적부터 길러 왔으니 말입니다. 물론 돈도 많이 들은 데다, 그 아이에게 안 좋은 점도 있고 게다가 또 저희는 부자도 아니고, 그 애가 병이 났을 때 약값으로 한 번에 400프랑 이상 치른 일이 있는 것도 사실이랍니다! 하지만 하느님을 위해서라도 어느 정도는 해 줘야 한다고 생각하거든요. 아비도 없고 어미도 없는 애여서 제가 맡아서 키워 왔습지요. 하긴 저는 그 아이를 먹이고 저 자신도 먹을 만큼의 빵은 벌고 있어요. 정말 그 애를 귀여워하고 있다니 까요. 정이 들었지요. 저는 참 사람 좋은 바보여서 이치 같은 건 모릅니다만, 그냥 귀엽다는 말씀입니다. 여편네는 성질이 괄괄한 편이지만, 그래 도 귀여워하거든요. 보신 것처럼 저희 아이들도 마찬가지랍니다. 고것이 집 안에서 천진난만하게 재잘거리고 노는 게 저에게는 큰 낙이랍니다."

나그네는 여전히 그를 물끄러미 보기만 했고 테나르디에는 말을 계속했다.

"죄송합니다만 나리, 자기 아이를 지나가는 사람에게 함부로 내줘 버리는 사람은 없겠지요? 어떤가요, 안 그렇습니까? 그렇다고 해서 전 뭐…… 나리께선 부자이시고 또 아주 훌륭한 분이시니까, 그 아이가 행 복할지 어떨지를 의심하는 게 아니지만, 그래도 사정은 잘 알아 두려고 요. 잘 밝혀 두어야 해요. 아시겠습니까? 만일 그 애를 어딘가로 보낸다 면, 제 사정은 접어 두더라도 그 애가 어디로 가는지 정도는 분명하게 알 아두고 싶은 거예요. 저는 그 애를 영영 잃어버리고 싶지 않습니다. 어 디에 가 있는가 정도는 알아 두었다 가끔 만나러 가기도 하고, 그 아이 에게 정다운 수양아버지가 있어 보살펴 준다는 걸 알게 하고 싶은 거예 요. 세상에는 참 별의별 희한한 일이 다 있잖습니까. 저는 나리의 이름 도 모릅니다. 나리가 그 애를 데리고 가 버리신다면, 아, '종달새'는 어 디로 간 걸까? 하면서 탄식할 수밖에 없을 거란 말씀입니다. 무언가 종 이쪽지를, 예를 들면 통행증 나부랭이라도 좀 보여 주시기를 부탁드리 고 싶습니다만."

나그네는 사람의 마음 맨 밑바닥까지도 꿰뚫어 볼 듯한 눈초리로 상대 방을 쏘아보며 무겁고 단호하게 대답했다.

"테나르디에 씨, 파리에서 50리쯤 오는 데 통행증을 가지고 다니는 사람은 없지요. 나는 코제트를 데리고 간다고 했으니 데리고 갈 뿐이오. 당신에게 내 이름이나 주소, 또 저 아이가 어디로 가는지를 가르쳐 줄 까닭이 없지요. 나는 저 아이를 앞으로 당신네들과 두 번 다시 만나지 못하게 할 작정이라오. 나는 저 아이의 발에서 줄을 풀어 놓으려는 겁니다. 자, 그러니 어떻습니까? 되는 거요, 안 되는 거요?"

악마나 요귀들이 어떠한 표시로 저희들을 능가하는 신이 존재한다는 걸 아는 것처럼 테나르디에는 상대가 대단한 강적이며 자신의 적수가 아니라는 걸 깨달았는데 그것은 어떤 본능과도 같았다.

지난 밤 마차꾼들과 술 마시고, 담배 피우고, 음탕한 노래를 부르면서, 그는 고양이 새끼처럼 노리고 수학자처럼 계산하며 내내 이 낯선 사나이를 관찰했다. 첫째는 자기를 위해서, 다른 한편으로는 재미와 본능을 따라 그 사나이의 행동을 훔쳐보고, 마치 돈에 고용된 일꾼처럼 살펴보았던 것이다. 그렇게 이 누런 옷을 입은 사나이의 모든 행동을 하나도 놓치지 않았다.

이 낯선 사나이가 코제트에게 마음이 끌린다는 걸 드러내기 전부터, 이미 테나르디에는 알아차렸다. 그는 이 늙은이의 깊은 눈이 쉬지 않고 어린아이에게로 쏠리고 있는 것을 깨달았다. 왜 저렇게 흥미를 갖고 있지? 저 사나이는 대체 어떤 자일까? 왜 지갑에 돈을 두둑이 가지고도 저렇게 초라하게 하고 다니는 걸까? 여관집 주인이 여러 가지로 추측해 보았지만 전혀 해답을 얻지 못해 초조했고 밤새도록 그 일을 생각했다.

저 사나이가 코제트의 아버지일 수는 없다. 그렇다면 할아버지라도 된단 말인가? 그렇다면 왜 신분을 밝히지 않지? 권리가 있다면 떳떳하게 나설 게 틀림없다. 그러니 저 사나이는 분명 코제트에 대해 아무 권리도 가지고 있지 않다. 그러면 대체 뭐란 말이지?

테나르디에는 도무지 알 수가 없었다. 무슨 냄새든 잘 맡았는데도 무엇 하나 짐작이 되지 않았다. 아무튼 그 사나이에게 이것저것 이야기를 걸어 보고 난 뒤, 무슨 비밀이 있다고 느꼈으며 게다가 상대방이 정체를 감추려 한다는 걸 확인한 뒤에는 자기 입장이 유리하다고 생각했다.

하지만 지금 사나이의 단호한 대답을 듣고 나서 이 낯선 사나이가 끝내 정체를 드러내지 않으리란 것을 알았을 때 그는 자기 입장이 불리해졌다는 걸 깨달았다. 정말이지 꿈에도 생각지 못한 일이었고 그의 추측과 기대가 완전히 빗나갔다.

그는 생각을 정리했다. 잠시 이제까지의 일을 곰곰이 되씹어 보았는데 테나르디에는 상황을 순간적으로 파악하는 부류였다. 그래서 이제는 미련 없이, 재빨리 일을 매듭지을 때라고 판단했다. 오직 뛰어난 장수들만이 결정적인 순간을 포착하고 재빨리 행동하듯 그도 그렇게 했다. 테나르디에는 갑작스레 가려 놓았던 포문을 열고 말했다.

"나리, 저는 1500프랑이 필요합니다요."

나그네는 옆 주머니에서 검은 가죽으로 된 낡은 지갑을 꺼내 지폐 세 장을 집어 테이블 위에 놓았다. 그리고 그 지폐를 커다란 엄지손가락으로 누른 다음 음식점 주인에게 말했다.

"코제트를 이리로 데리고 오시오."

이런 일이 일어나고 있는 동안 코제트는 무엇을 하고 있었을까? 코제트는 일어나자마자 나막신 있는 데로 달려갔고 거기에서 아이는 금화를 찾아냈다. 그것은 나폴레옹 금화가 아니라 표면에 월계관 대신 프로이센풍 조그만 변발이 새겨진 왕정복고 시대의 20프랑짜리 반짝이는 새 금화였다.

코제트는 눈이 부셨고 운명은 아이를 황홀하게 만들었다. 아이는 금화라는 게 뭔지는 몰랐다. 아직 한 번도 본 일이 없었기 때문이었다. 코제트는 마치 도둑질이라도 한 듯 재빨리 주머니에 감추었지만 분명히 자기 것이라는 건 잘 알았다. 누가 이 선물을 주었는지도 어렴풋이 느꼈다.

아이는 두려움에 찬 기쁨을 맛보았고 만족스러웠다. 그러나 무엇보다도 어리둥절한 기분이었다. 이렇듯 훌륭하고 아름다운 것이 실제로 존재하리라고는 믿기지 않았다. 인형이 코제트를 두렵게 만들고, 금화가 또 아이를 두렵게 만들었다. 그 훌륭한 것들을 앞에 두고 아이는 몸이 떨려 왔지만 오직 그 손님만은 아이를 두렵게 만들지 않았다.

여러 가지 놀라움 속에서 어제 저녁부터, 코제트는 어린 마음속으로 그 늙고 가난하고 슬퍼 보이지만 실제로는 돈 많고 친절한 그 할아버지를 계속 생각했다. 아이는 그 할아버지와 숲 속에서 만난 뒤로 모든 것이 변한 것처럼 생각되었다.

하늘을 나는 조그만 제비보다도 더 가엾은 코제트는 어머니의 품이나 어미 새의 품에 안긴다는 게 어떠한 느낌인지 여태껏 알지 못했다. 다섯 살 때부터, 다시 말해 이 집에 들어온 다음부터 이 가엾은 어린 여자아이는 언제나 추위와 공포에 떨면서, 언제나 헐벗은 몸으로 불행이라는 모진 북풍에 시달리며 살았던 것이다.

그런데 이제는 옷을 입은 것 같았다. 전에는 마음이 얼어 있었지만 지금은 따뜻했다. 이제는 테나르디에의 아내도 많이 무섭지 않았다. 이젠 혼자가 아니라 누군가 곁에 있었기 때문이었다.

코제트는 아침마다 해야 하는 일을 부지런히 하기 시작했다. 아이는 자기 품에 지닌 루이 금화, 어제 저녁 15수짜리 은화를 떨어뜨렸던 바로 그 앞치마 주머니에 들어 있는 루이 금화가 자꾸 걱정되어 견딜 수가 없었다. 5분 동안이나 가만히 생각했다.─이것은 살며시 말해 두는 거지만 자기도 모르게 혀를 길게 내민 채─층계를 청소하다가도 그 자리에 움직이지 않고 서서 손에 든 빗자루나 다른 어떤 것, 세상의 온갖 것도 다 잊어버리고 자기 주머니 속에서 반짝이고 있는 금빛 별에만 정신을 빼앗겨 멍하니 마음속으로 그것을 바라보았다.

그렇게 정신을 놓고 있을 때 테나르디에의 아내가 코제트에게 다가왔다. 남편의 지시로 코제트를 부르러 왔는데 뜻밖에도 테나르디에의 아내는 때리지도 않고 소리도 안 지르고 아주 부드럽게 말했다.

"코제트, 저리로 가자."

얼마 뒤에 코제트는 천장이 낮은 홀로 들어왔다. 낯선 사나이는 가져온 보퉁이를 끌렀는데 그 안에는 조그만 모직 원피스, 앞치마, 무명 속옷, 속치마, 숄, 털실로 짠 긴 양말, 그리고 구두 등 여덟 살짜리 소녀를 위한 완전한 한 벌의 옷이 들어 있었는데 모두 검은색이었다.

"자, 아가. 이걸 가져가 얼른 갈아입고 오렴."

사나이가 말했다.

해가 뜰 무렵, 문을 열던 몽페르메유 사람들은 초라한 행색의 노인이 커다란 장밋빛 인형을 껴안은 상복 차림을 한 어린 여자아이와 손을 잡고, 파리 거리를 걸어가는 것을 볼 수 있었다. 리브리 쪽으로 가는 두 사람은 나그네와 코제트였다.

그 사나이를 아는 사람은 아무도 없었으며 코제트가 누더기를 입고 있지 않았기 때문에 사람들은 대부분 알아보지 못했다.

코제트는 가고 있었다. 누구와? 아이는 그것을 알지 못했다. 어디로? 그것도 알지 못했다. 아이가 아는 거라곤 자기가 지금 테나르디에의 음식점을 떠나가고 있다는 것뿐이었다. 누구 하나 아이에게 작별 인사를 하려는 사람도 없었고, 아이도 작별 인사를 하려고 생각하지 않았다. 미워하고 미움을 받던 그 집에서 아이는 떠나는 거였다.

애처롭고 갸륵한 코제트, 이제까지 네 마음은 그저 짓눌리기만 했었구나!

코제트는 커다란 눈을 뜨고 하늘을 보면서 힘차게 걸었다. 루이 금화는 새 앞치마 주머니에 들어 있었는데 가끔씩 코제트는 몸을 기울여 그것을 들여다보고, 노인을 올려다보았다. 왠지 자비로운 하느님 곁에라도 있는 듯한 생각이 들었다.

## 허욕을 부리다가는 손해를 입는다

테나르디에의 아내는 여느 때처럼 남편이 하는 일에 간섭하지 않았다. 그녀는 무슨 굉장한 일이 일어날 것을 은근히 기대하고 있었는데 코제트가 가 버린 뒤 테나르디에는 15분 동안이나 조용히 있다가, 이윽고 아내를 불러 1500프랑을 보여 주었다.

"겨우 그거예요?"

그녀가 말했다.

두 사람이 살림을 차린 뒤로 아내가 남편이 한 일에 참견 같은 말을 한 건 이번이 처음이었다. 게다가 정통으로 핵심을 찌른 말이었다.

"흠, 당신 말이 맞아. 내가 어떻게 된 모양이야. 모자를 이리 줘 봐."

그는 세 장의 지폐를 접어서 주머니에 밀어 넣고 허둥지둥 집을 나섰지만, 방향을 잘못 잡아 처음에는 오른쪽 길로 접어들었다. 하지만 그 부근 사람들에게 물어본 뒤 겨우 그들이 어디로 갔는지 알아냈다.

'종달새'와 그 사나이는 리브리 쪽으로 가고 있었다. 테나르디에는 혼잣말을 중얼거리면서 사람들이 일러준 대로 성큼성큼 걸어갔다.

"그 사나이는 누런 옷 따위를 입고 있지만 틀림없이 큰 부자야. 나는 정말 바보였다니까. 놈은 처음에는 20수를 내더니, 다음엔 5프랑 또 다음엔 50프랑, 그리고는 1500프랑을 선선히 내놓았어. 1만 5천 프랑이라도 내놓았을는지 모르는데 말이야. 곧 따라잡을 수 있을 거야."

게다가 미리 준비해 가지고 온 여자아이에게 입힐 옷 보통이라니. 그것도 이상한 일이었다. 확실히 무슨 비밀이 있는 게 틀림없었다. 비밀을 잡았는데 그걸 놓칠 수는 없다. 부자의 비밀은 돈을 듬뿍 빨아들인 해면과 같다. 그것을 짜낼 방도를 생각해 내야 해. 그런 생각이 테나르디에의 머릿속에서 맴돌았다.

"나는 참 바보였다니까."

그는 혼잣말을 중얼거렸다.

몽페르메유 거리를 빠져나가 리브리로 가는 길모퉁이에 이르면, 거기서부터 길이 언덕 위로 쭉 뻗어 있는 게 멀리까지 바라보이는 까닭에 거기까지만 가면 사나이와 여자아이의 모습이 보일 거라고 생각했다. 거기서 그는 보이는 한도까지 둘러보았지만 아무것도 발견하지 못하고 다시 사람들에게 물어보았다. 그러는 사이에 시간은 헛되이 지나갔다. 사람들 말에 따르면, 그가 찾는 사나이와 어린아이는 가니 방면 숲 쪽으로 걸어가고 있다는 것이었다. 테나르디에는 그쪽을 향해 걸음을 재촉했다.

두 사람이 그보다 먼저 떠났다고는 하지만, 어린아이의 걸음은 느리고, 그는 빠르게 뒤쫓아 가는 중이었다. 게다가 그는 이 근처 지리에 밝은 사람이었다.

갑자기 그는 우뚝 멈춰 서서 이마를 두드렸는데 마치 중요한 것을 잊어 다시 되돌아가려고 하는 사람 같았다.

"총을 가지고 와야 하는 건데!"

그는 자신에게 말했다. 테나르디에는 이중성격의 소유자였는데 그런 사람들은 태어나면서부터 그 성격의 한쪽밖에 겉으로 드러내지 않으므로 사람들과 한데 섞여 있어도 때로는 아무 눈에도 띄지 않고 아무도 모르는 사이에 자취를 감추는 것이었다.

테나르디에는 변화 없는 평온한 생활에서는 정직한 장사꾼, 선량한 시민이라고 세상이 불러 줄 만한 인간—실제로 그렇다고는 할 수 없어도—이 될 만큼의 자질을 충분히 갖고 있었지만 기회만 주어진다면, 감춰진 성질을 일으켜 세울 만한 기회가 생기 면 그는 악당이 될 자질도 역시 충분했다.

말하자면 몸 안에 괴물이 들어앉아 있는 장사치였다. 테나르디에가 기거하는 방구석에는 가끔 악마가 웅크리고 앉아, 자기가 만든 추악한 걸작을 앞에 놓고 몽상에 빠져 있을 게 틀림없었다.

잠시 주저하다가 그는 생각을 바꿨다.

'아니지! 그러는 동안에 공연히 놓칠 수가 있어!'

테나르디에는 그냥 길을 재촉했다. 급한 걸음걸이로, 마치 자고새들 냄새를 맡아 낸 여우처럼 재빠르게 짐작되는 곳을 향해 앞으로 걸어갔다.

역시나, 못을 지나고 벨뷔의 가로수길 오른쪽에 있는 넓은 숲 사이 빈터를 비스듬히 가로질러 셀 대수도원의 낡은 수도관을 뒤덮으며 언덕을 둘러싸다시피 하며 무성하게 자라나는 저 목초지의 오솔길까지 이르렀을 때, 어느 떨기나무 숲 위로 모자가 눈에 들어왔다. 그 사나이의 모자였다. 테나르디에는 나지막한 숲에 사나이와 코제트가 앉아 있다는 것을 알았다. 어린아이는 작아서 안 보였지만 인형 머리는 보였다.

테나르디에의 생각은 틀리지 않아서 사나이는 코제트를 좀 쉬게 하려고 거기에 앉아 있었다. 테나르디에는 떨기나무 숲을 돌아 추적해 온 두 사람 앞에 갑작스레 나타났다.

"죄송합니다요, 나리. 나리의 1500프랑을 돌려 드리려고 가져왔습니다."

그는 숨을 헐떡거리며 말하고는 세 장의 지폐를 사나이에게 내밀었다. 사나이는 고개를 들었다.

"이건 또 무슨 뜻입니까?"

테나르디에는 정중하게 대답했다.

"나리, 코제트를 돌려주셨으면 합니다만."

코제트는 몸을 떨면서 노인에게 달라붙었다. 사나이는 테나르디에의 눈 속을 꿰뚫을 듯 들여다보며 한 마디씩 천천히 말했다.

"코제트를, 돌려주었으면, 좋겠다는 겁니까?"

"그렇습니다, 나리, 그렇게 해 주시지요. 다름이 아니라, 제가 잘 생각해 봤습니다만 사실 제가 나리께 이 아이를 내드릴 권리가 없더라고요. 보시는 것처럼 저는 정직한 사람입니다. 이 아이는 저희 아이가 아니라 이 애 어머니의 아이예요. 그 어머니가 이 애를 우리한테 맡겼으니, 그 어머니에게 도로 돌려줘야지요. '하지만 애 어머니는 죽어 버리지 않았나.'라고 나리가 말씀하실 테지요. 지당하신 말씀입니다만 '이 사람에게 어린아이를 내주시오.'라든가 뭐, 그런, 어머니의 서명이 든 쪽지라도 들고 온 분 이외에는 이 아이를 내드릴 수가 없지요. 그거야말로 뻔한 이치잖습니까."

사나이는 대답 없이 주머니를 더듬었다. 테나르디에는 그 지폐가 들었던 지갑이 다시 눈앞으로 나오는 걸 보고는 너무나 기뻐서 몸이 떨렸다.

'됐어! 이번엔 흥정을 잘해야지. 나를 매수할 작정인 모양이야.'

그가 생각했다.

지갑을 열기 전에 나그네는 힐끗 주위를 둘러보았는데 인기척이라곤 전혀 없는 곳이었다. 숲 속에도 들판에도 개미 새끼 한 마리 없었다.

사나이는 지갑을 열고, 테나르디에가 고대하던 한 줌의 지폐가 아니라 작은 종잇조각을 꺼내 그것을 펼치더니 테나르디에에게 내밀며 말했다.

"그러시겠지. 이걸 읽어 보시구려."

테나르디에는 쪽지를 받아 들고 읽었다.

테나르디에 귀하

1823년 3월 25일 몽트뢰유쉬르메르에서 이분에게 코제트를 내주십시오. 잡다한 모든 비용을 치르실 겁니다. 여러 가지로 잘 부탁드리겠습니다.
팡틴.

"이 서명을 기억하시지요?"

사나이가 말했다.

틀림없는 팡틴의 서명이라는 걸 테나르디에는 알아보았다. 할 말이 없었다. 그는 여러 가지로 분통했다. 기대했던 돈을 단념하는 것도, 보기 좋게 나가떨어진 것도 분했다. 사나이는 덧붙여 말했다.

"이 쪽지는 아이를 내준 표시로 받아 두시오."

테나르디에는 선선히 물러서기로 마음먹었다.

'이 서명을 교묘하게도 잘 흉내 냈구먼. 할 수 없지.'

그는 속으로 중얼거렸다. 그리고 밑져야 본전이라는 마음으로 한 번 더 부딪쳐 보기로 했다.

"나리, 좋습니다. 나리가 바로 그분이니까 보내 드리지요. 그런데 '잡다한 모든 비용'은 치러 주셔야지요. 액수가 꽤 되거든요."

사나이는 벌떡 일어나서 해진 옷소매에 붙은 검불을 손가락 끝으로 털어 냈다.

"테나르디에 씨, 1월에 이 아이 어머니는 당신에게 120프랑의 빚이 있다고 말했지. 그런데 당신은 2월에 500프랑의 청구서를 다시 보내서     2월 말에는 300프랑, 3월 초에 300프랑의 돈을 받았소. 그런 뒤에 아홉 달이 흘렀으니 약속한 대로 한 달에 15프랑씩 계산하면 135프랑이 되는 거요. 맞지요? 그런데 당신은 전에 이미 100프랑 더 받았으니까, 나머지 빚이라고 해야 35프랑이오. 나는 아까 그걸 대신해서 당신에게 1500프랑을 주었잖소."

테나르디에는 덫에 걸린 이리에게 강철 이빨로 죄어지는 느낌을 받았다.

'이 빌어먹을 녀석은 대체 누구지?'

이때 그는 이리처럼 행동하기로 마음먹었다. 이미 한 번 뻔뻔스러운 행동으로 성공한 적이 있었으니 말이다. 그는 부르르 몸을 떨고 정중한 태도를 내버리고 협박조로 말했다.

"이름도 모르는 양반아. 나는 코제트를 데리고 돌아갈 거요. 싫으면 천에퀴(1에퀴는 3프랑_옮긴이)를 내놓으시지."

나그네는 조용히 말했다.

"코제트야, 가자."

그는 왼손으로 코제트의 손을 잡고 오른손은 땅바닥에 내려놓았던 지팡이를 들어올렸다. 테나르디에는 그 몽둥이가 엄청나게 크다는 것과 주위에 인기척이 하나도 없다는 걸 깨달았다.

사나이는 어린아이를 데리고 숲 속으로 들어갔고 싸구려 음식점 주인은 남겨져서 꼼짝 않고 멍하니 서 있었다. 두 사람이 멀어져 가는 동안, 테나르디에는 구부정한 사나이의 넓은 어깨와 커다란 주먹만을 바라보았다. 그리고 난 뒤 자기 자신을 훑어보고, 빈약한 팔과 여윈 손을 쳐다보았다.

'정말 난 어처구니없는 바보라니까. 사냥하러 오면서 총을 두고 왔잖아!'

여관집 주인은 아직도 사냥거리에 미련이 남았다.

"어디로 가는지 쫓아가 보자."

그는 멀리서 두 사람 뒤를 밟았다. 그의 손에는 두 가지가 남아 있었는데 '팡틴'이라고 서명된 운명의 종잇조각과, 그나마 위로가 되는 1500프랑이었다.

사나이는 코제트를 데리고 리브리와 봉디 쪽으로 가고 있었는데 느릿한 걸음으로 고개를 떨어뜨린 채 무언가 생각에 잠긴 듯 슬픈 모습이었다. 겨울이라 숲이 훤하게 트여 있어, 꽤 거리가 있었지만 두 사람의 자취를 살필 수 있었다. 가끔 사나이는 뒤돌아보고 누가 뒤쫓아 오지는 않나 살폈다. 갑자기 그는 테나르디에의 모습을 보았고 느닷없이 코제트와 함께 나무숲으로 들어가 버려 둘 다 보이지 않았다.

"빌어먹을!"

테나르디에는 더욱 빨리 걸었다. 나무가 빽빽하게 들어서 있어 그는 두 사람을 바싹 따라가지 않으면 안 되었다. 사나이는 숲 가장 깊은 데까지 오자 고개를 돌렸다. 테나르디에는 가지 뒤에 숨으려 했지만 마음대로 되지 않았다. 사나이에게 들켜 버렸다. 사나이는 여관집 주인을 불안스럽게 바라보고 고개를 흔들더니 다시 걷기 시작했고 테나르디에도 다시 뒤쫓았다. 그들은 그렇게 이삼백 걸음쯤 가다가 사나이가 별안간 다시 여관 주인을 보았는데 이번에는 사나이가 너무 무서운 얼굴로 흘겨보았기 때문에, 테나르디에는 더 이상 따라가 봐야 헛수고라는 걸 깨닫고 집을 향해 돌아섰다.


## 9430호가 다시 나타나고 코제트가 그를 만나다

장 발장은 죽은 게 아니었다. 바다에 떨어진 게 아니라 스스로 뛰어들었을 때, 그는 쇠사슬에서 벗어나 있었다. 물속으로 잠수해 정박 중이던 어느 배 밑까지 헤엄쳐 다가갔고 그 배에는 작은 배 한 척이 매여 있었다. 그는 해가 저물 때까지 그 배 안에 숨어 있다가 밤이 되자 그는 다시 헤엄쳐, 브룅 곶에서 그리 멀지 않은 해안으로 올라갔다. 가진 돈으로 거기서 입을 것을 손에 넣었다. 그 무렵 발라기에 근처에 술집이 하나 있는데 탈옥한 죄수에게 옷을 팔아 꽤 돈을 벌었다. 장 발장은 법의 눈과 사회의 제재에서 벗어나려는 모든 탈옥수들이 하듯, 아무도 알지 못하는 저 꼬불꼬불한 고달픈 길을 더듬어 갔다.

그는 보세 언저리 프라도에서 첫 은신처를 찾아냈고 다음에는 오트알프 지방으로 들어가 브리앙송 가까이에 있는 그랑 빌라로 향했다. 더듬더듬 가는 불안한 도망이었기에, 도무지 어디가 갈림길인지조차 알 수 없는 두더지 굴속 같은 여행이었다.

뒷날에야 그의 발자취가 약간 밝혀졌는데 예를 들면 앵 지방에서는 시브리외의 땅으로, 피레네 지방에서는 샤바유 마을 언저리의 그랑주 두메크라고 불리는 아콩으로, 그리고 페리괴 근처에서는 샤펠 고나게 마을의 브뤼니로 갔다는 것이었다.

그는 마지막으로 파리에 들어왔으며 몽페르메유로 오게 된 경로는 이제까지 말한 것과 같다.

파리에 와서 그가 맨 먼저 한 일은 장례식 때 일고여덟 여덟 살 소녀가 입는 검은 상복을 산 다음 집을 구하는 것이었다. 그다음에 그는 몽페르메유로 갔던 것이다.

독자의 기억에도 남은 것처럼, 그는 지난번 탈주 때에도 이미 몽페르메유 혹은 그 근처로 은밀한 여행을 했었고, 당국에서도 이 일을 대충 눈치챘지만 지금 그는 죽은 것으로 되어 있으므로, 그를 뒤덮은 어둠은 한층 짙어진 셈이다. 파리에서 그는 자기 사건이 실린 신문을 한 부 구해 그것을 본 다음에야 안심하게 되었고, 마치 자기가 진짜로 죽어 버린 듯 편안해졌다.

장 발장은 코제트를 테나르디에 부부의 손에서 구출하여 바로 그날 저녁으로 파리에 돌아왔다. 저녁 무렵 코제트를 데리고 몽소의 성문 쪽으로 시내에 들어갔다. 거기서부터 그는 포장마차를 타고, 천문대 앞 광장까지 가서 마차를 내려 마부에게 삯을 치르고 코제트의 손을 잡고 둘이서 우르신과 글라시에르에 잇닿아 있는 조용한 거리를 지나 로피탈 거리 쪽으로 어두운 밤 속을 걸어갔다.

코제트에게 이날은 감동에 찬 이상한 하루였다. 산나무 울타리 그늘에서 성 밖 싸구려 음식점에서 사온 빵과 치즈를 먹고, 몇 번이나 마차를 바꿔 탔으며, 오래 걷기도 했지만 어린아이는 불평 한마디 하지 않았다. 그러나 여기까지 오자 꽤 지쳐 버린 듯 걸으면서 차츰 손을 잡아당기는 듯했으므로 장 발장도 마침내 눈치를 챘다. 그가 아이를 등에 업자 코제트는 카트린을 손에 든 채 장 발장의 어깨에 머리를 대고 그대로 잠이 들었다.

# 4. 황폐한 집

## 고르보 선생

지금으로부터 40년 전에는, 혼자 산책하면서 사람이 잘 다니지 않는 살페트리에르 병원 거리 일대의 뒷골목으로 들어가 한길을 걸어서 이탈리아 성문까지 올라가면 웬만큼 파리를 벗어났노라고 하는 데가 나왔다.

그곳은 사람들이 지나다니는 것을 보면 인적이 드물지도 않고, 집과 한길이 있는 것을 보면 황량한 벌판도 아니고, 시골 신작로처럼 길에 수레바퀴 자국이 나고 풀이 돋은 것을 보면 도회지도 아니고, 집들이 꽤 높은 것을 보면 시골 마을도 아닌데 대체 어떤 곳일까?

그곳은 사람이 살고 있지만 아무도 없는 듯 보이고, 조용하고 적적하지만 역시 누군가는 있는 그런 곳이었다. 그곳은 대도시의 큰길이자 파리의 거리 중 하나인데도, 밤이 되면 숲 속보다 더 을씨년스럽고 낮에는 묘지보다 더 음산한 기운을 뿜어냈다. 그곳은 마르셰 오 슈보(馬市場)라는 옛 구역이었다.

그 마시장의 거의 허물어진 네 벽 저편까지 걸어가 프티 방키에 거리를 지나고, 높다란 담으로 둘러친 채소밭을 오른편으로 끼고 가다 보면 커다란 비버의 오두막 같은 참나무 껍질 다발을 쌓아 놓은 목장을 지나고, 목재로 가득 차고 나무 밑동, 톱밥, 나무 조각 등이 잔뜩 쌓인 위에 커다란 개가 올라앉아 짖는 울타리 친 땅도 지나고, 초상이라도 난 듯 음산하며 검고 작은 문이 달려 있지만 봄에는 꽃이 만발하는 이끼로 뒤덮인 길고 나직하고 다 쓰러져 가는 담을 지나고, 마지막으로 더욱 쓸쓸한 곳에 이르러 '벽보를 붙이지 말 것'이라는 큼직한 글씨를 쓴 흉측한 건물을 지나면, 마침내 사람들에게 전혀 알려져 있지 않은 생 마르셀이라는 어느 거리가 나온다.

그 무렵 거기에는 한 공장 옆, 양쪽 정원의 담 사이로 황폐한 저택 한 채가 있었다. 언뜻 보기엔 작아 보이지만, 정말은 대성당이라도 되는 양 큰 건물이었다. 측면의 박공벽만 한길로 면하여 밖에서 보면 아늑하고 작아 보였다. 집 거의 대부분은 한길에서 가려져 있는데 다만 문과 창문 하나만 보일 뿐이었다. 황폐한 그 집은 2층 건물이었다.

이 건물을 자세하게 살펴볼 때 맨 먼저 이상해 보이는 것은 문은 아주 초라한 집 문 같은데 만약 이런 거친 돌 벽 사이가 아닌 반듯하게 자른 돌 벽에 있다면 아마도 훌륭한 저택에 어울리는 창문일 거라 생각된다는 것이었다.

문은 벌레 먹은 자국이 선명한 판자 조각을 아무렇게나 네모지게 조각낸 장작 같은 가로장에 마구 붙여 놓은 것에 지나지 않았다. 거기서부터 곧바로 잇닿은 급경사진 계단은 단이 높고 석회 칠을 했으며 흙과 먼지 투성이에 문과 같은 폭으로, 한길에서 들여다보면 사다리처럼 똑바로 올라가 두 벽 사이의 어둠 속으로 사라지고, 문이 달려 있는 더러운 벽 위쪽에는 폭 좁은 얇은 판자 하나가 못 박혀 있고, 그 판자 복판에 작은 삼각형 창구멍이 나 있어 문이 잠겼을 때 채광창 구실을 하기도 하고 내다보는 창구멍 역할도 되었다.

문 안쪽 판자 표면에는 잉크를 듬뿍 찍은 붓을 두 번 거듭 휘두른 것처럼 52라는 숫자가 씌어 있고, 문 위쪽 얇은 판자 쪽에 같은 필법으로 50이라는 번지수가 보였다. 그래서 어느 쪽이 진짜인지 알 수 없었다. 대체 여기는 몇 번지이지? 문 위는 50번지인가 하면, 문 안쪽은 52번지이니.

삼각형으로 된 창구멍에는 먼지투성이 걸레 조각 같은 것이 가리개처럼 늘어져 있었다. 창구멍은 큼직하고, 충분한 높이에 덧문이 달렸으며, 창틀에 커다란 유리를 여러 개 끼워 놓았다. 유리는 하나같이 여러 가지 모양의 금이 가 있는 것을 솜씨 좋게 종이를 발라 감춘다고 한 게 도리어 눈에 띄었으며, 덧문은 걸쇠가 떨어져 나가 건들거리니 안에 사는 사람들을 보호하는 게 아니라 오히려 아래를 지나다니는 사람들을 불안하게 만들었다.

덧문의 가로지른 창살이 군데군데 떨어져 나간 곳에는 판자 조각을 세로로 아무렇게나 못질해 놓았기 때문에 처음엔 덧문이었던 게 나중에 판자문이 되어 버렸다.

이렇게 더러운 문과, 부서지기는 했지만 단정한 창문이 한 집에 있는 광경은 마치 어울리지 않는 두 거지를 보는 것 같았다. 이들이 함께 나란히 걸어가고는 있지만 똑같은 넝마 조각 속에서도 서로 다른 얼굴 표정인지라, 하나는 본디부터 거지였고 다른 하나는 원래는 번듯한 신사였을 거라고 생각하는 것이다.

계단은 건물의 주요 부분으로 통했는데 그곳은 매우 넓고, 마치 헛간을 주택으로 개조한 듯 보였다. 건물 내부에는 긴 복도가 창자처럼 이리저리 뻗어 있고, 그 좌우로 크기가 다른 방 비슷한 것들이 있는데 가까스로 사람이 살 수 있을 것 같은, 방보다 오두막에 가까운 것이었다.

그러한 방들은 주위 빈터로 향했다. 어느 곳이나 한결같이 어두컴컴하고, 을씨년스럽고, 희미하고, 꺼져 들어가는 느낌이 묘지 같았다. 천장과 문에 틈이 벌어져 차가운 빛이 새어 나오거나 얼어붙는 것 같은 찬바람이 들어왔다. 이러한 주택에서 흥미를 끌고 남의 눈을 즐겁게 하는 하나의 특징은 거미집이 터무니없이 크다는 것이다.

현관문 왼편의 한길을 향한 사람 키 높이만한 곳에 채광창이 하나 있는데 그 네모지게 움푹 들어간 곳에는 지나가던 아이들이 던져 넣은 돌로 가득했다.

이 건물은 최근에야 일부분 철거되었지만 지금 남아 있는 것만으로도 옛 모습을 상상해 볼 수 있다. 전체로 보아 이 건물은 아직 100년 이상 되지 않았을 것이다. 100년이라면 성당으로는 아직 청년이지만, 인간으로서는 이미 노년이다. 사람이 사는 집은 어딘지 모르게 인간 목숨의 짧음과 서로 통하고 하느님 집은 신의 영생과 통하는 게 아닌가 생각된다.

우체부들은 이 허물어져 가는 집을 50-52번지라 불렀다. 하지만 이 주위에서는 모두들 고르보의 저택이라는 알고 있었다. 이 명칭이 어디서 온 것인지 말해 두기로 하자.

소문을 좋아하는 사람, 약초 연구가가 잡초를 수집하듯, 온갖 일화를 끌어 모아 기억 속에서 사라지지 않도록 핀으로 날짜를 단단히 박아 두는 이들이라면 1770년 무렵 파리 샤틀레 재판소에 코르보와 르나르 두 검사를 기억할 것이다. 둘 다 라퐁텐의 우화에 나오는 여우와 까마귀 이름이니 입 사나운 법조계의 놀림감이 되기에는 안성맞춤이었다.

그렇게 해서 오래되지도 않았을 때 몹시 어설픈 풍자 시구가 법정 복도에 흘러 다녔다.

코르보 선생은 서류 위에 올라앉아
집행할 차압을 입에 물고 있네.
르나르 선생은 맛있는 냄새에 이끌려 나와
위를 쳐다보고 말을 건넨다네.
안녕하십니까……!

두 근엄한 검사는, 그런 장난에 신경이 쓰이고, 등 뒤에서 웃음소리가 들리는 것에 위엄의 손상을 입으니 이름을 바꾸려고 결심하고 국왕에게 청원을 넣었다. 청원서가 루이 15세에게 제출된 것은, 마침 로마 교황의 특파 대사와 라로슈 에몽 추기경이 둘 다 공손하게 폐하 어전에서 무릎을 꿇고, 잠자리에서 일어나 걸어 나온 뒤 바리 부인의 맨발에 각자 슬리퍼를 신겨 드렸던 그날이었다. 웃으며 이 광경을 보던 국왕은 청원서를 보고 더욱 웃어 대면서, 두 주교로부터 두 검사 쪽으로 눈길을 옮겨 이름을 바꾸도록 선선히 허락했다.

그리하여 국왕의 허락으로 코르보 선생은 이름 첫 글자를 바꾸어 고르보로, 르나르 선생은 첫 글자 앞에 '프'라는 글자를 붙여서 프르나르로 바꾸었지만 고르보만큼 달가워하지 않았는데 나중 이름도 처음 이름과 그다지 다르지 않았기 때문이다.

그런데 전해 오는 바에 따르면, 그 고르보 선생이 로피탈 거리 50-52번지인 이 건물의 주인이었다고 했는데 저 훌륭한 창문을 만든 것도 바로 그였다. 이런 연유로 이 황폐한 집에 고르보 저택이라는 이름이 붙게 되었던 것이다.

50-52번지 바로 앞에는 한길 가로수 틈에 끼어 거의 말라죽어 가는 느티나무 한 그루가 서 있었다. 또 그 집 정면으로 고블랭 성문 거리가 펼쳐져 있지만 그 무렵에는 인가도 없고 포장도 안 된 탓에 계절에 따라 초록 천지였다가 먼지 천지가 되곤 하는, 잘 자라지 못하는 나무들이 심어져 있으며 파리의 외곽 지대를 둘러싼 성벽으로 똑바로 통했는데 황산 냄새가 이웃 공장의 지붕에서 푹푹 뿜어 나오기도 했다.

성문은 바로 그 근처로 1823년에는 외벽도 아직 남아 있는 상태였다. 이 성문은 사람들 마음에 을씨년스러운 환상을 갖게 했다. 그것은 비세트르로 통하는 길이었기 때문이다. 제정 시대와 왕정복고 시대에는 사형수가 형 집행을 받으면 거기를 통해 파리로 들어왔다.

1829년 무렵, 소위 '퐁텐블로 성문'의 불가사의한 살인 사건이 일어난 것도 바로 그곳이었다. 당국에서도 범인을 발견하지 못했으며, 아직도 밝혀지지 않은 비극이요, 풀리지 않은 무서운 수수께끼였다.

거기서 몇 걸음만 더 가면, 마치 멜로드라마에서처럼 월바흐가 천둥소리와 함께 이브리의 산양 치는 여자를 찔러 죽였던 저 불길한 크룰르바르 거리가 나온다. 또 몇 걸음 더 가면, 생 자크 성문 근처 꼭대기를 쳐서 보기 흉하게 된 느티나무 숲에 이르게 된다. 그곳은 저 박애주의자들이 단두대를 숨긴 장소로 사용되었으며, 정작 사형을 눈앞에 두었을 땐 주춤거리며 당당히 이를 폐지하지도 못하고 단호하게 이를 저지하려고도 하지 않은 상인과 시민 계급의 비겁과 수치가 깃든 형장이었다.

옛날부터 숙명인 듯한, 지금도 소름끼치는 느낌을 주는 이 생 자크 광장을 빼곤, 지금부터 37년 전에는 이 음산한 길 중에서 가장 음산한 곳은 50-52번지 저택이 있는 곳이었으며 지금도 거기로는 사람들이 그다지 가려고 하지 않는다.

거리의 집들은 그 뒤 25년쯤 지나서야 비로소 그 주위에 하나둘 들어섰다. 그 무렵 그곳은 음산함이 그 자체였다. 앞서 말한 것처럼 을씨년스런 여러 가지 추억에다, 둥근 지붕이 보이는 살페트리에르 구호원과 바로 가까이에 그 울타리가 있는 비세트르 구호원 사이에 자리한 탓에 마치 여자 정신병자와 남자 정신병자 사이에 끼어 있는 듯한 느낌을 주었다.

내다보면 도살장과 성곽의 외벽, 그리고 병영이나 수도원처럼 외떨어져 점점이 보이는 공장들의 앞면만 눈에 띄었다. 어디를 봐도 판잣집과 벽토가 떨어져 나간 벽, 장례식 포장 같은 검은색 옛 벽이거나 새벽이 된 건가 하고 바라보면 수의처럼 새하얀 벽, 어디나 온통 나란히 서 있는 가로수, 일직선으로 늘어선 집들, 평범한 건물, 기다랗고 차가운 선과 음산하고 쓸쓸한 직각, 토지의 기복도 없고, 색다른 건물도 없으며 주름살도 하나 없이 모든 게 그저 얼어붙은 것처럼 규칙적이고, 흉측스럽게만 느껴졌다.

대저 균형 잡힌 것만큼 가슴 답답한 것은 없는 법이다. 균형은 지루하고, 권태는 슬픔을 만들어 낸다. 권태는 하품을 하게 만드는데 만약 고뇌의 지옥보다도 더 무서운 게 있다면 권태의 지옥일 것이다. 또 만일 그런 지옥이 정말로 있다면 이 로피탈 거리 부근이야말로 그 지옥으로 가는 통로일 것이다.

아무튼 해가 저물어 밝은 곳은 눈 씻고 찾아봐도 없는 그런 때가 되면, 더구나 겨울 저녁 추운 바람이 느티나무에 지다 남은 낙엽을 털어 버릴라치면, 어둠이 깊고 별도 뜨지 않을 때면, 달빛과 바람이 구름 틈새로 떨어져 내릴 때면 이 한길은 갑작스레 처절하게 보였다.

온갖 것들이 만들어 낸 직선적인 윤곽은 어둠 속으로 사라져 버리고 무한의 한 귀퉁이인 듯 여겨진다. 그럴 때 이곳을 지나면, 이곳에 얽혀 있는 숱한 이야기들이 억지로 생각하지 않으려 해도 저절로 떠오른다.

많은 범죄가 저질러진 이곳의 쓸쓸함 속에는 뭔가 무서운 것이 가득하다. 그 어둠 속에 여러 개의 올가미가 쳐져 있는 것 같고, 그늘진 곳에 희미하게 떠오르는 모습은 무엇이나 모두 요망스럽고, 나무와 나무 사이로 보이는 기다랗고 네모진 우묵한 그림자는 무덤 구멍처럼 보인다. 대낮에는 그저 보기 흉한 것으로 그치지만, 저녁에는 음산하고, 밤에는 불길하기까지 하다.

여름날 저녁에는 여기저기 느티나무 아래 비에 젖어 썩어 버린 벤치에 할머니들이 앉아 있는데 할머니들은 보통 구걸을 했다.

하긴 고풍스럽다기보다 오히려 황폐해한 느낌이 드는 이곳도, 그 무렵부터 마침내 변화가 시작되고 있었다. 이미 그 무렵부터 그 변화를 좇으려는 자들은 빨리 서둘러야 할 판이었다. 매일매일 부근 일대 어딘가가 스러져 갔다.

오늘날에는 물론 벌써 20년도 더 전부터 오를레앙 철도 발착지가 여기 이 옛 성당 옆으로 나 있어 이곳 변화에 영향을 미친다. 수도를 벗어나는 부근 어느 곳에 철도 발착지를 두면, 반드시 교외는 사라지고 시가

가 태어나는 법이다.

민중 활동의 대중심지인 도시 주위에서는 철도와 같은 강력한 기계의 요란스러운 소리와 석탄을 먹고 불을 내뿜는 그 괴물 같은 문명의 말들이 쏟아 내는 숨결에, 생명의 싹이 가득 찬 땅은 몸을 뒤틀면서 입을 벌려 인간의 낡은 집들을 죄다 삼켜 버린 뒤 새로운 것들을 뱉어 내는 것처럼 낡은 집들은 무너지고 새로운 것들이 솟아난다.

오를레앙 철도역이 살페트리에르 모퉁이에 들어서면서 생 빅토르의 해자와 식물원을 지나는 좁은 옛길은, 역마차와 전세 마차와 승합마차가 잇따라 하루에 서너 번씩 왕성하게 오가게 되면서 그 진동으로 집들은 어느새 좌우로 밀려 나갔다. 세상에는 엄연한 사실이지만 새삼스럽게 말하기에는 웬지 묘한 일들이 얼마든지 있는 법이라, 태양이 남향집을 만들어 내며 대도시가 넓혀져 가는 게 사실이듯, 마차가 쉴 새 없이 지나다니면 길이 넓어져 가는 것도 뚜렷한 사실이기 때문이다.

이제 거기에는 새로운 생명의 징조가 명확히 보였다. 이 시골 같은 오래된 구역, 말할 수 없이 황폐해진 한구석에 아직 통행이 없는 곳까지도 도로 포장이 시작되었다. 어느 날, 1845년 7월의 어느 기념할 만한 아침에, 콜타르가 가득 찬 검은 가마솥이 연기를 뿜고 있는 걸 볼 수 있었는데 그날이야말로 문명이 루르신 거리에 찾아들고, 파리가 생 마르소 외곽까지 다다른 거라고 드디어 말할 수 있게 된 그런 날이었다.


## 부엉이와 종달새의 둥지


장 발장이 발을 멈춘 곳은 바로 황폐한 고르보 저택 앞이었다. 그는 들새처럼 가장 인적 드문 곳을 골라 둥지를 틀었던 것이다.

그는 조끼 안을 더듬어 또 하나의 열쇠를 꺼내 문을 열고 안으로 들어가 조심스레 문을 닫고 코제트를 업은 그대로 계단을 올라갔다. 계단 위에 다다르자 주머니에서 또 다른 열쇠를 꺼내 다른 문을 열었다.

그가 들어가서 곧 닫아 버린 그 방은 꽤 넓은 지붕 밑 다락방이었는데 거기에는 마룻바닥에 요가 하나 깔려 있고 탁자 하나, 의자 몇 개가 갖추어져 있었다.

구석 난로에는 이미 불이 피워져 어른거리는 불빛이 눈에 들어왔다. 바깥 한길의 가로등이 이 가난한 방을 희미하게 비추었다. 안쪽으로 딸린 작은 방에는 접는 침대가 하나 놓여 있었는데 장 발장은 어린아이를 침대로 안고 가서 잠이 깨지 않게 가만히 내려놓았다.

그는 부싯돌을 쳐서 촛불을 켰는데 그런 것들이 모두 탁자 위에 다 준비된 상태였다. 장 발장이 침대에 내려놓은 그대로 아이는 어디에 있는지도 모르고 잠들었다.

그런 다음 그는 지난밤처럼 친절과 애정이 넘치는 눈으로 황홀하게 코제트를 지켜보았다.

한편 아이는 극도의 강자나 극도의 약자만이 지니는 강한 신뢰를 품고 누구와 함께 있는지, 지금 어디에 있는지도 모른 채 잠든 상태였다. 장 발장은 몸을 굽혀 어린아이의 손에 입 맞추었다. 아홉 달 전에는 영원한 잠에 들어간 그 애 어머니 손에 입을 맞추어 주었는데 그때처럼 슬프고 애절하게 경건한 감정이 지금 그의 가슴에 넘쳐흘러 코제트의 침대 옆에 무릎을 꿇었다.

날이 환히 밝을 때까지 아이는 잠을 잤다. 12월의 태양이 희미한 빛을 지붕 밑 방 유리창으로 비춰 주어 천장에 그림자와 빛의 긴 줄기를 아로새기고 있을 때 갑자기 무거운 짐을 실은 석공의 짐수레가 바깥 한길을 지나다가 텅 빈 그 집을 마치 폭풍우가 휘몰아치듯 뒤흔든 바람에 밑바닥에서 지붕까지 진동을 하게 만들었다.

"네, 아주머니, 가요."

코제트는 갑자기 벌떡 일어나며 소리쳤다.

"지금 곧 내려갈게요."

코제트는 아직도 졸린 눈을 반쯤 감고 침대에서 뛰어내려 벽 구석진 곳으로 손을 뻗었다.

"어머! 어떡하지! 비가."

코제트는 그러고 나서야 비로소 눈을 활짝 뜨고 미소 짓고 있는 장 발장의 얼굴을 발견했다.

"어머! 맞아. 그랬었지! 밤새 안녕하셨어요, 아저씨?"

어린아이들은 본디 그 자신이 행복이며 기쁨이기 때문에 곧 거리낌 없이 기쁨과 행복을 받아들인다. 코제트는 카트린을 침대 밑에서 찾아낸 다음 품에 꼭 끌어안았다. 그리고는 놀면서 장 발장에게 여러 가지를 질문했다.

여긴 어떤가요? 파리는 넓은가요? 테나르디에 아주머니가 있는 곳과 아주 멀리 떨어진 곳인가요? 이젠 돌아가지 않아도 되나요? 그러다가 느닷없이 외쳤다.

"어머, 여기는 참 아름다워요."

실제로는 비참할 만큼 낡아 빠진 집이었지만 코제트는 그곳에서 자유로움을 느꼈던 것이다.

코제트가 마침내 말했다.

"집 안 청소를 할까요?"

"그냥 놀기나 하렴."

장 발장이 말했다.

그날은 이렇게 지나갔으며 코제트는 아무것도 몰랐지만 걱정하지도 않고, 그 인형과 노인 사이에 있는 게 말할 수 없이 행복했다.

## 불행한 두 사람이 함께해 행복을 만들어 내다

이튿날 새벽녘에도 장 발장은 코제트의 침대 곁에서 조용히 움직이지 않고 기다리고 있다가, 아이가 눈뜨는 것을 지켜보았다. 뭔가 새로운 것이 그의 영혼 속으로 들어온 느낌이 들었다.

장 발장은 여태껏 아무도 사랑한 적이 없었다. 25년 전부터 그는 이 세상에서 오로지 혼자였기에 아버지도, 애인도, 남편이나 친구였던 적도 없었다. 감옥에서는 험악하고, 음울했으며, 순결하고 무지했고, 남과 어울리기 어려운 사나이였을 뿐이었다.

이 늙은 죄수는 천진함으로 가득 찼다. 누이와 누이의 아이들에 대한 추억도 희미해졌다가 마침내는 모두 사라졌다. 그는 그들을 찾으려고 애를 썼지만 찾아내지 못한 채 잊어버린 것이다.

인간성이란 게 원래 그렇게 되어 있는 것이다. 거기다 젊었을 무렵의 상냥함이 있었다 해도, 모두 마음 깊은 곳에서 사라지고 있었다.

그랬던 그가 코제트를 보았을 때, 코제트를 손에 넣고 구출해 냈을 때, 자기의 심장이 힘차게 뛰기 시작하는 것을 느꼈다. 그에게 숨어 있던 정열과 애정이 모두 눈을 떠 이 아이에게로 날아갔다. 그는 코제트가 잠들어 있는 침대 곁으로 가서 기쁨으로 몸을 떨었다. 그는 마치 어머니와 같은 마음속 어떤 열망을 느꼈지만, 그게 뭔지는 몰랐다. 사랑하기 시작한 마음의 저 이상하고도 커다란 감동은 파악하기도 어렵고 매우 부드러웠기 때문이다.

싱싱하게 되살아난 가엾은 늙은 마음이여! 다만 그는 쉰다섯 살이고 코제트는 여덟 살이었으므로 자신이 앞으로 평생 품게 될 모든 사랑은 이제 뭐라 표현할 수 없는 하나의 빛 속으로 슬그머니 녹아들었다.

흰 빛이 두 번째로 나타난 것이다. 미리엘 주교는 그의 마음의 지평선에 미덕의 새벽빛을 가져다주었으며, 코제트는 사랑의 새벽빛을 가져다주었다.

처음 며칠 동안은 그렇게 황홀한 채 지나갔다. 한편 코제트 역시 자기도 모르는 사이에 변하고 있었다. 가엾은 어린 소녀! 어머니와 헤어졌을 때는 아주 어렸기 때문에 어머니에 대한 것은 이미 조금도 생각나지 않았다.

무엇에나 감기는 포도 덩굴 같은 어린아이들의 본성으로 코제트도 사랑해 보려고 한 적이 있었지만 잘 되지 않았다. 테나르디에 부부도, 그 아이들도, 다른 아이들도 모두 코제트를 밀어 냈다. 강아지를 귀여워한 적이 있었지만 죽어 버렸다. 그런 뒤로는 무엇이나 누구 하나 할 것 없이 그 아이를 좋아해 준 적이 없었다.

말하기조차 가엾지만, 앞에서도 말한 것처럼 코제트는 여덟 살에 벌써 차가운 마음을 가지게 되었지만 코제트가 나쁜 아이라 그런 것은 아니었다. 그 아이에게 없는 건 사랑하는 능력이 아니라 슬프게도 사랑할 기회였던 것이다.

그런 만큼 첫날부터 코제트의 모든 느낌과 생각은 이 노인을 향한 사랑으로 변했다. 어린아이는 이제까지 한 번도 가져 본 적 없는, 마치 꽃이 피어나는 듯한 느낌을 받았다.

코제트는 이 노인이 늙었다고도 가난하다고도 생각되지 않았다. 낡아빠진 이 집이 아름답게 보이듯 장 발장도 아름답게 느껴졌다.

그것은 새벽빛과 유년과 젊음과 희열이 만들어 낸 작용이다. 새로운 땅과 새로운 생활도 이 기분을 얼마간 도와준다. 지붕 밑 다락방을 물들이는 행복의 영롱한 빛만큼 아름다운 것은 없었다. 사람은 누구나 일생에 한 번쯤은 그런 푸른 지붕 밑 다락방의 추억을 갖게 되는 것이다.

자연은 50년이라는 세월을 사이에 두고 장 발장과 코제트 사이에 깊은 도랑을 만들어 놓았지만 운명은 그 도랑을 치워 버렸다. 운명은 나이 차이는 있으나 똑같이 불행했던 이 두 사람의 뿌리째 뽑힌 생애를 하나로 붙들어 거역할 수 없는 힘으로 뭉쳐 놓았다.

코제트의 본능은 아버지를 찾았고, 장 발장의 본능은 어린아이를 찾았다. 두 사람의 만남은 서로를 찾아내는 것이었으며 두 사람의 손이 맞닿은 그 신비스러운 순간에, 그 둘은 서로 완전히 붙었다. 이 두 사람의 영혼이 서로 만났을 때, 둘은 서로를 구하고 있었다는 걸 느끼고 꼭 껴안았다.

가장 깊고 절대적인 의미에서, 두 사람은 무덤의 벽으로 모든 것에서 격리된 채 장 발장은 '홀아비'였고 코제트는 '고아'인 처지였기에 장 발장은 하늘의 섭리로 코제트의 아버지가 되었다.

실제로 셀의 깊은 숲 속에서 장 발장이 어둠 속에서 코제트의 손을 쥐었을 때, 그 아이 마음에 일어난 신비로운 감정은 단순한 환상이 아닌 현실이었고 이 어린아이의 운명 속으로 이 사나이가 들어온 것은 하느님이 출현한 것이었다.

더욱이 장 발장은 은신처를 교묘하게 잘 골라 놓아 거기라면 아주 안전하게 살아갈 수 있었다. 그가 코제트와 함께 들어 있는 작은 방이 딸린 곳은 한길 쪽으로 창문이 나 있었다. 이 창은 이 집에 단 하나밖에 없었기 때문에 앞이나 옆, 이웃 사람들에게도 보일 염려가 하나도 없었다.

이 50-52번지 집의 아래층은 쇠락한 헛간 같은 곳으로 채소를 가꾸는 사내들이 광으로 썼지만, 어디에서도 2층으로 올라갈 수 없다. 2층과 아래층 사이 바닥은 출입구도 계단도 없는 게 마치 이 집의 가로막처럼 보일 지경이었다.

2층에는 앞에서도 말한 것처럼 몇 개의 방과 몇 개의 지붕 밑 다락방이 있었지만, 그 가운데 하나에만 노파가 살면서 장 발장의 여러 가지 집안일을 돌봐 주었을 뿐 그 나머지 방들은 모두 빈 상태였다.

크리스마스 날 그에게 방을 빌려 준 이 노파는 '셋집 주인'이라고 불렸지만, 사실은 문지기 노릇을 하고 있는 노파였다.

장 발장은 이 노파에게, 자기는 연금을 갖고 있지만 스페인의 공채에 손댔다가 실패한 탓에 손녀딸과 함께 여기에 살러 온 것이라고 말해 두었다. 그는 6개월 치 집세를 미리 내고, 앞에서 본 가구들을 두 방에 마련해 주도록 부탁해 두었고 두 사람이 도착한 날 밤 노파가 난로에 불을 피우고 모든 준비를 해 준 것이었다.

몇 주일 지나도록 두 사람은 이 흉측하고 낡아 빠진 집에서 행복하게 생활하고 있었다. 새벽녘부터 코제트는 웃고 떠들고 노래했다. 어린아이들은 작은 새처럼 아침의 노래를 갖고 있다.

가끔 장 발장은 빨갛게 얼어 터진 코제트의 작은 손에 입을 맞추곤 했다. 가엾은 아이는 언제나 얻어맞는 일에만 익숙해져 있는 까닭에 어떤 의미인지도 모르면서 수줍어하고 손을 움츠리곤 했다.

때로 코제트는 자기가 입은 작고 검은 옷을 정색을 하고 들여다보았다. 이제 누더기가 아닌 상복을 입고 있었는데 비참함에서 빠져나와 평범한 생활로 돌아간 것이다.

장 발장은 코제트에게 읽는 것을 가르쳤다. 그는 아이에게 글자를 하나하나 읽게 하면서, 자신이 감옥에서 읽기를 배운 건 나쁜 짓을 하려는 마음에서였던 것을 가끔씩 생각했다. 그랬던 것이 이제는 어린아이에게 읽기를 가르치는 일로 바뀌어 있다니 그런 생각을 하며 늙은 죄수는 생각에 잠긴 천사처럼 미소 지었다.

장 발장은 그것이 하늘의 뜻임을, 인간 이상의 어떤 의지가 있음을 느끼며 생각에 잠겼다. 좋은 생각도 나쁜 생각처럼 그 심연을 가지고 있는 것이다.

코제트에게 읽기를 가르치는 것과 그 아이를 놀게 만드는 것이 장 발장이 하는 생활의 전부였다. 그리고 그는 코제트에게 어머니 이야기를 들려주고 기도드리는 것을 가르쳐 주었다. 코제트는 장 발장을 '아버지'라고 부를 뿐 이름은 알지 못했다.

그는 코제트가 인형에게 옷을 입혔다 벗겼다 하는 것을 바라보거나, 몇 시간이 지나도록 그 아이가 작은 새처럼 재잘거리는 것에 귀 기울였다. 그에게는 이때부터 인생이 흥미로웠고, 인간이 선량하고 올바른 존재로 여겨지면서 이제 마음속으로 탓하는 일이 사라졌고, 또한 이 어린아이에게 사랑을 받는 지금에 이르러 꼬부랑 늙은이가 될 때까지 오래 살면 안 될 이유가 뭔지 전혀 몰랐다.

장 발장은 아름다운 빛과 같은 코제트 덕분에 자신의 미래가 먼 앞날까지 빛나는 것을 보았다. 그 어떤 선량한 사람도 사사로운 마음이 전혀 없는 사람은 없는 법이다. 그는 가끔 코제트가 아름다워지지는 않으리라는 생각을 하며 어떤 기쁨을 느끼기도 했다. 이것은 단지 작자의 의견이지만 굳이 밝히자면, 코제트를 사랑하기 시작한 무렵 장 발장의 상태로 볼 때 올바른 길로 끝까지 나가기 위해 이 같은 사랑이 반드시 필요했을 것은 말할 것도 없다.

장 발장은 인간의 사악함과 사회의 비참함을 새로운 측면에서 보게 된 것이다. 물론 그것은 불완전한 일부분이었지만, 팡틴 속에 요약된 여자의 운명과 자베르 속에 나타난 공권력을 본 것이다.

장 발장은 다시 감옥으로 되돌아갔지만, 이번에는 좋은 행위로 인한 것이었다. 그는 새로운 괴로움을 맛보았고 또다시 혐오와 피로를 맛보았다. 나중에 다시 빛나고 승리를 거두기는 하지만 주교에 대한 추억조차도 가끔은 천체의 일식처럼 사라질 뻔했다. 실제로 그 거룩한 추억마저 잃어 가고 있었던 것이다.

장 발장이 낙담한 나머지 다시 타락의 수렁 속으로 들어가지 않을 거라고 누가 장담할 수 있을까? 하지만 그는 사랑을 알게 되면서 다시 강해졌다. 아! 그도 또한 코제트처럼 비틀거리고 있었다.

장 발장이 코제트를 보호하는 것과 동시에 코제트도 그의 마음을 강하게 만들었다. 장 발장 때문에 코제트는 평범한 생활 속으로 걸어 들어갈 수 있었고, 이 아이 때문에 그는 덕의 길로 계속 나아갈 수가 있었다. 그는 코제트의 기둥이었고 어린 코제트는 그의 지팡이인 셈이었다. 아, 운명에 숨겨진 균형의 헤아릴 길 없는 숭고한 신비라니!

## 셋집 주인 노파가 본 것

장 발장은 낮에는 절대로 밖으로 나가지 않게 조심했다. 저녁이 되면 어두컴컴해진 뒤 한두 시간을 때로는 혼자, 대개는 코제트와 함께 산책했다. 그것도 가로수 길의 가장 쓸쓸한 보도를 선택해 걷고, 밤이 어두워지면 가끔씩 성당에도 들어갔다. 그는 가까운 생 메다르 성당에 가곤했다.

함께 나가지 않을 때 코제트는 노파와 함께 집을 지켰지만 장 발장과 함께 외출하는 것을 아이는 더 기뻐했다. 카트린을 데리고 노는 것보다 장 발장과 함께 한 시간 정도 산책하는 걸 좋아했다. 장 발장은 코제트의 손을 잡고 걸으며 갖가지 재미난 이야기를 해주었다. 코제트는 굉장히 활발한 아이가 되었다.

노파는 방 안을 정리하고, 부엌일도 해주고, 장을 봐 주기도 했다.

그들은 언제나 불을 피웠지만, 몹시 가난한 사람처럼 검소한 생활을 했다. 장 발장은 방 안 가구를 첫날 그대로 두었다. 하지만 코제트의 작은 방으로 들어가는 유리문을 판자문으로 바꾸었다.

장 발장은 여전히 그 누런 프록코트와 검은 바지, 낡아 빠진 모자를 썼다. 길에서 보면 가난뱅이 같아서 친절한 여자들이 돌아보고 1수짜리 동전을 주는 일도 가끔 있었다. 그러면 장 발장은 동전을 받으면서 공손히 인사를 하곤 했다.

또 아주 가끔은 적선을 바라는 불쌍한 사람을 만날 때가 있었는데, 그는 뒤돌아보고 누가 보고 있지 않은지를 확인한 뒤 살그머니 다가가 그 손에 대개는 은화를 쥐어 주고는 얼른 가 버렸다. 그것은 장 발장에게 별로 득이 되지 않는 일로 그가 '적선하는 거지'라는 이름으로 그 일대에 알려졌기 때문이다.

셋집 주인 노파는 인상이 고약한 여자로 늘 이웃 사람들을 호시탐탐 엿보곤 했는데, 장 발장도 몰래 자세히 탐색하고 있었다. 노파가 가는귀가 먹은 바람에 몹시 수다스러웠다. 이는 모두 빠져 버려 위에 한 개, 아래 한 개밖에 안 남았는데 그걸 늘 맞부딪쳤다.

노파는 코제트에게 여러 가지를 물어봤지만 몽페르메유에서 온 것밖에 모르는 코제트한테는 아무것도 알아낼 수 없었다. 어느 날 아침 노파가 엿보고 있으려니, 장 발장이 집 안에 있는 어떤 빈방으로 들어갔다. 노파는 늙은 고양이같이 살금살금 걸어 뒤 따라가 맞은편 문 틈새로 그가 모르게 하는 짓을 엿보았다.

장 발장은 매우 걱정하는 것처럼 그 문을 등지고 있었다. 노파가 보고 있으려니까 그는 주머니 속을 뒤져 조그만 상자와 가위와 실을 꺼내 프록코트의 한쪽 안을 뜯더니 그 속에서 누르스름한 종이 한 장을 꺼냈다. 노파는 그것이 천 프랑짜리 지폐라는 걸 알고 소름이 끼쳤다. 천 프랑짜리 지폐는 태어나서 두 번인가 세 번밖에 못 보았다. 그녀는 무서워서 달아났다.

잠시 뒤 장 발장이 노파한테 와서 어제 받은 반년 치 연금이면서 그 천 프랑짜리 지폐를 잔돈으로 바꾸어 달라고 부탁했다.

'어디서 난 돈이지?'

노파는 생각에 잠겼다.

'저 사람은 어제 저녁 6시나 돼서야 외출했는데 그 시각에 은행이 열려 있을 리가 없지.'

노파는 지폐를 바꾸러 가면서 여러 가지 생각을 했다. 그리하여 이 천 프랑짜리는 온갖 억측과 꼬리가 달려서 비뉴 생 마르셀 거리의 수다스러운 아낙네들을 깜짝 놀라게 했으며 많은 이야기를 낳았다.

며칠이 지난 어느 날, 장 발장은 조끼 하나만 입은 채 복도에서 톱으로 장작을 켜고 노파는 방 안을 치우고 있었다. 코제트는 장작을 톱으로 켜는 것을 보느라 정신이 팔려 그녀는 혼자였다.

노파는 방에 혼자 있는 것을 틈타 못에 걸린 프록코트를 뒤져보았다. 옷은 원래대로 다시 꿰매어져 있었는데 노파는 그것을 신중하게 만져 보았다. 옷자락과 소매 겨드랑이 사이에 종이 부피가 느껴지는 것 같았다. 천 프랑짜리 지폐가 더 많이 들어 있는 게 틀림없었다!

노파가 보고 있을 때, 그는 주머니 속을 뒤져 누르스름한 종이를 꺼내 펼쳤다. 노파는 그것 말고도 여기저기 달린 주머니 속에 별의별 게 다 들어 있다는 것을 알아냈다. 전에 본 바늘과 가위와 실뿐 아니라 커다란 지갑과, 커다란 칼, 게다가 수상하게도 서로 다른 색깔의 가발 몇 개도 같이 들었다. 그 프록코트의 주머니에는 어떤 뜻밖의 일에 대비한 물건들로 가득했다.

황량한 이 집에 사는 사람들은 그렇게 그해 겨울의 끝자락을 맞이했다.

### 5프랑짜리 은화가 마룻바닥에 떨어져 소리를 내다

생 메다르 성당 근처에 한 가난한 사나이가 있었는데 그는 그곳의 폐허가 된 공동 우물가 돌 위에 언제나 쪼그리고 앉아 있었고 장 발장은 그에게 곧잘 적선을 하곤 했다. 그 앞을 지날 때면 반드시 몇 수의 돈을 주거나 때로는 말을 건넸다.

이 거지를 부러워하는 이들은 그를 '경찰의 끄나풀'이라고 불렀는데 그는 일흔다섯이나 된 늙은 성당지기였으며, 입 속으로 쉴 새 없이 기도문을 외웠다.

어느 날 밤 장 발장이 코제트를 두고 혼자 그곳을 지나갈 때, 그 거지가 막 불이 들어온 평상시 그 자리, 가로등 밑에 있는 것을 보았는데 늘 하던 버릇대로 기도를 드리고 있는지 몸을 깊이 숙이고 있었다.

장 발장은 그 곁에 다가가 늘 하듯 그 손에 돈을 쥐어 주었는데 거지는 갑자기 눈을 들어 뚫어지게 장 발장을 쳐다보다 얼른 머리를 숙였다. 그 동작은 번개 같았지만 장 발장은 소름이 오싹 끼쳤다.

지금 가로등 불빛으로 얼핏 본 것은 평화롭고 믿음 깊은 늙은 성당지기의 얼굴이 아니고 전에 본 적 있는 어떤 무시무시한 얼굴처럼 보였다. 그는 마치 밤중에 느닷없이 호랑이와 얼굴을 마주친 듯 그의 얼굴을 힐끗 보는 순간 오싹 소름이 끼친 것이다.

그는 흠칫 놀라며 뒷걸음질 치고는 돌처럼 굳어져 숨도 쉬지 못하고 말도 못한 채, 그 자리에 있는 것도 달아나는 것도 할 수 없어, 가만히 거지를 지켜보았다. 거지는 누더기를 둘러쓴 머리를 숙이고, 그가 거기 있다는 것도 이미 잊은 듯 보였다.

이 이상한 순간에 어떤 본능에서, 아마도 몸의 안전을 지키려는 숨은 본능이리라. 장 발장은 한마디도 하지 않았다. 거지는 언제나처럼 같은 몸짓과, 똑같은 누더기를 걸쳤으며 똑같은 모습이었다.

"아니지, 내 머리가 어떻게 된 모양이군! 꿈을 꾸는 거야! 있을 수 없는 일이지!"

장 발장은 몹시 심란한 마음으로 집에 돌아왔다. 얼핏 본 그 얼굴이 자베르라고 자신의 입으로 말하는 건 더 끔찍했다. 그날 밤, 장 발장은 '그 사내에게 뭔가를 물어봐서 한 번 더 얼굴을 들게 했었더라면' 하고 생각했다.

이튿날 저물녘에 그는 또 자리로 가 보았다. 거지는 언제나처럼 그 자리에 있었고 장 발장은 1수짜리 동전을 주면서 용기를 내어 말을 건넸다.

"어떠신가, 노인장."

거지는 얼굴을 쳐들고 측은하게 대답했다.

"고맙습니다, 친절하신 나리님."

그것은 틀림없이 평상시 그 늙은 성당지기여서 장 발장은 완전히 안심하고 웃었다.

'자베르를 본 거라니, 나도 참 얼이 빠졌던 모양이군! 아, 이젠 나도 눈에 안개가 끼기 시작한 건가?'

그는 이제 더 이상 그 일을 마음에 두지 않았다.

그로부터 며칠 뒤, 밤 8시쯤 장 발장은 방 안에서 커다란 소리로 코제트에게 글자를 따라 읽히고 있었는데 바로 그때 집 현관문이 열렸다 다시 닫히는 소리를 들었다. 그는 이상하다고 생각했다. 그와 함께 이 집에 살고 있는 유일한 사람인 노파는 촛불을 아끼려고 언제나 밤이 되면 곧 자는 습관이 있었기 때문이다.

장 발장은 코제트에게 잠자코 있으라는 손짓을 했다. 누군가 계단을 올라오는 소리가 들렸는데 어쩌면 노파가 몸이 불편해 약국에 다녀오는 건지도 몰랐다.

장 발장이 귀를 기울여 보니 묵직한 발소리로 봐서는 남자인 것 같았지만 노파는 구두를 신었고, 늙은 여자의 발자국 소리는 남자 발자국 소리와 비슷하다. 그래도 장 발장은 촛불을 불어 꺼 버렸다.

"조용히 침대로 들어가렴."

그는 낮은 목소리로 속삭이고 코제트를 자러 보냈다. 그가 코제트의 이마에 입 맞추고 있을 때, 발소리가 뚝 그쳤다. 장 발장은 의자에 앉아 말도 없이 등을 문 쪽으로 돌리고 어둠 속에서 숨죽이고 꼼짝도 하지 않았다.

시간이 꽤 지났는데도 아무 소리도 들리지 않아 그는 소리 나지 않도록 가만히 돌아보고는 방 입구 쪽으로 눈길을 주려는 순간, 열쇠 구멍에서 불빛이 새어 나왔다. 그 불빛은 문과 벽 사이 어둠 속에서 불길한 별처럼 빛났다. 확실히 그곳에서 누군가 손에 촛불을 들고 귀 기울이고 서 있는 게 분명했다.

몇 분 지나자 불빛은 사라졌지만 발자국 소리 하나 들리지 않았던 것으로 봐서는 문 앞에 숨어 귀 기울이고 있던 사람이 구두를 벗고 있는 게 틀림없었다.

장 발장은 옷을 입은 채 침대에 몸을 던졌지만 밤새도록 한숨도 못 잤다. 새벽녘이 되서야 피로에 지쳐 잠이 막 들려는 순간 복도 끄트머리에 있는 지붕 밑 방 근처 문이 하나 삐거덕거리며 열리는 소리에 잠을 깼다. 그리고는 간밤에 계단을 오르던 것과 똑같은 발자국 소리가 들려왔는데 점점 더 가까이 다가오고 있었다. 그는 침대에서 뛰어내려 열쇠 구멍에 눈을 갖다 댔다. 구멍이 제법 큰 덕분에 간밤에 이 낡아 빠진 집으로 들어와 그의 방문 앞에서 귀 기울인 자가 과연 누구였는지 한번 봐 두고 싶었다.

짐작한 것처럼 남자였지만, 이번에는 걸음을 멈추지 않고 장 발장이 있는 방 앞을 그대로 지나가 버렸다. 얼굴을 잘 알아볼 수 없었지만 사나이가 계단까지 갔을 때, 밖에서 들어오는 한 줄기 빛이 그 사나이의 모습을 그림자처럼 떠오르게 해서 장 발장은 그 사나이 뒷모습을 완전히 볼 수가 있었다. 사나이는 키가 크고, 긴 프록코트에 굵직한 지팡이를 겨드랑이에 끼고 있었다. 그건 무시무시한 자베르 뒷모습 같았다. 장 발장은 한길 쪽으로 나 있는 창문을 통해 한 번 더 그 사나이를 볼 수도 있었지만 그렇게 하려면 창문을 열어야만 했으나 차마 그럴 용기가 나지 않았다.

틀림없이 그 사나이는 열쇠를 갖고 마치 제 집을 드나들 듯 들어온 것이었는데 그럼 누가 그에게 열쇠를 준 걸까? 대체 어찌 된 일이지?

아침 7시에 노파가 방을 치우러 왔을 때, 장 발장은 그녀를 무섭게 쏘아보았지만 아무것도 묻지는 않았다. 노파는 평상시와 다르지 않았다.

청소하면서 그 노파가 말했다.

"선생님도 간밤에 누군가 들어온 소리를 들으셨지요?"

그녀와 같은 늙은이에게는, 그리고 그 거리에서는 밤 8시면 누구나 한 밤중이었다.

"그러고 보니 그런 것도 같구려. 누구였는데요?"

그는 되도록 자연스럽게 대답했다.

"새로 방을 빌려 든 사람이에요."

"이름이 뭡니까?"

"확실하게 기억할 순 없지만 뒤몽인지 도몽인지, 아무튼 그런 이름이었어요."

"그 뒤몽이라는 분은 어떤 분입니까?"

노파는 족제비 같은 조그만 눈으로 그를 천천히 들여다보며 말했다.

"연금을 받는 사람이랍니다. 선생님처럼."

노파는 분명 아무 생각 없이 말한 걸 테지만, 장 발장은 노파의 말 속에 어떤 의미가 숨어 있는 거라고 느꼈다. 노파가 간 뒤, 그는 서랍 속에 넣어 두었던 100프랑쯤 되는 돈을 싸서 주머니에 집어넣었다. 그 돈을 만질 때 소리가 나지 않게 하려고 상당히 신경을 썼지만, 5프랑짜리 은화 하나가 미끄러지면서 떨어져 마룻바닥 위를 굴러 큰 소리가 났다.

저녁때가 되자 그는 밑으로 내려가 신중하게 한길을 여기저기 살폈지만 아무도 보이지 않았다. 사람 그림자가 전혀 없는 것 같았지만 나무 그늘에 몸을 숨기려 들면 숨길 수도 있었다.

그는 위층으로 다시 올라갔다.

"이리 오렴."

그는 코제트 손을 잡고, 둘이서 함께 밖으로 나갔다.

# 5. 어둠 속 사냥에 소리 없는 사냥개

## 계략의 지그재그

독자가 읽게 될 다음 페이지를 위해, 또한 훨씬 뒤에 나올 페이지를 위해 여기서 한 가지 주의를 주어야 할 일이 있다.

자신과 관계되는 이야기를 하게 된 것은 본의가 아니지만, 이 책의 작자는 파리를 떠난 게 꽤 여러 해 전이다. 그리고 작자가 떠난 뒤 파리는 많이 변했다. 작자에게는 미지의 새로운 도시가 생겨난 것과 같다. 그러나 작자가 파리를 사랑하고 있다는 건 다시 말할 것도 없다. 파리는 마음의 고향이다. 다만 여러 모로 파괴되고 다시 재건된 결과 작자가 젊은 시절 겪었던 파리, 작자가 기억 속에 소중하게 간직해 둔 파리가 지금은 이미 옛날의 파리로 존재하게 되었지만 그 파리가 지금도 아직 그대로 남아 있는 것처럼 말하는 것을 용서해 주기 바란다. 작자가 '어떠어떠한 거리에 이러이러한 집이 있다.'라고 독자를 안내해 가는 곳에 가면, 지금은 이미 그런 집도 거리도 없을지도 모르는 일이다.

만약 귀찮지 않다면 그것을 조사해 보는 것도 좋을 것이다. 작자는 새로운 파리를 모르는 것으로 하고, 옛날의 파리를 눈앞에 그리면서 그리운 환영에 싸여 글을 써 나가기로 마음먹었다. 고국에 있을 때 눈여겨보던 것을 몇 가지 뒤에 남김으로써, 모든 게 다 사라져 버린 건 아니라고 생각하는 것은 작자로서 즐겁기 때문이다.

누구든 고국에서 살고 있는 동안에는 그 거리가 자기에게 상관없는 일이며, 그 창문도 지붕도 문도 쓸데가 없고, 그 벽도 그저 그렇고 그 나무도 흔해 빠진 것이며, 자기가 드나들지 않았던 그 집은 소용이 없을 뿐더러, 길바닥에 깔린 그 돌도 그저 단순한 돌에 지나지 않는다고들 생각하기 마련이다.

그러나 뒷날 고국을 떠나 보면 그 거리가 그립고, 그 지붕과 그 창문, 그 문에 마음이 끌리고, 그 벽도 필요해지고, 그 나무도 소중하게 생각되고, 들어가 보지도 않았던 그 집들이 날마다 드나들기라도 한 것처럼 느껴지고, 그 길바닥에 깔린 돌에도 자기의 오장육부와 피와 마음을 두고 온 것처럼 생각되는 것이다.

이제는 볼 수 없는, 그리고 평생 아마도 다시는 볼 수 없을지도 모르는 그 장소들, 가슴속에 간직하고 있는 그 장소들은, 모두 일종의 애처로운 매력으로 우울한 환상 속에 떠오르며 눈앞에 마치 성지를 보듯, 다시 말해 프랑스 그 자체라는 형태로 나타난다.

그리고 사람들은 그것을 사랑하고, 있었던 그대로의 모습을 떠올리고 그것에 집착하여 그곳에 있었던 것은 무엇 하나 변하지 않기를 바란다. 인간은 조국의 모습을 어머니의 환영처럼 아끼는 탓이다.

그러므로 옛날 일을 현재 일어난 일처럼 말하는 것을 용서해 주기 바란다. 그리고 그러한 것들에 유의하기를 독자들에게 바라며 이야기를 다시 계속하겠다.

장 발장은 곧 로피탈 거리를 떠나 작은 골목길로 숨어들면서 가능하면 몇 차례 구부러지게 방향을 바꾸고 혹시 뒤를 밟히지는 않을까 하여 가끔씩 갑작스레 뒤돌아 가기도 했다.

이것은 쫓기는 사슴이 곧잘 하는 짓인데 발자국이 남지 않는 지역에서는 그런 식으로 사냥꾼과 사냥개를 속여 반대 방향으로 쫓게 하는 효과가 있어 개를 사용하는 사냥에서 말하는, 뒷걸음질로 도망간다는 게 바로 이런 것이다.

보름달이 밝게 비치는 밤이었으나 장 발장은 조금도 구애받지 않았다. 달은 아직 땅에 가깝게 있어 그늘진 곳과 달빛이 비치는 곳 두 면이 명확하게 구분되었다.

장 발장은 그늘진 쪽 집들과 담 벽을 따라 몸을 미끄러뜨리듯 움직이면서 밝은 쪽을 살펴보았다. 그늘진 쪽에 있는 볼 수 없는 것에는 별로 신경 쓰지 않는 것처럼 보였다. 폴리보 거리로 통하는 근처의 조용한 골목을 지나면서부터 아무도 뒤따르지 않는다는 확신을 갖게 됐다.

코제트는 아무 말도 묻지 않고 걷기만 했다. 태어나서부터 6년 동안 고생만 해 온지라 그 아이는 가만히 시키는 대로 하는 습관이 몸에 배어 있었다. 거기에—이것은 나중에도 다시 언급하게 되지만—코제트는 자신도 모르는 사이 이 노인의 이상한 행동과 운명의 불가사의함에 익숙해져 있었다. 또한 그 아이는 노인과 함께 있으면 안전하다는 생각을 했다.

장 발장도 코제트처럼 자기가 어디로 가고 있는지 몰랐다. 코제트가 자기에게 몸을 맡기는 것처럼 그는 하느님에게 몸을 맡겼다. 그는 자기도 자기보다 위대한 누군가의 손을 붙잡고 있다는 생각이 들었다. 누군가 눈에 보이지 않는 것이 자기를 인도하고 있는 것 같았다. 더욱이 그는 지금 어떤 명확한 생각도, 무슨 계획이나 어떤 방법도 없었다. 그게 자베르였는지 아닌지도 확실하지 않았고, 또 만약 자베르였다 해도 자베르 쪽에서 자기가 장 발장이라는 걸 알았는지 아닌지도 정확히 알 수 없었다.

자기는 변장을 하고 있지 않았나? 자기는 죽은 것으로 여겨진 게 아니던가? 하지만 이 며칠 동안 확실히 이상한 일이 계속 일어나고 있었다. 그에게는 그것만으로도 충분했다. 그는 이제 다시는 고르보 저택으로 돌아가지 않으려고 결심했다. 그는 마치 보금자리에서 쫓겨난 짐승처럼 안정을 찾을 좋은 장소가 발견될 때까지 잠시 몸을 숨길 임시 장소를 찾고 있었다.

장 발장은 모프타르 구역 안 복잡한 작은 길을 돌아다녔는데 그 언저리는 마치 중세의 등화관제를 아직 지키기라도 한 듯 벌써 조용히 잠들어 있었다. 그는 교묘한 수단을 써서, 상시에 거리와 코포 거리를, 바투아르 생 빅토르 거리와 퓌 레르미트 거리를, 다양한 방법으로 이리저리 피해 다녔다.

그 언저리에는 잠잘 방을 빌려 주는 집이 여러 곳 있었지만, 여기면 괜찮을 거라 여겨지는 곳이 눈에 띄지 않아 들어가지 않았다. 만일 누군가 자기 뒤를 밟던 자가 있었다고 해도, 이미 그 사나이를 따돌린 게 틀림없다고 믿었다.

생 테티엔 뒤 몽 성당의 종이 11시를 알릴 즈음, 그는 퐁투아즈 거리 14번지에 있는 경찰서 앞을 지나갔다. 그리고 얼마 뒤, 그는 앞서 말한 것과 같이 본능적으로 뒤돌아보았을 때 경찰서 외등에 세 사나이의 모습이 똑똑히 비쳐 보였다.

그들은 꽤 가까운 거리를 두고 그의 뒤를 따라오고 있었고, 그 외등 아래를 한 사람씩 지나갔고 그 가운데 한 사람은 경찰서 안으로 들어갔다. 그러나 앞장서 걸어오는 사나이는 확실히 수상해 보인다고 그는 생각했다.

"빨리 오렴."

그는 코제트에게 말하고는 급히 퐁투아즈 거리를 벗어났다. 그는 원을 그리며 이젠 벌써 시간이 늦어 모두 닫혀 버린 파트리아르슈 거리의 아케이드 아래에 있는 통로를 돌아, 에페 드 부아 거리에서 아르발레트 거리를 지나 포스트 거리로 들어섰다. 지금은 롤랭 중학교가 있는 곳으로, 뇌브 생 주느비에브 거리와 연결되는 곳으로 그곳에는 네거리가 있었다.

말할 것도 없이 이 뇌브 생 주느비에브 거리는 뇌브라곤 해도 오래된 옛 거리였으며, 또한 포스트(우편) 거리는 10년 동안에 우편마차 한 번 지나가지 않을 만큼 쓸쓸하다. 이 포스트 거리는 13세기에 도기 항아리를 굽던 옹기장이들이 살던 곳으로 원래 이름은 포(단지) 거리였다고 한다.

달은 그 네거리에 선명한 빛을 던졌다. 그 사나이들이 아직도 자기 뒤를 밟고 있다면 이렇게 환한 달빛 아래 모퉁이를 돌 때 틀림없이 그들을 똑똑히 볼 수 있으리라는 계산에 장 발장은 어느 문 아래로 몸을 숨겼다.

진짜로 사나이들은 3분이 채 되기 전에 나타났는데 이제 네 사람이었다. 모두 키가 크고, 검은색 긴 프록코트에, 둥근 모자를 쓰고, 손에는 굵직한 지팡이를 쥐었다. 그들의 그 거대한 몸집과 주먹은 어둠 속을 걷는 그 불길한 걸음걸이와 함께 사람을 불안하게 만들었다. 마치 시민으로 둔갑한 네 괴물과도 비슷했다.

그들은 네거리 한복판에 도착해 걸음을 멈추고 무슨 의논이라도 하듯 모여 섰는데 결정을 내리지 못하고 모양이었다. 우두머리 격인 사나이가 뒤돌아보고는 오른손을 번쩍 들어 장 발장이 숨어 있는 쪽으로 손짓을 했다. 또 한 사나이는 상당히 집요하게 반대 방향으로 손짓하는 것 같았다.

처음 그 사나이가 그쪽을 돌아보는 순간 달빛이 그 얼굴을 환하게 비추었는데 장 발장은 자베르의 얼굴을 확실하게 알아보았다.

다행히도 오스테를리츠 다리는 차를 통과시키고 있다

더 이상 의심할 여지가 없었다. 다행히도 네 사나이는 아직 의견의 일치를 보지 못했다. 장 발장은 그들이 결정짓지 못하고 머뭇거리는 사이를 이용했는데 그들이 시간을 허비할수록 그만큼 시간을 버는 것이다.

그는 숨었던 문에서 나와 식물원 쪽 포스트 거리로 나아갔다. 코제트가 지치기 시작해서 두 팔로 들어 올려서 안고 걸었다. 길 가는 사람은 한 사람도 없었고 달밤이라 가로등도 켜져 있지 않았다.

그는 빨리 걸었다. 몇 걸음 걷자 옹기를 파는 고블레 상점에 이르렀는데 정면에 오래 된 글귀가 달빛 아래 또렷하게 보였다.

"아들 고블레의 공장이 여기입니다. 자, 어서 와서 골라잡으십시오. 항아리, 병, 꽃병, 토관, 기와 어느 누구한테나 원하는 대로 팝니다."

장 발장은 클레 거리를 지나 생 빅토르 샘을 뒤로 하고, 식물원을 따라 아랫길을 지나고 강변으로 나와 거기서 뒤돌아보았다. 강변에는 사람 그림자 하나 없었고 길에도 아무도 없었고 뒤에도 아무도 없었다. 그는 비로소 숨을 내쉴 수 있었다.

오스테를리츠 다리에 도착했다. 그때까지도 다리를 건널 때 통행세를 내야 했다. 그는 다리를 지키는 곳으로 가서 1수를 주었다.

"2수입니다. 걸을 수 있는 아이를 안고 있으니, 두 사람 통행세를 내야 합니다."

다리를 지키는 상이군인이 말했다. 장 발장은 이곳을 지나는 게 단서를 주지나 않을까 염려하면서 돈을 주었다. 달아나기 위해서는 언제나 눈치채지 않도록 슬그머니 해야 하는 것이다. 마침 그와 함께 센 강을 건너 오른쪽 강가로 가는 한 대의 짐마차가 있었기 때문에 그 그림자에 숨어서 다리를 지났다.

다리 중간쯤 왔을 때 코제트는 다리가 저리니 걷고 싶다고 해서 그는 아이를 내려 주고 다시 손을 잡고 걸었다. 다리를 건너자 바로 앞쪽 오른편에 치우쳐 목재 저장소가 보여 그는 그쪽으로 갔다. 거기까지 가려면 달빛이 비쳐 제법 넓고 환히 트인 장소를 지나야만 했지만 주저하지 않았다. 뒤를 밟던 자들은 틀림없이 길을 잃었을 테니 이제는 걱정할 것 없다고 믿었다. 물론 아직도 자기를 찾는 걸 그만두지는 않겠지만, 뒤를 밟고 있지는 않을 것이다.

작은 길인 슈맹 베르 생 앙투안 거리가 담으로 둘러싸인 목재 저장소 두 개 사이로 통하고 있었다. 그 길은 좁고 어둠침침한 게 그를 위해 일부러 만든 것 같았다. 그는 그곳에 들어가기 전에 뒤를 돌아다보았다. 그곳에서는 오스테를리츠 다리 전체가 잘 보였는데 네 개의 그림자가 막 다리로 들어서고 있었다. 그 그림자들은 식물원을 등지고, 오른쪽 강가 근처로 오고 있었는데 네 개의 그림자는 바로 네 명의 사나이들이었다.

자기가 코제트의 손을 잡고 달빛 가득한 넓은 빈터를 지나올 때, 저 사나이들이 다리 위에 없었으므로 자기 모습을 보지 못했다는 게 유일한 희망이었다.

그렇다면 눈앞에 보이는 작은 골목길로 들어가 목재 저장소나, 채소밭, 논밭이나, 경작지, 건물이 없는 빈터로 나가게 된다면 달아날 수 있을 듯 했다. 그는 이 조용한 골목길이라면 안심해도 좋을 것 같아 그 곳으로 들어갔다.


## 1727년의 파리 지도를 보라


300걸음쯤 갔을 때 길이 두 갈래로 갈라지는 곳이 나타났다. 둘로 나뉜 길 중 하나는 왼쪽, 또 하나는 오른쪽으로 비스듬하게 뻗어 Y자를 그렸다. 어느 쪽을 택할 것인가? 그는 망설임 없이 오른편을 택했는데 왼편 길은 교외 쪽, 다시 말해서 사람들이 살고 있는 곳으로 통하지만 오른편 길은 시골, 결국 사람이 살지 않는 곳으로 통했기 때문이다.

두 사람은 이제 별로 빨리 걷고 있지 않았는데 코제트 걸음에 맞추느라 장 발장도 걸음이 느려졌다. 그는 다시 코제트를 안아 올렸고 코제트는 노인 어깨에 머리를 기댄 채 한마디도 하지 않았다.

그는 가끔씩 뒤를 돌아보면서 여전히 조심스럽게 어둠이 깔린 쪽을 택해 거리를 걸었다. 그가 걸어온 길은 일직선을 그렸다. 처음에 두서너 번

뒤돌아보았을 때에는 보이는 것도 없고 아주 조용했기 때문에 약간 마음을 놓고 계속 걸었지만 어느 지점에 이르러 갑자기 뒤를 돌아보았을 때, 지금 막 지나온 어둠 속에서 뭔가 움직인 듯한 느낌을 받았다.

그는 걷는다기보다 돌진해 앞으로 나아갔다. 어디서든 길모퉁이를 찾아내고 그곳으로 도망쳐 한 번 더 자취를 감출 작정이었다. 그는 어떤 담에 이르렀지만 막다른 곳은 아니었다. 그것은 지금 장 발장이 들어온 길과 이어져 있는 옆길의 담이었다.

여기서 또 왼쪽으로 갈 건지, 오른쪽으로 갈 건지 결정을 내려야 했다. 오른쪽을 바라보니 그 골목은 창고와 헛간 따위 건물이 있는 사이로 가늘게 뻗어 막다른 길이었고 그 막다른 끝이 크고 높은 하얀 담이라는 게 뚜렷하게 보였다.

왼쪽을 바라보았다. 그쪽 골목은 열려 있는 데다, 200걸음쯤 지나서 또 다른 큰길과 통하고 있어 살아나려면 그쪽으로 가야 했다.

장 발장이 그 골목 저쪽으로 보이는 큰길로 나가기 위해 왼편으로 돌려고 했을 때, 그가 나가려던 큰길과 골목이 마주친 곳 길모퉁이에 뭔가 검은 동상 같은 것이, 움직이지 않고 가만히 서 있는 게 눈에 띄었다. 누군가 있었다. 한 사나이가 그곳을 살피러 와서 통로를 막고 잠복해 있는 것이었다.

장 발장은 뒷걸음질 쳤다. 장 발장이 지금 서 있는 파리의 그곳은 생앙투안 거리와 라페 강변의 중간 정도 되는 곳이며 최근 공사로 지금은 완전히 변해 버렸는데, 어떤 사람들은 그 공사 때문에 더 추하게 되었다고 하는가 하면 어떤 이들은 그 모습이 아주 새로워졌다고도 하는 그런 곳으로 논밭과 목재적재장과 오래 된 건물들은 흔적도 없이 사라졌다.

요즈음은 그곳에 새로운 큰 거리가 몇 개 더 생기고, 경기장과 곡예장, 경마장, 기차역, 마자스 감옥이 있다. 그런 징벌 기관까지 만들어졌으니 과연 진보라고 볼 수도 있겠다.

반세기 전까지만 해도 학술원을 '네 개 국가'라고, 오페라 코미크 극장을 '페도 극장'이라고 부르기를 고집하는 전통 위주의 통속어로, '프티 픽퓌스'라고 불리고 있었다.

생 자크 문, 파리 문, 세르장 성문, 포르슈롱, 갈리오트, 셀레스탱, 카퓌생, 마유, 부르브, 아르브르 드 크라코비, 프티트 폴로뉴, 프티 픽퓌스, 이러한 것들이 파리에 남아 있는 옛 파리의 지명이다. 민중의 기억은 과거의 유물 위를 떠돈다.

게다가 프티 픽퓌스는 다만 그러한 구역이 만들어지기만 했을 뿐 전혀 형태가 갖추어지지 않아 스페인 도시의 수도원 같은 풍광을 지녔다. 길바닥에는 돌도 제대로 깔리지 않았고, 거리에 집들도 드문드문 있는 형국이었다.

지금부터 나오게 될 두서너 개의 작은 거리를 빼고는, 어느 곳을 둘러보아도 담이 보였고 적막하기가 이를 데 없었다. 상점도 없고 마차 한 대도 지나가지 않았다. 겨우 점점이 촛불을 밝힌 창들이 비쳐 보였는데 10시만 넘으면 그마저도 모두 꺼져 버렸다. 정원과 수도원이 있고, 목재 저장소와 채소밭, 그리고 나직한 집들이 이따금 보이고, 집과 같은 높이의 큰 담들이 있는 게 다였다.

지난 세기 이 근처는 그런 모습을 하고 있었다. 그러던 것이 대혁명으로 큰 상처를 입었다. 공화정부의 시 토목과에 의해 파괴되고, 관통되고, 구멍이 뚫렸으며 쓰레기 버리는 곳까지 만들어졌다. 하지만 이것도 지금으로부터 30년 전에 모두 없어지고, 새로운 건물들이 들어서서 지금은 옛날의 흔적 같은 것도 찾기 어려워졌다.

프티 픽퓌스는 오늘날 어떤 지도를 보아도 그 흔적이 없지만, 1727년 파리의 풀라트르 거리와 마주 보는 생 자크 거리의 드니 티에리 서점과, 리옹의 메르시에르 거리에 있는 '프뤼당스'사의 장 지랭 서점에서 발행된 지도에는 제법 분명하게 나타나 있다.

프티 픽퓌스에서 앞서 우리가 Y자형 거리라고 불렀던 것은, 슈맹 베르생 앙투안 거리가 두 개로 갈라졌기 때문이다. 왼쪽은 픽퓌스 골목길, 오른쪽은 폴롱소 거리라고 불렸고 Y자 두 줄기 길은 그 끝이 가로지르는 길과 합쳐졌는데 그 길을 드루아 뮈르 거리라 불렀다. 폴롱소 거리는 거기가 끝이었지만, 픽퓌스 골목길은 거기서도 한참 뻗어 가 르누아르 시장 쪽으로 올라갔다.

센 강 쪽에서 와서 폴롱소 거리 끄트머리에 이르면 왼쪽으로 드루아 뮈르 거리와 통했는데 갑자기 직각으로 구부러지는 바람에 그 거리 담이 바로 눈앞에 나타났으며, 오른쪽으로는 역시 그 드루아 뮈르 거리의 한 도막이 뻗어서 막다른 골목을 이루었는데 '장로 막다른 길'이라고 불렀다. 장 발장이 있는 곳은 바로 그곳이었다.

앞서 말한 것처럼, 드루아 뮈르 거리와 픽퓌스 골목길이 만나는 모퉁이에 서서 지키고 있는 검은 그림자를 보고 장 발장은 뒷걸음질 쳤다. 의심할 여지없이 그는 그 그림자의 사나이로부터 감시당하고 있었다.

어떻게 할까? 뒤로 돌아갈 여유 같은 건 없었다. 조금 전 그의 뒤쪽에서 무언가 움직였던 건 자베르와 그의 부하들일 것이다. 자베르는 지금 아마도 장 발장이 들어온 길 입구에 와 있을 게 틀림없었다.

모든 것을 종합해 볼 때, 자베르는 이 좁은 미로의 지리를 잘 알고 있는 관계로 부하 하나를 보내 처음부터 그 출구를 지키게 한 것 같았다. 그러한 추측이 정확할 거라는 생각이 마치 돌풍에 한 줌의 먼지가 둘둘 말려 하늘로 올라가듯 순식간에 장 발장의 고통스러운 머릿속을 헤집어 놓았다.

그는 장로 막다른 길을 살펴보았지만 거기는 막혀 있었다. 픽퓌스 골목길을 살펴보니 그곳에는 잠복하는 사나이가 있었다. 달빛을 흠뻑 받아 하얗게 보이는 포장도로 위로 그 원망스러운 그늘이 새까맣게 떠올라 있었다.

앞으로 가면 잠복하는 그 사나이 손에 떨어질 것이고, 뒤로 물러서면 자베르에게 몸을 던지는 셈이다. 장 발장은 올가미에 걸렸고 그 올가미가 천천히 죄어드는 듯한 기분에 절망하여 하늘을 바라보았다.

### 암중모색하여 도망치다

지금부터 일어나는 일을 잘 이해하기 위해서는 드루아 뮈르 거리와, 특히 폴롱소 거리에서 드루아 뮈르 거리로 들어가는 왼쪽 모퉁이를 제대로 알고 있지 않으면 안 된다.

드루아 뮈르 거리는 픽퓌스 골목길에 이르기까지, 오른쪽 가장자리에 초라하게 생긴 집들이 다닥다닥 늘어서 있고 왼쪽에는 몇 개의 큰 건물로 이뤄진 꾸밈없는 음산한 건물이 하나 있다. 이 큰 건물들은 픽퓌스 골목으로 다가갈수록 한 층 한 층씩 점점 높아졌다. 결국 그 건물은 픽퓌스 골목 쪽은 상당히 높았으나, 폴롱소 거리 쪽은 꽤나 낮았다.

앞서 말한 그 모퉁이에서는 이 건물이 벽 높이밖에 안 될 정도로 낮아졌다. 그 담은 길과 똑바르게 잇닿아 있는 게 아니라 쑥 들어간 하나의 단면을 이루어 폴롱소 거리와 드루아 뮈르 거리의 안쪽에서 보는 사람이 있더라도, 그 단면은 양쪽으로 튀어나온 두 개 모퉁이 때문에 보이지 않았다.

그 단면의 양쪽 모퉁이에 연결된 담은, 한쪽은 폴롱소 거리 49번지라고 적혀 있는 한 채의 집 쪽으로 뻗어 있고, 다른 한쪽은 드루아 뮈르 거리 쪽인데 그 담이 짧아 앞에서 말했던 그 음산한 긴 건물 쪽으로 늘어져, 그 건물의 박공벽과 더불어 끝이 나면서, 거기서 다시 한길에서 쑥 들어간 공간을 만들어 냈다.

그 박공벽은 아주 음산해 보였는데 하나밖에 없는 창에는 양철판을 덮어씌운 두 장의 들창문이 늘 닫혀 있었다.

여기서 그리고 있는 이 근처의 상황은 대단히 정확한 것이라 옛날에 이 근처에서 살았던 사람들이라면 이것을 보고 매우 뚜렷한 기억을 불러일으키게 될 게 틀림없을 것이다. 앞에서 말했던 그 담의 단면은 그 전체가 그냥 그대로 크고 보잘것없는 커다란 문 같은 것이었다. 그것은 수많은 판자를 바로 세워 붙여 놓은 것 같이 볼 품 없는 것으로 위 판자가 아래 판자보다 넓었고 모두 기다란 쇠 띠를 가로질러 붙여 놓았다. 한쪽 옆에 보통 크기의 정문이 있었는데, 그것은 분명 50년 이상은 돼 보이지 않았다.

보리수 한 그루가 그 담의 단면 위로 가지를 뻗었고, 폴롱소 거리 쪽 담은 담쟁이덩굴로 뒤덮인 상태였다.

절박한 위험에 놓인 장 발장은 어쩐지 사람이 살고 있지 않는 듯한 그 음산한 건물의 적막함이 마음에 끌렸다. 그는 재빨리 그 건물을 눈으로 살폈는데 순간적으로 만약 그 안으로 들어갈 수만 있다면 틀림없이 달아날 수 있겠다는 생각과 희망이 생겼다.

드루아 뮈르 거리에 면한 이 건물 정면의 중간쯤에는, 각 층마다 창에는 모두 납으로 된 오래된 깔때기 모양 빗물 통이 달렸다. 중앙의 큰 파이프에서 그 빗물 통 하나하나로 연결된 여러 가지 색 파이프가 건물 정면에 마치 나뭇가지처럼 떠오른 듯 보였다. 그 수많은 파이프 가지는 오래된 농가의 정면 벽에 서로 얽혀 있는 포도나무 덩굴을 떠올리게 했다.

이 함석과 쇠 가지가 붙은 기묘한 담장 나무가 장 발장의 눈을 사로잡았다. 그는 코제트를 경계석 위에 등을 기대어 앉히고 조용히 있으라고 하고는, 그 빗물 통이 길바닥에 닿아 있는 곳으로 뛰어 갔다. 분명히 거기서 기어 올라가 안으로 들어갈 수 방법이 있을 거라고 생각했지만 빗물 통은 삭아서 쓸모가 없었고 벽면에서 거의 다 빠져나와 건들거렸다. 게다가 기괴한 집 창들은 모두 지붕 밑 창까지도 굵은 철망으로 덮여 있었다.

거기에 달이 그 정면을 환하게 비추고 있어 기어오르기라도 한다면 길 모퉁이에서 지키고 있는 사나이에게 발각될 염려가 있었다. 그리고 코제트는 어떻게 할 것인가? 코제트를 4층 건물의 옥상까지 무슨 방법을 써서 끌어올린단 말인가?

그는 빗물 통을 기어오르려던 계획을 단념하고 벽을 따라 기어서 폴롱소 거리로 되돌아왔다. 코제트를 남겨 둔 벽의 단면까지 왔을 때, 그는 그곳이 어느 쪽에서도 보이지 않는다는 생각이 들었다. 조금 전에 설명한 것처럼 그곳은 어느 쪽에서 봐도 보이지 않게 되어 있었다. 그곳은 어둡게 그늘까지 져 있는 상태였다.

그리고 또 거기에는 문이 두 개가 있어 억지로 열면 열릴 가능성도 있었다. 담 위로 보리수와 등나무가 뻗어 있는 것으로 보아 그 안쪽은 분명 정원인 것 같았다. 나무에는 아직 잎이 돋아나지 않았지만, 적어도 그곳에 숨어 날이 밝는 것을 기다릴 수는 있을 거라는 생각이 들었다.

시간이 흐르고 있으니 서둘러야 했다. 정문을 살펴보았는데 드나들지 못하게 안팎으로 잠겨 있다는 걸 금방 알 수 있었다. 그는 그래도 희망을 잃지 않고 또 다른 큰 문으로 다가갔다. 그것은 형편없이 낡았고, 문이 큰 만큼 더욱 허술하게 보였다. 판자는 썩었고 세 개뿐인 쇠 장식도 녹슬었다. 이렇게 벌레에게 파 먹힌 문이라면 부수고 들어갈 수도 있을 것 같았지만 자세히 살펴본 결과 그것은 문이 아니었다. 손잡이도, 자물쇠도, 한가운데 벌어진 틈조차도 없었다. 쇠 띠가 이 문 한쪽에서 다른 한쪽으로 죽 가로질렀다.

그는 부서진 판자 틈 사이로 아무렇게나 시멘트로 쌓아 올린 돌들이 보였다. 문같이 보였던 게 실은 돌담의 겉 부분을 나무로 입혀 놓았다는 걸 알게 된 장 발장은 당황스러웠다. 판자를 한 장 떼어 내기는 쉬웠지만, 그렇게 해 봐야 다시 벽에 부딪힐 뿐이었다.

## 가스등이 있었다면 불가능한 일

그때 바로 앞에서 규칙적이고 무거운 발자국 소리가 들렸다. 장 발장이 위험을 무릅쓰고 잠시 내다보니 칠팔 명의 병사가 정연한 대열을 갖추고 지금 폴롱소 거리로 막 들어서고 있었다. 총검이 반짝이는 것도 볼 수 있었는데 그들은 그가 있는 곳을 향해 오는 중이었다.

그 병사들은 키가 큰 자베르를 선두로 천천히 조심스럽게 다가왔다. 그 병사들은 여러 번 걸음을 멈추고 담의 구석진 곳과 문, 골목 어귀 등을 샅샅이 살폈다.

그들은 자베르가 도중에서 만나 도움을 부탁한 순찰대일 것이다. 그 추측은 사실이었으며 자베르의 부하 두 사람도 그 대열에 합류한 채 다가왔다. 그들이 자주 걸음을 멈추는 것으로 봤을 때, 장 발장이 있는 곳까지 당도하려면 아직 15분 정도가 더 소요될 것 같았다.

몸서리쳐지는 순간이었다. 몇 분의 시간 차를 두고 저 소름 끼치는 절벽이 세 번째 입을 벌리고 장 발장 앞에 있었던 것이다. 이번에 겪어야 할 형벌은 그냥 형벌이 아니고 코제트를 영원히 잃어버리게 되는 형벌이었으며 그것은 곧 무덤 속과 같은 생활이 될 터였다.

이제 가능한 길은 하나뿐이었다. 장 발장에게는 배낭을 두 개 가졌다고도 할 만큼 독특한 구석이 있었다. 하나의 배낭 속에는 성자의 생각이, 또 하나의 배낭 속에는 죄수의 무서운 재능이 들어 있었는데 때에 따라서 그 어느 쪽이든 뒤져서 찾아냈다.

툴롱 감옥에서 몇 번 탈옥한 덕분에 그는 여러 가지 수법을 터득했는데 그중에서도 특히 기어오르는 기술은 믿을 수 없을 만큼 뛰어나, 사다리나 밧줄이 없어도 단지 근육의 힘만으로 목과 어깨와 허리와 무릎으로 몸을 버텨 가며, 돌의 울퉁불퉁함을 이용해 벽의 반듯한 모서리를 어떤 때는 7층 높이까지라도 기어오를 수 있다는 것을 독자들은 기억하고 있을 것이다.

지금으로부터 20년쯤 전에는 죄수 바트몰이 이 기술을 이용해서, 콩시에르주리 감옥 마당에서 벽 모서리를 타 넘어 탈출했기 때문에 그 벽이 아주 유명해진 일도 있었다.

장 발장이 보리수 가지가 뻗어 나온 담의 높이를 어림짐작해 보니 18피트쯤 되었다. 그 담이 커다란 건물의 박공벽과 잇닿아 있는 모퉁이 아래 구석진 곳에 삼각형으로 돌이 쌓여 있었는데 너무 깊숙한 구석이라서 통행인들이 너무 편하게 용변을 보는 것을 막기 위한 장치인 것 같았다. 파리에서는 이렇게 벽의 구석진 곳을 막아 놓은 것은 쉽게 볼 수 있다.

그 구석진 곳에 놓인 돌은 5피트 정도의 높이였다. 그 위에서 담 꼭대기까지는 14피트쯤밖에 되지 않았는데 담 위에는 편편한 돌이 놓여 있을 뿐, 기와 같은 것은 얹지 않은 상태였다. 하지만 코제트가 문제였다. 코제트는 담을 기어오를 수 없으니 버리고 갈 것인가? 장 발장은 그런 생각은 꿈에도 해 보지 않았다. 그렇다고는 해도 코제트를 데리고 담을 기어오른다는 건 불가능한 일이었다. 이 엄청난 일을 해내기 위해서는 혼자서 최선을 다해야만 되었으며 조그마한 짐이라도 있을 경우엔 중심을 잃고 아래로 굴러 떨어질 게 뻔했다.

하지만 줄이라도 있으면 가능할 것 같았다. 장 발장은 줄이 없었다. 이 한밤중에 폴롱소 거리 어디에서 줄을 구할 것인가? 그 순간에 만약 장 발장이 왕국이라도 가지고 있었다면, 한 가닥의 줄을 위해서 왕국마저 버렸을 것이다.

발등에 불이 떨어졌을 때는 언제나 머리에 번갯불 같은 번뜩임이 생겨 어떤 때는 사람을 장님으로 만들기도 하고, 어떤 때는 길을 비춰 주기도 한다. 절망적인 장 발장의 시선은 어느덧 장로 막다른 길의 T자 모양 가로등 기둥 위를 바라보았다.

그즈음 파리 거리에는 가스등이 없었다. 해가 지면 일정한 간격을 두고 배치된 램프에 불이 켜졌는데 그것은 줄을 사용하여 오르내려졌으며, 그 줄은 기둥 구멍을 통해 양쪽에서 기둥을 중심으로 팽팽하게 뻗어 있었다. 그 줄을 올렸다 내렸다 하는 회전 고리는 가로등 아래 조그만 쇠상자 속에 담겨 있었으며, 그 상자 열쇠는 가로등 관리인이 간수했고 그 줄은 어느 높이까지는 금속을 입혀서 보호했다.

장 발장은 온 힘을 다해 거리를 단번에 뛰어넘고 막다른 길로 들어서서, 나이프 끝으로 조그만 상자의 자물쇠를 벗기고, 순식간에 코제트 곁으로 되돌아왔다. 손에는 가로등 줄이 들려 있었다. 온갖 방법을 찾아내는 그늘진 세계 사람들은 뒷걸음칠 수 없는 운명과 부딪혔을 때 어떤 일이든 순식간에 해치워 버렸다.

앞에서도 말했지만 이날 밤에는 가로등이 켜져 있지 않았다. '장로 막다른 길' 가로등도 물론 마찬가지로 꺼져 있었고, 누군가 그 곁을 지나간다 해도 가로등에 불이 켜 있지 않은 것에 신경 쓰는 사람은 없었을 것이다.

한편 그 시간과 장소와 어둠, 그리고 장 발장이 뭔가에 열중해 움직이는 거며, 그의 기묘한 행동, 그가 이리저리 왔다 갔다 하는 모양들이 점점 코제트를 불안하게 만들었다. 다른 아이 같았으면 벌써 큰 소리로 울어 댔을 테지만 코제트는 다만 장 발장의 프록코트 자락을 잡을 뿐이었다.

순찰대와 자베르가 다가오는 발자국 소리는 점점 뚜렷하게 들렸다.

"아버지, 무서워요. 저기서 오는 사람들은 누군가요?"

코제트가 낮은 소리로 물었다.

"쉿! 테나르디에 아주머니가 오고 있는 거란다."

불행한 사나이가 대답했다. 코제트는 몸을 떨었다. 사나이는 덧붙여 말했다.

"조용히 있어라. 내게 맡겨 두렴. 소리를 내거나 울거나 하면, 테나르

221

디에 아 주머니가 숨어서 기다리고 있다가 틀림없이 너를 다시 데려갈 테니!"

그리고는 그다지 서두르지도 않고, 하지만 무엇 하나 결코 되풀이하는 법 없이 교묘하고 정확한 손재주로, 순찰대와 자베르가 언제 들이닥칠지 모르는 위급한 상황이라 더욱 놀라웠는데, 그는 자기 넥타이를 끌러 그 것을 코제트의 겨드랑이 밑으로 둘러서 아프지 않도록 주의하며 단단히 잡아매고는, 뱃사람들이 제비매듭이라고 부르는 매듭으로 그 넥타이를 줄 한쪽 끝에 매고 줄의 또 한쪽 끝을 자기 입에 문 뒤에 구두와 양말을 벗어서 담 너머로 던지고 구석진 곳에 쌓인 돌 위로 뛰어올랐다.

그다음에는 담과 박공벽과의 모서리를 마치 뒤꿈치와 팔꿈치를 사다리에 걸친 듯 힘차고 정확한 동작으로 기어올랐다. 30초도 채 못 되는 사이에 그는 담 꼭대기에 무릎을 걸쳤다. 코제트는 어리둥절하여 입도 벙긋 못하고 그를 쳐다보고만 있었다.

장 발장이 했던 말과 테나르디에 아주머니라는 그 이름이 그 아이를 꼼짝 못 하게 만들었던 것이다. 갑자기 코제트는 여전히 아주 낮은 목소리로 장 발장이 말하는 걸 들었다.

"담에다 등을 붙이거라."

코제트는 시키는 대로 했다. 장 발장이 다시 말했다.

"아무 말도 해서는 안 된다! 겁내지도 말고."

코제트는 몸이 땅바닥에서 끌려 올라가는 걸 느꼈다. 스스로 깨닫기도 전에 아이는 담 위로 올라갔다. 장 발장은 코제트를 등에 업은 뒤 그 조그만 두 손을 왼손으로 쥐고는, 배를 담 위에 딱 붙이고 기어가 담 위 쑥 들어간 단면이 있는 곳에 다다랐다.

그가 짐작한 대로 그곳에는 집이 한 채 있었는데 그 지붕이 판자를 붙인 돌담 위로부터 보리수를 스치며 땅바닥 가까운 곳까지 꽤 완만한 경사로 뻗어 있었다. 다행스럽게도 담은 이 울안에서는 밖에서 본 것보다 훨씬 더 높았다. 장 발장이 내려다보니 아래로 꽤 깊어 보였다.

그가 지붕의 경사진 변에 막 도착하여 아직 담 뒤에서 손을 떼지 않았을 때, 밤공기를 휘젓는 소란함으로 순찰병들이 담 밖에 도착했다는 걸 알 수 있었다. 벼락 치는 듯한 자베르의 목소리가 들렸다.

"막다른 길을 찾아봐! 드루아 뮈르 거리도 픽퓌스 골목길도 지키고 있으라고. 골목 안에 틀림없이 있을 거다."

순찰병들은 장로 막다른 길 안으로 뛰어 들어갔다. 장 발장은 코제트를 업은 채 지붕을 타고 내려 보리수를 붙잡고 땅 위로 풀썩 뛰어내렸다. 무서워서인지 긴장된 탓인지 코제트는 숨죽이고 있었고 두 손에는 조금 긁힌 자국이 나 있었다.


## 수수께끼의 시작


장 발장은 넓고 탁 트였지만 이상스럽게 긴 정원 안에 들어와 있었다. 마치 겨울밤에나 바라보려고 만들어 놓은 것 같은 쓸쓸한 정원이었다. 직사각형으로 안쪽에 키가 큰 포플러가 나란히 선 오솔길이 있고, 구석구석에는 꽤 키 큰 나무숲이 있었다. 한가운데는 탁 트인 빈터였는데 그곳에는 하늘을 가리듯 서 있는 큰 나무 한 그루, 커다란 덤불처럼 뭉쳐서 빽빽하게 나 있는 과실수 몇 그루, 네모진 채소밭과 여러 개의 종 모양 유리 덮개가 달빛을 받으며 빛나는 멜론밭, 그리고 해묵은 웅덩이 같은 것들이 보였다.

여기저기에 돌로 만든 벤치가 있었지만 새까맣게 이끼가 낀 것 같았다. 오솔길에는 키가 작고 거무칙칙한 떨기나무들이 똑바로 줄을 맞춰 서 있었고, 마당의 반은 잡초가, 그 나머지 반은 푸른 이끼가 뒤덮었다.

장 발장의 옆에는 지금 그 지붕을 타고 내려온 집, 산더미처럼 쌓인 장작, 그리고 그 장작 뒤로 석상 한 개가 담에 딱 붙어 서 있었다. 부서져서 흉측한 가면 같은 석상의 얼굴이 어둠 속에 희미하게 보였다.

창고처럼 생긴 그 집은 형편없이 낡아서 벽이 떨어진 방들이 몇 개 보였는데, 그중 하나는 무엇인가 물건이 꽉 들어차 헛간으로 사용하는 듯했다.

픽퓌스 골목길 쪽으로 구부러지며 계속되고 있는 드루아 뮈르 거리의 커다란 건물이 직각을 이룬 두 개의 정면으로 이 정원을 둘러쌌다. 그 안쪽 정면은 바깥쪽 정면보다 훨씬 더 삼엄하다는 느낌을 주었다. 어느 창문에나 모두 철망이 쳐져 있고, 불빛 하나 없었다. 위층 창에는 마치 감옥처럼 겉창이 달려 있어 달빛이 비치는 지금은 한쪽 정면 그늘이 다른 정면으로 떨어지고, 그것이 다시 마당에 떨어지면서 커다란 검은 보자기를 펼쳐 놓은 것처럼 보였다.

그 밖에 다른 집은 보이지 않았다. 정원 안쪽은 안개와 어둠 속에 파묻혔다. 하지만 담 몇 개는 어렴풋이 보였고, 그것들이 서로 마주친 것으로 볼 때 저쪽으로는 밭이 있는 것 같았다. 또 폴롱소 거리의 그 나지막하게 늘어선 지붕들도 볼 수 있었다.

이 정원보다 더 황량하고 적막한 곳은 생각하기도 힘들 정도였다. 사람 그림자가 하나도 없는 것은 그럴 시간이니 당연하겠지만, 설사 대낮이라 해도 사람이 걸어 다닐 만한 곳은 못 되는 것 같았다.

장 발장이 맨 처음 생각한 것은, 구두를 찾아 신고 코제트와 함께 헛간 속으로 들어가는 것이었다. 도망자들은 아무리 몸을 잘 숨겨도 그것으로 충분하다고 생각지 않는다. 코제트는 아직도 테나르디에 아주머니를 생각하고 있었기에 그와 마찬가지로 가능한 만큼 몸을 조그맣게 움츠리고 떨면서 그에게 꼭 달라붙었다.

밖에서는 막다른 길과 거리를 찾아 헤매는 순찰병들의 소란스런 소리가 들렸다. 개머리판이 돌에 부딪치는 소리, 잠복시켰던 부하들을 불러내는 자베르의 목소리와 뚜렷하지는 않지만 호통 치는 듯한 소리가 들렸다.

15분쯤 뒤에는 그 소란스러운 소리도 점점 멀어져 갔다. 그는 언제부터인지 코제트의 입에다 손을 대고 있었다. 게다가 그가 몸을 숨기고 있는 이 인기척 없는 마당은 신비할 만큼 고요했으므로, 바로 눈앞에서 벌어진 그토록 격렬했던 무서운 소란도 이곳에서는 조금도 불안하게 느껴지지 않았다. 마치 이 집 담이 성서에 나오는 침묵의 돌로 만들어져 있는 듯 했다.

갑자기 그 고요를 뚫고 새로운 소리가 들려왔다. 뭐라 표현할 수 없는 맑고 숭고한 소리, 앞서 들린 소리가 그토록 무서웠던 만큼 말할 수 없을 만큼 기쁜 소리였다. 그것은 어둠 속에서 들려오는 찬미가, 어둡고 무서운 밤의 고요 속에서의 기도와 화음 을 내는 소리였다.

여자들 목소리, 그것도 동정녀의 맑은 음조와 소녀의 천진한 음색이 곱게 뒤섞인 목소리, 이 세상 것이 아닌 듯한 목소리, 갓 태어난 아기 귀에는 아직도 쟁쟁하고, 죽어 가는 사람들 귀에 이미 들리기 시작하는 그 소리와 비슷했다. 그 노랫소리는 정원에 우뚝 솟은 검은 건물에서 흘러나왔다. 악마들의 소란이 멀어지자 천사들의 합창이 어둠 속으로부터 다가오는 것 같았다.

코제트와 장 발장은 무릎을 꿇었다. 두 사람은 그것이 무엇인지, 자신들이 지금 어디 있는지도 몰랐지만 두 사람 모두, 이 어린아이도 노인도, 천진난만한 사람이나 회개한 사람도 무릎을 꿇어야만 하는 거라고 느꼈다.

그런 소리가 들려왔어도 건물은 여전히 인기척이 없는 것 같았다. 사람이 살지 않는 집 안에서 울리는 초자연적인 노랫소리라고나 할까. 그러한 찬미가 들려오는 동안 장 발장은 이미 아무것도 걱정하지 않았다.

그는 이미 밤이 아니라 푸른 하늘을 바라보았다. 그는 어떤 사람이나 모두 자기 안에 지닌, 저 하늘을 나는 날개가 펼쳐지는 것을 느끼고 있는 것만 같았다.

노래가 그쳤다. 그것은 어쩌면 제법 긴 시간 동안 계속되었을지도 모르지만 장 발장에게는 어느 정도였는지 짐작할 수 없었다. 황홀한 시간은 아무리 길어도 한순간으로 여겨지는 법이다.

모든 것은 또다시 고요해졌다. 이젠 거리에도 정원에도 아무런 기척이 느껴지지 않았다. 마음을 졸이게 하는 것, 안심시키는 것이 다 사라졌다. 담 위에 있는 가련하게 시든 풀을 바람이 흔들어 쓸쓸하고 처량한 소리를 내고 있었다.


## 수수께끼의 계속


밤의 북풍이 일기 시작한 것으로 봐서는 이미 새벽 1시와 2시 사이가 된 게 틀림없었다. 불쌍하게도 코제트는 한마디도 하지 않았다. 장 발장은 그 아이가 자기 옆 땅바닥에 앉아 머리를 기대고 있었기 때문에 이미 잠든 것으로 짐작했다. 그는 몸을 구부려 들여다보았는데 코제트는 잠들기는커녕 눈을 크게 뜨고 어떤 생각에 빠져 있었다. 장 발장은 그것을 보자 가슴이 아려 왔다. 코제트는 아직도 떨었다.

"잠이 안 오니?"

장 발장이 말했다.

"너무 추워요."

코제트가 대답했다. 잠시 뒤에 그 아이가 다시 말했다.

"아직도 저기 있나요?"

"누굴 말하는 거니?"

"테나르디에 아주머니요."

장 발장은 코제트의 입을 막으려고 했던 그 말을 벌써 잊고 있었다.

"아, 아주머니는 이제 가 버렸단다. 무서워할 것 없어."

코제트는 가슴에서 무거운 짐을 내려놓은 것처럼 겨우 숨을 몰아쉬었다. 땅바닥이 축축하고 헛간 속은 사방이 트여 있는 까닭에 북풍은 점점 더 차갑게 느껴졌다. 장 발장은 프록코트를 벗어 코제트를 감싸 주었다.

"이제 조금 따뜻하지?"

"네, 아버지."

"그럼 잠깐만 기다리렴. 내 금방 다녀오마."

그는 그 헛간을 나와 더 좋은 장소가 없을까 하고 큰 건물을 따라 걸었다. 문은 몇 개나 있었지만 모두 잠겨 있었고 아래층 창문에는 죄다 철망이 씌워져 있었다.

건물 안쪽 모퉁이를 돌아 몇 개의 아치형 창문이 있는 곳까지 나와 보니 불빛이 보였다. 그는 뒤꿈치를 들고 창문을 통해 안을 들여다보았다. 그 창문들은 모두 꽤 넓은 하나의 방에 달려 있었는데 넓은 방 안에는 바닥에 커다란 돌이 깔렸고, 여러 개의 기둥과 아케이드로 나뉘어졌고, 희미한 불빛 하나와 커다란 그림자 말고는 어떤 것도 분간하기 어려웠다. 빛은 구석에 켜 놓은 한 개의 장명등에서 흘러나왔다.

방 안에는 인기척이 전혀 없었고, 움직이는 것도 아무것도 없었다. 그러나 자세히 들여다보고 있자니 마룻바닥 돌 위에 수의에 덮인 사람 같은 모습이 보이는 것 같았다. 그것은 엎드린 채 얼굴을 바닥 돌에 붙이고, 팔을 열십자로 벌리고 죽은 듯 움직이지 않았다. 마치 뱀 같은 모양으로 바닥 위를 기는 것 같았고, 그 이상스런 형상 목에는 줄이 매여 있는 것처럼 보였다. 넓은 방 안에는 빛이 흐르는 곳이면 당연히 있게 마련인 안개 같은 것이 자욱해서 한층 두려운 생각이 들게 만들었다.

장 발장 자신이 그 뒤에도 여러 번 말한 것처럼, 그는 평생을 통해 온갖 처참한 광경을 보았어도 그 어둠침침한 장소에서 그런 수수께끼 같은 사람의 모습이 뭔가 이유를 알 수 없는 신비를 행하고 있는 것을 한밤중에 들여다본 이때만큼 온몸이 얼어붙을 정도로 무서움을 느낀 적은 한 번도 없었다.

그것이 아마 죽어 있을지도 모른다고 생각하니 등골이 오싹했지만, 어쩌면 살아 있을지도 모른다고 생각하는 건 더욱 무서웠다. 그는 정신을 가다듬고 유리창에 이마를 댄 채 그것이 움직이는지 아닌지 살펴보았다. 상당히 오랫동안 그렇게 엿보았으나, 길게 늘어져 있는 그 형상은 조금도 움직이지 않았다.

갑자기 그는 표현할 길 없는 무서움에 사로잡혀 달아났다. 뒤를 돌아볼 용기마저 잃어버리고 헛간 쪽을 향해 뛰었다. 만일 뒤돌아보면 그 형상이 팔을 흔들면서 성큼성큼 뒤쫓아 오는 걸 볼 것만 같았다. 그는 단숨에 헛간으로 되돌아왔는데 무릎이 절로 구부러지고 허리에는 식은땀이 흘렀다.

여기가 어딜까? 파리 한복판에 이런 묘지 같은 데가 있을 거라고 누가 상상이나 할 수 있었을까? 이 기묘한 집은 대체 뭐지? 밤의 신비로 넘치는 건물, 천사들의 노랫소리로 어둠 속에서 사람의 마음을 끌어들이는 집, 게다가 가까이 다가가면 갑자기 나타나는 저 무서운 광경, 천국의 빛나는 문이 열리는가 싶었는데 별안간 무서운 무덤의 문이 열리고! 그런데도 그것은 분명 현실에 존재하고 있는 건물이자 한 거리에 뚜렷한 번지를 가지고 있는 하나의 집인 것이다! 꿈이 아니다! 꿈이 아니라는 걸 믿기 위해서 그는 그 집 돌에 손을 갖다 대봐야야 했다.

추위와 걱정과 불안, 그 밤의 여러 가지 격렬한 감정으로 인해 그의 몸에서는 열이 났으며 그의 머릿속에는 온갖 생각들이 얽혀 있었다.

그는 코제트에게 다가갔다. 코제트는 잠들어 있었다.

## 더욱 깊어지는 수수께끼

코제트는 돌 하나를 베개 삼고 잠들어 있었다. 그는 그 곁에 앉아서 코제트를 들여다보았다. 그 아이를 바라보고 있는 동안 차츰 기분이 가라앉아 마음의 여유를 되찾았다. 그는 하나의 진실, 앞으로 자기 생활의 근본이 될 것을 확실하게 깨달았다. 코제트가 있는 한, 그 아이를 곁에 두고 있는 한, 자기는 오직 코제트를 위해서만 뭔가를 구할 것이고, 자기가 두려워하는 것도 오직 이 어린아이를 위해서일 뿐이라는 것이다. 프록코트를 벗어서 코제트를 감싸 주었는데도 그는 별로 추위를 느끼지 못했다.

그가 그런 생각에 빠져 있는 동안 조금 전부터 묘한 소리가 들렸는데 마치 방울을 흔들고 있는 것 같았다. 정원에서 나는 그 소리는 아득하지만 또렷하게 들렸다. 그것은 밤의 목장에서 가축 목에 달린 방울이 흔들리는 희미한 음악 소리와도 비슷했다. 그 소리를 듣고 장 발장이 돌아다보았는데 눈을 비비며 잘 살펴보니까 정원 한복판에 누군가 서 있는 게 보였다.

남자라고 짐작되는 희미한 그림자가 멜론밭의 종 모양 유리 덮개 사이를 걸으며 규칙적인 동작으로 일어서기도 하고 몸을 굽히기도 하고 멈추기도 하고 뭔가를 땅 위로 끌기도 하고 펼치기도 하는 것처럼 보였다.

장 발장은 불행한 자들이 끊임없이 떠는 것처럼 몸을 부르르 떨었다. 그들은 모든 것들이 자신에게 적의를 품는 것 같고 모든 게 의심스럽게 여겨진다. 사람 눈에 띄기 쉽다고 해서 대낮을 싫어하고, 갑자기 습격당하기 쉽다고 해서 밤을 싫어한다. 장 발장은 조금 전에는 정원 안에 인기척이 없는 것을 무서워했지만, 이번에는 정원 안에 누가 있다는 것이 무서웠다.

환영처럼 스며든 무서움은 이제 현실적인 무서움으로 바뀌었다. 자베르와 형사들은 아마도 아직 철수하지 않고 틀림없이 거리나 골목에 감시하는 사람을 남겼을 것이다. 자기가 정원 안에 있는 것을 저 사나이가 발견하고 도둑이야 하고 소리치며 자신을 그들 손에 넘겨주게 될 것이다.

그는 자고 있는 코제트를 살그머니 안아서 헛간 가장 깊은 곳, 구석에 가구가 쌓인 뒤로 옮겼지만 코제트는 꼼짝도 하지 않았다. 그는 그곳에서 멜론밭에 있는 사나이의 행동을 지켜보았는데 이상하게도 방울 소리는 그 사나이가 움직일 때 났다. 사나이가 가까워지면 방울 소리도 함께 가까워지고, 사나이가 멀어지면 방울 소리도 그만큼 멀어졌다. 사나이가 빠르게 움직이면 방울도 그만큼 떨면서 소리를 내고 사나이가 멈춰 서면 방울 소리도 그쳤다. 분명 방울은 그 사나이에게 달려 있는 모양이었다.

만약 그렇다면 그것은 대체 무슨 뜻일까? 염소나 소처럼 방울을 단 저 사나이는 대체 어떤 사람일까? 그런 의문을 품으면서 그가 코제트의 두 손을 만져 보니 얼음처럼 차가웠다.

"앗, 이래서는 안 되겠군! 코제트, 코제트."

그는 나직한 목소리로 불렀다. 코제트는 눈을 뜨지 않았다. 그가 마구 흔들었는데도 그 아이는 눈을 뜨지 않았다.

"죽은 것일까?"

그가 중얼거리고는 머리에서 발끝까지 떨면서 일어섰다. 무서운 생각들이 복잡하게 얽혀 그의 머릿속을 지나갔다. 쓸데없는 상상이 격노한 한 떼의 복수의 여신들처럼 밀어닥쳐서 두뇌의 벽을 마구 부수려는 때가 있는데, 그것이 사랑하는 사람의 신상에 대한 일일 경우 아무리 조심성 있는 사람이라 하더라도 온갖 미친 생각을 다 해 보는 것이다.

# 방울을 단 사나이

그는 추운 밤에 문 밖에서 잠드는 것이 생명에 치명적일 수도 있다는 생각이 들었다. 코제트는 핼쑥한 얼굴로 그의 발아래 땅바닥에 축 늘어진 채 움직임이 없었다. 숨소리를 들어 보니 아직 숨은 쉬고 있었지만 그것도 겨우 지속되는 것이라 금방이라도 멎을 것만 같았다.

어떻게 하면 몸을 따뜻하게 해 줄 수가 있을까? 어떻게 하면 의식을 되찾게 할 수 있지? 그 외의 모든 생각들은 그의 머릿속에서 사라졌다. 무슨 일이 있어도 15분 안에 코제트를 불 옆으로 옮겨 놓아야만 했다.

장 발장은 정원에 있는 사나이에게 똑바로 다가갔는데 손은 주머니에 넣어 둔 돈뭉치를 쥐고 있었다. 사나이는 얼굴을 숙이고 있었기에 그가 다가오는 것을 모르고 있었다. 장 발장은 성큼성큼 걸어서 사나이 바로 앞에 이르렀고 가까이 다가가서 소리쳤다.

"100프랑!"

사나이는 소스라치게 놀라며 고개를 들었다.

"100프랑을 주리다. 오늘 밤 나를 재워 준다면!"

장 발장이 말했다. 달빛이 당황한 장 발장의 얼굴을 똑바로 비추었다.

"아니, 마들렌 씨 아닙니까?"

사나이가 말했다. 이런 한밤중에, 모르는 곳에서, 낯선 사나이에게 마들렌이라는 이름으로 불리자 장 발장은 뒷걸음질 쳤다.

그는 모든 것을 각오한 터였지만 이것만은 참으로 뜻밖의 일이었다. 그 말을 한 사나이는 허리가 구부러진 절름발이 노인으로 농부 같은 모습을 하고 왼쪽 무릎에는 가죽을 댔는데 거기에 제법 커다란 방울을 달고 있었다. 얼굴은 그늘져 있어 알아보기가 어려웠다.

한편 노인은 모자를 벗고 부들부들 떨면서 외쳤다.

"세상에! 마들렌 씨, 어떻게 이곳엘 다 오신 겁니까? 대체 어디로 들어

오셨어요? 하늘에서 내려오셨습니까? 그러실 겁니다. 네, 당신께서 오셨다면 하늘에서 내려온 게 틀림없으시겠지요. 그런데 그 모습은 뭐란 말입니까? 넥타이도, 모자도, 웃옷도 없군요! 아니, 모르는 사람 같으면 놀라 자빠지겠습니다. 웃옷도 안 입으시다니! 아니, 아니, 요즈음은 성자 같은 분들이 더 뜻밖의 일을 잘하시나 봅니다. 그런데 대체 어떻게 여길 들어오셨어요?"

말들이 마구 쏟아졌다. 노인은 시골 사람처럼 빠르게 말했지만, 상대를 조금도 불안하게 만들지는 않았다. 말속에 그저 놀라움과 순박함이 뒤섞여 있을 뿐이었다.

"댁은 누구십니까? 이 집은 또 뭘 하는 곳인가요?"

장 발장이 물었다.

"이거, 정말 놀랐군요! 저는 당신이 여기에 넣어 준 사람이고, 이 집은 당신께서 저를 넣어 준 집이잖아요. 그런데 저를 몰라보시는 겁니까?"

노인은 소리쳤다.

"모르겠는데. 당신은 나를 어떻게 알고 있다는 겁니까?"

"당신께서 제 생명을 구해 주셨습니다."

그 사나이가 몸의 방향을 바꾸자 달빛이 그의 옆얼굴을 비춰 주었다. 그제야 장 발장은 포슐르방 노인이라는 걸 알아보았다.

"호! 당신이었군요? 음, 생각이 나네요."

"이제야 아셨습니까?"

노인이 나무라듯 말했다. 장 발장은 다시 말을 이었다.

"여기서 뭘 하고 있는 거요?"

"보시는 것처럼 멜론을 가꾸고 있지요."

그러고 보니 장 발장이 다가와 말을 걸었을 때, 포슐르방 노인은 손에 가마니 끝을 잡고 그것을 멜론밭 위에 덮고 있는 참이었는데 한 시간쯤 전부터 정원에 나와 이미 꽤 많은 가마니를 펼쳐 놓았다. 장 발장이 헛간 안에서 살폈던 그의 기묘한 동작은 그런 일을 하고 있었기 때문이었다.

노인이 계속해서 말했다.

"저는 달이 밝아서 서리가 내릴 것 같으니 나의 멜론에게 외투를 입혀 줘야겠다 생각했습지요."

그는 너털웃음을 웃고 장 발장을 바라보며 덧붙였다.

"당신한테도 입혀 드려야 할 것 같군요! 그런데 여기엔 대체 어떻게 오신 겁니까?"

장 발장은 지금 이 노인은 자기를 알고 있으며, 적어도 마들렌이라는 이름으로 알고 있다는 사실 때문에 몹시 조심스레 말했다. 장 발장은 여러 가지 질문을 퍼부었다. 이제 질문을 던지는 것은 침입자인 장 발장이니 이상하게도 역할이 거꾸로 바뀌어 버린 것 같았다.

"당신이 달고 있는 그 방울은 대체 뭡니까?"

"이거요? 이건 사람이 피하라고 달고 있는 거지요."

포슐르방이 대답했다.

"흠, 당신을 피하게 만들기 위한 거라 말이오?"

포슐르방 노인은 무어라 설명할 수 없을 만큼 눈을 가늘게 떠 보였다.

"맞습니다요! 이 집에는 여자들만 있거든요. 그것도 아주 젊은 처녀들만 많이 있답니다. 저와 마주치는 게 위험하다고 해서 방울로 알려 주는 거지요. 방울 소리가 나면 모두 달아나 버립니다요."

"이 집은 대체 무슨 집이란 말이오?"

"저런, 잘 아시면서!"

"아니, 전혀 모르겠소."

"저를 이 집 정원사로 넣어 주셨으면서도……."

"내가 말이오? 전혀 모르겠으니 어서 말해 보시오."

"그렇다면 말씀드리지요. 여기는 프티 픽퓌스 수도원이랍니다."

그제야 장 발장의 기억이 되살아났다. 우연하게도, 다시 말하면 신의 섭리에 의해 그는 바로 생 앙투안 지구 그 수도원 안으로 떨어졌던 것이다. 지금으로부터 2년 전 마차에서 떨어져 절름발이가 된 포슐르방 노인이 그의 추천으로 그곳에 고용되어 있었던 것이다. 장 발장은 자신에게 일러 주는 것처럼 노인의 말을 따라 했다.

"프티 픽퓌스 수도원이라!"

"네, 그렇습니다. 그런데 도대체, 여긴 어떻게 들어오신 겁니까, 마들렌 씨? 뭐, 당신이야 성자이시긴 하지만 그래도 남자잖아요. 남자는 전혀 들어올 수 없거든요."

포슐르방 노인은 말을 이었다.

"당신도 여기 있지 않소?"

"저 혼자뿐입니다."

"하지만…… 하지만 무슨 일이 있어도 나를 여기에 머물게 해 줘야 하는데!"

포슐르방 노인은 소리 질렀다.

"그건 정말 큰일입니다."

장 발장은 노인에게 다가서서 무거운 목소리로 말했다.

"포슐르방 영감, 당신 생명을 구해 준 게 바로 나요."

"그건 제가 먼저 잊지 않고 말씀드렸잖습니까."

"그렇다면 오늘은 당신이 내게 해 줄 수 있을 거요. 옛날에 내가 당신에게 해 줬던 그대로, 나를 위해서 말이오."

포슐르방은 떨리는 주름투성이 손으로 장 발장의 굳건한 두 손을 힘 있게 잡고, 한 동안은 말을 잇지 못했다. 마침내 그는 부르짖듯 말했다.

"아, 조금이라도 은혜를 갚을 수 있다면, 그건 하느님의 은총이지요! 제가 당신의 생명을 구한다니! 오, 시장님. 무엇이든 이 늙은이에게 말씀만 하십시오."

말할 수 없는 환희가 이 노인을 변화시켜 놓았는지 그 얼굴에서 빛이 나오는 것만 같았다.

"무엇을 해 드리면 될까요?"

"그건 지금 말하겠소. 그런데 당신 방은 있겠지요?"

"저쪽에 따로 떨어진 오두막이 있습니다. 옛날 수도원 자리 뒤쪽이라 누구의 눈에도 띄지 않는 구석진 곳입니다. 방은 세 개고요."

그 집은 정말로 허물어진 수도원 뒤쪽에 숨어 있어 누구의 눈에도 띄지 않았기에 장 발장도 미처 못 보았던 것이다.

"좋소. 그럼 당신에게 두 가지 부탁을 하리다."

"어떤 겁니까, 시장님?"

"먼저, 당신이 나에 관해 알고 있는 걸 아무에게도 말하지 않는 것과 더 이상 나에 관해서 알려고 하지 않는 거요."

"좋습니다. 저는 잘 알고 있습지요. 당신께서 결코 나쁜 짓을 하시지 않는다는 것과, 당신께서는 언제나 올바른 신앙심을 가지고 계시다는 것을 말입니다. 게다가 저를 이곳에 넣어 주신 게 바로 시장님이라는 것도 잊지 않았습니다. 무엇이든지 당신 마음대로 하시지요. 저는 명령하시는 대로 따르겠습니다."

"약속했소. 그럼, 나를 따라오시오. 아이를 데리러 가야 하오."

"예? 아이가 있다고 하셨습니까요?"

하지만 포슐르방은 더 이상 말없이 개가 주인 뒤를 따르는 것처럼 장 발장 뒤를 따라갔다.

그 뒤 반시간도 안 되어 코제트는 잘 타오르는 불 옆에서 장밋빛 얼굴을 되찾았고 늙은 정원사 침대 속에서 잠들었다. 장 발장은 다시 넥타이를 매고 프록코트를 입었으며 돌담 너머로 던졌던 모자도 찾아서 주워 왔다. 장 발장이 프록코트를 입고 있는 동안 포슐르방이 풀어 둔 방울 달린 무릎 덮개는 광주리 옆 못에 걸린 채 벽 장식이 되었다.

두 사람은 테이블 위에 팔꿈치를 괴고 불을 쬐었다. 테이블 위에는 포슐르방이 내놓은 치즈 한 조각과 검은 식빵, 포도주 한 병, 술잔 두 개가 나란히 놓였다.

노인은 장 발장의 무릎에 손을 얹고 말했다.

"마들렌 씨, 당신께서 저를 그토록 못 알아보시다니! 당신께선 사람 목숨을 구해 주시고도, 구해 준 사람을 잊어버리십니다. 그건 아주 좋지 않습니다. 구원받은 사람은 언제나 당신을 잊지 않고 있는데, 아무튼 당신은 인정이 없으십니다."


## 자베르가 실패한 까닭

여태까지 그 이변을 보아 왔다고도 할 수 있는 이상의 사건은 사실은 지극히 간단한 사정 아래에서 일어났다. 죽은 팡틴 침대 옆에서 자베르에게 붙잡혔던 그날 밤, 장 발장이 몽트뢰유쉬르메르 시립 감옥을 탈출했을 때, 경찰은 탈옥수가 파리를 향해 간 게 틀림없을 거라고 추측했다.

파리는 모든 것을 삼켜 버리는 일대 소용돌이와도 같다. 모든 게 바다의 소용돌이 속에 사라지듯 파리에 빠지는 날에는 인파의 소용돌이 속에 사라져 버린다. 아무리 넓은 숲일지라도, 파리의 군중만큼 사람을 잘 감춰 주기는 어렵다. 어떤 도망자들도 그런 사실을 잘 알고 있다. 일단 파리의 소용돌이에 빨려 들어가기만 한다면 살아날 수 있는 것이다.

경찰 쪽에서도 이런 사실을 잘 알기 때문에 다른 곳에서 놓친 자도 당연히 파리에서 찾는다. 그런 까닭에 경찰은 몽트뢰유쉬르메르의 전 시장도 파리에서 찾았다. 자베르는 수사를 돕기 위해 파리로 불려 갔는데 실제로 그는 장 발장을 체포하는 데 큰 힘이 되었다. 그가 그때 보여 준 열의와 지혜는, 앙글레스 백작 아래에서 파리 시경국장 비서를 지내고 있던 샤부이예 씨의 인정을 받기까지 했다.

게다가 샤부이예 씨는 자베르를 돌봐 주고 있었기 때문에, 이 몽트뢰유쉬르메르의 경위를 파리 시경 소속으로 승진시켜 주었다. 자베르는 파리에서 여러 방면에 걸쳐 활약하여, 그런 직무를 맡은 이에게 이런 표현을 쓴다는 게 우습지만, 꽤 명예로운 기량을 드러냈다.

그는 장 발장에 대해서는 이미 잊어버리고 있었는데 언제나 사냥감을 뒤쫓고 있는 그러한 개들은 오늘의 늑대 때문에 어제의 늑대를 잊어버리는 게 당연했다. 1823년 12월 어느 날, 평소에는 신문 같은 것을 조금도 읽지 않는 그가 뜻밖에도 신문을 읽었다. 왕당파인 자베르는 '총사령관 대공' 바욘의 개선에 관해 상세한 기사를 읽고 싶었던 것이었다.

그 기사를 재미있게 모두 읽고 난 다음, 아랫면에 있는 하나의 이름, 장 발장이라는 그 이름이 주의를 끌었다. 신문은 죄수 장 발장은 죽었다고 전했는데, 그러한 내용이 너무나 확실하게 씌어 있었기 때문에 자베르는 조금도 의심하지 않고 단지 잘되었군, 하고 느꼈을 뿐이었다. 그런 뒤에는 신문을 집어 던지고 그 일에 대해서는 완전히 잊어버렸다.

그로부터 얼마 되지 않아 센 에 우아즈 도청으로부터 파리 시경 앞으로, 몽페르메유 마을에서 예사롭지 않은 상황 아래 발생한 어린이 유괴 사건에 관한 경찰의 보고서가 도착했다. 그 보고에 의하면, 그 지방 어느 여관 주인에게 어머니가 맡겨 두었던 일고여덟 살쯤 된 여자아이가 낯선 한 남자에 의해 유괴되었다는 것이었다. 아이의 이름은 코제트였으며, 어머니는 팡틴이라는 이름으로 자선병원에서 죽었는데 그것이 언제 어디인지는 알 수 없다는 보고였다.

이 보고서가 자베르의 눈에 띄었고 그는 생각에 잠겼다. 팡틴이라는 이름을 그는 잘 알고 있었다. 장 발장이 그 여자의 아이를 데리러 갈 수 있게 사흘 동안만 여유를 달라고 했던 것을 기억했다. 그는 또 장 발장이 파리에서 체포된 것은 마침 몽페르메유행 마차를 타려던 참이었다는 사실도 기억해 냈다.

그리고 여러 가지 사실을 종합해 보건대 장 발장이 그 마차를 탄 것은 그것이 두 번째였으며, 이미 그전에도 그 마을 안으로 들어가지는 않았지만 마을 근처까지 다녀왔다는 정황은 충분했다.

몽페르메유의 시골까지 그는 무얼 하러 갔을까? 그것은 결국 모르는 채 넘어가고 말았지만 지금 자베르는 생각의 일치점을 찾았다. 그것은 팡틴의 딸의 존재에서 비롯되었는데 장 발장은 그 아이를 데리러 갔던 것이다. 그런데 이번에는 그 아이가 어떤 사나이에 의해 유괴되었다고 했다.

그 낯선 사나이는 대체 누구지? 장 발장일까? 하지만 장 발장은 죽었다. 그래서 자베르는 아무에게도 알리지 않고, 풀랑 셰트 골목에서 풀라데탱의 승합마차를 타고 몽페르메유로 가 보았다. 그곳에 가면 모든 것이 밝혀질 거라고 기대했지만 수수께끼는 오히려 미궁에 빠져 버렸다.

처음 며칠 동안, 테나르디에 부부는 화가 나서 마구 떠들고 다닌 모양이었다. 그래서 '종달새'가 없어졌다는 소문이 마을에 자자하게 퍼졌고 곧 여러 가지 형태로 번지더니 결국은 어린아이가 유괴되었다는 이야기로 결론지어졌고 경찰의 보고까지 나왔던 것이다.

하지만 그동안에 화났던 기분이 조금 가라앉자, 테나르디에는 그 뛰어난 본능으로 뒤처리를 생각했다. 재판소의 검사님까지 움직인다는 게 자기에게 조금이라도 이익이 될 리가 없을 뿐더러 코제트의 유괴 사건 때문에 자칫 잘못하면 자기가 하고 있는 온갖 수상쩍은 일에 대해 사직 당국의 이목을 쏠릴 수도 있다는 생각을 해냈다. 부엉이가 가장 싫어하는 것은 촛불을 들이대는 것이다. 게다가 자기가 받은 1500프랑의 돈 문제는 어떻게 말해야 좋을지 알 수 없었던 그는 별안간 생각을 바꾸고 아내의 입도 막아 버린 뒤 유괴된 어린아이 이야기만 나오면 깜짝 놀라는 시늉을 했다.

자기는 그런 건 통 모르겠다. 그야 물론 귀여운 아이를 그 모양으로 눈 깜작할 사이에 데리고 가 버렸으니 처음에는 화가 나서 불평도 했다. 그 래도 인정상 다만 이삼 일만이라도 더 곁에 두고 싶었으나 어쨌든 데리 러 온 사람이 그 애 할아버지였으니 지극히 당연한 일이 아니냐. 그가 할 아버지라고 덧붙인 것이 효력을 발휘했다.

자베르가 몽페르메유에서 알아낸 일은 이상과 같았으며 할아버지라 는 한마디에 장 발장이 아닐까 하던 의심도 사라졌다. 그러나 자베르는 두서너 가지 질문을 던져 테나르디에의 말에 탐침을 꽂아 보기로 했다.

"그 할아버지란 어떤 자이며 이름은 뭐라 하던가?"

테나르디에는 이 문제에 대해 시원스레 대답했다.

"돈 많은 시골 영감이었습니다요. 통행증도 봤답니다. 뭐라든가, 기욤 랑베르 씨라고 하던가."

랑베르란 과연 사람 좋은 시골 영감같이 믿을 만한 이름이었다. 자베 르는 파리로 돌아왔다.

"장 발장은 틀림없이 죽은 거야. 한 방 먹었군."

그는 스스로 타일렀다.

그는 다시 이 사건을 잊어버렸다. 그런데 1824년 3월에 접어들어, 생 메다르 교구에 살고 있는 '적선하는 거지'라는 별명으로 불린다는 이상 한 사나이에 관해 들었다. 소문에 의하면 그 사나이는 연금을 받고 있으 며 본명은 아무도 모르고, 여덟 살쯤 된 여자 아이와 단둘이 살고 있는 데 아이에게 물어보아도 몽페르메유에서 왔다는 것 말고는 어느 것 하 나 알 수 없다고 했다.

몽페르메유! 또다시 이 지명이 나온 까닭에 자베르는 귀를 기울였다. 전에 성당지기를 하다가 지금은 밀정 노릇을 하는 나이 먹은 거지 하나 가 그 사나이에게 언제나 적선을 받고 있기 때문에 더욱 자세한 내용을 알아냈다.

그 연금을 가진 사나이는 사람을 전혀 사귀지 않았고, 저녁에만 외출을 하고, 아무에게도 말을 걸지 않았지만 어쩌다 한 번씩 가난한 자에게만 말을 건넬 뿐 사람을 가까이 하지 않는다. 말할 수 없이 낡아 빠진 누런 프록코트를 입고 있지만 그 속에는 지폐가 잔뜩 꿰매어져 있어 몇백만 프랑의 값어치라는 얘기였다.

이 마지막 말이 자베르의 호기심을 끌었다. 그리하여 그는 눈치채이지 않고 그 이상한 연금 생활자를 바로 눈앞에서 보려고, 어느 날 성당지기 사나이에게 헌 누더기와 그가 매일 밤 쪼그리고 앉아 콧소리로 기도문을 중얼거리면서 염탐을 하고 있는 장소를 빌린 것이다.

과연 '수상한 사나이'는 그렇게 변장한 자베르에게 다가와 적선을 해주었다. 그 순간 자베르는 얼굴을 들었으며 장 발장이 자베르를 알아보고 느낀 것과 똑같이, 장 발장을 알아본 자베르 쪽에서도 충격을 받았다.

하지만 어둠 속이니 잘못 본 것인지도 모른다는 생각이 들었다. 장 발장의 죽음은 공식적으로 기정사실이었다. 의혹이, 그것도 대단히 중요한 점에서의 의혹이 자베르의 머릿속에 남아 있었다. 자베르는 조심성 많은 사나이였기에 의혹을 품고 있는 동안에는 어떤 누구의 목덜미에 손대는 짓은 하지 않았다.

그는 그 길로 고르보 저택까지 그 사나이의 뒤를 밟아, 노파의 입을 열게 했다. 그것은 손쉬운 일로 노파는 몇백만 프랑의 거액이 프록코트 안에 들어 있는 게 사실이라고 말하면서, 천 프랑짜리 지폐에 대한 이야기도 했다.

"이 눈으로 봤습니다! 이 손으로 만졌다니까요!"

그래서 자베르는 방을 하나 빌려 바로 그날 저녁부터 미행을 시작해 셋방살이하는 그 이상한 사나이의 방문 앞에서 목소리를 엿듣고, 안에서 일어나는 일에 대해 알려고 했지만 장 발장은 열쇠 구멍에서 흐르는 불빛을 알아차리고 침묵을 지켰기 때문에 자베르의 계획은 무너졌다.

다음 날 장 발장은 집을 옮기려 했지만 5프랑짜리 은화가 바닥에 떨어지는 소리를 듣고 노파는 돈 소리가 나는 걸 보니 떠나려는 걸 거라고 짐작하고 급히 자베르에게 알렸다. 자베르는 큰 거리의 가로수 그늘에서 두 부하를 데리고 잠복해 있었다.

자베르는 시경에 협력을 요청했지만 체포하려는 자의 이름은 밝히지 않은 채 자기 가슴속 깊숙이 접어 두었다. 이름을 밝히지 않은 데에는 세 가지 이유가 있었다.

첫째, 조금이라도 경솔한 짓을 했다가 장 발장에게 경계심을 주게 될 지도 모른다는 두려움이 앞섰다.

둘째, 죽은 것으로 되어 있는 늙은 탈옥수, 법정 기록에 '가장 위험한 종류의 악한'이라고 영원히 기록된 죄수, 그러한 자를 체포한다는 것은 커다란 공로이므로 그것을 파리 경찰국의 고참들이 신참인 자베르에게 맡길 리가 만무했기 때문에, 그는 자기가 눈독 들인 죄수를 남의 손에 빼앗길까 봐 두려웠다.

셋째, 자베르는 본디 예술가로 사람들을 깜짝 놀라게 하는 것을 좋아했다. 그는 오래전부터 사람들 입에 오르내려 이미 알려져 있는 일을 성공하는 건 별로 좋아하지 않았다. 어둠 속에서 걸작을 만들어 느닷없이 베일을 벗겨 보이는 것을 원했다.

자베르는 장 발장 뒤를 밟아 나무에서 나무로, 거리 모퉁이에서 모퉁이로 뒤따르며 조금도 눈을 떼지 않았다. 장 발장이 이제 안심해도 된다고 여겼을 때도 자베르의 눈은 그에게서 떨어지지 않았다.

왜 자베르는 장 발장을 곧바로 체포하지 않았을까? 그것은 아직도 의문이 남았기 때문이었다. 그때의 경찰은 무엇이든 마음대로 할 수 없었다는 사실을 기억해 두어야 한다. 언론의 자유가 경찰권을 누르고 있던 탓이다. 몇 번인가 영장 없는 체포에 대해 신문이 떠들어 대는 바람에 의회에서까지 문제시된 까닭에 경찰은 겁을 먹었다. 개인의 자유를 침해

한다는 것은 커다란 문제였다.

경관들은 잘못을 저지를까 두려워했고, 경찰청장은 그들 자신에게 책임을 지웠다. 한 번만 실수하면 그걸로 끝이었다. 다음과 같은 기사가 스무 개나 되는 신문에 실렸을 때 파리 안에 어떤 반향이 일어났을지를 생각해 보면 이해가 빠를 것이다.

'어제 연금으로 생활하는 훌륭한 백발노인이 여덟 살 된 손녀를 데리고 산책하던 중에 탈옥수로 체포되어 파리 경찰국 유치장에 보내졌다!'

게다가 반복해서 말하지만, 자베르에게는 세심한 조심성이 있었다. 나름대로의 주의가 경찰청장의 주의에 더해져 있었던 것이다. 그는 정말로 의혹을 품고 있었다.

장 발장은 그에게 등을 보이며 어둠 속을 걷고 있었다. 슬픔과 불안, 걱정과 낙담, 밤중에 달아나 코제트와 자기를 위해 파리 안을 정처 없이 헤매며 숨을 집을 찾지 않으면 안 되는 또 다른 불행, 어린아이 걸음에 자기 걸음을 맞춰야만 하는 안타까움, 이러한 것들이 쌓여 자신도 모르는 사이에 걸음걸이마저 변화시켜 그가 아주 늙어 보였기 때문에 자베르라는 경찰의 화신 같은 자까지도 잘못 알아볼 정도였기에 실제로 못 알아보았던 것이다.

너무 가까이 다가가 볼 수도 없었고, 망명한 늙은 가정교사와도 같은 그의 옷차림과, 그를 어린 여자아이 할아버지라고 단정 지었던 테나르디에의 이야기, 게다가 감옥에서 죽은 것으로 되어 있는 일 등을 생각할수록 짙은 의혹이 자베르의 가슴에 피어올랐다.

한번은 신분 증명 서류를 제시하라고 느닷없이 요구해 볼까 하는 생각도 해 보았지만 만약 그 사나이가 장 발장이 아니고, 정당한 연금을 받는 선량한 늙은이가 아니라면, 아마도 파리의 온갖 범죄 조직에 깊이 관여하는 악당이자 위험한 패들의 우두머리로서 정체를 숨기기 위해 적선을 하는 등 낡은 수법을 쓰는 늙은이임에 틀림없을 것이다.

그에게는 틀림없이 부하들과 동료들이 있을 테고, 여러 곳에 아지트를 두고 있어 그 속에 몸을 숨기려 할 것이다. 저렇게 거리를 빙글빙글 도는 것만 봐도 평범한 늙은이로 보이지 않는다. 너무 서두르면 '황금 달걀을 낳는 암탉을 죽이는' 게 되어 버린다. 천천히 덤벼들면 뭐 어떠랴?

이쯤 되고 보면 절대로 놓치지 않는다는 배짱을 자베르는 가지고 있었다. 그리하여 그는 망설이면서도 그 수수께끼 같은 인물에 대해 여러 모로 생각하며 그의 뒤를 쫓았다.

그런데 상당히 뒤늦게 밝히는 것이지만, 퐁투아즈 거리까지 왔을 때 어느 술집에서 흘러나오는 밝은 불빛으로 그가 분명 장 발장이라는 것을 알아보았다.

이 세상에는 너무나 기뻐서 부들부들 몸을 떨게 되는 경우가 두 가지 있는데 어머니가 잃었던 자식을 다시 만나거나, 호랑이가 먹이를 다시 만났을 때이다. 자베르는 그러한 주체할 수 없는 기쁨으로 부들부들 떨었다. 무시무시한 탈옥수 장 발장의 모습을 확실히 알아보았을 때, 그는 곧 자기편에는 세 사람뿐이라는 것에 생각이 미쳤고 퐁투아즈 거리의 경찰서에 즉시 협조를 요청했다.

가시 돋친 막대기를 쥐려면 먼저 장갑을 끼지 않으면 안 된다. 그 때문에 시간이 걸린 것과, 롤랭의 네거리에서 걸음을 멈추고 부하 경관들과 의논한 일 때문에 그는 하마터면 장 발장을 놓칠 뻔했다. 하지만 장 발장은 분명히 강을 사이에 두고 추적꾼들과 자기 사이를 떼어 놓으려 할 거라는 것을 꿰뚫어 보았다.

마치 사냥개가 땅에 코끝을 대고 방향을 냄새 맡는 것처럼 자베르는 머리를 갸웃거리며 생각했다. 그는 올곧은 본능의 힘을 받아, 똑바로 오스테를리츠 다리로 향했다. 다리지기에게 한마디 물어보는 걸로 사태를 파악할 수 있으리라 짐작했다.

"어린 여자아이를 데리고 있는 사나이를 보지 못했는가?"

"그 사나이에게 2수를 달라고 했습니다."

다리지기가 대답했다.

자베르가 다리에 들어섰을 때 마침 장 발장이 코제트의 손을 잡고 달빛이 환히 내리비치는 빈터를 지나가는 모습이 보였다. 그리고 뒤이어 그가 슈맹 베르 생 앙투안 거리로 들어가는 것도 보였다. 그는 그곳에 그물을 쳐 놓은 듯 이상적인 '장로 막다른 길'이 있는 것을 떠올렸으며, 거기에서 드루아 뮈르 거리를 거쳐 픽퓌스 골목으로 빠지는 하나뿐인 출구를 생각해 냈다.

그는 사냥꾼들의 말처럼 앞질러 출구를 막아 버리기 위해 부하 하나를 다른 길로 급히 보냈다. 병기창으로 돌아가는 순찰병들을 만나자 그들에게 도울 것을 부탁했다.

이러한 승부에는 군인들이 어울리며 게다가 산돼지 사냥에는 사냥꾼의 지혜와 사냥개들의 협력이 필요한 게 원칙이다. 이만한 조치를 다 해 놓았으니 오른쪽으로 가면 장로 막다른 길이고, 왼편으로 가면 부하 경관이 있고, 뒤에는 자베르 자신이 있어서 장 발장은 이미 잡은 것이나 다름없다고 생각하며 그는 코담배를 한 움큼 집어 냄새를 맡았다.

그런 뒤 그는 사냥을 시작했는데 그것은 벅차오르는 즐거움이 가득한 잔혹한 시간이었다. 그는 눈앞에 있는 사냥감이 마음대로 갈 수 있게 내버려두었다. 이미 자기 손아귀에 들어왔다는 자만심이 포박하는 순간을 가능하면 뒤로 늦추게 만들었다.

이미 잡힌 거나 다름없는 것이 자유롭게 돌아다니는 모습을 보는 게 즐거워서, 거미줄에 걸린 파리를 파닥거리게 내버려 두는 거미나 또는 사로잡힌 쥐를 이리저리 도망 다니게 만드는 고양이 같은 쾌감에 젖은 눈으로 지그시 사나이를 살폈다. 먹이를 짓누르는 발톱에는 악마적인 쾌감이 스며드는 법이다. 사로잡은 먹이가 발버둥치고 움직이는 것을 느끼며 차츰 숨통이 끊어지는 걸 느끼는 즐거움이 얼마나 큰 것인가!

자베르는 즐기고 있었다. 올가미의 줄은 단단히 죄어져 있고 일이 잘되어 간다는 건 의심할 여지가 없었다. 그는 이제 다만 손에 힘을 주기만 하면 되는 것이다.

그에게는 든든한 부하들까지 딸려 있었기 때문에, 장 발장이 아무리 용기 있고 힘이 세고 필사적으로 도망친다고 해도 잡지 못할 거라는 생각은 꿈에도 할 수 없었다.

자베르는 조금씩 올가미의 줄을 죄어 갔다. 마치 도둑의 주머니라도 뒤지듯 거리의 구석진 곳을 샅샅이 살피며 죄어 들어갔지만 거미집 한가운데에 이르자 파리는 이미 그곳에 없었으니 그가 얼마나 이를 갈며 분해했을 것인지는 충분히 상상할 수 있다.

그는 드루아 뮈르 거리와 픽퓌스 골목의 모퉁이에 배치해 두었던 잠복 경관에게 물어보았지만 자기가 맡은 장소에 침착하게 버티고 있었고 그 사나이가 지나는 것은 보지 못했다는 대답이 돌아왔다.

때로는 사슴도 귀신같이 숨어 버리는데 사냥개 무리에게 바싹 쫓기다가 갑자기 없어져 버리는 것이다. 그런 때엔 아무리 노련한 사냥꾼일지라도 망연자실해진다. 뒤비비에나 리니빌, 데프레스 같은 명수들도 어쩔 수 없다. 그런 실패를 한 뒤 아르통주는 이렇게 말한 바 있다.

"그것은 사슴이 아니라 마법사였다니까."

자베르도 그런 한탄의 소리를 질렀을지도 모른다. 그는 실망한 나머지 한동안 절망과 광포에 미쳐 날뛰었다. 나폴레옹은 러시아 전투에서 실수하고, 알렉산드로스는 인도 전투에서 실수하고, 카이사르는 아프리카 전투에서 실수하고, 키루스는 스키다이 전투에서 실수한 것처럼, 자베르는 장 발장을 상대로 했던 싸움에서 분명히 실수를 저질렀다.

무엇보다도 그 전과자를 알아보는 데 주저한 것이 잘못이었다. 한눈으로 보아 알 수 있는 일이 아니었던가! 처음부터 그 황폐한 집에서 체포해 버리지 않았던 게 실수였다. 퐁투아즈 거리에서 확신을 가졌을 때 덥

비지 않았던 게 실수였다. 롤랭 네거리에서 정면으로 달빛을 받으며 부하들과 의논한 게 실수였다.

물론 여러 사람들의 의견이란 무시할 수 없고 믿음직한 사냥개들의 의견을 듣는 건 좋은 일이지만 늑대나 탈옥수처럼 방심할 수 없는 짐승을 몰아세울 때는 사냥꾼이 아무리 조심에 또 조심을 한대도 지나치지 않은 것이다.

자베르는 사냥개들에게 방향을 지시하는 일에 지나치게 몰두하느라 짐승으로 하여금 이쪽의 기척을 알아차리게 했기 때문에 보기 좋게 놓쳤다. 게다가 오스테를리츠 다리에서 다시 종적을 알아내고, 그 정도의 상대를 한 가닥 실 끝에 매어 두려고 한 바보 같고 어리석은 장난질이 실수였다.

자기 힘을 과신한 나머지 쥐를 상대하듯 사자와 맞섰다. 동시에 자기 힘을 과소평가하고 도움을 청해야 한다고 생각했다. 그러한 조심을 하느라 귀중한 시간을 잃었으니 파탄을 가져온 커다란 원인이었던 셈이다.

자베르는 그러한 실수를 모조리 저지르기는 했지만, 그래도 역시 세상에서 가장 현명하고 정확한 경찰 중 하나인 건 틀림없는 사실이었다. 말 그대로, 그는 사냥에서 말하는 '영리한 개'였지만 세상에 어떻게 완전한 것이 있단 말인가?

위대한 전략가라 해도 실수를 하는 법이다. 큰 실패도 굵은 동아줄처럼 숱하게 가는 줄이 한데 꼬아져 이루어지는 일이 많다. 동아줄을 한 가닥 한 가닥의 새끼로 풀어내듯 큰 실패도 아주 적은 결정적인 원인으로까지 풀어헤치고 보면 그 하나하나를 잘라 나가는 건 쉬운 일이라 뭐야 겨우 이 정도야 하고 여겨지지만 그것을 모조리 주워 맞추고 꼬아 올리면 거대한 것이 되기 마련이다.

그리하여 아틸라는 동방의 마르키누아스 황제와 서방의 발렌티니아누스 황제 사이에서 우물쭈물했으며, 한니발은 카푸아에서 꾸물거렸고,

당통은 아르시쉬르오브에서 잠들었던 것이다.

장 발장이 자기 손아귀에서 달아난 것을 알았을 때 자베르는 이성을 잃거나 하지는 않았다. 올가미를 뚫고 나간 그 죄수가 아직 멀리 갔을 리 없다고 믿은 그는 감시자를 두고, 함정과 복병을 숨겨 놓고, 밤새도록 그 주위를 이 잡듯 뒤졌다.

그는 가로등이 파손되고 그 줄이 잘라진 것을 발견했는데 그것은 중요한 단서였다. 하지만 그 때문에 오히려 방향을 잘못 잡아, 장로 막다른 길에만 눈길을 돌렸다. 그 막다른 골목에는 꽤 야트막한 담장들이 몇 개나 있었고, 그 안에는 정원이, 정원 주위로는 넓은 황무지가 펼쳐져 있어 장 발장은 틀림없이 그곳으로 달아났을 거라고 생각했다.

사실 장 발장이 장로 막다른 길로 좀 더 들어갔더라면 아마도 붙잡혔을지 모른다. 자베르는 마치 떨어뜨린 바늘을 찾는 것처럼 그 정원들과 황무지를 샅샅이 뒤졌다. 날이 밝을 무렵 그는 영리한 부하 둘을 파수꾼으로 남겨 놓고, 마치 도둑에게 거꾸로 잡힌 밀정 같은 수치심을 느끼면서 시 경찰국으로 돌아가야 했다.

# 6. 프티 픽퓌스

## 픽퓌스 골목 62번지

반세기 전쯤 픽퓌스 골목 62번지에 있는 정문은 아무 데서나 흔히 보는 평범한 대문이었다. 여느 때는 언제나 반쯤 열려 있어 사람 마음을 끄는 그 문 안에서 우울한 느낌이라곤 전혀 없는 두 가지를 볼 수 있었다. 포도 덩굴에 뒤덮인 담장으로 에워싸인 안마당과, 이리저리 거닐고 있는 문지기의 표정이었다. 그리고 안쪽 담장 위로는 큰 나무들이 보였다. 햇빛이 안마당을 화사하게 비추거나 문지기가 한잔 마셔 기분 좋을 때 이 픽퓌스 골목 62번지 앞을 지나가면 왠지 가벼운 미소가 절로 지어졌다. 그런데 지금은 독자도 이미 보신 것처럼 음산한 곳이다.

입구는 미소 짓고 있지만, 건물 내부는 기도를 드리며 울고 있었다.

제법 까다롭게 구는 문지기를 어떻게 해서든 겨우 통과하여—이것은 '열려라, 참깨!'라는 주문을 알아야만 되므로 대부분의 사람으로서는 힘든 일이었지만—오른쪽의 조그만 현관에 발을 들여 놓으면, 두 벽 사이로 한 사람씩밖에 오르내리지 못할 만큼 좁은 층계가 있고 그 층계의 초콜릿빛 장식 판자를 아랫부분에 붙인 미색 벽을 꺼림칙하다 생각지 않고 올라가 층계참을 지나면 2층 복도로 나가게 되는데 그 노랗게 칠한 벽과 초콜릿빛 장식 판자는 말로 표현하기 힘든 고요를 빚어냈다.

층계와 복도는 두 개의 훌륭한 창문으로 빛을 받아들였지만 복도는 구부러져 거기서부터 어둠침침했다. 모서리를 돌아 몇 걸음 나아가면 어떤 문 앞에 이르는데, 그 문은 꼭 닫혀 있지 않아서 한층 신비롭게 여겨졌다. 문을 밀고 들어가면 안은 사방 6피트쯤 되는 작은 방으로 바닥에 타일이 깔려 있고, 티 하나 없이 청결하고 차가우며, 벽은 한 두루마리에 15수 하는 푸른 꽃무늬가 찍힌 중국 난정 벽지로 도배되어 있었다.

방의 왼편은 벽 전체가 큼지막한 창인데 조그만 유리를 여러 장 끼운 그 창문으로는 흐릿한 햇빛이 비쳐 들었다. 방 안을 둘러봐야 아무도 없고 귀를 기울이면 발자국 소리도 사람 목소리도 들리지 않았다. 벽에는 아무것도 걸리지 않았고 가구라고는 의자 하나도 놓여 있지 않았다.

좀 더 자세히 살펴보면, 문 맞은편 벽에 사방 1피트쯤 되는 네모진 구멍이 뚫려 있는데 검고 마디진 튼튼한 쇠창살이 가로세로로 끼워져, 바둑판무늬라기보다 오히려 대각선 길이가 1인치 반도 안 되는 그물눈을 만들어 냈다. 벽지의 자잘한 푸른 꽃무늬는 차분하고 질서정연하게 늘어서서 그 쇠창살까지 와 닿았으며, 그 음울한 구도 속에서도 꽃무늬가 품어 내는 따뜻한 분위기는 조금도 흐트러지지 않았다.

그 네모진 구멍으로 드나들 만한 깜짝 놀랄 정도로 작은 생명체가 있다 해도, 창살은 그것을 막았을 것이다. 그곳으로 물체는 드나들지 못했지만 정신은 드나들게 했다. 어쩌면 본디 그런 생각에서 만들어진 것 같기도 했다. 창살에서 조금 안쪽으로 그물국자의 구멍보다도 더 자잘한 구멍이 무수히 뚫린 양철판 한 장이 벽에 끼워져 있었기 때문이다.

그 양철판 아래로는 우체통 같은 구멍이 하나 뚫려 있었다. 방울 장치에 달린 끈 하나가 창살 구멍 오른쪽에 늘어져 그 끈을 잡아당기면 방울이 울리고, 깜짝 놀랄 만큼 가까운 곳에서 사람 목소리가 들린다.

"누구십니까?"

그 목소리가 묻는다. 너무도 조용하기 때문에 왠지 슬프게 느껴지는 여자 목소리였다.

여기서 또 주문 하나를 알아야 한다. 주문을 모르면 그 목소리는 끊어 져 버리고, 벽 저쪽은 다시 무덤 속 암흑처럼 조용해진다. 만약 그 주문을 알고 있다면 목소리는 대답한다.

"오른쪽으로 들어오십시오."

창문 맞은편 오른쪽에 천창이 달려 있는 회색으로 칠한 유리문이 있는데 쇠고리를 올려 문을 열고 안으로 들어가면 아직 격자문이 내려지지도 않고 샹들리에도 켜지지 않은 극장 칸막이 좌석에 들어간 느낌이 들기 마련이다. 아닌 게 아니라 그것은 꼭 극장의 칸막이 좌석처럼 유리문으로 약한 햇빛이 희미하게 비치는 좁은 공간에 헌 의자 두 개와 올이 풀린 짚방석 하나가 준비되어 있다. 팔꿈치만한 높이의 면접 창에는 한 장의 검은 널빤지가 가로질러 끼워져 있었다. 창구에는 창살이 달렸는데, 그것은 오페라 극장의 금빛 번쩍이는 나무 창살이 아닌 주먹만 한 크기의 회반죽으로 벽에 박아 놓은 끔찍한 쇠창살이었다.

조금 지나 그 지하실 같은 어스름한 빛에 눈이 익숙해져서, 창살 저쪽을 보려고 하지만 겨우 6인치쯤밖에는 더 보이지 않는다. 바로 그 눈길이 가 닿는 곳에 고동색으로 칠한 가로장을 튼튼하게 질러 놓은 검은 판자문이 있다. 길고 얇은 널빤지를 빈틈없이 이어서 만든 그 판자문은 창살을 통째로 가렸으며 언제나 닫혀 있었다.

한참 있으면, 그 판자문 저쪽에서 어떤 목소리가 들려온다.

"나는 여기 있습니다. 무슨 볼일로 오셨습니까?"

그것은 귀여운 여자의 목소리인데 어떤 때는 사랑스럽게 들린다. 하지만 모습은 보이지 않고 숨소리도 거의 들리지 않는다. 무덤 같은 벽을 통해 말을 걸어오는 하늘의 목소리 같다.

매우 드문 일이지만, 이쪽이 만일 저쪽에서 원하는 대로 일정한 자격을 갖춘 사람일 때는 한쪽 판자문의 좁은 널빤지가 맞은편에서 열리며 하늘의 목소리가 그 모습을 나타내기도 한다. 창살 뒤로, 판자문 뒤로 창살 사이를 통해서 얼굴 하나가 보인다. 겨우 입과 턱 언저리만 보이고 그 나머지는 검은 베일로 가렸다. 검은 가슴받이와 검은 수도복에 싸인 희미한 모습이다. 그 얼굴이 말을 걸어오지만 이쪽으로 눈길을 주는 일도 없고, 웃는 일은 더군다나 없다.

이쪽 등 뒤에서 비쳐 드는 햇빛으로 저쪽 사람은 하얗게 보이고, 저쪽에서는 이쪽 모습이 검게 보이도록 만들어져 있었는데 그 빛은 하나의 상징이었다. 드디어 눈은 열린 창구멍, 모든 사람의 눈과 격리된 그 장소 안으로 마구 빨려 들어간다. 깊숙하고 몽롱한 그 무언가가 검은 옷 입은 여인을 감싸고 있다. 눈은 그 몽롱한 것을 더듬어, 여인의 주위에 나타난 것을 알아내려 애쓰지만 얼마 못 가서 아무것도 보이지 않는다는 걸 깨닫는다. 보이는 것이라고는 밤, 공허, 어둠, 무덤의 공기와 한데 섞인 겨울 안개, 무섭기까지 한 안식, 심지어는 한숨 소리조차도 들을 수 없는 정적, 환영조차도 볼 수 없는 어둠뿐이었다.

여태까지 보고 있던 것은 수도원 내부였다. 그것은 상시 예배 베르나르 수녀회 수도원이라고 부르는 음산하고 엄격한 집 내부이다. 지금 그 방은 응접실이었고 처음에 말을 걸어온 그 목소리는 접수하는 수녀의 목소리로, 그녀는 벽 저쪽의 네모진 구멍 옆에 마치 두 겹의 가면을 쓴 듯 쇠창살과 무수한 구멍이 뚫린 양철판으로 격리되어 꼼짝도 하지 않고 늘 말없이 앉아 있었다.

창살 달린 그 방이 어둠 속에 잠겨 있는 것은, 응접실 창문이 세상 쪽으로만 하나 나 있을 뿐 수도원 안쪽으로는 전혀 없기 때문이다. 그 성역 안에 있는 어떤 것도 세상 사람들에게 보여서는 안 되었다.

그러나 어둠 저쪽에는 뭔가가, 하나의 광명이 있었다. 그러한 죽음의 그림자 속에는 하나의 생명이 있었다. 이 수도원은 세상과 가장 등진 채

253

있지만 작자는 이제부터 그 안으로 들어가 보기로 하겠다. 그리고 독자들도 그 안으로 들여보내 일찍이 어떤 작가들도 본 적 없고 한 번도 알려진 일이 없었던 것을 조심스럽게 이야기하려 한다.


## 마르틴 베르가의 분원

이 수도원은 1824년을 아득히 거슬러 올라간 먼 옛날부터 이 픽퓌스 골목에 세워진 것으로 마르틴 베르가 수도회 분원인 베르나르 수녀회였다.

그러므로 여기 있는 베르나르회 수녀들은, 베르나르회 수도사들처럼 클레르보회에 속하지 않고 베네딕트회 수도사들처럼 시토회에 속했다. 다시 말해 성 베르나르가 아닌 성 베네딕트를 따르는 사람들인 것이다.

조금이라도 옛 문헌을 뒤적여 본 적 있는 사람이라면 누구나 알겠지만, 마르틴 베르가는 1425년에 베르나르회와 베네딕트회 수녀들을 한데 합친 베르나르 베네딕트회를 창설하여 본원을 살라망카에, 지원을 알칼라에 두었다.

이 수도회는 유럽의 모든 가톨릭교 나라에 가지를 펼쳤는데 이렇듯 하나의 수도회를 다른 수도회에 접목하는 것은, 로마 교회에서는 흔한 일이었다. 여기에 이야기하고 있는 성 베네딕트회만 해도, 마르틴 베르가의 분원 말고도 네 개의 수도회가 더 연결되어 이탈리아에 둘—몬테 카시노회와 파도바의 산타 주스티나회, 프랑스에 둘—클뤼니회, 생 모르회—이었다.

그리고 다시 그것에 연결된 아홉 개의 수도회 곧 발롬브로자회, 그라몽회, 셀레스탱회, 카말딜회, 샤르트뢰회, 위밀리에회, 올리바퇴르회, 셀레스탱회, 그리고 시토회가 있었다. 여기에 시토회를 넣는 이유는 시토회 자체가 다른 몇 개 수도회의 기둥이면서도 성 베네딕트에 대해서는 줄기에서 갈라져 나온 하나의 가지에 지나지 않기 때문이다. 시토회는 1098년에 랑그르 교구의 몰렘 대수도원장이었던 성 로베르가 세웠다. 그런데 수비아코의 사막에 은거하던 악마가(그 무렵 무척 나이가 많았기 때문에 은퇴할 단계에 이른 것인가?) 열일곱 의 성 베네딕트에게 살고 있던 아폴로의 낡은 신전에서 쫓겨난 것은 529년의 일이었다.

언제나 맨발로 걸어 다니고, 목에 버들바구니를 걸고, 결코 앉는 법이 없는 카르멜회 수녀들의 규칙 다음으로 가장 엄격한 것은, 마르틴 베르가의 베르나르 베네딕트 수녀들의 규칙이다. 수녀들은 검은 수도복을 걸치고, 가슴받이는 성 베네딕트의 엄명에 따라 턱 아래까지 올라가 있다. 소매가 넓은 모직 장옷, 커다란 모직 베일, 가슴 위에서 네모지게 잘려 턱을 받치고 있는 가슴받이, 눈 가장자리까지 내려온 머리띠가 수녀들의 차림새이다. 검정 일색인데 오직 이마의 머리띠만 흰색이다. 예비수녀도 똑같은 복장에 색깔만 하얀색으로 입는다. 서원 수녀는 거기에 묵주를 허리에 찬다.

마르틴 베르가의 베르나르 베네딕트회 수녀들은 생 사크르망이라고 불리는 베네딕트회 수녀들처럼 늘 상시 예배를 드렸다. 금세기 첫 무렵 베르나르 베네딕트회 수녀들은 파리에 수녀원이 두 채 있었는데 하나는 탕플, 다른 하나는 뇌브 생 주느비에브 거리에 있었다. 그러나 지금 여기서 이야기하고 있는 프티 픽퓌스의 베르나르 베네딕트회 수녀들은 뇌브 생 주느비에브나 탕플 수도원의 생 사크르망 수녀들과는 전혀 다른 성격을 지녔다.

규칙도 복장도 상당히 다르다. 프티 픽퓌스의 베르나르 베네딕트회 수녀들은 검은 가슴받이를 걸치지만, 생 사크르망의 베네딕트회 수녀들과 뇌브 생 주느비에브 거리의 베네딕트회 수녀들은 흰 가슴받이를 걸쳤다.

그리고 길이 3인치쯤 되는 도금한 은이나 구리로 만든 성체를 가슴에 달았다. 프티 픽퓌스의 수녀들은 그런 성체를 달지 않았다. 상시 성체 조배는 프티 픽퓌스 수녀원과 탕플 수녀원이 똑같이 하고 있었지만, 두 수녀원은 전혀 다른 수도회였다. 단지 상시 성체 조배를 한다는 점이 같았다.

이것은 마치 필뤼 드 네리가 피렌체에 설립한 이탈리아의 오라투아르 수도회와 피에르 드 베륄이 파리에 설립한 프랑스의 오라투아르 수도회가, 예수 그리스도의 탄생과 생애와 죽음과 성모마리아에 관한 모든 신비를 연구하고 찬미하는 점에서 비슷하면서도 꽤 큰 차이점을 지녔기에 때로 적이 되는 일도 생기는 것과 같다고 하겠다. 필립 드 네리는 한낱 성자에 지나지 않았으나 베륄은 추기경이었으므로, 파리의 오라투아르 수도회가 늘 우위를 주장했다.

마르틴 베르가의 엄격한 스페인식 규칙으로 이야기를 되돌려 보자.

그 분원인 베르나르 베네딕트 수도회 수녀들은 1년 내내 고기를 안 먹으며, 사순절이나 이 수도회가 정한 많은 특별한 날에는 단식을 하고, 잠자는 시간도 아주 짧아서 날마다 새벽 1시부터 3시까지 일어나 성무 일과서를 읽고 새벽 기도를 한다. 어느 계절에나 모직 담요를 덮고 짚방석 위에서 자며, 더운 물을 쓰지 않고, 결코 난로에 불을 피우지 않으며, 금요일마다 고행하고 침묵의 규칙을 지키고 아주 짧은 휴식 시간에만 서로 이야기를 나눈다.

십자가를 현양하는 축일인 9월 14일부터 부활절까지 여섯 달 동안은 거친 모직 셔츠를 입는데. 이 여섯 달이라는 것도 규칙이 완화된 뒤의 일이고, 실제로는 1년 열두 달 내내였다. 하지만 아무래도 이 거친 모직 속옷으로 한여름의 더위를 견뎌 내는 건 한계가 있어 열병이나 신경통을 일으킬 때가 많았기 때문에, 착용을 제한했다. 이 정도로 규칙이 완화되었다고 해도, 9월 14일이 되어 수녀들이 이 속옷을 입게 되면 며칠은 열을 내며 앓게 된다. 순명, 청빈, 정결, 봉쇄 구역 안에서 생활하는 게 이 수녀들의 서원이고 규칙이 그것을 더욱 무겁게 만들었다.

수도원장은 집회에서 발언권이 있으므로 '소리 내는 어머니들(메르 보카르)'이라고 불리는 장로들이 3년마다 선출한다. 원장은 두 번밖에 재선될 수 없기에 원장의 임기는 길어야 9년이다.

수녀들은 절대로 사제를 보는 게 허락되지 않았기 때문에, 사제는 7피트 높이로 쳐진 휘장으로 언제나 가려진다. 강론을 할 때도 성당 안에 남자 강론자가 있으면 수녀들은 얼굴 위로 베일을 내린다. 또 언제나 낮은 목소리로 말해야 하며, 눈을 내리깔고 고개를 숙이고 걸어야 한다. 남자로서 그 수도원 안에 자유로이 들어올 수 있는 사람은 교구장인 대주교 한사람뿐이다. 또 한 사람이 있긴 했다. 바로 정원사였는데 정원사는 노인으로 한정되어 있으며, 언제나 정원에 혼자 있어야 하고, 수녀들이 그를 피할 수 있도록 무릎에 방울을 달아야 했다.

수녀들은 모두 절대 순명으로 원장을 따른다. 교회법이 정하고 있는 순명의 완전한 자기 포기로서 따르는 것이다. 그리스도의 말씀에, 그분의 행동과 최초의 손짓에, 곧바로 기쁘고 끈기 있게 절대 순명하는, 노동자 손 안에 있는 줄처럼 되어야 하고 또한 어떠한 것이든 특별한 허락 없이 읽거나 쓰면 안 된다는 것이다.

수녀들은 모두 차례대로 그들이 소위 '속죄'라고 부르는 것을 실행한다. 속죄라는 것은 지상에서 범하는 모든 악과 모든 과오, 모든 방종, 모든 위법, 모든 부정, 모든 죄를 위해 기도드리는 일로, 오후 4시부터 오전 4시까지, 또는 오전 4시부터 오후 4시까지 12시간 계속하여 '속죄'하는 수녀는 두 손을 마주잡고 목에 줄을 걸고 성체 앞 돌 위에 무릎을 꿇고 앉는다. 지쳐서 견딜 수 없게 되면 얼굴을 밑으로 하여 팔을 열십자로 벌린 후 엎드린다. 이것이 유일하게 허락된 편안한 자세인데 그런 자세로 수녀들은 이 세상 모든 죄인을 위해 기도를 드리는 것이다. 그것은 숭고하리만큼 위대한 일이다.

이 고행은 위에 큰 촛불을 밝힌 기둥 앞에서 하기 때문에, '속죄한다' 거나 '기둥에 있다'고 구별하지 않고 말한다. 수녀들은 겸손한 마음에서 고행과 굴종의 뜻을 의미하는 뒤의 말을 즐겨 쓴다.

'속죄한다'는 것은 온 마음을 기울이는 일이기 때문에 기둥에 있는 수녀는 벼락이 떨어져도 돌아보지 않는다.

그 밖에도 성체 앞에는 늘 한 수녀가 무릎을 꿇고 있다. 이 예배는 한 시간으로 정해져 있다. 수녀들은 불침번을 서는 병사들처럼 교대해 가며 떠나지 않는다. 이것을 상시 예배라 부른다.

수녀원장이나 메르들은 대개 어마어마한 뜻을 간직한 이름을 갖고 있다. 그 이름은 성녀와 여성 순교자가 아닌 예수 그리스도 생애의 어느 시기를 상기시킨다. 이를테면 메르 니티비테, 메르 콩셉시옹, 메르 프레장타시옹, 메르 파시옹 등이다. 하지만 성녀의 이름을 갖는 것도 금지된 일은 아니다.

수녀들을 만나도 입만 보이는데 모두 누런 이빨이다. 칫솔은 절대로 이 수도원 안으로 들어오지 못한다. '이를 닦는' 것은 '영혼을 멸망시키는' 일이기 때문이다. 수녀들은 무엇에 대해서도 '나의'라고 표현하지 않는다. 나의 것은 아무것도 없으며, 또 무엇에도 집착하지 않는다. 수녀들은 모든 것에 대해 '우리'라고 지칭한다. 이를테면 우리 베일, 우리 묵주, 입고 있는 속옷에 이르기까지도 '우리 속옷'이라고 말한다.

때로 수녀들은 기도서나 유품이나 축성받은 메달 같은 것에 마음이 끌리는 때도 있다. 하지만 자기가 그 물건을 소중하게 여기기 시작한 걸 깨달으면 곧 버려야 한다. 수녀들은 성녀 테레즈의 말을 명심하고 있다. 어느 귀부인이 성녀 테레즈의 수도회에 들어갈 때 "제가 몹시 소중하게 여기는 성서를 가지러 집에 가도록 허락해 주십시오."라고 말했더니, 성녀 테레즈가 대답했다.

"아, 당신은 무엇인가를 소중하게 여기고 계시는군요! 그렇다면 우리가 있는 곳에는 들어오지 못합니다."

혼자 방 안에 틀어박히거나, 자기만의 장소를 가지고 자기 방을 갖는 것은 모든 수녀에게 금지이다. 수녀들은 개방된 방에서 생활한다. 서로 마주칠 때에는, 한 수녀가 "제단의 성체에 찬미와 조배를 드릴지어다!"라고 말하면 상대방은 "영원토록."이라고 대답한다. 한 사람이 다른 사람의 방을 찾을 때에도 같은 인사를 한다. 문에 손을 대기도 전에 저쪽에서 정다운 목소리로 "영원토록."이라고 재빨리 말하는 것이 들린다. 모든 의식처럼 그것도 습관이 되어 기계적인 인사로 변했다. 그래서 상대방이 "제단의 성체에 찬미와 조배를 드릴지어다!"라는 꽤 긴 인사말을 채 끝내기도 전에 "영원토록."이라고 말해 버리는 경우도 있다.

성모 방문회 수녀들 사이에서는, 방문해 온 쪽이 "아베마리아."라고 말하면, 맞이하는 쪽은 "그라티아 플레나."라고 말한다. 성모 방문회의 이 인사는 실제로 '은총이 충만한' 인사이다.

시간마다 수도원 안의 성당 종에 덧붙여 보조 종을 세 번 치는데 그 소리가 들리면 수도원장도, 메르 보카르도, 서원 수녀도, 평수녀도, 예비 수녀도, 지원 수녀도, 일제히 하던 이야기나 일, 하던 생각을 멈추고 모두 같이 일정한 기도문을 외운다. 5시라면 "5시에, 또 모든 시간에 제단의 성체에 찬미와 예배를 드릴지어다!"라 하며, 8시라면 "8시에, 또 모든 시간에……."처럼 시간에 따라서 하는 식이다.

자기 생각을 버리고 언제나 하느님께 마음을 바치는 것을 목적으로 한 이런 관습은 많은 수도회에 있지만 기도문이 각각 여러 가지일 뿐이다. 예를 들어, 어린 예수 연맹에서는 이렇게 말한다.

"지금 이 시간에, 또 모든 시간에 예수님의 사랑이 내 마음을 불타게 하옵시길!"

지금으로부터 50년 전 프티 픽퓌스 수도원에 있었던 마르틴 베르가의 베네딕트 베르나르회 수녀들은 갖가지 성무(聖務) 일과 중에 장중한 시편 낭송이나 순수한 단음 성가를 바치고 목청을 돋워 노래를 불렀다. 미사 경본에 별표가 있을 때마다 잠깐 숨결을 가다듬고, 나직한 목소리로 "예수, 마리아, 요셉."이라고 외친다. 장례식 때에는 여자가 낼 수 있는 최저음으로 노래하기 때문에 뼛속을 파고드는 것 같은 비통한 효과를 낸다.

프티 픽퓌스의 수녀들은 자기들의 공동묘지로서 주 제단 아래에 납골장을 마련해 놓았다. 그러나 이 수녀들의 이른바 '정부'는 그 지하실에 관을 넣는 걸 허락하지 않았기 때문에 수녀들은 죽으면 수도원에서 나가야 했다. 이것은 수녀들 가슴을 아프게 만들어 마치 죄악처럼 비탄에 빠뜨렸다. 하지만 예전에 수녀원 소유지였던 보지라르 옛 묘지의 일정한 자리에, 일정한 시간에 매장되도록 허락받는 것으로 위안을 삼았다.

목요일에 수녀들은 주일과 마찬가지로 대미사와 저녁기도와 그 밖의 모든 미사에 참석하도록 되어 있다. 이 밖에도 로마교회가 옛날 프랑스에 마구 퍼뜨렸고, 지금도 스페인이나 이탈리아에서 퍼뜨리고 있는 자질구레한 의식, 세상 사람 거의가 모르는 자질구레한 의식까지 하나도 빠짐없이 정성을 다해 지키고 있다. 수녀들이 성당에 머물러 있는 시간은 굉장히 긴데, 기도의 횟수와 시간에 대해서는, 수녀 한 사람이 천진하게 하는 말을 옮기는 것이 가장 손쉬운 설명이 될 것이다.

"지원 수녀의 기도는 굉장하고, 예비 수녀의 기도는 더 어마어마하고, 서원 수녀의 기도는 그것보다도 더 무시무시하답니다."

일주일에 한 번 집회가 열리는데 수도원장이 회장이 되고, 메르 보카르들이 거기에 입회한다. 수녀들은 저마다 차례로 돌 위에 무릎을 꿇고, 그 일주일 동안에 저지른 잘못이나 죄를 여러 사람 앞에서 큰 소리로 고백하는데, 고백이 끝날 때마다 메르 보카르들이 의논하여 고행을 소리 높이 선고하곤 한다.

좀 무거운 잘못은 모두 집회에서 고백하기 위해 남겨 놓지만, 그 밖의 가벼운 것은 '뉘우침'이라고 부르는데 수녀들은 성무 일과를 하는 동안 언제나 '우리 어머니'라고 불리는 원장 수녀가 의자의 나무 부분을 가볍게 두들겨서 이제 일어나도 좋다고 할 때까지 그 앞에 엎드려 있는 것으로 뉘우치는 것이다. 아주 사소한 것도 내 잘못이라고 뉘우친다. 컵을 깨뜨렸다든가, 베일을 찢었다든가, 성무 일과에 조금 늦었다든가, 또는 회당에서 음계를 잘못 읽었다든가 하는 것도 내 잘못이라고 부른다.

이 뉘우침은 아주 자연스럽게 일어나 '죄를 지은'(여기서 이 낱말을 어원학에서 볼 때 알맞다) 자기를 스스로 심판하며 자기에게 과하는 것이다.

대축일이나 일요일에는, 네 사람의 메르 보카르들이 네 개의 악보대가 달린 커다란 테이블 앞에서 시편 찬가를 부른다. 어느 날 한 메르 보카가 '에케(여기에)'로 시작되는 시편을 노래할 때 '에케'라고 하지 않고 '도, 시, 솔'이라는 세 음계를 큰 소리로 부른 잘못으로 기도 시간 내내 이 잘못을 견뎌야 했다. 회중들이 웃었기 때문에 그 잘못을 더욱 커진 것이다.

수녀가 응접실로 불려 갈 때는, 비록 수도원장일지라도 앞에서 말한 것처럼 입만 보이게 베일을 내려야 한다. 수도원장만이 외부 사람들과 이야기할 수 있는데 다른 사람들은 한정된 친척, 그것도 아주 드물게만 만날 수 있다. 만약에 뜻밖의 일로 속세에서 누가 찾아와 잘 아는 사이였든지 사랑한 사이였든지 하며 수녀를 만나려고 한다면, 한 차례 담판을 벌여야만 한다. 찾아온 사람이 여자일 경우에는 때로 허락받을 수도 있다. 그러면 수녀는 나와서 판자문을 사이에 두고 이야기하는데 어머니나 자매가 왔을 때가 아니면 판자문이 열리지 않는다. 남자에게는 결코 허락되지 않는다는 건 말할 필요도 없다.

이상이 마르틴 베르가가 더욱 어렵게 만들어 놓은 성 베네딕트의 규칙이다. 이곳 수녀들은 다른 수도회 수녀들이 흔히 그렇듯 쾌활하거나 장밋빛 얼굴을 하고 있거나 발랄하거나 하지 않다. 이 수녀들은 창백하고 근엄하다. 그 때문에 1825년부터 1830년 사이에 세 수녀가 미쳤다.


## 엄격성


이 수도회에 들어가면 적어도 2년이지만 대개는 4년 동안 지원 수녀로, 그다음 4년 동안은 예비 수녀로 지낸다. 마지막 서원을 23년 내지 24년이라는 세월이 흐르기 전에 하는 일은 매우 드문 일이다. 마르틴 베르가의 베르나르 베네딕트 수도원은 미망인을 결코 받아 주지 않는다. 수녀들은 저마다 독방에서 남모르는 숱한 고행을 하는데 남에게 결코 이야기해서도 안 된다.

예비 수녀는 서원식을 하는 날 가장 아름다운 옷을 입고, 백장미 모자를 쓰고, 머리에 기름을 발라 곱게 매만진 다음에 엎드린다. 그러면 모두들 그녀 위에 커다란 검은 너울을 덮어 주고 장송곡을 부르는데 수녀들이 두 줄로 갈라져, 한 줄은 그녀 옆을 지나면서 '우리 자매는 죽었네.' 하고 구슬프게 말하고, 다른 한 줄은 드높은 목소리로 '예수 그리스도 안에 살도다!' 라고 화답하는 것이다.

지금 이야기하는 일이 일어난 무렵에는 기숙사가 수도원에 딸려 있었다. 대부분 돈 많은 귀족 집안 딸들이 머문 기숙사로, 이 딸들 가운데에는 생톨레르 양이며 벨리상 양이며 탈보라는 유명한 가톨릭 이름을 가진 영국 소녀들도 있었다. 그러한 젊은 아가씨들은 사방이 담으로 둘러싸인 곳에서 이곳 수녀들에게 교육받고, 속세와 시대를 두려워하면서 자랐다. 그중 한 아가씨는 어느 날 이런 말을 했다.

"거리에 깔린 돌을 보면 머리에서 발끝까지 마구 떨려 온다니까."

기숙생들은 푸른 옷에 흰 모자를 쓰고, 도금한 은이나 구리로 만든 성체를 가슴에 달고 있었다. 몇 개의 대축일, 특히 성 마르타 축일에는 값은 은총 또는 지상의 행복으로서, 수녀복을 입고 하루 종일 성 베네딕트의 예배를 드리고 의례를 지키는 특전이 허락되었다.

처음 얼마 동안은 수녀들 모두 자기의 검은 옷을 이 기숙생들에게 빌려 주었지만 그것이 신성을 모독하는 일 같아 원장이 금지령을 내렸다. 수녀복을 빌려 주는 것은 예비 수녀에게만 허락되었다.

여기서 주의해야 할 것은, 아마도 그러한 행사가 은근히 신앙심을 돋운다 하여 수도원 안에서 허락하고 또 권장되었다. 소녀들에게 성의(聖衣)의 감촉을 미리 몸으로 느끼게 하기 위한 것이기도 했는데, 기숙생들로서는 실제 행복이고 참된 즐거움이었다. 기숙생들은 아주 천진난만하게 그것을 기뻐했다. '그것은 신기한 일이었고, 그들의 마음을 변화시켜 주었다.' 또 이것은 천진한 동심의 세계라고 할 수 있겠지만, 그렇더라도 손에 성수반을 들고, 악보대 앞에 네 사람씩 늘어서서 몇 시간이나 노래 부르는 즐거움은 우리 같은 속인들이 얼른 이해될 것 같지는 않다.

기숙생들은 고행을 제외한 수도원의 모든 의례를 지켰다. 그중에는 세상으로 돌아가 결혼하여 몇 년이 지난 뒤에도 누군가가 문을 두드릴 때마다 허둥지둥 '영원토록!'이라고 말하는 버릇이 없어지지 않는 경우도 있었다.

수녀들과 마찬가지로, 기숙생도 응접실 말고 다른 곳에서 부모와 만나지 못했고 어머니조차 딸들에게 키스하는 게 허락되지 않았다. 그런 규칙들이 얼마나 엄하게 지켜졌는지는 다음과 같은 이야기로도 알 수 있다. 어느 날 한 어린 기숙생에게 어머니가 세 살짜리 여동생을 데리고 찾아왔다. 기숙생 아가씨는 어린 동생에게 키스하고 싶어 견딜 수 없으나 허락되지 않아 울고 있었다. 이 아가씨는 하다못해 어린 여동생의 손이라도 창살 사이로 들이밀어 키스하게 해 달라고 빌었지만 그것마저 거부당했다.


## 즐거움

이 젊은 아가씨들은 그래도 엄청난 고통을 주는 이 집을 온갖 아름다운 추억으로 가득 채웠다. 때로는 어린이가 이 수도원 안을 팔짝팔짝 뛰면서 노니는 일도 있었다. 휴식 시간을 알리는 종이 울리고 문이 활짝 열린다. 새들이 지저귄다.

"아, 귀여워라! 아이들이 오네."

수의처럼 십자길이 난 정원에 갑자기 젊음이 홍수처럼 넘실거린다. 빛나는 얼굴, 새하얀 이마, 즐거운 빛이 넘치는 맑은 눈, 온 세상의 새벽빛이 이 어둠 속에서 밝아 오는 것이다.

시편 찬미가 뒤에, 크고 작은 종들이 함께 울리고 난 뒤, 장송의 종이 울린 뒤, 제식이 끝난 뒤에 갑자기 어린 아가씨들의 목소리가 꿀벌의 윙윙거림보다 더 정답게 솟아오른다. 기쁨의 벌통이 열리고 한 사람 한 사람이 꿀을 가져 오는 것이다. 여기저기서 노닐고, 서로 부르고, 한데 모였다가 뛰어다니고 새하얗고 고운 치아를 머금은 입술들이 여기저기서 재잘거린다.

베일을 두른 사람들이 멀리서 그러한 환희를 지켜보고, 그림자가 빛의 틈을 노리고 있어도 아랑곳하지 않고 모두 빛이 나고 모두 웃는다. 저 음울한 사방을 둘러싼 담도 한순간 밝게 빛난다. 담도 넘치는 환희를 반사하여 희미하게 반짝이며, 부드러운 꿀벌들의 파도를 황홀하게 바라본다. 그야말로 검정 일색의 수도원 안에 퍼붓는 장미꽃 비인 셈이다. 아가씨들은 수녀 앞에서 웃고 떠드는데 엄격한 계율의 눈길도 천진함은 어쩌지 못한다. 이 아가씨들이 있기 때문에 어둡기만 한 수도원 안에도 천진무구한 순간이 생긴다. 작은 아가씨는 뛰어다니고 큰 아가씨는 춤을 춘다.

이 수도원 안에서는 놀이에 천국이 스며들고 있다. 꽃처럼 피어나는 싱싱한 이 영혼보다 즐겁고 숭고한 것은 없으며 호메로스와 페로도 여기서는 미소를 지을 것이다.

이 암흑의 정원 안에는 젊음, 건강, 설렘, 외침, 열중하는 마음, 환희, 행복이 있기에 그것을 보면 어떤 노파라도, 서사시에 나오는 노파나 이야기 속의 노파, 궁중의 노파, 오두막에 사는 노파, 헤카베에서 메르 그랑에 이르기까지 모든 노파들이 한꺼번에 주름살이 펴질 것이다.

언제나 애교가 넘치고 꿈이 가득 찬 웃음으로 사람을 웃게 만드는 어린 '아이의 말'은 아마도 다른 어디보다도 이 집에서 더 많이 들을 수 있을 것이다. 어느 날 다섯 살 난 여자아이가 큰 소리로 말한 것도 이 음울한 담이 사방에 둘러쳐진 곳에서였다.

"엄마! 나는 이제 9년 하고 10개월만 더 여기에 있으면 된대요. 저 큰 언니가 말했어요. 아이 좋아."

또 다음과 같은 마음에 남는 대화도 여기서 이루어졌다.

메르 보카르: "넌 왜 울고 있니?"

소녀(여섯 살): (흐느끼면서) "내가 프랑스 역사를 알고 있다고 알릭스한테 말했어요. 그랬더니 알릭스가 날더러 그걸 모른다고 그러잖아요. 알고 있는데요."

알릭스(큰 아이, 아홉 살): "아니에요. 모르고 있다니까요."

메르 보카르: "왜 그렇게 생각하지?"

알릭스: "어디든 책을 펼치고 안에 씌어 있는 걸 물어봐. 대답할 테니라고 그랬어요."

"그랬는데?"

"대답을 못했어요."

"그래, 넌 뭘 물어봤니?"

"저 애 말대로 아무 데나 펼치고, 맨 먼저 눈에 띈 것을 물어보았어요."

"뭘 물었다는 거니?"

"그건 '다음은 어떻게 되었는가?'라는 걸 물어봤어요."

기숙사에서 수도하고 있는 한 부인이 기르는 제법 미식가인 앵무새를 자세히 관찰한 것도 여기였다.

"정말 귀엽군요! 햄 샌드위치를 껍질만 먹네요. 어른 같군요."

다음의 고백도, 일곱 살 난 어떤 어린아이가 죄를 느끼고, 그것을 잊어버리지 않도록 수도원의 디딤돌 위에 적어 놓은 것을 가져온 것이다.

"하늘에 계신 아버지시여, 저는 욕심이 많았던 걸 고백합니다."

"하늘에 계신 아버지시여, 저는 더러운 짓을 한 걸 고백합니다."

"하늘에 계신 아버지시여, 저는 눈을 들어 남자를 쳐다보았던 걸 고백합니다."

장밋빛 입술을 가진 여섯 살 난 아이가 다음과 같은 이야기를 그 자리에서 바로 만들어 네댓 살쯤 된 파란 눈의 아이에게 들려준 것도 이 정원 잔디 위 벤치에서 일어난 일이다.

"옛날 옛날 먼 옛날에, 조그만 닭 세 마리가 꽃이 잔뜩 핀 나라를 가지고 있었어요. 닭들은 꽃을 따서 주머니에 넣었어요. 그리고 또 잎을 따서 장난감 속에 넣었답니다. 그 나라에는 늑대가 한 마리 있었어요. 숲이 많이 있었고 늑대는 숲 속에 있었어요. 그리고 늑대는 조그만 닭들을 먹어 버렸어요."

그리고 또 이런 시도 지었다.

"회초리가 딱 소리를 냈다네.

고양이를 때려 준 것은 폴리키넬레.

고양이는 오히려 나빠지고

때린 이는 쫓겨나 감옥으로 갔어요."

수도원에서 자선사업으로 맡아 기르던 한 고아는, 다음처럼 귀엽고도 가슴을 치는 말을 한 것도 여기였다. 그 고아는 다른 아이들이 어머니 이야기하는 것을 듣고 한쪽 구석에서 중얼거렸다.

"내가 태어났을 때 벌써 엄마는 안 계셨대요!"

언제나 열쇠 다발을 들고 복도를 분주하게 오가는 뚱뚱하게 살찐 아가트라는 문지기 수녀가 있었는데 열 살 넘은 큰 아이들은 이 수녀를 '아가토클레스'라고 불렀다.

식당은 커다란 직사각형 방으로, 정원과 같은 높이에 달린 조각된 회랑의 창으로 빛이 들어올 뿐이라 어둠침침하고 눅눅하여, 어린아이들의 말 그대로 벌레가 잔뜩 돌아다녔다. 사방에서 벌레들이 몰려들었고 기숙생들은 식당 네 귀퉁이에 '거미' 귀퉁이, '쐐기벌레' 귀퉁이, '쥐며느리' 귀퉁이, '귀뚜라미' 귀퉁이, 재미있는 이름을 붙여 놓았다.

이 '귀뚜라미' 귀퉁이는 조리실 옆이라 제법 좋은 자리였다. 거기는 다른 구석처럼 춥지 않았다. 이 이름들은 식당에서 기숙사까지 올라가, 옛날 마자랭 대학에서 쓰이는 네 국가 이름처럼, 모든 학생의 소속을 나타내게 되었다. 학생들은 저마다 식사할 때 앉았던 식당 귀퉁이에 따라 네 개 나라 중 어느 하나에 속했다.

어느 날 대주교가 시찰하러 왔다가 마침 둘러보고 있던 교실에서 멋진 금발을 한 혈색 좋은 아름다운 소녀가 들어오는 것을 보고, 곁에 있던 싱싱한 뺨의 예쁜 갈색 머리 기숙생에게 물어보았다.

"저 학생은 누구인가?"

"거미입니다."

"뭐! 그럼, 저 애는?"

"귀뚜라미입니다."

"그럼, 이 애는?"

"쐐기벌레입니다."

"그럼, 너는?"

"저는 쥐며느리입니다."

이러한 집들은 저마다 특색을 지니고 있기 마련이다. 금세기 초에는 에쿠앙은 존엄한 그늘 속에서 소녀들이 자라는 품위 있고 엄격한 장소 중 하나였다. 에쿠앙에서는 성체 행렬에서 '소녀반'과 '꽃반'으로 나뉘어 있었고 또 '덮개반'과 '향로반'이라는 것도 있어, 전자는 성체를 모신 수레의 덮개 줄을 잡고, 후자는 향로를 받들었으며 '꽃반'은 물론 꽃을 맡았고 네 명의 '동정녀'가 앞장서서 걸었다. 그 영광스러운 날 아침이 되면, 침실에서 이렇게 묻는 목소리를 듣게 되는 건 아주 흔한 일이 되었다.

"누가 처녀일까요?"

캉팡 부인은 일곱 살짜리 '작은아이'가 열여섯 살 난 '큰아이'에게 했다는 다음의 말을 전해 주었다. 그때 큰아이는 행렬 선두에 서 있었고, 작은아이는 뒤에 서 있었다.

"언니는 처녀네, 난 처녀가 아니야."

## 기분 전환

식당 문 위에는 사람들을 천국으로 이끄는 영험이 있다는 '순백한 주님의 기도'라는 다음과 같은 기도문이 커다랗고 검은 글씨로 씌어 있었다.

하느님 몸소 만들어 내시고, 하느님 몸소 외우시고, 하느님 몸소 천국에 가져다 놓으신 것. 어젯밤에 자리에 들려 할 때, 나는 나의 잠자리에서 세 천사를 보았네. 성모마리아님은 그 한가운데 계시다가 어서 누워 자거라,

두려워하지 말거라, 내게 말씀하셨네. 하느님은 나의 아버지, 성모님은 나의 어머니, 세 동정녀는 나의 자매, 세 사도는 나의 형제. 주님의 배내옷으로 나의 몸은 싸여 있고, 성 마르그리트의 십자가는 내 가슴에 새겨졌네. 성모님은 주님의 죽음을 슬퍼하며 들로 나가 성 요한을 만나 말씀하시길, 성 요한이여, 어디서 오는가? 하시니, 나는 아베 살루스에서 왔습니다, 했더니, 그럼 그대는 주님을 만나지 못했는가 하고 물으시니, 주님은 나무 십자가에 발을 늘어뜨리고, 손에는 못이 박히고, 희고 작은 가시면류관을 머리에 쓰고 계시더라 하였네. 이것을 저녁에 세 번 외우고, 아침에 세 번 외우는 자는 천국으로 들어갈 것이로다.'

이 특별한 기도문은 1827년에는 세 번이나 거듭 칠한 칠 공사로 벽에서 사라져 버렸다. 그때의 소녀들도 이제 모두 늙어, 얼마 남지 않은 기억 속에서조차 그 기도문은 완전히 사라져 버렸다.

벽에는 커다란 십자가상이 하나 걸려 있어 모자란 식당의 장식 역할을 했다. 문은 단 하나였는데 이미 말한 것처럼 정원 쪽으로 여닫게 만들어졌다. 두 개의 나무 벤치가 양쪽으로 놓여 있는 폭이 좁은 식탁은 식당 끝에서 끝으로 두 줄의 긴 평행선을 그렸으며 벽은 희고 식탁은 검었다. 이 두 가지 죽음의 빛깔만이 수도원을 물들일 수 있었다.

식사는 간소했으며, 어린아이들이 먹는 것조차도 엄격해서 고기와 야채를 섞은 것이 아니면, 소금에 절인 생선 한 토막이었는데 그것만으로도 성찬이었다. 기숙생에게만 허락되는 이 음식도 정말 예외적인 것이었다. 아이들은 주번 메르의 감시 아래 묵묵히 식사를 하는데 가끔 파리 한 마리가 앵앵거리며 날아다니기라도 하면, 메르는 나무 표지의 책을 폈었다 닫았다 하며 큰 소리를 냈다. 그러나 그 침묵도 십자가상 아래 설치된 조그만 강단에서 큰 소리로 성자의 전기를 낭독할 때면 얼마쯤 완화가 되는데 그 주의 당번인 상급생이 그것을 읽었다.

식탁보를 깔지 않은 식탁 여기저기에 도기 항아리가 놓여, 학생들은 그 항아리에서 자신의 접시와 나이프와 포크 등을 씻었다. 가끔은 거기에 질긴 고기나 상한 생선 따위 찌꺼기를 던져 넣다가 벌을 받는 경우도 생겼다. 그들은 그 항아리를 수반이라고 불렀다.

침묵을 깨뜨린 아이는 '혀의 고행'을 치러야 했는데 바닥에 깔린 돌을 혀로 핥게 만드는 것이었다. 모든 기쁨의 마지막 흔적인 먼지가, 재잘대는 죄를 지은 그 애처롭고 작은 장미 꽃잎을 징계하는 임무를 맡았다.

이 수도원에는 '단 한 권'밖에 인쇄되지 않았으며 읽는 것조차 금지된 책이 있었는데 성 베네딕트의 계율로, 속인의 눈이 엿보아서는 안 되는 비밀이었다. '우리의 계율 또는 규약은 결코 외부에 알려지면 안 된다.'

어느 날 기숙생들이 그 책을 훔쳐 내는 데 성공하여 읽기 시작했지만 들킬까 봐 겁이 나서 조금 보다가는 자꾸만 덮느라고 띄엄띄엄 읽을 수밖에 없었다. 기숙생들은 그렇게 큰 위험을 무릅썼는데도 결국은 별것 아닌 재미를 얻었을 뿐이었다. 어린 남자아이의 죄에 대해 씌어 있는 아리송한 몇 페이지가 '가장 재미있는' 부분이었다.

기숙생들은 메마른 과일나무 대여섯 그루가 늘어선 정원 오솔길에서 놀았다. 감시가 심하고 벌이 엄했지만, 바람이 나무를 뒤흔든 다음에는 가끔 익은 사과나 썩은 살구, 벌레 먹은 배 같은 걸 몰래 주울 수 있었다.

지금 여기 내 눈앞에 있는 한 장의 편지에게 말을 시켜 보자. 지금은 파리에서 가장 우아한 높은 부인 중 한 사람인 모 공작 부인이, 옛날 이곳 기숙생이었던 25년 전에 쓴 편지이다. 원문 그대로 옮겨 보도록 하겠다.

"배나 사과를 되도록 숨겨 두죠. 저녁 식사 전 베일을 침대에 얹어 놓으러 갈 때 베개 밑에 넣어 두었다가, 밤에 침대 속에서 먹는 거예요. 그게 안 되면 변소에서 먹는답니다."

그것이 기숙생들에게는 엄청난 즐거움이었다.

역시 대주교가 이 수도원을 방문한 어느 날의 일이었는데, 기숙생들

가운데 몽모랑시 가문의 혈통을 얼마쯤 이어받은 부샤르 양이라는 아가씨가 대주교에게 하루의 휴가를 청원해 볼 테니 내기를 걸자고 제의했다. 엄하기로 유명한 이곳에서 휴가란 꿈도 못 꿀 일이어서 막상 내기를 걸긴 했지만 내기에 참여한 아가씨들은 아무도 실현성이 있다고 생각하지 않았다. 이윽고 때가 되어 대주교가 기숙생들 앞을 지나갈 때, 동료들의 말할 수 없는 두려움도 아랑곳 하지 않고 부샤르 양은 줄에서 한 발 나섰다.

"주교님, 휴가를 하루 주십시오."

부샤르 양은 발랄하고, 키가 크고, 귀여운 장밋빛 얼굴을 가진 아가씨였다. 대주교 켈랑은 빙그레 웃었다.

"하필이면 왜 하루인가? 사흘이라도 좋지, 사흘 휴가를 주겠네."

수도원장도 대주교의 말씀인지라 어쩔 수가 없었다. 수도원으로서는 감히 상상도 못할 일이었지만 기숙생들은 좋아서 야단법석이었다. 그 모습을 한번 상상해 보시라.

그러나 이 까다로운 수도원에도 바깥세상의 정열에 찬 생활이나 소설, 나아가 드라마 비슷한 일이 약간이지만 스며들 만한 틈이 있었다. 우선 여기서 그 증거로, 분명히 일어났던 일이라고 믿어지는 사실을 예로 들어 간단하게 설명하기로 하자. 이것은 물론 이 책 내용과는 별 상관도 없다. 이 실화를 이야기하는 것은, 이 수도원의 모습을 독자들 머릿속에 확실히 새겨 주기 위해서이다.

그 무렵에 정체를 알 수 없는 한 여자가 수도원에 있었다. 수녀는 아니었지만 매우 정중한 대우를 받았고, '알베르틴 부인'이라고 불렸는데 그녀에 관해 알려진 것은 정신이 좀 이상하다는 것과, 세상에서는 이미 죽은 것으로 되어 있다는 사실뿐이었다. 또 그러한 이야기의 뒤편에는, 어떤 훌륭한 결혼을 위해 필요한 재산 정리 문제가 있다는 소문이 돌았다.

알베르틴 부인은 세상에서는 죽은 것으로 되어 있었다. 그 여자는 서른이 될까 말까 한 정도의 갈색 머리를 가진 상당한 미인으로, 커다랗고 검은 눈으로 멍하니 무언가를 바라보곤 했는데 정말로 보고 있는지는 알 수 없었다. 그 여자는 걷는 게 아니라 미끄러져 가는 듯 보였으며 결코 말하는 일이 없고 숨을 쉬고 있는지도 잘 알 수 없을 정도였다. 콧구멍은 마지막 숨을 거둔 뒤처럼 좁고 창백했고 그녀의 손은 얼음을 만지는 듯 차가웠다. 그녀는 유령 같은 불가사의한 아름다움을 지니고 있어 그녀가 들어서면 한기가 오싹 느껴질 정도였다.

어느 날 한 수녀가 알베르틴 부인이 지나가는 것을 보고 옆에 있던 수녀에게 말했다.

"저분은 죽은 것으로 되어 있다는데."

"정말로 죽은 게 아닐까요!"

알베르틴 부인에 대한 갖가지 소문이 떠돌았고 기숙생들의 끝없는 호기심의 대상이 되었다. 성당에 '둥근 창'이라고 부르는 특별석이 하나 있었다. '둥근창'이 하나 있을 뿐인 그 자리에서 알베르틴 부인은 성무 일과에 참례했고 대개 혼자 거기 앉아 있었다. 왜냐하면 2층의 그 좌석에서는 남자 강론자나 사제가 보이기 때문으로 그것은 수녀들에게 금지된 일이었다.

어느 날 강론단에 지위가 높은 젊은 사제가 섰다. 로앙 공작으로 상원 의원이며, 레옹 대공으로 불린 1815년에는 근위대 기병 장교로 있었고, 나중에 추기경이 되고 또 브장송의 대주교가 되었다가 1830년에 죽은 사람인데 로앙 공작이 프티 픽퓌스의 수도원에서 강론하는 것은 그때가 처음이었다. 알베르틴 부인은 평소 같으면 매우 침착하게 전혀 움직이지 않는 자세로 강론과 성무 일과를 들었는데, 그날은 로앙 공작의 모습을 본 순간 몸을 반쯤 일으키며 고요한 성당 안에서 소리 높게 외쳤다.

"어머! 오귀스트!"

모두들 깜짝 놀라 뒤를 돌아보았고, 강론자도 눈을 쳐들었지만 알베르틴 부인은 이미 평상시와 다름없이 움직이지 않는 모습으로 돌아가 있었다. 바깥세상의 한 가닥 숨결이, 생명의 한 줄기 빛이, 불이 꺼져 얼어붙은 그녀의 얼굴 위를 한순간 스쳐 가고는 다음 순간 모든 것은 다시 사라지고, 미친 여자는 다시 주검이 되었다.

그러나 그 두 마디는 수도원 안에서 말을 할 수 있는 모든 사람의 화제가 되었다. "어머! 오귀스트!" 라는 말 속에 얼마나 많은 뜻이 담겨 있고, 얼마나 많은 비밀이 숨어 있는 것일까! 로앙 공작의 이름은 진짜 오귀스트였다.

로앙 공작을 알고 있는 것을 봤을 때, 알베르틴 부인은 진짜로 굉장한 상류사회 출신임에 틀림없었다. 그토록 고귀한 사람을 그토록 친근하게 부르는 것을 보면, 그녀 역시 상류사회에서 높은 지위를 가지고 있었던 게 틀림없었다. 또한 로앙 공작의 이름을 알고 있는 것을 보면 그녀와 그는 친척일 수도 있지만 어떤 밀접한 관계가 있을 게 분명했다.

슈와죌과 세랑이라는 매우 엄격한 두 공작 부인이 때때로 이 수도원을 찾아왔다. 아마도 '고귀한 부인'의 특권으로 들어오는 것이겠지만, 기숙생들은 몹시 싫어했다. 두 노부인이 지나가는 동안 소녀들은 가엾게도 모두 떨면서 눈을 내리깔았다.

로앙 공작도 본인은 모르는 사이에 기숙생들이 주목하는 초점이 되어 있었다. 그는 그 무렵, 주교로 임명되기에 앞서 파리 대주교의 주교 대리가 된 참인지라 프티 픽퓌스 수녀들의 회당에 미사를 집전하러 오는 것도 그의 임무 중 하나였다.

여기 갇힌 소녀들은 모두 휘장 뒤에 가려진 로앙 공작의 모습을 볼수 없었지만 그는 좀 가늘고 부드러운 목소리를 갖고 있었으므로, 소녀들은 결국 그것을 기억하게 되었고 목소리만으로도 그라는 것을 알게되었다. 로앙 공작은 근위대 기병이었던 때가 있었고 들리는 바에 따르면 굉장한 멋쟁이로 아름다운 밤색 머리칼을 지져 공들여 매만지고, 검은색의 폭넓고 훌륭한 띠를 두른 법의 차림이 세상에서 제일 우아하다고 칭송받는다고 했다. 그는 열여섯 살 난 처녀들의 온갖 공상의 대상이 되었다.

외부의 소리가 수도원 안까지 들려오는 일은 전혀 없었지만, 어느 해에 피리 소리가 문득 들려왔고 그것은 하나의 사건이었다. 그 무렵 기숙생이었던 사람들은 지금도 그것을 기억하고 있을 것이다. 누군가 근처에서 피리를 불고 있었다. 그 피리가 부는 곡조는 언제나 한 가지뿐이어서, 이제는 아득히 잊혀진 '나의 제틸베여, 어서 와서 내 영혼의 주인이 되어주길.'이라는 곡이었다. 그 소리는 하루에 두어 번씩 들려왔다. 소녀들은 몇 시간이고 넋을 잃은 채 그 소리에 귀 기울였다. 메르 보카르들은 당황했다. 신경과민이 되어 자주 벌을 내렸으며 그런 일이 몇 달이나 지속되었다. 기숙생들은 모두 누군지 모르는 그 악사에게 얼마간 마음을 주고 저마다 자기야말로 제틸베라고 생각하곤 했다.

피리 소리는 드루아 뮈르 거리 쪽에서 흘러들었다. 저렇게 매혹적으로 피리를 불고 있는 그 '젊은이'를, 자신도 모르는 사이에 여기 있는 모든 소녀의 영혼을 동시에 불고 있는 그 '젊은이'의 모습을 잠시만이라도 볼 수 있고, 몰래 엿보거나, 힐끗 보기라도 할 수만 있다면, 기숙생 아가씨들은 모든 것을 희생해도 아깝지 않고 어떤 죄라도 저지르고 어떤 짓이라도 했을 것이다.

그 가운데는 부엌문 층계로 빠져나가 드루아 뮈르 거리로 면한 4층까지 올라가 채광창으로 내다보려던 소녀도 있었지만 뜻을 이루지 못했으며, 또 다른 기숙생 아가씨는 머리 위로 높이 손을 뻗어 창살 사이로 내밀고 흰 손수건을 흔들었다.

아니, 더 용감한 기숙생이 둘 있었는데 이 아가씨들은 지붕 위까지 기어 올라가는 방법을 감행했고, 마침내 그 '젊은이'를 볼 수 있었는데 그 사람은 늙은 망명 귀족으로, 눈멀고 퇴락한 신세를 한탄하며 다락방에서 심심풀이로 피리를 불었던 것이다.


## 작은 수도원

프티 픽퓌스의 울안에는 수녀들이 살고 있는 큰 수도원, 학생들이 들어 있는 기숙사, '작은 수도원'이라고 불리는 건물, 이 세 건물이 따로따로 서 있었다. 작은 수도원은 정원이 딸린 일련의 긴 건물로, 그곳에는 온갖 수도회에 속하는 늙은 수녀들이 함께 살고 있기 때문에 이를테면 대혁명으로 파괴된 수도원의 잔재 같았다. 검정과 회색빛과 흰빛 등 갖가지 빛깔이 어수선하게 뒤섞인 온갖 공동체의 혼합이고 무릇 생각할 수 있는 한 수많은 종류의 집합이었다. 그것은 혼합 수도원이라고나 부를까.

이미 제정 시대부터 혁명으로 인해 쫓기고 흩어져 갈 곳 없는 불쌍한 수녀들은, 베르나르 베네딕트 수도원의 보호 아래 몸을 의탁할 것을 허락받았다. 정부는 이 수녀들에게 얼마간의 연금을 주었다. 프티 픽퓌스의 수도하는 부인네들은 오래 전부터 연금을 받고 있었다. 이것은 정말 이상한 혼합체로, 저마다 자기 수도회 규칙을 지켰다.

가끔 기숙생들은 휴가로 이 수녀들을 방문하는 것이 허락되었다. 젊은 학생들의 마음에 특히 생 바질 수녀님과 생 스콜라스티크 수녀님과 자코브 수녀님의 추억이 남아 있는 것은 그 덕분이었다.

그 피난 수녀 중의 한 사람은 그야말로 자기 집에 돌아온 것이나 마찬가지였는데 이 수녀는 생 토르회 수녀로 그 회에서는 단 하나 남은 생존자였다. 생 토르회 수녀들의 옛 수도원은 18세기 초부터 바로 프티 픽퓌스의 이 수도원 안에 있었는데, 나중에 마르틴 베르가의 베네딕트회 수녀들 소유가 된 것이다. 이 고결한 수녀는 몹시 가난하여 자기 회의 훌륭한 수도복인 진홍색 케이프가 달린 긴 흰옷을 늘 입고 있을 수 없었기 때문에, 그것을 조그마한 사람 형태의 스탠드에 정성들여 입혀 놓았다. 그녀는 그 인형을 즐겨 사람들에게 보여주었는데, 죽을 때는 이 수도원에 기념으로 남겼다. 1824년에는 이 수도원에 생 토르회 수녀가 단 한 사람밖에 남지 않았고, 오늘날에는 그 인형 하나만이 남았다.

그런 훌륭한 메르들 외에 예를 들어 알베르틴 부인 같은 세속 여인 몇 사람도 작은 수도원에 기거할 것을 수도원장에게 허락받았다. 그중에는 보포르 도폴 부인이나 뒤프렌 후작 부인 같은 사람들도 있었다. 또 다른 한 부인은, 코를 풀 때 굉장한 소리를 낸다는 것밖에는 어떤 신분을 가진 여자인지 수도원에 알려진 게 없었다. 학생 들은 그녀를 바카르미니 부인이라고 불렀다.

1820년인가 1821년에 〈앵트레피드〉라는 조그마한 정기 간행물 편집인이었던 장리스 부인이 프티 픽퓌스 수도원 기숙사에 들어오겠다고 희망을 전했다. 오를레앙 공의 추천이 있었기에 벌집을 쑤신 것 같은 소동이 벌어졌고 메르 보카르들은 모두 벌벌 떨었는데 장리스 부인은 소설을 쓴 일이 있었던 것이다.

그러나 부인은, 자기는 누구보다도 소설을 싫어한다고 주장을 한 뒤, 지금은 열렬한 신앙의 경지에 이르렀노라고 말했다. 하느님의 힘과 오를레앙 공의 도움으로 그녀는 들어올 수 있었지만 여섯 달인지 여덟 달인지 머물고는 정원에 나무 그늘이 없다는 핑계로 나가 버렸다. 수녀들은 좋아서 어쩔 줄 몰라 했다.

부인은 나이가 꽤 많았지만 하프를 굉장히 잘 탔다. 나갈 때 그녀는 수도자 독방에 글귀를 남겨 놓았다. 장리스 부인은 미신을 믿었고 또 라틴어 학자이기도 했다. 이 두 가지 점으로 그녀의 프로필을 어느 정도 파악할 수 있겠다. 몇 해 전까지만 해도 그녀가 돈과 보석을 넣어 두던 그 독방의 벽장 안쪽에 다음과 같은 다섯 줄의 라틴어 시가 붙어 있는 것을 볼 수 있었는데 노란 종이에 붉은 잉크로 부인이 손수 써 붙여 놓은 것으로, 그녀의 말을 빌면 도둑을 쫓는 영험이 있다고 했다.

가치 다른 세 개의 본체(本體), 십자가 가지에 매달렸네.
디스마스와 제스마스, 그리고 그 가운데에는 예수 그리스도.
디스마스는 천국을 원하고, 불행한 제스마스는 지옥을 원하네.
지극한 힘이여, 우리와 우리의 모든 재물을 지켜 주시길.
이 시를 외우라, 네 재물의 안전을 위해.

6세기 라틴어로 쓴 이 시는, 골고다 언덕에서 그리스도와 함께 십자가에 못 박힌 두 도둑의 이름이, 보통 알려진 대로 디마스와 제스마스냐, 아니면 이 시에 있는 것처럼 디스마스와 제스마스냐 하는 문제를 불러일으켰다. 이 시에 있는 알파벳으로는, 지난 세기에 제스타스 자작이 자기는 그 악당의 피를 이어받았노라고 했던 주장과 모순되는 것이었다. 그것은 어떻든 이 시가 지닌 고마운 영험은, 오스파틸리에회 수녀들에게 신앙의 한 조항이 되었다.

이곳 성당은, 큰 수도원과 기숙사가 완전히 격리되어 지어져 있지만 기숙사와 큰 수도원과 작은 수도원의 공용이었다. 뿐만 아니라 보통 사람들도 한길 쪽으로 열린 검역소처럼 생긴 입구를 통해 들어오는 게 허용되었다.

그러나 수도원에 사는 사람들 눈에는 결코 외부 사람 얼굴이 보이지 않게 되어 있었다. 예를 들면 이 성당의 성가대석은 하나의 커다란 손에 쥐어진 것처럼 만들어져, 여느 성당에서처럼 제단 뒤에 있지 않고, 사제의 오른쪽으로 어두컴컴한 방이나 굴을 이루듯 구부러져 있었다. 그리고 그 방은 앞에서 말한 7피트 높이의 휘장으로 가려져 있고 그 휘장 뒤로 나무 걸상을 죽 늘어놓고 성가대석의 수녀는 왼쪽에, 기숙생들은 오른쪽에, 평수녀와 예비 수녀들은 안쪽에 앉는 식으로 저마다 정해진 자리가 있었다.

이로써 성무 일과에 참례하는 프티 픽퓌스 수녀들 모습이 어느 정도 짐작되리라 믿는다. 성가대석이라고 부르는 이 방은 하나의 좁은 통로인데 수도원과 통했다. 성당은 정원 쪽으로 난 창문을 통해 햇빛을 받아들였다. 규칙상 입을 열면 안 되는 기도에 수녀들이 참례할 때에는, 의자의 접었다 폈다 하는 소리만으로 그녀들이 자리에 있다는 것을 알 수 있을 뿐이었다.


## 그늘 속에 떠오르는 몇 사람의 실루엣


1819년부터 1825년에 걸친 6년 동안 프티 픽퓌스 수도원장은 이노상트라는 세례명을 가진 블르뫼르 수녀였다. 《성 베네딕트회 성자 열전》을 저술한 마르그리트 드 블르뫼르 집안 출신인 그녀는 원장에 재선되었는데 나이는 예순 살쯤이고 키가 작달막하고 뚱뚱하며 앞에서도 인용했던 기숙생 편지에 따르면, '깨진 질항아리 같은 목소리로 노래하는' 여자였다. 그렇긴 해도 훌륭한 인물이었고 이 수도원 안에서 둘도 없는 쾌활한 사람이고 그 때문에 사람들의 존경을 받기도 했다.

이노상트 원장님은 이 교단의 다시에라고도 할 만한 조상 마르그리트의 기질을 이어받았다. 글재주도 있고 해박하고, 학자인 데다 감식가이고, 역사를 좋아하고, 라틴어에 열중하고, 그리스어와 헤브라이어에 정통하여 베네딕트회 수녀라기보다는 차라리 베네딕트회 수사 같은 풍모를 갖추었다.

부원장은 시느레 수녀님이었는데 눈이 거의 보이지 않는 늙은 스페인 수녀였다.

메르 보카르들 중에서 중요한 사람들은 다음과 같았다. 출납계인 생 오노린 수녀, 수련장인 생 제르트뤼드 수녀, 부수련장인 생 탕주 수녀, 성물 담당 아농시아시옹 수녀, 수도원 안에서 한 명뿐인 심술궂은 간호 담당 생 토귀스탱 수녀, 그리고 아직 젊고 굉장히 아름다운 목소리를 가진 생 메칠드 수녀(고뱅 양), 피유 디외 수도원과 지조르와 마니 사이의 트레조르 수도원에 있었던 장주 수녀(드루에 양), 생 조제프 수녀(코콜루도 양), 생 아델라이드 수녀 (도베르네 양), 미제리코르드 수녀님(고행을 이겨 내지 못했던 피퓌앙트 양), 콩파시옹 수녀(규칙과 상관없이 예순 살에 들어온 굉장한 부자인 드 라 밀티에르 양), 프로비탕스 수녀(로디니에르 양), 1847년에 원장이 된 프레장타시옹 수녀(시강자 양), 그리고 또 정신 이상이 된 생 샹탈 수녀(조각가 세라키의 누이동생), 역시 미쳐 버린 생 샹탈 수녀(쉬종 양).

또 가장 아름다운 사람으로 스물세 살이 된 굉장한 미인이 하나 있었는데 그녀는 부르봉 섬 출신으로 슈발리에 로즈의 피를 이어받았으며, 사교계라면 로즈 양이라고 불렸겠지만 수도원에서는 아송프시옹 수녀라고 불렸다.

생 메칠드 수녀는 노래와 성가대를 담당하고 있었는데, 곧잘 기숙생 가운데서 성가대원을 뽑았다. 기숙생 중에서 목소리와 키가 알맞은 열 살에서 열다섯 살까지의 학생을 보통 한 음계가 되도록 일곱 명을 뽑아 어린아이부터 나이에 따라 차례로 나란히 세워 놓고 선 채로 노래 부르게 했다. 그것을 보고 있으면 소녀들로 만든 피리 같은 느낌이 들어, 천사들로 이루어진 판 신의 살아 있는 피리가 아닌가 생각이 들기도 했다.

평수녀들 가운데 기숙생들이 가장 좋아하는 사람은 생 외프라지 수녀, 생 마르그리트 수녀, 아직 어린 티가 가시지 않은 생 마르트 수녀, 그리고 그 기다란 코로 늘 기숙생들을 웃기는 생 미셸 수녀가 있었다.

이 수녀들은 모두 기숙사의 어린 학생들 누구에게나 친절했고 오직 자기 자신에게만 엄격했다. 난로는 기숙사 쪽에만 불을 피웠고, 먹는 것도 수도원과 비교하면 기숙사 쪽이 훨씬 나았으며 게다가 여러 가지 시중까지 들어 주었다. 다만 학생이 수녀와 마주쳐 말을 걸을 때에도 수녀는 결코 대답하지 않았다.

침묵의 규율이 있기 때문에, 수도원 안에서 말은 인간에게서 떨어져 나와 생명 없는 물건에게 주어지는 결과가 되고 했다. 어느 때는 성당 종이 대신 말하고, 어느 때는 정원사의 방울이 말하기도 했다. 접수구 수녀 곁에 놓여 있는 커다란 소리를 내는 방울이 온 건물 안에 울려 퍼지면, 그 울리는 방법의 차이로 하나의 신호가 되어 해야 할 온갖 일을 알리고 이 집에 사는 누군가를 응접실로 불러내는 역할도 해냈다.

한 사람 한 사람에 대해, 하나하나의 일에 대해 정해진 소리가 있었는데 수도원장은 하나와 하나, 부원장은 하나와 둘, 학과가 시작된다는 알림은 여섯과 다섯이었다. 그러므로 학생들은 교실에 들어간다고 말하지 않고 여섯과 다섯으로 간다고 말하곤 했다. 넷과 넷은 장리스 부인의 종소리였는데 꽤나 자주 울렸다. 호의를 갖지 않은 사람들은 '저건 네 개의 악마야.' 라고 말하곤 했다.

열과 아홉은 커다란 사건을 알리는 소리로, 커다란 사건이란 '벽의 대문'이 열리는 것으로, 빗장이 끝게 질러진 그 무서운 철문은 오직 대주교 앞에서만 삐걱거리는 소리를 내며 열렸다.

이미 말한 것처럼 대주교와 정원사 말고는 어떤 남자도 수도원 안으로는 들어가지 못했지만 기숙생들은 그들 말고도 두 사람의 남자를 볼 수 있었다. 하나는 바네스 신부라는 늙고 못생긴 학교 소속 사제였는데, 그녀들은 그를 성가대석에서 창살 너머로 바라볼 수 있었다. 다른 한 사람은 미술 선생인 앙시오 씨인데, 앞에서도 몇 줄 인용한 기숙생 편지에

의하면 앙시오 선생이라고 부르는 그는 '징그러운 꼽추 할아버지'였다.

　남자들은 모두 상당히 잘 선발된 자들이라는 것을 이것으로 알 수 있을 것이다. 이 이상한 집의 상태는 대충 이 정도였다.


## 마음 다음에는 돌

　정신적인 부분을 스케치한 뒤에 그 물질적 윤곽을 조금 이야기해 두는 것도 쓸모없는 일은 아닐 것이다. 그리고 이것은 독자도 이미 어느 정도는 알고 있다. 생 앙투안의 프티 픽퓌스 수도원은 폴롱소 거리와 드루아 뮈르 거리와 픽퓌스 골목길과, 지금은 없어졌지만 낡은 지도에 오마레 거리라는 이름으로 등장한, 골목길이 서로 교차하면서 만들어 낸 넓은 네모꼴을 거의 모두 차지했다. 이 네 길은 마치 성곽의 해자처럼 그 네모꼴을 둘러쌌다.

　수도원은 여러 개의 건물과 하나의 정원으로 되어 있었는데 전체적으로 볼 때 여러 가지 양식이 뒤섞인 중심 건물은 위에서 내려다보면 마치 지상에 쓰러뜨린 교수대 같은 모습으로 보였다. 교수대의 큰 기둥은 픽퓌스 거리와 폴롱소 거리 사이 드르와 뮈르 거리의 한 모서리 전부를 차지하고, 가로대에 해당하는 부분은 창살이 달린 회색의 높고 어마어마한 정면인데 픽퓌스 골목길에 면해 있었다.

　62번지라는 표찰이 붙은 정문은 그 끝에 있었다. 이 정문 중간쯤에 먼지와 재로 허옇게 바랜 나지막하고 낡아 빠진 아치형 문에는 거미가 그물을 쳐 놓았는데, 그것이 열리는 것은 매주 일요일 한두 시간과 이따금 수녀의 관이 수도원에서 나갈 때뿐이었다. 이 문이 보통 사람들의 성당으로 드나드는 문이었다.

교수대의 팔꿈치에 해당하는 곳에는 식료품과 그 밖의 물건을 주고받는 네모난 방이 있으며, 수녀들은 그것을 '물품 창고'라는 이름으로 불렀다. 큰 기둥에 해당하는 곳에는 메르들과 일반 수녀들의 독방과 예비 수녀의 거처가 있었으며 가로대에 해당하는 부분에는 조리실과 식당, 성당이 있었다.

62번지의 문과 없어진 오마레 거리의 골목 모퉁이 사이에는 기숙사가 있지만 밖에서는 보이지 않았다. 사각형의 나머지 부분은 정원인데 그 주위는 폴롱소 거리의 지면보다 훨씬 낮았다. 그래서 담은 바깥보다 안쪽이 훨씬 높았다.

정원은 전체적으로 편편하고 가운데만 조금 불룩했는데, 그 위에 뾰족하게 원뿔형을 이룬 아름다운 전나무 한 그루가 서 있고, 마치 방패의 둥근 창받이 중심에 열십자로 줄이 나 있듯 그 나무 아래에서 큰길 네 개가 뻗어 있었다. 또 그 길 사이로 두 개씩 여덟 개의 오솔길이 나 있어, 만약 정원이 원형이었다면 기하학적으로 나 있는 그 길의 배치는 마치 수레바퀴 위에 십자가가 놓인 것처럼 보였을 것이다.

어느 길이나 다 정원을 에워싼 울퉁불퉁한 돌담에 이르고 있기 때문에 길이는 일정하지 않았다. 오솔길 양쪽으로 구스베리나무가 늘어서 있었다. 정원 안쪽으로는 키 큰 포플러가 죽 늘어선 오솔길 하나가 드루아뮈르 거리 모퉁이에 있는 낡은 수도원 자리에서 오마레 골목길 모퉁이에 있는 작은 수도원까지 통했다. 작은 수도원 앞에는 또 작은 정원이라고 불리는 빈 터가 있었다.

이러한 것들에 덧붙여 또 하나의 안마당, 내부 건물의 주요부가 만들어 내고 있는 다양한 각도, 감옥 같은 담, 그리고 폴롱소 거리 건너편으로 죽 늘어서 있는 길고 검은 지붕들, 이런 것들을 함께 상상한다면 지금으로부터 45년 전 프티 픽퓌스 베르나르회 수녀들이 사는 집이 어떠했을지 완벽하게 떠올릴 수 있을 것이다. 이 성스러운 저택은 14세기에서

16세기 사이에 유행했던 어느 테니스코트 자리에 세워져 '1만 1천 악마의 테니스장'이라고 불렸다.

이 거리들도 모두 파리에서는 가장 오래된 것들로 드루아 뮈르라든가 오마레라든가 하는 이름부터가 모두 몹시 낡은 것들이다. 게다가 그런 이름을 가지고 있는 길 자체는 더욱 고색창연하다. 오마레 골목길은 본디 모구 골목길, 드루아 뮈르 거리는 에글랑티에 거리라고 불렸다. 인간이 잘라 낸 돌로 담을 쌓아 올리기 전에 하느님은 꽃을 피웠기 때문이다.


## 베일 아래에서의 1세기


작자는 지금 프티 픽퓌스의 옛날 모습을 자세하게 살피고 있기 때문에, 그리고 이미 이 조심스러운 은둔처의 창문 하나를 열고 안을 들여다보았으므로, 여기서 한 가지 더 이야기해 보기로 하겠다. 이것은 물론 이 책의 내용과 아무 관련이 없지만, 이 수도원 자체가 독특한 면을 지니고 있다는 걸 이해시키기 위해서는 매우 특이하고 알아둘 만한 값어치도 있다.

작은 수도원에는 퐁트브로의 대수도원에서 온 100살이 다 된 노파가 하나 있었는데 그녀는 대혁명 전에 상류사회 사람이었다. 루이 14세 아래에서 국새상서(國璽尙書)를 지낸 미로메닐 공에 관한 이야기며 가깝게 지내던 뒤플라 장관 부인의 이야기를 늘 입에 달고 살았다. 이 두 이름을 기회 있을 때마다 꺼내는 것은 그녀의 즐거움이자 자랑이었다.

노파는 퐁트브로의 대수도원에 대해서도 거기는 마치 도시 같다는 둥 수도원 안에 큰길이 몇 개나 나 있다는 둥 여러 가지 허풍스러운 이야기를 했고 그녀가 피카르디 사투리를 썼기 때문에, 기숙생들은 모두 그것을 재미있어 했다. 해마다 그녀는 엄숙하게 서약을 되풀이했으며, 맹세할 때마다 사제에게 이렇게 말했다.

"성 프랑수아 예하는 그것(서약)을 성 쥘리앙 예하에게 바치시고, 성 쥘리앙 예하는 그것을 성 외제브 예하에게 바치시고, 성 외제브 예하는 그것을 성 프로코프 예하에게 바치시고 등등. 그리고 저는 그것을 신부님 당신에게 바치나이다."

그러면 기숙생들은 두건 밑에서가 아니라 베일 아래에서 살며시 웃었다. 귀엽고 작은 소리도 없는 웃음이었지만 메르 보카르들은 눈살을 찌푸렸다.

또 가끔씩 이 100살 먹은 여인은 여러 가지 이야기를 들려주었다. "내가 젊었을 때는 베르나르회 수도사라면 근위병에게도 안 뒤졌다."라는 식의 이야기였고 그것은 한 세기를 이야기하는 것으로 18세기를 말했다.

그녀는 샹파뉴와 부르고뉴의 네 가지 포도주 관습에 대한 이야기도 해 주었다. 대혁명 전에는 어느 고귀하신 분, 예를 들어 프랑스의 원수라든가 대공이라든가 궁정 공작이라든가 하는 사람이 샹파뉴와 부르고뉴의 어느 도시를 지날 때면, 그 시의 대표단이 정중히 맞으러 나와 환영 절차의 하나로 저마다 다른 네 가지 포도주를 따른 네 개의 은잔을 헌상했다는 이야기였다.

첫째 잔에는 '원숭이의 포도주', 둘째 잔에는 '사자의 포도주', 셋째 잔에는 '양의 포도주', 넷째 잔에서는 '돼지의 포도주'라는 글씨가 씌어져 있었고 그 네 가지 이름은 취하는 정도에 따른 4단계를 나타냈다. 취기의 첫 단계는 마음을 유쾌하게 만들고, 둘째 단계는 감정을 돋우며, 셋째 단계는 감각을 둔화시키고, 맨 마지막은 머리를 마비시킨다는 뜻이다.

그녀는 벽장에 뭔가 비밀스러운 것을 넣어 두고 몹시 소중하게 다루었다. 퐁트브로의 규칙은 그런 일을 금지하지 않았다. 그녀는 그 물건을 아무에게도 보여 주지 않았고 자기가 보고 싶을 때는 언제나 방문을 꼭꼭 닫고 숨어서 보았는데, 이것 역시 허락된 행동이었다. 만약 복도에서 발소리라도 들릴라치면, 그 늙은 손으로 되도록 빨리 벽장문을 닫곤 했다.

누군가 그 이야기를 꺼내면, 그 수다스러운 여자는 입을 꽉 다물어 버려 아무리 호기심 많은 사람도 그녀의 침묵을 맞닥뜨리면 어쩔 수 없고, 아무리 끈질긴 사람도 그녀의 고집 앞에서는 손을 들 수밖에 없었다. 그것은 수도원 안에서 일없이 빈둥거리는 사람들의 좋은 화젯거리였다. 100살 먹은 할머니가 보물로 여기는 그 귀중하고 비밀스러운 물건은 대체 무엇일까? 무슨 성서 같은 건가? 혹은 구하기 힘든 묵주인가? 아니면 어느 성자의 유품인가? 사람들의 추측이 난무했다.

그 가엾은 할머니가 죽은 뒤에 사람들은 부리나케 벽장으로 달려가 그것을 열어보았다. 그 물건은 성찬 접시처럼 헝겊으로 겹겹이 싸 놓은 파엔차 접시 한 개로, 커다란 주사기를 든 약제사의 제자들에게 쫓겨 날아가는 큐피트들이 그려져 있었고 추격자들은 저마다 야릇하게 얼굴을 찡그리거나 우스꽝스러운 자세였다. 귀엽고 작은 큐피트들 가운데 하나는 이미 주삿바늘에 찔린 상태로 몸부림치고 작은 날개를 퍼덕이며 아직도 날아가려고 애쓰지만, 피에로는 악마 같은 웃음을 띠고 있었다.

그림이 나타내는 건 복통에 항복한 사랑이었다. 이 접시는 매우 진귀한 것으로 어쩌면 몰리에르의 희극에 하나의 착상을 제공하는 영광을 가진 것일지도 모른다. 1845년 9월에 아직 남아 있었는데 보마르셰 거리의 어느 골동품점에 나와 있었다.

이 할머니는 외부에서 사람이 찾아오는 것을 좋아하지 않았다. 그녀가 말했다.

"왜냐하면…… 응접실이 너무나 음침하기 때문이야."

## 상시 예배의 기원

어쨌든 앞에서도 대강 말한 것처럼 이 무덤 속 같은 응접실은 이곳만의 독특한 장소로 다른 어떤 수도원도 이렇게 엄격하게 만든 곳은 없다. 더욱이 탕플 거리의 수도원 같은 데서는, 물론 수도회가 다르다고는 하지만 검은 판자문 대신 갈색 커튼이 드리워져 있고, 응접실 바닥도 판자가 깔려 있으며, 창틀은 온통 흰 모슬린 커튼으로 덮여 화사한 느낌을 주었으며, 벽에는 갖가지 액자가 걸려 있고, 거기엔 베일을 쓰지 않은 베네딕트회 수녀의 초상화와, 꽃다발을 그린 그림 몇 점, 그리고 터번을 머리에 두른 터키인의 초상까지 걸려 있었다.

프랑스에서 가장 아름답고 큰 마로니에 나무 한 그루가 탕플 거리 이 수도원 정원에 있었는데 18세기 사람들은 그것을 일컬어 '왕국 안 모든 마로니에의 아버지'라고 하면서 자랑으로 여겼다.

이 탕플 거리 수도원은 앞에서도 말했듯 시토회에서 파생된 베네딕트 여자 수도회와 완전히 다르지만, 그래도 역시 상시 성체 조배를 하는 베네딕트 여자 수도회에 속해 있었다. 이 상시 예배를 하는 수도회는 역사가 그리 길지 않아 200년 이상 거슬러 올라가지도 않는다.

1649년 파리의 생 쉴피스와 생 장 앙그레브의 두 성당에서 며칠 사이를 두고 두 번이나 '성체'가 모욕을 받았으며 그것은 전례 없는 무서운 신성모독으로 온 시내가 들끓었다. 생 제르맹 데 프레의 대수도원장 겸 주교 대리는 자기를 따르는 성직자 전원에게 명을 내려 장엄한 성체거동을 하도록 만들었고, 로마 교황의 특사가 그 의식을 집전했다.

그러나 그런 속죄 행위도 지체 높은 두 부인, 부크 후작 부인인 쿠르맹 부인과 샤토비외 백작 부인을 만족시키지는 못했다. '제단의 지극히 엄숙한 성체'에 가한 그 모독은 극히 한순간일 뿐이었지만, 이 두 정결한 부인의 마음에서 지워지지 않아, 어딘가 수녀원 같은 데에서 '상시 예배'를 하지 않으면 보상되지 않을 것처럼 여겨졌다. 그래서 한 사람은 1652년에, 또 한 사람은 1653년에, 생 사크르망이라는 세례명을 가진 베네딕트회의 카트린 드 바르 수녀에게 어마어마한 금액을 기증하면서 성체 신앙심을 목적으로 성 베네딕트회 수도원을 하나 건립해 줄 것을 요청했다.

그것을 건립해도 좋다는 첫 허가는 생 제르맹의 대수도원장인 메츠 씨가 '총액 6000리브르, 매년 300리브르 정기 납금이 되지 않는 처녀는 입회시킬 수 없다.'는 조건 아래 카트린 드 바르 수녀에게 내려 주었다. 생 제르맹 대수도원장의 허락 다음에 국왕이 특허장을 내렸다. 이렇게 갖춘 대수도원장의 허가장과 국왕의 특허장은 1654년에 회계원과 최고 법원에서 인가되었다.

이것이 상시 예배하는 베네딕트 수녀원이 파리에 설립된 자초지종이고, 법률로 인정받게 된 경위다. 최초의 수도원은 부크 부인과 샤토비외 부인의 헌금으로 카세트 거리에 '새롭게 건립'되었다.

그러므로 이 수도회는 시토의 베네딕트 수녀원과 관계가 없는 것이다. 이것은 생 제르맹 데 프레의 대수도원장에 속한 것으로, 성심 수녀회가 예수회의 총회장에게 속하고, 자선 간호회가 나사로회의 총회장에서 속하는 것과 같다.

이 수도회는 이제까지 그 내부를 이야기해 온 저 프티 픽퓌스의 베르나르 수녀원과도 전혀 달랐다. 1657년에 로마 교황 알렉산드르 7세는 프티 픽퓌스의 베르나르 수녀원에 특별히 친서를 내려, 생 사크르망의 베네딕트 수녀들처럼 상시 예배할 것을 허락했으나 이 두 수도회는 여전히 서로 달랐다.

## 프티 픽퓌스의 최후

왕정복고 첫 무렵부터 프티 픽퓌스 수도원은 기울기 시작했다. 18세기가 지나고부터 모든 종교 단체에 죽음이 깃들었고 더불어 일반 질서도 무너지기 시작했는데, 이 프티 픽퓌스도 마찬가지였다.

명상은 기도와 더불어 인간에게 없어선 안 되는 것이지만 혁명의 손이 닿았던 모든 것들처럼, 명상도 형체를 바꾸어 사회의 진보에 방해되는 것에서 진보를 도와주는 것으로 변해 가고 있었다.

프티 픽퓌스의 건물에서는 눈에 띄게 사람 수가 줄어들었다. 1840년에는 작은 수도원이 없어지고 기숙사도 없어졌다. 이젠 늙은 여자들도 없고 젊은 아가씨들도 볼 수 없었다. 늙은 사람들은 죽고 젊은 사람들은 떠난 것이다. '그 여자들은 날아가 버렸다.'

상시 성체 조배의 규칙은 소름 끼치도록 가혹했다. 하느님의 부름을 받고 그것에 몸을 바치는 사람은 적어지고 새로 수도회에 들어오는 사람도 없어졌다. 1845년에는 그래도 평수녀들을 가끔씩 볼 수 있었지만 성가대 수녀는 하나도 없었다. 지금부터 40년 전에 100명쯤 되는 수녀가 있었고 15년 전에는 겨우 28명뿐이었다. 지금은 몇 명이나 될까?

1847년에는 젊은 사람이 수녀원장으로 뽑혔으며, 이것은 선출 범위가 좁아졌다는 의미였는데 그 원장은 마흔 살도 채 못 되었다. 사람 손이 줄어드는 데 따라 고역은 더해 갔으며 한 사람 한 사람의 과업은 점점 더 무거워진다. 그리하여 성 베네딕트의 무거운 규칙을 짊어져야 할 고통스러운 굽은 어깨는 마침내 열 명 가량으로 줄어들었다.

게다가 그 무거운 짐은 적당히 줄어드는 일도 없어 그것을 질 사람이 많거나 적거나 간에 상관없이 도무지 변함이 없었다. 그것은 사람을 압박하고 짓눌렀기 때문에 수녀들은 죽어 갔다.

이 책의 작자가 아직 파리에 살고 있을 무렵만 해도 두 사람이나 죽었는데 하나는 스물다섯 살, 또 하나는 스물세 살이었다. 스물세 살 난 여자는 마치 줄리아 알피눌라처럼 아마 이렇게 말했을 것이다.

"스물세 해를 살고 나는 지금 여기 누웠노라."

수도원이 소녀들의 교육을 포기한 것도 이러한 쇠퇴 덕분이었다. 작자는 사람에게 알려지지 않은 이 기괴하고 어두컴컴한 건물 앞을 지나다가 그 안에 들어가 보지 않고 견딜 수 없었으며, 또 어떤 사람들에게는 도움이 될 것 같아 장 발장의 슬픈 사연을 이야기하고 있는 작자에게 귀기울여 주고 따라와 주는 사람들을 그 안으로 이끌 어들이게 된 것이다.

지금은 사뭇 신기하게 생각되지만 사실은 구석구석까지 낡은 관습이 들어찬 이 수도원 안을 우리는 이런 식으로 둘러보았다. 이곳은 닫힌 정원이며 '금원(禁園)' 것이다. 작자는 그와 같은 불가사의한 장소에 대해 자세하게, 그러나 경의를 품고, 적어도 정확성과 경의를 되도록이면 양립시키려고 애쓰며 이야기해 왔다.

우리는 그 전체를 이해할 수는 없지만, 그렇다고 무엇 하나 소홀하게 보지는 않았다고 단언할 수 있다. 사형집행인을 신처럼 숭앙하기에 이른 조제프 드 메스트르의 예찬에서도, 십자가상을 야유하기에 이른 볼테르의 냉소에서도 멀리 떨어진 자리에 앉아 있었던 것이다.

볼테르의 사고방식은 이치에 맞지 않다는 것도 말이 난 김에 덧붙여 두자. 왜냐하면 볼테르는 칼라스를 변호한 것처럼 그리스도도 변호하는 게 옳다고 생각하기 때문이다. 인간을 초월한 어떤 것이 인간의 모습을 빌려 나타나는 것을 인정하지 않는 사람들이 있는데 그렇다면 그런 사람들에게 십자가는 무슨 의미일까? 살해된 성현의 존재를 나타내는 게 아닌가?

19세기에 이르러 종교적 관념은 위기에 처했다. 사람들은 어떤 것을 배우지 못하고 있지만 하나의 일을 배우지 않더라도 다른 일을 익힌다면 그것은 좋은 일이다. 다만 인간의 마음속에 공허가 있게 해서는 안 된다. 또 어떤 종류의 파괴가 자행되고 있지만 파괴된 다음에 새로운 무언가가 세워지기만 한다면, 그것도 상당히 좋은 일이다. 그때까지는 이미 없어진 것에 대해서도 연구하는 것이 필요하다. 그런 것들을 피하며 전진하기 위해서라도 그것들을 알아 두어야 하는 것이다. 과거의 위조물은 가짜 이름을 둘러쓰고 곧잘 미래라고 즐겨 말하는데, 이 과거라는 유령은 흔히 그 통행증을 위조하니 우리는 그 속임수를 파헤치고 경계해야만 한다. 과거는 미신이라는 얼굴에 허위라는 가면을 쓰는 경우가 많으니 그 얼굴을 간파하고 가면을 벗겨 내야만 한다.

수도원으로 말할 것 같으면 여러 가지로 복잡한 문제가 있다. 문명은 수도원을 배척하고 자유는 수도원을 보호한다.

7. 여담

## 수도원, 그 추상적 개념

이 책은 하나의 드라마이며, 그 주인공은 '무한'이고 인간은 조연이다. 그러므로 지나는 길에 한 수도원을 발견하자 우리는 그 안으로 들어가지 않을 수 없었던 것이다. 수도원이란 동서고금을 막론하고 이교(異敎)에도 불교에도 이슬람교에도 그리스도교에도 모두 본래 갖춰져 있는 것으로, 다시 말해 인간이 무한을 향해 조절한 렌즈와도 같은 것이기 때문이다.

지금은 어떤 특정한 관념에 대해 굳이 덧붙일 때가 아니지만 신중함과 제한을 굳게 지키며, 또한 분노를 느끼면서 말해 두지 않으면 안 되겠다. 인간 안에서 무한을 발견했을 때, 그것을 옳게 받아들였거나 잘못 받아들였거나 우리는 늘 경의에 사로잡히는 법이다.

유대 교회나, 이슬람 사원, 불교의 사찰, 흑인의 사당 그런 곳에는 반드시 우리가 증오하는 추악한 면과 우리가 숭배하는 숭고한 면이 있다. 인간이라는 벽 위에 비친 신의 모습은 사람 마음을 얼마나 깊이 관찰하게 만들고, 얼마나 끝도 없는 몽상으로 끌어들이는 것일까!

# 수도원, 그 역사적 사실

역사와 이성과 진리의 측면에서 보자면 수도원 제도는 해로운 것이다. 한 나라 안에 수도원이 많이 있으면 교통의 방해물이 되고, 건물이 괜히 자리만 차지하고, 노동의 중심이어야 할 곳에 게으름의 중심이 형성되는 법이다. 커다란 사회 공동체 안에 수도원 단체가 있는 것은, 떡갈나무에 잠긴 기생목이나 사람 몸에 돋아난 사마귀와도 같아서 그것이 번영하고 살찔수록 나라는 반대로 쇠약해진다.

수도원 제도는 문명 초기에는 유익하여 정신적인 것에 의해 동물적인 본능을 길들이는 데 소용이 닿았지만, 민중의 씩씩한 활력을 북돋우는 데는 나쁜 영향을 미친다. 게다가 이 제도가 퇴폐기에 들어설 때는, 그래도 여전히 본보기 행세를 하게 되므로 그 순결하던 시대에 유익했던 것과 같은 이유로 이번에는 유해한 것이 되어 버린다.

수도원의 은폐된 생활이 가치 있었던 시대는 이미 끝났다. 근대 문명의 초기 교육에는 수도원 생활이 큰 도움이 되었지만, 문명의 성장에는 불필요한 것이 되었으며, 그 발전에도 해로운 것이 되었다. 교육 기관이나 인격 형성의 수단으로서 수도원은 10세기에는 유익했지만, 15세기에는 문제점을 갖게 되었고, 19세기에 이르러서는 배척해야 할 존재가 되었다.

수도원 제도라는 질병은 뛰어나게 훌륭한 두 국민, 몇 세기 동안 유럽의 광명이었던 이탈리아와 그 빛이었던 스페인을 거의 뼛속까지 갉아먹기 시작했다. 현대에 이르러 이들 두 전통 있는 국민이 이 해독에서 가까스로 회복하기 시작한 것은 다름이 아니라 1789년의 건전하고 힘찬 위생법 덕분이다.

수도원, 특히 금세기 초까지 이탈리아와 오스트리아와 스페인에서 볼 수 있었던 낡은 수녀원은 중세의 가장 어둡고 구체적 표현의 하나로, 이들 수도원 내부는 온갖 공포의 교차점인 셈이다. 소위 가톨릭 수도원 내부는 죽음의 검은 방사선으로 가득 차 있었다.

스페인의 수도원은 더욱 음울한데 거기에는 안개 낀 지붕 아래, 그늘 때문에 희미하게 보이는 아치 아래 어둠 속에서 대성당처럼 높고 바벨탑처럼 웅대한 제단이 우뚝 솟아 있다. 또 거기에는 십자가에 매달린 예수의 거대한 흰 형상이 어둠 속에서 사슬에 매달려 있다.

거기에는 흑단 진열대 위에 벌거벗은 채 늘어서 있는 상아로 만든 커다란 그리스도 상이 피에 물들었다기보다 피를 뚝뚝 흘리고 있는 듯 두렵기도 하고 또한 장엄한 느낌을 주기도 한다. 팔꿈치에는 뼈가 불거지고, 무릎은 벗겨지고, 상처에서는 살점이 드러나 보인다. 또 은으로 만든 가시 면류관을 쓰고, 금 못에 박혀 이마에서는 루비 핏 방울이 떨어지고, 눈에는 다이아몬드 눈물이 괴어 있다. 다이아몬드와 루비는 마치 젖어 있는 것 같아서, 얼굴을 베일로 가리고 그 상 아래 그늘 속으로 무릎 꿇는 여자들을 울리고야 만다.

그 여자들은 고행자가 입는 말총 내의를 입고 쇠못 박힌 채찍으로 옆구리에 상처를 내고, 버들가지로 엮은 브래지어로 가슴을 짓누르고, 기도를 드리느라 무릎 살갗은 벗겨져 있다. 자신을 그리스도의 아내라고 믿는 여자들, 자신을 천사라고 생각하는 유령들인 것이다. 이 여자들은 생각할까? 아니다. 원할까? 아니다. 사랑하고 있을까? 아니다. 살고 있는 걸까? 아니다. 이 여자들의 신경은 뼈가 되고 그 뼈는 돌이 되었다. 그 베일은 어둠으로 엮은 것이며 그 베일 아래 호흡은 죽음의 형언할 수 없는 비극적 숨결과도 같은 것이다.

원귀 같은 수도원장은 이 여자들에게 축복과 함께 공포를 준다. 가혹한 순결이 거기에 있는데 이것이 바로 스페인의 낡은 수도원 모습이다. 무서운 헌신의 둥우리이자 동정녀들의 동굴이며 잔인한 장소.

가톨릭교가 지배했던 스페인은 로마 자체보다 더 로마적이었다. 스페인의 수도원은 유난히도 가톨릭적인 수도원으로 거기에는 마치 터키의 궁전 같은 느낌이 있었다. 대주교는 마치 하늘의 후궁 관리인 같은 존재로, 신을 위해 끌어들인 영혼을 관장하는 이 하렘의 문을 잠그고 감시의 눈을 부라렸다. 수녀들은 후궁이요, 사제는 환관이었다.

신앙이 열렬한 여자들은 꿈속에서 선택되어 그리스도를 자기 것으로 삼았다. 밤이 되면 그 나체의 미청년이 십자가에서 내려와 독방에 황홀을 가져오는 것이다. 십자가에 못 박힌 그리스도를 터키 황제로 떠받들고 있는 신비스런 황후는, 겹겹이 둘러친 높은 벽으로 현세의 온갖 즐거움으로부터 격리되었다. 바깥세상은 한 번 흘긋 보는 것만으로도 부정한 것이었다. '종신 감옥'은 가죽 부대 역할을 했다.

동양이라면 바다에 던졌을 것을 서양에서는 지하에 던졌던 것이다. 그 어느 경우에도 여자들은 팔을 뒤틀고 몸부림을 쳤다. 한쪽 여자들에게는 파도가, 한쪽 여자들에게는 무덤이 있었다. 여기서는 많은 여자들이 물에 빠져 죽고, 저기서는 많은 여자들이 산 채로 묻혀 죽었으니 너무나도 잔혹한 대조이다.

오늘날 과거를 옹호하는 사람들도 이 사실들을 부인할 수는 없으니, 그것에 대해 미소로 얼버무리려 애썼다. 그래서 역사를 폭로하는 걸 억누르고, 철학의 주석을 헐뜯고, 난처한 사실이나 꺼림칙한 문제는 모두 생략하기 위해서 기이하면서도 편리한 방법을 유행시켰던 것이다.

'공리공론의 잠꼬대'라고 교묘한 자들은 말하거니와 덮어 놓고 따라하는 자들도 '공리공론'이라는 장단을 맞춰 준다. 장 자크 루소도 공리공론가요, 디드로도 공리공론가요, 칼라스와 라바르와 시르방 등을 변호한 볼테르도 공리공론가라고 했다. 또 누군가가 최근에 주장한 바에 의하면 타키투스는 공리공론가요 네로는 그 희생자이며 이 '가엾은 홀로페르네스(네로)'야말로 동정을 받아야 마땅하다는 것이다.

## 스페인의 수도원은 더욱 음울하다

그러나 사실은 왜곡시키기 어렵고 완강하다. 이 책의 작자는 브뤼셀에서 8리그쯤 떨어진 곳에 위치한, 누구나 중세적이라는 것을 역력히 알아볼 수 있는 빌레르의 대수도원에서, 수도원 안마당에 해당하는 풀숲 한복판에 있는 땅굴 구멍과 딜 강의 둑 쪽으로 반은 땅속이고 반은 물속으로 된 네 개의 석굴을 직접 눈으로 본 일이 있다.

그곳은 바로 '종신 감옥'이었는데 이들 지하 굴에는 어느 곳에나 철문의 잔재와 변소, 쇠창살이 달린 작은 채광창 등이 달려 있었다. 이 채광창은 밖에서 보면 강물보다 두 자 위에 있고, 안에서 보면 지하 여섯 자 지점에 있으니, 강은 넉 자 깊이로 벽을 따라 창밖으로 흘렀다는 이야기다. 땅바닥은 늘 축축하다. '종신 감옥'에 갇힌 죄인은 이 눅눅한 땅바닥에 누워야만 했다.

어떤 지하 굴속에는 벽에 쇠사슬이 박혀 있고 또 다른 굴속에서는 네 장의 화강암으로 만들어진 네모진 궤짝 같은 것이 발견됐는데, 그것은 안에 들어가 눕기에는 너무 짧고 서기에는 너무 낮았다. 옛날에는 그 속에 사람을 넣고 위에 돌 뚜껑을 덮었다는데 그것이 지금도 여전히 남아 있으니 눈으로 보고 손으로 만질 수 있다.

이들 '종신 감옥', 이 같은 땅굴, 이 같은 돌쩌귀, 이 같은 쇠사슬, 강물이 찰랑거리며 흐르는 이 작은 채광창, 화강암으로 뚜껑이 덮여 있어 흡사 무덤 같은, 다른 점이라고는 안에 들어 있는 것이 죽은 송장이 아닌 살아 있는 사람이라는 것뿐인 이 돌 궤짝, 진흙탕이라고 해도 좋을 이 땅바닥, 변소라는 이름의 구멍, 물이 배어 나오는 벽, 그런 것들이 말하는 게 어찌 공리공론이란 말인가! 과거를 존중하는 것은 어떤 조건에서인가.

스페인이나 티베트에 있던 것 같은 수도원 제도는 문명에 대한 결핵이라 할 수 있는데 그것은 생명의 뿌리를 잘라 버린다. 한마디로 그것은 인종을 멸망시키며 그것은 유폐이며 거세로 유럽에서는 이 제도가 하늘이 내린 벌이었다.

게다가 또 수없이 양심에 가하는 폭행, 강제하는 헌신, 수도원을 발판으로 하는 봉건제도, 넘쳐 나는 가족을 수도원으로 쫓아내는 가장, 위에서 방금 말한 것처럼 잔혹한 취급, '종신 감옥', 침묵의 고행, 벽 속에 갇힌 두뇌, 영원한 맹세 아래 지하 굴에 갇힌 수많은 불행한 재능, 법의를 걸치고 산 채로 영혼을 매장하는 생활, 그리고 또 국가의 손해 위에 덧붙여지는 개인의 고통, 이런 것들을 생각할 때 인간이 만들어 낸 두 가지 수의인 가슴받이와 베일 앞에서는 누구라도 전율을 느낄 것이다.

하지만 어떤 면에서는, 또 어떤 장소에서는, 수도원 정신이 철학이나 문명의 진보와 전혀 상관없이 19세기 한복판에 고집스레 남아서 금욕주의의 기묘한 부흥을 보여 주어 우리가 살고 있는 이 문명사회를 놀라게 한다. 낡은 교육 제도를 끈질기게 유지하려는 모습은 냄새 나쁜 향수를 여전히 머리에 바르는 것을 원하는 것과 같고, 사람이 썩은 생선을 여전히 먹기를 바라는 것과도 같고, 어른에게 어린아이의 옷을 아직도 입히려고 하는 것과 같고, 송장이 된 다음에도 아직 여전히 살아 있는 사람을 껴안기 위해 돌아오려고 하는 애정과도 같은 것이다.

옷은 '배은망덕한 자들아! 날씨가 좋지 않을 때 너희를 감싸 주지 않았느냐! 그런데도 왜 이젠 필요 없다고 하는가!' 하고 말한다. 생선은 '나는 일부러 깊은 바다에서 왔노라.'라고, 향수는 '나는 장미꽃이었다.'라고, 송장은 '나는 너희를 사랑했노라.'라고 말하며 수도원은 '나는 너희를 문명으로 이끌었노라.'라고 말하는 것이다.

그들에게는 단 한마디로 이런 대답을 돌려줄 수밖에 없다.

"이젠 옛날 일이다."

못 쓰게 된 사물이 무한히 존재하기를 바라고, 미라가 인간을 다스리기를 원하고, 타락한 교의를 부흥시키고, 성물 상자에 다시 금박 칠을 하고, 수도원 벽을 새로 바르고, 성자의 유골 상자에 다시 축복을 내리고, 미신을 재생시키고, 광선을 다시 북돋우고, 성수반이나 칼 손잡이를 갈고, 수도원 제도와 군국주의를 부활시키고, 기생하는 사람이 불어나는 것이 사회가 구원되는 길이라 믿고, 현재에 과거를 강요하는 것은 아무리 보아도 이상한 일이라는 생각이 든다.

그런데도 이런 이론을 주장하는 사람들이 있다. 그러한 이론가는 물론 재주꾼들인지라 상당히 간단한 방법을 터득했다. 그들은 그들이 소위 사회질서, 신권, 도덕, 가정, 조상숭배, 낡은 권위, 신성한 전통, 권리의 정당성, 종교 등등으로 부르는 페인트를 과거 위에 칠해 놓고는 끊임없이 큰소리로 떠들어 대는 것이다.

"자, 선량한 사람들아, 여기를 따르라."

이런 논법은 옛날 사람들에게도 잘 알려져 있었고 고대 로마 점쟁이들은 실제로 그것을 활용했다. 그들은 검은 소에 석회를 발라 놓고 이렇게 말했다.

"이 암소는 희다."

그야말로 '희게 칠한 소(뿔)'인 것이다.

과거가 이미 죽어 버렸다는 것을 스스로 인정하기만 해도 우리는 과거의 어떤 것은 존중하기도 하고, 또 전체적으로 관대하게 보아 주기도 할 테지만 만일 과거가 살아 있기를 원한다면 공격을 하고 숨통을 끊어 놓으려 할 것이다.

미신이나, 완고한 신앙, 거짓 신앙심, 편견의 허깨비는 그야말로 허깨비이면서도 생명에 끈덕지게 달라붙어 그 요상한 기운 속에 이빨과 발톱을 드러내 보인다. 그러한 것에는 마구 덤벼들어 싸워야 하며 그 싸움의 기세를 늦춰서도 안 된다. 허깨비들과의 끊임없는 싸움은 인간의 정해진 숙명 가운데 하나이다. 환영의 목덜미를 쳐서 땅바닥에 쓰러뜨리는 것은 지극히 힘든 일이다.

19세기 한복판에 들어앉은 프랑스의 수도원은 대낮과 마주한 수리부엉이의 학교라고 할 수 있다. 1789년과 1830년과 1848년의 세 차례 혁명을 겪은 도시 한가운데서 당당히 고행을 감수하고 파리에 로마를 부흥시키고 있는 수도원의 생활은 그야말로 시대착오인 셈이다. 보통 때라면 시대착오를 타파하고 그것을 소멸시켜 버리기 위해 그 성립 연대를 수도원 자신에게 말하게 하기만 하면 되지만 지금은 보통 때가 아니니 싸워야만 한다. 하지만 적을 뚜렷하게 분간할 필요가 있다. 진리의 특성은 결코 정도를 넘어서지 않는다는 것인데 진리에 무슨 과장이 필요하겠는가?

반드시 파괴해야 할 것도 있고 그냥 밝은 데로 끌어내어 확인해 보기만 해도 되는 것도 있다. 선의에서 우러나온 진지한 검토의 힘! 빛이 충분히 있는 곳에 불을 들고 가는 짓은 할 필요가 없다.

그러므로 이 19세기에 삶을 이어받은 우리는 전반적인 문제로서, 그리고 모든 나라의 국민은, 아시아건 유럽이건, 인도건 터키건 간에 고행을 위한 수도원의 유폐 생활을 반대해야 한다. 수도원에 대해 이야기하는 것은 늪에 대해 이야기하는 것과 마찬가지다. 그것이 썩었다는 것은 분명한 사실이고, 고인 물은 불건전하며 거기서 생겨나는 미생물은 국민을 병에 걸리게 하고 쇠약하게 만든다.

그것들이 수가 불어나면 성서에서 말하는 것처럼 '이집트의 재난'이 된다. 바라문교의 탁발승, 불교의 중, 이슬람교의 수도자, 그리스 정교의 신자, 아프리카 이슬람교의 은자, 타이의 불교승, 또한 이슬람교의 승려, 이와 같은 자들이 마구 불어나 벌레처럼 득시글대는 나라들을 상상해보면 우리는 공포에 떨지 않을 수 없다.

그렇다고는 하지만, 그래도 아직 종교상의 문제기 남아 있다. 이 문제는 신비롭고 또 두렵기조차 한 몇 가지 부분을 가지고 있는데 이 문제를 잠시 직시하는 것을 허락해 주었으면 한다.

## 원칙으로 본 수도원

많은 사람들이 같은 장소에 모여서 산다. 그것은 어떤 권리에 의해서일까? 단결의 자유에 의한 것이다. 그들은 거기 틀어박힌다. 어떤 권리에 의해서일까? 자기 집 문을 열거나 닫는 것은 각자의 자유이기 때문이다.

그들은 밖에 나가지 않는다. 어떤 권리에 의해서일까? 오가는 권리에 의한 것이다. 거기에는 또한 자신의 거처에 머무르는 권리도 포함되어 있다. 자신들의 거처에 있으면서 그들은 무엇을 하나? 그들은 낮은 목소리로 이야기하고 눈을 내리깔고 있다. 그들은 열심히 무엇인가를 하고 있는데, 세상이나 도시, 육욕, 쾌락, 허영, 오만, 이해와 모두 인연을 끊었다. 그들은 허술한 모직이나 값싼 무명옷을 입는다. 거기서는 어느 누구도 자기 것을 가지지 않는다. 거기에 들어가면 부자도 가난한 생활을 하고 자기가 가진 것은 모든 사람들에게 나누어 준다. 귀족이나 신사나 왕후로 불리던 자나 농부였던 자도 모두 동등해진다.

각자의 독방은 누구의 것이나 다 똑같다. 모두들 똑같이 삭발례를 하고, 똑같은 법의를 입고, 똑같은 검은 빵을 먹고, 똑같은 짚 위에서 잠을 자고, 똑같은 재위에서 죽어 간다. 똑같은 자루를 등에 짊어졌으며, 똑같은 끈으로 허리를 맨다. 맨발로 걷는 규칙이 있다면 모두 맨발로 걷는다.

거기 비록 한 사람의 왕족이 있다 해도 이 왕족 역시 다른 사람들과 마찬가지로 그림자의 존재가 되어 어떤 칭호도 없고 성마저 사라져 버렸다. 그들에게는 이름밖에 없는 것이다. 모두 평등하게 세례명만 가진다. 그들은 육친의 가족을 버리고 자기들의 공동체 안에 정신의 가족을 만든다. 그들에게는 친척도 다른 모든 사람들과 마찬가지일 뿐이다. 그들은 가난한 사람을 도와주고 병든 사람을 간호해 준다. 그들은 자기가 복종할 사람을 스스로 선택하며 서로를 '우리 형제자매'라고 부른다.

이렇게 말하면 독자는 작자의 말을 끊으면서 외칠 것이다.

"하지만 그것은 이상적인 수도원의 이야기잖아."

그러나 수도원을 고찰하기 위해서는, 그러한 수도원도 가능하다는 이야기를 하려고 했을 뿐이다. 그런 생각에서 작자는 앞에서 어느 수도원에 대해 존경심을 가지고 이야기한 것이다. 그리고 중세의 일은 별도로 하고, 아시아의 일도 논외로 하고, 역사와 정치의 문제도 잠시 접어 두고, 순수한 철학의 측면에서, 공격적 논의가 필요 없는 입장에서, 그리고 수도생활이란 절대로 스스로 원해서 이루어지는 것이며 오로지 동의에 의해 성립된다는 조건 아래에서, 신중하고도 어떤 부분에 관해서는 겸허하고 진지한 자세로 이 수도원이라는 생활 공동체에 대한 고찰을 계속해 보기로 하자.

생활 공동체가 있는 곳에는 자치 사회가 있고, 자치 사회가 있는 곳에는 권리가 있다. 수도원은 '평등', '박애'라는 규범 아래 태어났다. 아, '자유'란 얼마나 위대한 것인가! 그리고 얼마나 어엿한 변화인가! '자유'롭기만 하면 수도원을 공화국으로 변모시킬 수도 있다.

이야기를 계속하자.

그 네 개의 벽 속에 숨어 있는 그들 남자나 여자들은 허름한 모직 옷을 걸치고, 서로 평등하며, 서로 형제자매라 부르고 있는데 그것은 좋은 일이다. 하지만 그들은 그 밖에 다른 일도 하고 있지 않나? 그렇다. 무엇을? 그들은 그림자를 바라보며 무릎을 꿇고, 또 두 손을 모은다. 그것은 무슨 의미인가? 기도, 그들은 기도드린다. 누구에게? 신에게. 신에게 기도드린다는 이 말은 무슨 뜻인가? 우리의 외부에는 어떤 무한한 것이 있는 건 아닐까? 이 무한한 것은 단일한 것이며, 내재적인 것이고, 영구불변한 것이 아닌가? 그것이 무한한 것이라면, 그것은 또 필연적으로 본질적인 것이어야 하지 않을까? 그것이 본질적인 게 아니라면 그 점에서 한정될 것이기 때문이다. 또한 그것이 무한하다고 한다면, 그것은 반드시 정신적인 것이어야 하지 않을까? 그것이 정신적이 아니라면 그 점에서

301

유한한 것이 될 것이기 때문이다.

우리는 존재의 관념밖에 스스로 가질 수 없는데 이 무한한 것은 우리들 안에 본질의 관념을 불러일으키는 건 아닐까? 다시 말하자면 그것은 절대적이고, 우리는 그 절대적인 것에 종속하는 상대적인 것에 지나지 않는 건 아닐는지? 무한한 것은 우리의 외부에 있으면서 또 우리의 내부에도 함께 있는 것은 아닐까? 이 두 개의 '무한한 것'(이 얼마나 무서운 복수인지!)은 서로 포개어져 있지 않을까? 둘째의 무한한 것은 말하자면 첫 번째의 무한한 것의 바탕을 만드는 건 아닐까? 그리고 그 거울이며, 반영이고, 반향이며, 첫째의 심연과 중심을 같이한 심연은 아닐까? 이 두 번째의 무한한 것 또한 정신적인 것은 아닐까? 이 두 번째의 무한한 것은 생각하고 사랑하고 욕구하지는 않나? 이 두 개의 무한한 것이 다 같이 정신적인 것이라면, 저마다 그 욕구하는 본체가 있어서 밑에 있는 무한한 것 중에 하나의 자아가 있는 것처럼, 위에 있는 무한한 것 중에도 하나의 자아가 있을 것이다. 밑에 있는 자아는 곧 인간의 영혼이고 위에 있는 자아는 곧 신이다.

상념에 의해 아래 있는 무한한 것을 위에 있는 무한한 것과 만나게 하는 일, 그것이 바로 기도드리는 일이다.

인간의 정신에서는 아무것도 배제하지 말자. 없앤다는 건 별로 좋지 않다. 개혁하고 변혁시키는 일이 필요하다. 인간의 어떤 능력은 상념이나 몽상, 기도라고 불리는 '미지의 것'을 지향한다. '미지의 것'은 하나의 대양(大洋)이다. 인간의 양심이란 무엇일까? 그것은 '미지의 것'에 대한 나침반이다. 상념, 몽상, 기도, 이 안에야말로 위대한 신비의 광채가 들어 있는 것이다. 이것들을 존중하자. 영혼에서 우러나는 이들 엄숙한 빛은 어디로 향해 갈까? 그것은 그림자를 향해, 바꿔 말하자면 광명을 향해 가는 길이다.

아무것도 부정하지 않고 인간성 모두를 인정한다는 데에 민주주의의 위대함이 있다. '인권'과 함께 적어도 그 옆에 '영혼의 권리'가 있는 셈이다. 광신을 물리치고 무한한 것을 숭배하는 일이 바로 법칙이다. '창조'의 나무 아래 엎드려서 별이 빛나는 그 광대한 가지들을 물끄러미 바라보는 것만으로 끝나서는 안 된다. 우리에게는 하나의 의무가 있는데 그것은 인간의 영혼에 영향을 미치고 기적에 반항하여 신비를 수호하고, 이해하지 못하는 것을 존중함으로써, 부조리한 것을 거부하고, 설명할 수 없는 것에 대해서는 필요한 것만을 받아들이고, 신앙을 건전한 것으로 만들어 종교 위에서 미신을 없애는 일로, 신의 주위에서 해충을 구제하는 의무이다.


## 기도의 절대적인 정당성


　기도의 방법은 진지한 것이기만 하면 어떠한 기도도 정당하다. 책을 덮고 무한한 것 속에 몰입하면 된다. 무한한 것을 부정하는 철학이 있다는 것도 우리는 안다. 병리학상의 분류에도 태양을 부정하는 철학이라는 것이 있지만 그것은 맹목이라는 이름으로 불린다. 우리에게 없는 하나의 감각을 진리의 원천으로 삼는 것은 매우 위험한 일이라고 말할 수밖에 없다. 지극히 이상한 것은, 어림짐작하는 철학이 신을 보는 철학에 대해서 오만하고 우월적이며 불쌍하다는 듯한 태도를 보인다는 것이다. 마치 두더지가 이렇게 외치는 걸 듣고 있는 것 같다.

　"저것들이 태양, 태양하고 떠들어 대는 것을 보면 정말 불쌍하다니까!"

　우리는 명성 높은 무신론자들 중에 큰 세력을 가진 사람이 있다는 걸 알고 있다. 그들은 그들 자신의 힘에 의해서 진실한 것으로 되돌아 온 경우이므로, 사실은 무신론자라고 치부할 수만은 없다. 그들의 경우 다만 정의만이 문제가 될 뿐이다. 그리고 그들은 위대한 정신의 소유자이기 때문에 신을 믿지 않는다고는 하지만, 대개의 경우 반대로 신을 증명해 보인다. 우리는 그들이 갖고 있는 철학에 대해서는 엄정하게 변별하지만, 그들 내면에 깃든 철학자에 대해서는 존경을 아끼지 않는다.

더 계속해 보자.

또 한 가지 희한한 것은 쉽게 말로만 만족해 버린다는 부분이다. 북방의 한 형이상학파는, 아무래도 짙은 안개의 영향인지 '힘'이라는 말을 '의지'라는 말로 바꿔 말함으로써 인간의 오성(悟性)에 하나의 혁명을 가져왔다고 믿는다.

'식물은 성장한다.'라고 말하지 않고 '식물은 의지를 갖는다.'라고 바꿔 말한 것이다. 하긴 여기에 '우주는 의지를 갖는다.'라고 덧붙여 말한다면, 분명 의미심장한 것이 되었을 것이다. 즉 '식물은 의지를 갖는다. 그러므로 식물은 하나의 자아를 갖고 있다. 우주는 의지를 갖는다. 그러므로 우주는 하나의 신을 갖고 있다.' 이런 결론이 날 수 있기 때문이다.

반대로 아무것도 선입견으로 배척하려 들지 않는 우리로 말할 것 같으면, 이 학파가 인정하고 있는 식물 속의 의지라는 것은, 이 학파가 부정하고 있는 우주 속의 의지보다 더욱 인정하기 어려운 것으로 생각된다. 무한한 것의 의지, 바꿔 말해서 신을 부정한다는 얘기는 무한한 것을 부정하지 않는 한 불가능하며 이것은 이미 우리가 증명한 바 있다.

무한한 부정은 그대로 허무주의에 빠져들고 모든 것이 '사람의 정신의 한 개념'이 되어 버린다. 허무주의에 대해 논의하는 것 자체가 불가능하다. 논리적인 허무주의자는 토론 상대의 존재부터 의심하려 하며, 자기 자신의 존재에 대해서도 확신을 가지지 않고 있기 때문이다. 그의 견해에 따르면, 그 자신조차도 그 자신에 대해서 '자기 정신의 한 개념'에 지나지 않을 수 있다. 다만 그가 전혀 깨닫지 못하고 있는 사실은, '정신'이라는 말을 썼기 때문에 자기가 부정한 모든 것을 모두 한꺼번에 포함시켜 긍정하고 있다는 것이다.

아무튼 모든 것을 '아니다'라는 한마디 말로 정리하려는 철학을 따른다면 어떤 사색의 길도 열리지 않는다는 것이다. '아니다'는 말에 대한 대답은 딱 하나로 '그렇다'는 것이다. 허무주의는 어떤 정해진 범위가 없다. 허무라는 것은 없는 것이다. 제로는 존재하지 않으며 모든 것은 어떤 무엇이다. 어떤 무엇이 아닌 것은 아무것도 아닌 것이다.

인간은 빵으로 산다고 하기보단 훨씬 더 많은 긍정으로 산다. 보는 것과 보여 주는 것만으로는 아무래도 충분하지 않으니 철학은 하나의 에너지가 아니면 안 되며, 그것은 그 노력의 결과를 인간을 향상시키는 어떤 것으로 삼아야만 한다. 소크라테스는 아담 속에 들어가 마르쿠스 아우렐리우스를 낳게 만들어야 한다. 다시 말하자면 지복(至福)의 인간으로부터 현명한 인간이 나오게 만들어야 한다는 이야기다. 에덴동산을 리세움 동산으로 만들어야 한다.

학문은 하나의 강심제가 되어야 한다. 향락을 위해서라는 건 얼마나 비열한 목적이며 얼마나 시시한 야심이란 말인가! 향락은 새나 짐승들이나 하는 짓이다. 생각한다는 것, 바로 그것에서 인간 영혼이 진정한 승리를 얻을 수 있는 것이다. 사람들이 느끼는 갈증에 사상을 제공하고, 그들 모두에게 신의 지식이라는 묘약을 주며 그들 내부에서 양심과 학문이 서로 어울리게 만들고, 그 신비로운 호응이 일어나 그들을 올바른 사람으로 만드는 일이야말로 진정한 철학이 가진 사명이다.

윤리란 온갖 진실이 개화하는 것과 같다. 관조만 하다가 점점 행동으로 옮아가야 한다. 실제적인 것이 절대적인 것이 되어야 한다. 인간 정신이 그것을 호흡할 수 있고, 마실 수도 있고, 먹을 수도 있는 것이 이상이란 것이 되어야만 한다.

'먹어라, 이것은 나의 살, 나의 피다.'라고 말할 수 있는 권리를 가지는 것이야말로 이상이라 부를 수 있다. 지혜는 신성한 영성체다. 오로지 이러한 조건에서만 지혜는 학문에 대한 메마른 사랑이기를 지양하여 인류 결합을 만드는 유일하고 숭고한 방법이 되며, 이렇게 해서 철학이 종교로 승화해 갈 수 있는 것이다.

신비를 마음대로 바라보기 위해 신비 위에 세워 놓고 호기심을 만족시키는 데 도움을 주는, 그런 단순한 전망대 역할로 철학을 이용해서는 안 된다.

작자 자신의 사상을 자세히 설명하는 것은 다음 기회로 미루고, 여기서는 다만 다음과 같은 것만을 알리려고 한다. 즉 신앙과 사랑이라는 두 가지 원동력 없다면 인간을 출발점으로 생각하기도 없거니와 진보를 목적으로 생각할 수도 없다.

진보는 목적이고 이상은 그 전형이다. 이상이란 무엇인가? 그것은 신이라고 할 수 있는데 이상, 절대, 완전, 무한, 이것들이 모두 같은 뜻을 가리킨다고 볼 수 있는 것이다.

## 비난할 경우에 필요한 주의

역사와 철학은 영원한 의무를 갖지만 그것은 또 어찌 보면 단순한 의무이기도 한데, 주교 가야바, 재판관 드라콘, 입법자 트리말키오, 황제 티베리우스들과 싸우는 것이 그 의무이다. 이것은 분명하고 직접적이고 알기 쉬운지라 조금도 애매한 구석이 없다. 하지만 부조리와 병폐도 있을지라도, 세속을 떠나서 생활하는 권리는 그 인정되고 허용되어야만 한다.

수도원 생활은 인간의 한 문제이다. 오류의 장소이면서도 결백하고, 죄의 장소이면서도 선량한 의지를 가지며, 무지의 장소이면서도 헌신이 있고, 고난의 장소이면서도 순교의 장소인 저 수도원에 관해 이야기할 때에는 대부분은 긍정하면서도 다른 한편으로는 부정하지 않을 수 없다.

그 목적 자체는 영원한 안식이며, 그걸 얻기 위한 수단은 희생이니 수도원은 하나의 모순이다. 결과로서 최고의 자기희생을 갖게 되는 최고의 이기주의가 바로 수도원이다. 군림하기 위해서 왕위를 버린다는 것이 수도원 제도가 표방하는 표어인 모양이다.

수도원에서는, 사람은 향락하기 위해 고행하고 죽음을 써넣은 어음을 발행하며, 하늘의 광명을 지상의 어둠 속에서 기대하고, 천국을 상속받기 위한 계약금으로 지옥을 받아들인다. 베일이나 법의를 걸치는 일은 영원에 의해 보상받는 자살과 같다.

이런 것들을 문제로 삼을 경우 비웃음이 통용될 거라고는 생각지 않는다. 여기서는 선이나 악이 모두 진지한데 올바른 사람은 눈썹을 찌푸리는 일이 있긴 해도 결코 악의가 있는 미소는 짓지 않는다. 작자인 나는 분노는 시인하지만 악의는 시인하지 않는다.

## 신앙, 법칙

좀 더 이야기할 게 있다. 작자는 성당이 책략으로 가득 차 있을 때는 그것을 비난하고, 구도자가 세속의 이익과 욕심에 급급해 할 때에는 그것을 경멸하지만 작자는 어떤 경우든 생각하는 사람들은 모두 존경한다. 작자는 무릎을 꿇는 사람에게 존경의 뜻을 보낸다.

신앙, 그것은 인간에게 필요한 것이니 그 어떤 신앙도 갖지 못한 사람이야말로 진정 불행한 것이다!

노동에는 눈에 보이는 것과 눈에 보이지 않는 것이 있으니 사람이 가만히 있다고 해서 아무것도 하지 않는 것은 아니다. 관조한다는 건 경작한다는 것이며 생각에 몰두해 있다는 건 행동한다는 뜻이다. 팔짱 낀 두 팔도 일하고 있는 것이며, 합장한 두 손도 무엇인가를 한다는 말이다. 하늘을 우러러 보는 것도 일종의 일이다. 탈레스는 4년 동안 정좌하고 있었으며 그리스 철학의 기초를 쌓아올렸다.

작자의 생각은 수도자가 놀고 있는 것도 아니고, 은둔자가 게으름을 피우고 있는 것도 아니며, '그림자'를 생각하는 것은 일종의 진지한 일이라는 것이다.

앞에서 말했던 것들과 서로 모순되는 일 없이, 작자는 무덤에 대한 생각을 끊임없이 하게 만드는 일이야말로 살아 있는 자가 마땅히 해야 할 일이라고 믿는다. 이 점에 대해서는 사제와 철학자의 의견이 서로 일치하는데, '살아 있는 자는 반드시 죽지 않으면 안 된다.'라고 말한 트라프의 수도원장은 호라티우스와 같은 의견을 가지고 있다.

자기 생활에 무덤에 대한 현실관을 더하는 일은 현자의 법칙이자 또한 고행자의 법칙이기도 한데 이런 점에서 고행자와 현자는 일치한다.

우리는 물질적 생장을 원하며 또 정신적인 위대성에 집착한다. 생각이 얄팍한 성급한 정신을 가진 자들은 말한다.

"신비의 한 옆에 가만히 앉아서 움직이지 않는 저런 사람들은 대체 뭘까? 저게 무슨 소용이지? 무얼 하고 있는 거란 말이야?"

아아! 우리를 에워싸고 기다리는 어둠을 앞에 놓고, 그 무한한 공간 속으로 빨려 들어가 자신이 어떻게 될지 모르는 우리는, 다만 다음과 같은 대답을 할 수 있을 뿐이다.

"저 사람들의 영혼이 하고 있는 일보다 더 숭고한 일은 아마도 없으리."

그리고 이렇게 덧붙여서 말해 주자.

"어쩌면 그보다 유익한 일도 없을 것이다."

결코 기도하지 않는 사람들을 위해서는 항상 기도드리는 사람들이 필요한데 작자가 가진 견해로는, 기도에 깃든 사상의 양에 모든 문제가 있는 것이다.

기도하는 라이프니츠야말로 위대하다. 예배드리는 볼테르야말로 훌륭한데 '볼테르는 신께 하나의 건물을 봉헌한' 것과 마찬가지가 되는 것이다.

작자는 현세의 여러 가지 종교에는 반대하나 진정한 한 종교에는 찬성한다. 작자는 설교의 비참함을 믿지만 동시에 기도의 숭고함도 믿는다. 그리고 또 지금 우리가 지나는 바로 이 순간, 다행스럽게도 19세기에 그 흔적을 남기지 않을 이 순간, 그리고 수많은 사람들이 고개를 숙인 채 영혼을 높이 쳐들지 못하고 있는 이 시간, 그리고 수많은 사람들이 향락적인 도덕을 받들고 일시적이고 추악한 물질적 사물에만 마음을 쏟고 있는 그 속에서, 스스로 속세를 떠나는 사람은 누구나 존경할 만한 사람이라는 생각도 한다.

수도원에 들어가는 것은 일종의 자기 포기인 것이다. 잘못된 방법으로 이루어지고 있는 희생도 역시 희생인 것은 틀림없고 가혹한 오류를 의무로 받아들이는 일도 그 나름대로의 위대함이 있다.

그 자체로, 그리고 관념적으로 말한다면, 또한 모든 양상을 공평하게 다 알아낼 때까지 진리의 둘레를 빠짐없이 더듬기 위해 말한다면, 수도원, 특히 여자 수도원은 확실히 어떤 엄숙한 면을 갖고 있는데 우리 사회에서 가장 고통을 받고 있는 것은 여자이며, 그런 여자들이 수도원으로 도피하는 데에는 항의의 뜻이 포함된 것이기 때문이다.

앞에서 어느 정도 윤곽을 보여 준 저 엄격하고 우울한 수도원 생활은 결코 거기에 생명이 있다고는 할 수 없는 것이, 그것은 자유가 아니기 때문이다.

그러나 그것은 또 완성이 아니기 때문에 무덤도 아니다. 그것은 아주 독특한 장소로, 거기서 보면 마치 높은 산 위에 서서 보듯, 한편으로는 현세의 심연을 볼 수 있고 다른 한 편으로는 내세의 심연을 볼 수 있다. 또 그것은 양쪽에서 동시에 빛이 비치고 어둠이 몰려들어 두 세계 사이를 가로막고 있는 안개 자욱한 좁은 경계이기도 하다. 거기에는 너무나도 약한 생명의 빛과 희미한 죽음의 빛이 뒤섞여 있는데 그것은 무덤이 갖는 어슴푸레한 빛이다.

두려움에 떨면서도 오직 믿음만으로 몸을 신께 바치고 있는 그 여자들이 믿고 있는 것을 우리가 믿는 것은 아니나, 그 여성들의 일을 생각하면 종교적이고 지극히 조용한 공포와 부러움과도 비슷한 그 어떤 연민을 느끼게 되는 것이다.

그 여자들은 바로 신비의 가장자리에서 살면서, 이미 닫혀 버린 속계와 아직 열리지 않은 천상계 사이에서 지칠 때까지 기다리며, 보이지 않는 광명을 향해 얼굴을 돌리고, 그 광명이 있는 곳을 안다는 생각만을 유일한 행복으로 삼아, 심연과 미지의 것을 동경하며, 움직이지 않는 어둠을 바라보고, 무릎을 꿇고, 열광하며, 전율하고, 가끔은 영원의 깊은 숨결을 따라 어렴풋이 떨치고 일어서는 영혼을 소유하고 있다.

# 8. 묘지는 주는 대로 받아들인다

## 수도원에 들어가는 방법

포슐르방이 말한 것처럼 장 발장은 '하늘에서 떨어져' 그 집 안으로 들어와 있었다.

그는 폴롱소 거리 모퉁이를 이루고 있는 정원의 돌담장을 넘어 들어왔던 것이다. 그가 한밤중에 들은 천사들의 찬가는 수녀들이 드린 새벽 기도였다. 어둠 속에서 들여다본 그 넓은 방은 성당 예배소였다. 그가 본 방바닥에 쓰러져 있었던 유령은 수녀가 속죄의 고행을 하는 것이었고, 그를 놀라게 한 방울 소리는 포슐르방 영감 무릎에 달려 있는 정원사 방울이었다.

코제트를 침대에 재운 장 발장과 포슐르방은, 알맞게 불이 오른 장작불을 쬐면서 포도주 한 잔에 치즈 한 조각을 밤참으로 먹었다. 그러고는 두 사람은, 이 허술한 오두막집에 있는 하나뿐인 침대는 코제트가 차지하고 있었으므로, 각자 한 다발의 짚단 위에 몸을 눕혔다. 잠들기 전에 장 발장은 "앞으로는 여기에 있어야 할 것 같소."라고 말했다. 이 말이 밤새도록 포슐르방의 머릿속을 어지럽혔다.

사실을 말하자면 두 사람 모두 잠을 이루지 못했다.

장 발장은 자베르가 자신을 추적하고 있다고 느꼈기 때문에, 만약 자신과 코제트가 파리의 거리로 나가기만 하면 이젠 마지막이라는 것을 잘 알고 있었다. 자신을 향해 불어온 새로운 생명의 바람에 이끌려 이 수도원으로 들어온 이상 장 발장은 이곳에 머물러야겠다는 한 가지 생각밖에 없었다.

하지만 그 같은 상황에 놓인 불행한 자에게 이 수도원은 가장 위험한 장소였지만 한편으로는 가장 안전한 곳이기도 했다. 가장 위험하다는 말은, 남자는 절대 출입할 수 없는 곳이라서 만약 사람들에게 들키기라도 하는 날에는 곧바로 현행범이 되기 때문에 장 발장으로서는 이 수도원에서 감옥까지는 한 발짝 거리밖에 안 된다고 할 수 있었다. 그리고 가장 안전하다는 말은, 만약 누군가의 허락을 받아 이곳 수도원에 머무를 수 있다면 아무도 찾으러 올 걱정이 없기 때문이었다. 불가능한 곳에서 산다는 것은 그야말로 영원한 구원의 길이었다.

한편 포슐르방은 머리를 굴리며 생각을 쥐어짜고 있었다. 그도 솔직히 인정했지만, 이 사건은 아무리 생각해도 도무지 알 수 없는 일이었다. 저기 담장이 있는데 어떻게 마들렌 씨가 이곳으로 들어올 수 있었을까? 어린아이를 안고 뛰어서는 도저히 저 깎아지른 듯한 담장을 넘을 수는 없다. 그리고 저 아이는 대체 누구란 말인가? 두 사람은 어디서 왔을까?

포슐르방은 이 수도원에 온 뒤로 몽트뢰유쉬르메르의 소문은 한 번도 들어 본 적이 없었고, 거기서 무슨 일이 있었는지도 전혀 모르고 있었다. 마들렌 씨의 얼굴을 보면 그 무엇 하나도 묻기 힘들었다. 뿐만 아니라 포슐르방은 이런 생각을 마음속에 품고 있었다.

'성자에게는 여러 질문을 하는 것이 아니야.'

아직도 그의 눈에는 마들렌 씨가 정체를 알 수 없는 빛에 싸여 있는 듯 보였다. 다만 정원사만은 장 발장 입에서 튀어나온 몇 마디 말을 짐작해 다음과 같은 결론을 내리게 되었다.

확인된 사실은 아니지만 마들렌 씨는 돈을 빌려 쓴 사람들을 피해 도피중이리라. 어려운 시국으로 인해 결국은 파산한 것이다. 혹은 복잡한 정치계에 휘말려 몸을 피하고 있는지도 모른다.

생각이 여기까지 이르자 포슐르방은 조금도 섭섭하거나 불쾌하지 않았다. 보나파르트 파 적인 생각은 오래전부터 프랑스 북부 지방 농민들에게 자주 볼 수 있는 것처럼, 이 노인도 같은 생각을 가지고 있었기 때문이다. 마들렌 씨는 몸을 숨기기 위해 이곳 수도원을 피난처로 정한 것이리라. 그렇다면 그를 이곳에 머물게 해 달라고 부탁하는 것도 지극히 당연한 일이다.

하지만 포슐르방은 아무리 생각해도 이해가 가지 않는 일이 있었다. 포슐르방은 끊임없이 그 일만 생각하며 골치를 썩이고 있었다. 마들렌 씨가 이 담장 안으로 들어왔다는 사실, 더군다나 어린아이를 데리고 왔다는 사실이었다. 포슐르방은 이 두 사람을 자신의 두 눈으로 보고, 이야기하며 만져 보았다. 하지만 아무리 생각해도 믿어지지 않았다. 믿기 어려운 일이 아무렇지도 않게 지금 포슐르방의 오두막집에서 일어나고 있는 것이다.

포슐르방은 생각을 더듬어 보았지만, 분명한 사실은 '마들렌 씨는 내 생명의 은인'이라는 것이었다. 그리고 이 한 가지 사실만으로도 그는 굳은 결심을 할 수 있었다. 그는 속으로 생각했다.

'이번은 내 차례다.'

그리고 다른 생각도 함께 덧붙였다.

'수레바퀴 밑에 있는 나를 끌어내기 위해 마들렌 씨는 아무것도 생각하지 않았을 거야.'

그는 마들렌 씨를 구해 주자고 결심했다. 하지만 아직도 그는 머리를 굴리며 자문자답을 하고 있었다.

'그는 나를 그토록 힘쓰며 돌봐 줬지만…… 만약, 이 사람이 도둑이라 할지라도 구해 줘야 한단 말인가? 또 이 사람이 살인자라 할지라도 구해 줘야 한단 말인가? 역시 마찬가지로 그가 성자라서 구해 줘야 한단 말인가?'

그를 수도원 안에 머물게 하는 일이란 그야말로 어려운 일이자 골칫거리였다! 감히 상상할 수 없는 이 계획 앞에서도 포슐르방은 망설이지 않았다. 피카르디 출신의 이 가련한 농부는 자신의 헌신과 선의, 그리고 이번에는 갸륵한 목적을 위해서 쓰게 된 시골 늙은이의 재치라는 사다리 밖에 가지지 않은 채, 수도원이라는 금제(禁制)의 난관과 성 베네딕트의 규칙이라는 험난한 절벽을 기어올라 보리라고 생각했다. 포슐르방 노인은 평생을 자기 자신밖에 모르고 살았다. 하지만 이제 절름발이 늙은이가 되고 보니 기력도 딸리고 더 이상은 주변 세상사에 관심이 없어져 또다른 곳에 관심을 가지게 되었다. 그것은 내가 아닌 다른 사람에게 은혜를 갚은 일이었다. 그리고 때마침 선행할 기회가 생겨 그곳에 달려들었는데, 그것은 마치 죽음을 눈앞에 둔 순간 이제껏 맛보지 못한 한 잔의 포도주를 얻어 탐욕스럽게 음미하며 마시는 사람과도 같았다.

여기에 덧붙여 말할 수 있는 것은, 그것은 다름 아닌 그가 몇 년 동안 호흡하며 마신 수도원의 공기가 그를 부드럽게 순화시켜서 무엇이라도 착한 일을 하지 않고는 배길 수 없는 인간으로 만들어 버렸다는 사실이다.

이런 이유는 그는 결심했다.

'마들렌 씨에게 내 몸을 바치자.'

우리는 조금 전 포슐르방을 '피카르디 출신의 가련한 농부'라고 불렀다. 이 호칭은 조금도 틀린 말은 아니지만 아직은 충분한 설명이 되지 못한다. 이야기도 이만큼 진전되었으니, 포슐르방 노인이라는 인물에 대해 조금은 설명해 두는 것도 나쁘지 않을 듯싶다. 그는 원래 농부였다. 하지만 한때는 공증인의 서기 노릇을 한 적도 있었기 때문에 타고난 지혜에 무엇이든 따지기 좋아하는 버릇이 더해져, 그 순박한 성질에 사물을 꿰뚫어 보는 힘이 보태졌다.

이런저런 이유로 모든 일에 실패한 뒤 공증인 서기에서 짐수레꾼이 되었고 나중에는 일꾼으로 전락했다. 말을 다루다 보니 욕지거리를 퍼붓고 채찍을 휘두르는 마부처럼 보였으나, 아직 그에게는 공증인 서기의 기질이 남아 있었다.

그것도 모자라 그에게는 천부적인 기지가 있었다. 그는 말을 함부로 내뱉지 않고 차분하게 말했다. 시골 출신치고는 드문 일이었다. 때문에 주변의 농부들은 그를 보고 "제법 모자 쓴 나리 같은 말씨를 쓴다."고 했다. 사실 포슐르방은 18세기의 무례하고 경박한 표현을 빌려 말하자면, '반쪽은 도시 녀석이고 또 반쪽은 시골 촌놈'이라고 하던 부류에 속하는 사람이었다. 또한 나리들이 평민들을 분류하여 꼬리표를 달아 줄 때 사용하던 표현을 빌리자면, '조금은 촌스럽고 조금은 도시적인' 혹은 '후추와 소금' 같은 부류에 속했다.

운명이라는 강에 휩쓸려 이제는 몸도 쇠약한 불쌍하고 초라한 늙은이가 되어 버렸지만, 그래도 아직 포슐르방은 마음속 결심은 뜯들이지 않고 재빨리 해치우는 사람이었다. 이것은 결코 사람을 간사하고 악독하게 만들지 않는 귀한 성질이다. 그는 단점도 결점도 가지고 있었지만 모두 피상적인 것에 지나지 않았다. 한마디로, 그의 얼굴을 가까이서 자세히 살펴보면 바라보는 사람에게 호감을 줄 수 있는 인물 중 하나였다. 얼굴은 늙었으나 심술이나 어리석음을 나타내는 보기 흉한 주름은 조금도 잡혀 있지 않았다.

아침 해가 뜰 무렵, 오만 가지 생각에 사로잡혀 있던 포슐르방 노인이 눈을 뜨니 마들렌 씨는 짚단 위에 앉아서 잠들어 있는 코제트의 모습을 바라보고 있었다. 포슐르방은 몸을 반쯤 일으키며 말했다.

"이제 당신은 이곳에 들어오셨으니, 앞으로 어떻게 이곳에 자리를 잡으시렵니까?"

이 말에는 이번 사태가 한마디로 축약되어 있어, 장 발장을 문득 잠념에서 깨어 나오게 했다. 두 노인은 머리를 맞대고 의논했다.

"첫째로 말씀입니다, 이 방에서 밖으로 나가시면 안 됩니다. 어린아이도 당신도 그래야 합니다. 만약 한 발이라도 나갔다간 끝장날 것이 분명합니다."

포슐르방은 말했다.

"그렇겠지."

"마들렌 씨."

포슐르방은 말을 이었다.

"당신은 마침 아주 좋을 때 오셨습니다. 아니 사실은 좋지 않을 때라는 말도 되는데……. 여기 계신 높은 수녀님 한 분이 중병에 걸려 누워 계십니다. 그래서 사람들은 이곳에 그다지 신경 쓰지 않을 겁니다. 그분은 곧 돌아가실 모양이니까요. 40시간이 넘는 기도를 올리고 있습니다. 원내 사람들 모두 정신이 없고요. 하긴, 누구나 그 일에 마음을 다하고 있지요. 아프신 수녀님은 그야말로 성녀님이시거든요. 여기 계신 모두가 성녀지만요. 그분들과 제 차이를 말씀드리자면, 그분들이 '우리들의 독방'이라고 부르는 곳을 저는 '나의 오두막집'이라고 부르는 것뿐입죠. 이곳에서는 죽어 가는 사람이 있으면 기도를 올리고, 또 죽음을 맞이하면 기도를 올립니다. 오늘은 여기서 마음 놓고 계셔도 됩니다만, 내일 일은 저로서도 장담을 드릴 수가 없겠네요."

그러자 장 발장은 생각에서 깨어나 대답했다.

"그렇다면 이 집은 돌담 귀퉁이에 있고 저 무너진 건물에 가려져 있는데다 저기 나무숲도 있으니 수도원에서는 보이지 않겠네요."

"네, 수녀들도 여간해서는 이곳으로 발길을 옮기지 않습니다."

"그런데?"

장 발장은 반문했다. 이 '그런데'라는 강한 반문의 의미는 '여기 숨어 있어도 안전한 것이 아니냐.'는 것이었다. 포슐르방은 이 반문에 대답했다.

"계집아이들이 있어서 그럽니다."

"계집아이들이라니?"

장 발장은 물었다.

포슐르방이 물음에 답을 하려고 입을 열었을 때, 종소리가 한 번 울렸다. 그는 말했다.

"수녀님이 돌아가셨습니다. 저 소리는 승천하셨다는 신호입니다."

그러고 장 발장에게도 들어 보라는 듯한 몸짓을 해 보였다.

종이 또 한 번 울렸다.

"승천하시는 종소립니다, 마들렌 씨. 시신을 운반해 나갈 때까지 1분마다 온종일 끊이지 않고 울립니다. 아, 그렇지! 그 아이들이 논단 말입니다. 휴식 시간에 공이라도 하나 떼굴떼굴 굴러 오기라도 하면, 금지되어 있는 이곳 여기저기를 마구 헤집어 놓는단 이야기지요. 정말이지 귀찮은 장난꾸러기들이지요, 그 천사들이란."

"누구 말이오?"

장 발장은 물었다.

"계집아이들 말입니다. 당신은 곧 발각되고 말 겁니다. 그들은 커다란 목소리로 이렇게 외치겠지요. '어머나, 남자가 있어!' 하고. 하지만 오늘은 마음을 놓으세요. 쉬는 시간이 없으니까요. 그들은 하루 종일 기도를 올릴 겁니다. 종소리가 들리지요? 아까 말씀드린 대로 1분에 한 번씩 울립니다. 승천하는 종소리지요."

"알았소, 포슐르방 영감. 기숙생들이 있는 거로군요."

그렇게 말하며 장 발장은 마음속으로 생각했다.

'기회가 된다면 코제트의 교육을 위해서는 딱 좋은 곳이군.'

포슐르방은 갑자기 소리 높이 외쳤다.

"그렇습죠! 여자아이들이 있답니다. 이 근처에 와서는 정신없이 까불다가 당신을 보면 도망치겠지요! 여기선 남자가 있다는 것은 페스트가 있는 것과 마찬가지입니다. 보세요. 제 다리에도 맹수나 되는 것처럼 방울이 달아 놓았잖아요."

장 발장은 더욱 깊은 생각에 빠져들었다.

'이 수도원이 우리 두 사람을 구원해 줄 것이다.'

그는 중얼거렸다. 그러고는 소리를 내어 말했다.

"그렇소. 어려운 것은 여기 이대로 머물러 있는 일이오."

포슐르방은 말했다.

"아닙니다. 어려운 것은 여기서 나가는 일입니다."

장 발장은 피가 심장에서 거꾸로 솟구쳐 오르는 것을 느꼈다.

"나가다니!"

"그렇습니다, 마들렌 씨. 다시 들어오기 위해서는 일단 밖으로 나가시지 않으면 안 됩니다."

다시 종소리가 한 번 울리는 것을 듣고 나서 포슐르방은 말을 덧붙였다.

"여기 이대로 계시다 사람을 만나면 안 됩니다. 어디서 왔는지가 문제가 될 테니까요. 저야 당신을 알고 있으니 하늘에서 떨어졌다 해도 별 상관이야 없겠지만, 수녀들로서는 문으로 들어오지 않으면 안 되거든요."

갑자기 다른 종소리가 꽤 복잡스럽게 울려 왔다.

"으음!"

포슐르방은 말했다.

"저건 성가대 수녀들을 부르는 종소리입니다. 회의에 나가는 거지요. 누군가 죽으면 언제나 회의를 엽니다. 이번 수녀는 새벽녘에 돌아가셨습니다. 사람이 죽는 때는 대개 새벽녘이지요. 그런데 당신은 들어오셨던 대로 밖으로 나가실 수는 없는 건가요? 아니 뭐 굳이 캐물으려는 건 아니지만, 어디로 들어오셨습니까?"

장 발장은 얼굴이 순간 새파래졌다. 그 험악한 거리로 다시 뛰어들 생각을 하니 소름이 끼쳤던 것이다. 마치 호랑이가 우글거리는 숲 속에서 겨우 숲 밖으로 탈출했는데, 다시 누군가 그 속으로 들어가라며 등을 떠미는 것과 마찬가지였다. 장 발장은 여전히 이 근처를 돌아다니고 있을 경관들을 머리에 떠올렸다. 여기저기 망을 보고 있는 경관들과 초소마다 서 있는 감시병들 그리고 목덜미를 노리고 있는 무서운 손아귀……. 어쩌면 자베르도 네거리 모퉁이에 버티고 있을지도 모른다.

"그건 할 수 없소!"

그는 말했다.

"포슐르방 영감, 나는 그저 하늘에서 떨어진 것으로 알고 있으면 좋겠구려."

"저야 당연히 그렇게 믿고 있습니다. 물론 그렇고 믿고 말고요."

포슐르방은 말을 이었다.

"다른 말씀은 하지 않으셔도 됩니다. 하느님께서 당신을 더 가까이 곁에 두고자 손을 끌어올렸다가 다시 놓은 것이겠지요. 다만 당신을 남자 수도원에 내려놓으시려다 그만 실수를 하신 모양입니다. 자, 다시 종이 울리는군요, 이번 종소리는 문지기에게 시청에 가라는 분부입니다. 그래야 시청에서 사망자 담당 의사에게 사망을 확인하러 오도록 지시할 것입니다. 물론 사람이 죽었을 때 으레 하는 일이지요. 그런데 여기 수녀님들은 의사가 오는 것을 좋게 생각하지 않습니다. 의사라는 사람들은 믿음이란 것을 조금도 갖고 있지 않으니 말이지요. 의사는 베일을 들춰 봅니다. 때로는 다른 곳까지도 들춰 봅니다. 그런데 이번엔 왜 이렇게 급하게 의사에게 알리는 걸까? 도대체 어떻게 된 일이지? 어린아이는 아직도 깨지 않았군요. 저 아이 이름은 뭐지요?"

"코제트요."

"따님이신가요? 아니, 아버지보다는 할아버지가 맞는 말 같은데요?"

"그렇소."

"아이를 밖으로 내보내는 것은 어렵지 않습니다. 안마당 쪽에 제가 드나드는 출입문이 있습지요. 그 문을 두드리면 문지기가 열어 줍니다. 아이를 치룽 속에 넣은 뒤에 짊어지고 나가면 됩니다. 포슐르방 영감이 치룽을 지고 바깥출입을 하는 일은 흔하지요. 당신은 아이에게 조용히 있으란 말만 하면 됩니다. 아이 위에 시트를 덮겠습니다. 슈맹 베르 거리에서 과일 장사를 하는 노파 하나를 잘 알고 있는데, 당장 방법이 없다면 아이를 그 집에 맡기기로 합시다. 귀머거리 노파 집에는 작은 침대도 하나 있습니다. 저는 과일 장수 노파 귀에 대고 말하겠습니다. 이 아이는 내 조카인데 내일까지만 맡아 달라고 소리를 지르겠습니다. 그다음, 아이는 당신과 함께 다시 돌아오면 되겠지요. 저는 당신이 다시 들어오실 수 있도록 방법을 찾아보겠습니다. 꼭 그렇게 해 드리겠어요. 그런데 마들렌 씨, 당신이 밖으로 나가시려면 어떻게 해야 할까요?"

장 발장은 고개를 가로저었다.

"나는 사람들 눈에 띄어서는 안 되오. 문제는 거기에 있소, 포슐르방 영감. 코제트처럼 치룽 속이나 시트 아래 숨어서 나갈 만한 방법은 없겠소?"

포슐르방은 왼손 가운뎃손가락으로 귓불을 긁었다. 도무지 생각이 나지 않는다는 표시였다.

그때 세 번째 종이 울려 왔으므로 그쪽에 정신이 팔렸다. 포슐르방은 말했다.

"저 종소리는 검시 의사가 돌아간다는 신호입니다. 의사가 들여다보고 나서 말하지요. '이 사람은 죽었습니다. 됐습니다.' 그리고 의사가 천국으로 가는 통행증에 도장을 찍으면 장의사에서 관을 들여보냅니다. 돌아가신 분이 장로라면 장로들이, 수녀라면 수녀들이 시체를 관 속에 넣습니다. 그런 뒤 제가 관에 못질을 합니다. 그것이 정원사인 제 임무

중 하나지요. 말하자면 정원사는 장의사 일도 합니다. 관은 바깥 길과 통하는 성당 아랫방에 둡니다만, 이 방에는 의사 말고는 아무도 들어가 서는 안 됩니다. 물론 장의사에서 일하는 인부나 저 같은 아랫사람은 빼고 말이지요. 제가 관에 못을 치는 것도 바로 그 방입니다. 그런 뒤 장의 사 인부들이 이곳으로 관을 실러 오고, 다음은 채찍질을 하면서 가 버 립니다. 결국은 그렇게 천국으로 가지요. 아무것도 들어 있지 않은 상자 를 가지고 들어와서, 안에 무엇을 넣어 가지고 다시 나갑니다. 그것이 장례식이라는 거지요. '데 프로푼디스(깊은 수렁 속에서라는 뜻의 시편_옮 긴이)'입니다."

수평으로 들어오는 한 줄기 햇살이 잠든 코제트의 얼굴에 어른거렸다. 코제트는 가만히 입술을 벌리고 있었는데 마치 빛을 머금은 천사처럼 보 였다. 장 발장은 아까부터 코제트를 바라보고 있었다. 그는 이제 포슐르 방이 하는 말을 듣고 있지 않았다.

남이 이야기를 듣지 않는다고 해서 그것이 입을 다물어야 할 이유는 되지 않는다. 사람 좋은 정원사 영감은 쉬지 않고 이야기를 계속했다.

"보지라르의 묘지에 구덩이를 팝니다. 사람들 말에 의하면, 이제 곧 폐쇄된다지만요. 이 보지라르 묘지는 무척 오래되었는데, 규정에도 맞 지 않고 정돈도 잘 되어 있지 않아서 없애 버린다는 겁니다. 안된 일이지 요. 수월해서 좋았거든요. 거기 제 친구가 한 사람 있습죠. 메스티엔 영 감이라고 무덤 파는 인부지요. 여기 수녀님들은 날이 어두워진 뒤에 그 곳으로 옮길 수 있도록 허락되어 있습니다. 수녀들을 위해 시청에서 특 별히 만들어 놓은 규정이지요. 그런데 참, 어제부터 무슨 사건이 그렇게 많이 생겨났는지! 크뤼시픽시옹 장로께서 돌아가실지 않나, 또 마들렌 씨는⋯⋯."

"매장되고 말이지."

장 발장은 우울하게 미소 지으며 말했다.

포슐르방은 그 말을 부풀려 말했다.

"맞습니다, 정말 그래요! 여기 들어앉아 버리면 그야말로 매장되는 거나 마찬가지죠!"

네 번째 종소리가 울려 퍼졌다. 포슐르방은 황급히 방울 달린 가죽 무릎 덮개를 못에서 벗겨 내려 자기 무릎에 씌웠다.

"아, 이번에는 제 차례가 돌아왔군요. 원장님께서 저를 부르고 계십니다. 어디, 가슴 아픈 꼴을 한바탕 치르고 올까요. 마들렌 씨, 여기서 가만히 기다려 주십시오. 생각지 못한 기발한 생각이라는 것도 있는 법이니까요. 배가 고프면 저기 포도주와 빵과 치즈가 있습니다."

그리고 그는 "지금 갑니다! 지금 가요!" 하면서 오두막집에서 나갔다.

장 발장은 그가 자신의 멜론 밭을 흘끗거리면서 절름거리는 다리로 서둘러 정원을 가로질러 가는 것을 보았다.

그리고 10분도 채 되지 않아 포슐르방 노인은 방울 소리로 수녀들을 놀라 달아나게 하면서 문 하나를 조용히 두드렸다. 그러자 차분한 목소리가 "영원토록, 영원토록"이라고 대답했다. 즉 '들어오시오.'라는 말이었다.

그 문은 심부름시킬 때 정원사를 불러들이는 응접실 문이었다. 응접실은 회의실과 붙어 있었다. 수도원장은 응접실에 단 하나밖에 없는 의자에 걸터앉아 포슐르방을 기다리고 있었다.

## 곤경에 빠진 포슐르방

위기의 순간에, 불안하면서도 근엄한 표정을 짓는 것은 특정 성격을 가진 사람이나 특정 직업을 가진 사람들에게 종종 발견되는 일이지만,

특히 사제나 수도자에게는 곧잘 찾아볼 수 있다. 포슐르방이 들어갔을 때, 그런 이중의 걱정스러운 기색이 수도원장의 얼굴에 확연히 드러나 있었다. 이 아름답고 학식이 많은 블르뫼르 양, 즉 이노상트 원장은 평소 때는 무척 명랑한 사람이었다. 정원사는 공손하게 절을 하고는 응접실 입구에 조용히 서 있었다. 이노상트 원장은 묵주를 만지작거리고 있다가 눈을 들며 말했다.

"아, 포방 영감이군요!"

수도원에스는 그렇게 짧게 줄인 호칭을 썼다.

포슐르방은 다시 허리를 굽혔다.

"포방 영감님, 내가 당신을 보자고 했어요."

"그래서 이렇게 달려왔습니다, 원장님."

"당신에게 할 이야기가 있어요."

"사실은 저도……."

속으로는 겁이 났지만 포슐르방은 용기를 내어 말했다.

"죄송합니다. 사실은 원장님께 드릴 말씀이 있습니다."

수도원장은 그를 바라보았다.

"그래요! 내게 무슨 이야기를요?"

"그것이…… 소원이 있습니다."

"그럼 말해 보시구려."

지난날 공증인 서기 노릇을 한 적 있는 포슐르방 노인은 침착성과 뻔뻔스러움을 겸비한 촌사람들의 부류에 속하는 사람이었다. 어떤 종류의 능란한 무지는 일종의 힘이다. 아무도 그것을 의심하지 않으므로 누구나 손쉽게 속아 넘어가는 것이다. 수도원에 들어온 지 2년 남짓 지나는 동안, 포슐르방은 수도원 안에서 그런대로 좋은 평판을 얻고 있었다. 그는 언제나 혼자 묵묵히 정원사 일을 하면서, 오직 호기심만을 만족시키고 있을 뿐이었다. 베일을 늘어뜨리고 오가는 여자들과는 멀리 떨어져 있었으므로, 그가 볼 수 있는 것은 거의 그림자뿐이었다.

하지만 관심을 쏟으며 예리하게 관찰한 덕분에, 그는 그 모든 유령들 속에 육체를 되돌려 주는 데 성공했고, 따라서 그 죽은 여인들은 그가 보기에는 살아 있었다. 그는 눈이 유달리 잘 보이는 귀머거리거나 귀가 날카로운 장님 같은 존재였다. 그는 여러 가지 종소리의 의미를 알아들으려고 열심히 노력한 덕분에 그것에 성공했다. 그리고 성공과 동시에 수수께끼를 간직한 말없는 이 수도원 안에서 그가 모르는 일이란 하나도 없게 되었다. 즉 수녀원이라는 스핑크스가 모든 비밀을 그의 귀에 속삭여 주었던 것이다. 포슐르방은 모든 것을 알고 있었지만 또 모든 것을 숨기고 있었다. 그 점이 그의 교묘한 수법이었다.

수도원 내 모든 사람들은 그를 바보로 생각하고 있었다. 그것은 종교상으로는 위대한 장점이 되었다. 성가대 수녀들은 포슐르방을 소중하게 여겼다. 그는 믿을 수 없을 정도로 말이 없었다. 그리고 그런 행동이 모든 사람에게 신뢰감을 주었다. 게다가 그는 모든 규칙을 잘 지켜 과수원이나 채소밭 때문이라는 분명한 볼일 이외에는 외출하지 않았다. 그러한 조심성이 그에게는 득이 되었다. 게다가 그는 두 남자한테서 온갖 정보를 얻고 있었다. 즉 수도원에서는 정문 문지기로 하여금 자기 앞에서 수다를 떨게 만들어 응접실에서 일어나는 자질구레한 일들을 알아냈고, 묘지에서는 무덤 파는 인부한테서 묘지의 기이하면서도 색다른 일들을 알게 되었다.

그리하여 그는 수녀들에 대한 두 가지 지식을 가지고 있었다. 하나는 그 삶에 대해서이고, 다른 하나는 그 죽음에 대해서였다. 하지만 그는 무엇 하나 나쁘게 악용하지 않았다. 수도원 전체가 그를 신용했다. 늙고 절름발이에 아무것도 보려 하지 않는 데다 어쩐지 약간 귀도 먼 듯하니, 여러 가지로 얼마나 다행스러운 일인가! 그를 대신할 사람을 찾아내기란 사실 쉬운 일이 아니었다.

이 늙은이는, 자기가 신임받고 있다는 안도감으로 수도원장 앞에서 꽤나 장황한, 그러나 매우 심오한 뜻을 지난 시골뜨기다운 이야기를 늘어놓았다. 자신은 나이가 많다는 것, 몸을 마음대로 쓸 수 없다는 것, 그래서 자기 딴엔 전보다 곱절이나 더 힘이 드는 것 같다는 것, 하지 않으면 안 될 일이 차차 많아지기만 한다는 것, 정원의 크기, 가령 엊저녁같이 달이 밝은 밤에는 멜론 밭에 가마니를 덮어 주어야 하기 때문에 밤을 새워야 한다는 것 등등의 일을 장황하게 이야기하고 나서는 다음과 같은 말을 꺼냈다.

자신에게는 아우가 하나 있는데,—원장은 약간 놀라는 듯했다.—상당히 늙기는 했으나—원장은 다시 몸을 움찔 움직였으나 이번에는 안도하는 기색이었다.—만약에 허락만 해 준다면, 그 아우를 데려다 같이 살면서 일하는 데 도움을 받고 싶다. 그는 실력이 뛰어난 정원사이므로 수도원을 위해서는 자신보다 많은 도움이 될 것이다. 하지만 만약 허락이 떨어지지 않는다면, 형인 자신은 너무나 기력이 쇠하여 일을 제대로 해내지 못할 것 같으니, 유감스럽지만 일을 그만두어야 할 것 같다. 그리고 덧붙이기를, 아우에게는 어린 딸아이가 하나 있는데 반드시 데리고 오리라고 생각된다. 또 그 아이는 이 안에서 천주의 품에 안겨 자라게 될 것이고, 어쩌면 그 아이가 자라 수녀가 될지도 모른다고 했다.

그가 긴 이야기를 마치자, 수도원장은 묵주 알을 세어 넘기던 손길을 멈추고 그에게 말했다.

"튼튼한 쇠막대 하나를 저녁때까지 얻어 올 수 있겠어요?"

"어디에 쓰시려고요?"

"지렛대로 쓰려고 해요."

"네, 알겠습니다, 원장님."

포슐르방은 대답했다.

수도원장은 더 이상 아무 말없이 일어나 옆방으로 들어갔다. 그곳은 회의장으로, 아마도 성가대 수녀들이 모여 있을 것이다. 포슐르방은 혼자 남았다.

## 이노상트 원장

약 15분쯤 지났다. 수도원장은 다시 돌아와 의자에 앉았다.

두 사람은 함께 이야기를 주고받으면서도 자신만의 생각에 골똘히 빠져 있는 듯 보였다. 여기 두 사람이 나눈 대화를 그대로 옮겨 보기로 하자.

"포방 영감님!"

"네, 원장님, 말씀하세요."

"당신은 성당을 알고 있겠지요?"

"그곳에는 미사와 성무 일과를 드리기 위해 앉는 제 조그만 자리가 있습니다만."

"그리고 성가대석에도 일하러 들어간 적이 있지요?"

"네, 두어 번 있었습니다."

"거기 있는 돌을 한 장 들어내야겠는데요."

"아니 그 무거운 것을요?"

"제단 옆에 깔아 놓은 포석을 말하는 거예요."

"지하 납골당을 덮고 있는 돌 말씀입니까?"

"맞아요."

"사실, 그런 경우도 남자가 둘이라면 일할 때 훨씬 수월할 거라 생각합니다만."

"아상시웅 수녀님은 남자만큼 힘이 세신 분이세요. 우릴 도와주실 거예요."

"아무래도 여자와 남자는 다르지요."

"당신도 잘 알잖아요. 이곳에서 당신을 도와줄 사람이라곤 여자밖에 없어요. 저마다 할 수 있는 일을 하면 되는 거죠. 마비용 신부님은 성 베르나르의 서간을 417편 쓰셨는데, 메를로누스 호르티우스는 367편밖에 쓰시지 못했다고 해서 나는 메를로누스 호르티우스를 조금도 업신여기지는 않습니다."

"저 역시 그렇습니다."

"선행이라는 것은 자신의 의지와 힘에 따라 행하는 겁니다. 수도원은 작업장이 아닙니다."

"그러나 여자는 남자가 아니지요. 제 아우는 힘이 무척 셉니다!"

"그리고 지렛대를 하나 준비하세요."

"그런 종류의 돌문에 맞는 열쇠란 지렛대밖에 없을 겁니다."

"돌에는 쇠고리가 달려 있어요."

"거기에 지렛대를 꿰면 되겠군요."

"돌은 회전하게 되어 있어요."

"그건 참 괜찮네요, 원장님, 지하실을 열겠습니다."

"그리고 성가대의 수녀 네 분이 입회하실 거예요."

"지하실 문을 연 다음은요?"

"다시 닫아야 합니다."

"그게 다입니까?"

"아니오."

"무엇이든지 말씀만 해 주십시오, 원장님."

"포방, 우리는 당신을 신뢰하고 있어요."

"무슨 일이든 하겠습니다."

"무슨 일이든 잠자코 해 주겠지요?"

"네, 원장님."

"지하실 문이 열리면⋯⋯."

"제가 다시 닫겠습니다."

"하지만 그러기 전에⋯⋯."

"무엇입니까, 원장님?"

"안에 무엇인가 넣어야 해요."

잠시 침묵이 흘렀다. 수도원장은 주저하듯 아랫입술을 조금 내민 뒤 다시 입을 열었다.

"포방 영감님!"

"네, 원장님, 무슨 말씀이든 하세요."

"오늘 아침에 장로 한 분이 돌아가신 건 알고 계시지요?"

"아니요."

"종소리를 못 들으셨나요?"

"마당 안쪽에서는 아무 소리도 들리지 않습니다."

"정말인가요?"

"저를 부르는 종소리만 겨우 들었습니다."

"그분은 새벽에 돌아가셨어요."

"게다가 오늘 아침에는 바람도 제가 있는 쪽으로는 불지 않았습니다."

"크뤼시픽시옹 님께서 세상을 떠나셨습니다. 천국의 복을 누리실 분이시지요."

수도원장은 입을 다물었다. 그러고는 마음속으로 기도를 드리듯 잠시 입술을 움직이고는 다시 말을 이었다.

"3년 전 일인데요. 얀센파 신도였던 베튄 부인께서 크뤼시픽시옹 수녀님이 기도하는 모습을 보시고 즉시 가톨릭 정교도로 개종했습니다."

"아, 맞아요. 그러고 보니 지금이야말로 승천의 종소리가 들리는 것 같군요, 원장님."

"장로들이 그분을 성당 옆 검시실로 옮겨 놓았어요."

"알겠습니다."

"남자는 당신 외에는 아무도 그 방에 들어갈 수 없습니다. 또 들어가서는 안 됩니다. 이 점 잘 기억하세요. 사실 또 고마운 일 아닌가요? 검시하는 방에 남자 신분으로 들어갈 수 있는 일이요."

"더 자주(속어로 '이젠 딱 질색'이라는 뜻_옮긴이)!"

"뭐라고 했나요?"

"더 자주!"

"그게 무슨 말이지요?"

"더 자주라는 말입니다."

"무엇과 비교해서 더 자주란 말이지요?"

"원장님, 무엇과 비교해서 더 자주라는 말은 아닙니다. 그냥 더 자주라는 말입니다."

"당신 말은 이해하기 힘들군요. 왜 무슨 일로 더 자주라는 말을 쓰는지."

"원장님처럼 말하려고 그러는 겁니다, 원장님."

"난 더 자주란 말을 한 적이 없어요."

"네, 그렇게 말씀하시진 않으셨습니다. 하지만 저는 원장님처럼 말해보고 싶어 그렇게 말한 것입니다요."

이때, 9시를 알리는 종이 울렸다.

"아침 9시에, 그리고 모든 시간에 제단의 성체께서 찬양받으시기를!"

수도원장은 기도했다.

"아멘."

포슐르방은 말했다.

때마침 시간을 알리는 종소리가 울렸다. 그 때문에 '더 자주'에 대한 이야기는 중단되었다. 만약 종이 울리지 않았더라면 수도원장과 포슐르방은 엇갈리는 이 복잡한 대화 속에서 빠져나오지 못했을 것이다. 포슐르방은 이마를 문질렀다.

수도원장은 다시 기도를 올리는지 입 속으로 무엇인가를 중얼거리다가 소리를 내어 말했다.

"크뤼시픽시옹 님은 많은 사람을 참되고 올바른 신앙으로 개종시켰습니다. 돌아가신 뒤에도 수많은 기적을 일으키실 겁니다."

"그렇죠, 당연히 일으키시고말고요!"

포슐르방은 장단을 맞추며 다시는 실수하지 않으려고 애쓰며 대답했다.

"포방 영감님, 우리 수도원은 크뤼시픽시옹 님을 통해 축복을 받았습니다. 물론 모든 사람에게 베륄 추기경처럼 성 미사를 드리면서 운명을 맞거나, '이제 이 몸을 바치나이다.' 하는 기도문을 외우면서 천주님께 자기 영혼을 돌려보내는 것은 누구나 할 수 있는 일은 아닙니다. 하지만 그만한 행복은 누리지 못했다 할지라도 크뤼시픽시옹 님은 매우 귀하고 성스러운 임종을 맞으셨어요. 마지막 순간까지 의식을 잃지 않으셨지요. 우리들에게 말씀하시고, 다음으로 천사들에게 말씀하셨습니다. 그분은 우리에게 마지막 소원을 말씀하셨습니다. 만약 포방 당신도 좀 더 신앙이 깊었더라면, 그리고 그분의 독방에 들어갈 수 있었더라면, 그분은 당신의 다리를 만져 낫게 해 주셨을 텐데요. 그분은 미소를 짓고 계셨어요. 우리들 모두가 그녀가 신의 품 안에서 부활하고 있다는 것을 느꼈어요. 그 임종은 천국을 생각하게 하는 무엇이 깃들어 있었습니다."

포슐르방은 이 말을 끝으로 조문의 말이 끝났다고 생각하며 "아멘." 이라고 말했다.

"포방 영감님, 돌아가신 분의 소원은 반드시 이루어 드려야 합니다."

수도원장은 목주를 몇 알 넘겼다. 포슐르방은 입을 다물고 있었다. 수도원장은 말을 이었다.

"나는 지금 이 일을, '주님께' 봉사하고 수도 생활의 실천에 앞장서며 훌륭한 성과를 거두고 계신 수많은 천주님의 성직자 모두와 상의해 보

있습니다."

"원장님, 정원 안쪽에 비해 여기서 승천의 종소리가 더 잘 들립니다요."

"게다가 그분은, 죽은 다른 사람과 마찬가지로 생각할 수 없는 성자 같은 분이시지요."

"맞습니다, 원장님과 마찬가지로."

"그분은 지난 20년 동안 관 속에 누워 계셨습니다. 우리들의 성부 피우스 7세의 특별 허락을 받으셔서요."

"관을 바치신 분입지요, 황(皇)…… 보나파르트에게."

포슐르방처럼 능수능란한 사람이 그런 말을 한 것은 엄청난 실수였다. 그러나 다행스럽게도 수도원장은 자기 생각에 빠져 있었으므로 영감의 말이 귀에 들어오지 않았다. 그는 말을 이었다.

"포방 영감님!"

"네, 원장님?"

"카파도키아의 대주교 성 디오도로스는 지렁이라는 의미의 '아카루스'라는 한마디 말만을 자신의 묘비에 새겨 주기를 원해서 그대로 실현했습니다. 그것은 그렇게 해야 할 일이었겠지요?"

"네, 원장님."

"아퀼라의 대수도원장인 복자 메초카네는 교수대 밑에 매장되기를 원했는데, 그것도 그대로 실현되었습니다."

"그것도 사실입지요."

"테베레 강 하류에 있는 포르의 주교 성 테렌티우스는 자기의 묘비에 친부모 살해범이라는 표시를 해 달라고 했지요. 행인들이 자신이 묘에 침을 뱉고 지나가기를 원했던 것이지요. 그것도 물론 실현되었습니다. 돌아가신 분들의 의사는 존중하지 않으면 안 됩니다."

"그렇게 되기를 빕니다."

"프랑스 로슈 아베유에서 태어나신 베르나르 기도니스는 스페인 투이의 주교였습니다만, 카스티야 왕의 뜻을 거스르고 그 유해를 자기 소원대로 리모즈의 도미니크파 성당으로 옮겼습니다. 여기서 고인의 뜻을 반대할 수 있겠습니까?"

"그야 결코 안 됩죠, 원장님."

"그러한 사실은 플랑타비 드 라 포스에 의해 증명되고 있습니다."

또다시 침묵 속으로 빠졌다. 수도원장은 침묵 속에서 몇 알의 묵주를 세어 넘기며 말했다.

"포방 영감님, 크뤼시픽시옹 님은 지난 20년 동안 누워 주무셨던 관에 드신 채 매장되실 것입니다."

"물론 지당하신 말씀입니다."

"그것은 자던 잠을 계속 자는 셈이지요."

"그렇다면 저는 그 관에다 못질을 해야 하겠군요?"

"그렇지요."

"그럼 장의사에서 들여온 관을 쓰지 않게 되겠군요?"

"맞아요.

"말씀만 하세요, 저는 수도원장님의 명령이시라면 무엇이든 하겠습니다."

"성가대 수녀 네 분이 당신을 도와줄 것입니다."

"관에 못질하는 일을요? 그러실 필요는 없습니다."

"아니, 관을 내리기 위해서요."

"어디로 내리는데요?"

"지하실 속으로."

"어느 지하실 말입니까?"

"제단 아래."

"제단 아래요?"

포슐르방은 깜짝 놀라 펄쩍 뛰었다.

"제단 아래!"

"제단 아래."

"하지만……."

"밖에서 쇠막대기를 하나 준비해 올 수 있겠지요?"

"네, 그렇지만……."

"돌에 달린 쇠고리를 이용해 당신이 지렛대로 그 돌을 들어 올리면 됩니다."

"하지만……."

"돌아가신 분의 의사를 존중해 드려야 합니다. 성당 제단 밑에 있는 지하실에 묻히는 것, 불경한 흙 속으로 들어가지 않는 것, 살아 계신 동안에 기도하던 곳에 죽어서도 남는 것이 크뤼시픽시옹 님의 마지막 소원이었습니다. 그분이 그것을 우리에게 부탁하셨어요. 말하자면 우리 모두에게 명령하신 것이지요."

"그러나 그것은 금지되어 있지 않습니까."

"인간에 의해서는 금지되어 있지만, 신에 의해서는 명령되어 있어요."

"만약 이 일이 탄로 난다면요?"

"우리 모두는 당신을 믿고 있습니다."

"그야 물론 저는 이 벽의 돌이나 마찬가지입니다만."

"수녀원 회의가 열렸어요. 지금도 방금 제가 성가대 수녀들과 안건을 상정하여 깊이 토론한 결과, 크뤼시픽시옹 님은 소원대로 그 관에 넣어 제단 아래 매장하기로 결정했어요. 생각해 보세요, 포방 영감님. 만약 이곳에서 기적이 일어난다면 어떨지를! 우리들의 수도회로서는 더할 나위 없는 하느님의 큰 영광이 아니겠어요! 기적은 무덤에서 일어나는 겁니다."

"그러나 원장님, 만약 위생국의 관리가……."

"성 베네딕트 2세 성자께서는, 무덤에 관한 문제에 있어서, 콘스탄티누스 포고나투스 황제 앞에서도 굽히지 않으셨습니다."

"그래도 경찰관이……."

"콘스탄틴 황제 때, 갈리아 지방으로 들어온 일곱 분의 독일 왕 중에
한 분이었던 코노드메르는 수도사들이 신앙에 따라 매장된다는, 즉 제단
아래 묻힐 수 있는 권리를 인정해 주셨습니다."

"그렇지만 감찰관이……."

"십자가 앞에서는 이 세상은 아무것도 아니에요. 샤르트뢰즈 수도회의
제11대 총회장 마르탱은 자기 수도회 사람들에게 '세상이 변천하는 동
안에도 십자가는 서 있느니라.'라는 격언을 주셨습니다."

"아멘."

포슐르방은 라틴어를 들을 때마다 곤경에서 빠져나오는 방법으로 이
렇게 말했다.

너무 오랫동안 침묵을 지켜야 했던 사람에게는, 자신의 말에 귀를 기
울이는 사람은 한 사람이면 충분한 법이다. 고대의 웅변가였던 짐나스
토라스는 감옥에서 나오자마자 몸속에 쌓인 양도논법과 삼단논법을 해
소해 보려고 우선 처음 맞닥뜨린 나무 앞에 발길을 멈추고 그것과 토론
을 벌이면서 어떻게든 설득해 보려고 무진 애를 썼다는 이야기가 있다.
수도원장은 평소에는 늘 굳게 침묵을 지켜야 했기에 말의 저수지가 흘
러넘칠 지경이 되어, 지금은 마치 수문이라도 열린 것처럼 마구 지껄여
대는 것이었다.

"저의 오른편에는 베네딕트가 계시고 왼편에는 베르나르가 계십니다.
베르나르는 어떤 분이었는가 하면, 그분은 클레르보의 첫 수도원장이셨
어요. 그분의 아버님은 테슬랭이라는 분이고, 어머님은 알레트라는 분이
셨지요. 그분은 시토에서부터 시작하여 마지막에는 클레르보에 이르셨
어요. 그분은 샬롱 쉬르 손의 주교 곰 드 샹포에 의해 수도원장으로 임
명되셨어요. 그분은 700명의 수련 수도사를 거느리시고, 160개의 수도

원을 세우셨습니다. 1140년에는 상스의 회의에서 아벨라르를 설복하고, 피에르 드 브뤼와 그의 제자 앙리를 설복하고, 또 아포스톨리크라고 하는 일종의 사교도들을 설복했으며, 아르노 드 브레스를 격파하고, 유대인들을 죽인 라울 수도사를 분쇄했으며, 1148년에는 랭스의 회의를 주관했고, 푸와티에의 주교 질베르 드 라 포레와 레옹 드 레투알에게 죄를 내리게 하고, 왕과 귀족의 분쟁을 조정하고, 루이스 르 쥔 왕에게 교리를 설법하고, 교황 유제누스 3세에게 조언을 하고, 탕플 기사단을 관리하고, 십자군을 지도하고, 평생에 250가지 기적을 행했습니다. 심지어는 하루에 서른아홉 가지 기적을 일으키신 일도 있었습니다. 또 베네딕트는 어떤 분이었는가 하면, 그분은 몬테 카시노의 대주교였으며, 신성 수도원의 기초를 다진 두 번째 성자이시고, 서방의 바실리우스라고도 할 만한 분입니다. 그 수도회는 40명의 교황과 200명의 추기경과, 50명의 총대주교와, 1600명의 대주교와 4600명의 주교와, 4명의 황제와, 12명의 황후와, 46명의 왕과 41명의 왕비와 3600명의 성자를 배출했으며, 1400년이 흐른 오늘날까지도 존속되고 있습니다. 베르나르 성자에게 위생국 관리가 맞서다니! 베네딕투스 성자에게 쓰레기장 검사관이 맞서다니! 국가니, 풍기니, 장의사니, 규정이니, 행정이니 하는 그런 것 따위를 우리가 아랑곳할 게 뭡니까? 아무리 지나가는 행인일지라도 우리가 어떤 대접을 받고 있는가를 알게 된다면 반드시 분개할 것이 틀림없어요. 우리에게는 자신의 유해를 예수 그리스도에게 바칠 권리조차 갖고 있지 않습니다! 당신이 말한 위생이라느니 하는 따위는 혁명이 만들어 낸 것이에요. 그리고 주님께서 경찰서장에게 종속되다니, 이 세기가 현재 오늘날의 모습입니다. 입을 닥쳐요, 포방 영감!"

이런 질책을 받으면서 포슐르방은 마음이 불안해 안절부절못하고 있었다. 원장은 계속 말했다.

"수도원 안에서 묘지에 이의를 제기하는 사람은 아무도 없어요. 그것을 부인하는 것은 광신자나 믿음을 얻지 못한 채 헤매는 자들뿐이죠. 우리들은 무시무시한 혼란의 시대에 살고 있습니다. 모든 사람이 알아야 할 일을 알지 못하고, 알아서는 안 될 일을 알고 있는 판국입니다. 모두가 오염되었고 신앙을 잃었어요. 현대에 이르러서는 위대하신 성 베르나르와 13세기에 생존했던, 이른바 가난한 가톨릭교도의 수도사인 베르나르라는 사제를 구별하지 못하는 사람들이 천지에 허다합니다. 그런가 하면 루이 16세의 단두대를 예수 그리스도의 십자가와 비교하는 모독을 감히 행하는 자가 있습니다. 루이 16세는 한 나라의 왕에 불과했던 사람이 아닙니까. 그러므로 언제나 주님의 진노를 조심해야 해요! 지금은 의로운 자와 의롭지 못한 자를 구분할 수 없는 판입니다. 볼테르라는 이름은 알아도 세자르 드 뷔스라는 이름은 모르고들 있어요. 그러나 세자르 드 뷔스는 복자이고 볼테르는 불행한 사람입니다. 전의 대주교 페리고르 추기경은 샤를 드 콩드랑이 베륄의 뒤를 잇고, 프랑수와 부르구앵이 콩드랑의 뒤를 이어받고, 장 프랑스와 스노가 부르구앵의 뒤를 이었으며, 생 마르트 신부가 장 프랑스와 스노의 뒤를 이어받았다는 사실조차 모르고들 있습니다. 코통 신부의 이름이 사람들에게 알려진 것은 오라투아르 수도회를 창립한 세 사람 중 한 분이었기 때문이 아니라 신교도의 왕 앙리 4세에게 그 이름을 맹세하는 말의 일부로 쓰게 했기 때문이지요. 성 프랑수아 드 살을 상류 사교계 사람들이 좋아한 것도, 이분이 노름판에서 속임수를 쓰셨기 때문이에요. 그리고 사람들은 종교 자체를 공격하고 있습니다. 왜 그럴까요. 그것은 못된 사제들이 있기 때문입니다. 가프의 주교 사지테르가 앙브룅의 주교 살론의 형제였으며, 둘 다 몽몰의 추종자였기 때문이에요. 하지만 그러한 것들이 무슨 소용이겠습니까? 아무리 그런 일이 있다 할지라도, 마르탱 드 투르가 성자였다는 것과 그분이 어떤 가난한 자에게 망토 절반을 나누어 주었다는 것은 여전한 사실 아니겠어요? 사람들은 성자를 박해하고 있습니다. 그리고 사람들은 진실 앞에서 눈을 감고 있습니다. 암흑은 이제 예삿일이 되었습니다. 가장 사나운 짐승은 눈먼 짐승들이에요. 아무도 진지하게 지옥에 대해 생각하지 않습니다. 아아! 마음이 일그러진 민중들이여! 왕의 이름 아래라는 말은 오늘날에 이르러서는 혁명의 이름 아래라는 의미가 되어 있습니다. 사람은 이제 산 자와 죽은 자에 대한 예의를 모르게 되었어요. 이제는 장례가 속세의 일이 되어 버렸어요. 생각만 해도 소름 끼치는 일입니다. 교황 성 레오 2세는 두 통의 친서를 써서, 한 통은 피에르 노테르에게, 다른 한 통은 비지고트족의 왕에게 보냈는데, 그것은 죽은 사람에 관한 문제에서 지방관의 권력과 황제의 최고권에 대항하여 싸우고 배격하기 위해서였습니다. 또 샬롱의 주교 고티에는 이 문제로 인해 부르고뉴 공작 오통과 대립했어요. 옛날의 행정관은 결국 그 점에 관해서는 동의했던 것입니다. 옛날에 우리들은 세속의 일까지 발언권을 가지고 있었습니다. 시토의 수도원장은 시토 수도회의 총회장인 동시에 부르고뉴 의회의 세습 평의원이었습니다. 우리들은 우리의 망자들을 우리의 뜻에 따라 처리하면 되는 거지요. 성 베네딕트는 543년 3월 21일 토요일에 이탈리아의 몬테카시노에서 돌아가셨지만, 그 유해는 프랑스의 플뢰리 대수도원, 이른바 생 브누아 쉬르 루아르 대수도원에 있지 않습니까? 이런 모든 일은 이론의 여지가 없는 명백한 사실들이에요. 나는 이단의 성가대원을 몹시 싫어하고, 기도 지상주의자를 미워하며, 그 신도들을 혐오하고 있지만, 그 이상으로 내가 꺼리는 것은 누구든 내 말에 반대하고 나서는 사람들일 것입니다. 아르눌 비옹과 가브리엘 뷔슬랭과 트리템과 모롤리쿠스와 뤽 다슈리 수도사님들의 저서들을 읽어 보면 그 즉시 알게 될 거예요.”

수도원장은 크게 숨을 쉬고 나서, 포슐르방 쪽으로 돌아앉으며 말했다.

“포방 영감님, 알겠습니까?”

“네, 알겠습니다, 원장님.”

“당신을 믿어도 되겠지요?”

"말씀하신 대로 따르겠습니다."

"좋아요."

"저는 이 수도원에 모든 것을 바치고 있습니다."

"알았어요. 그럼 영감님은 관 뚜껑을 덮어 주어요. 수녀들이 그것을 성당으로 옮길 겁니다. 그곳에서 추도 미사가 있을 겁니다. 그것이 끝나면 모두 방으로 돌아갈 것이니, 오후 11시와 12시 사이에 당신은 쇠막대를 가지고 오세요. 모든 것은 극비리에 진행될 겁니다. 성당 안에는 성가대 수녀 네 분과 아상시옹 수녀님과 당신 외에는 아무도 없을 거예요."

"기둥 앞에서 고행하시는 수녀님은."

"그녀는 절대로 돌아보지 않아요."

"하지만 소리는 들리겠지요."

"그녀는 귀를 기울이지 않을 거예요. 그뿐 아니라, 수도원 안에는 알려지더라도 바깥세상에는 알려지지 않을 겁니다."

한동안 이야기가 중단되었다. 이윽고 수도원장은 입을 열었다.

"무릎의 방울은 떼어 놓고 가세요. 고행하는 수녀에게 당신이 와 있다는 것을 알릴 필요는 없으니까요."

"원장님!"

"뭔가요, 포방 영감님?"

"사망자를 검시하는 의사 선생님은 오셨습니까?"

"오늘 4시에 오실 거예요. 검시 의사를 부르러 가는 종은 벌써 울렸습니다. 당신은 종소리를 전혀 듣지 못했군요?"

"저는 저를 부르는 종소리밖에는 관심을 갖지 않아서요."

"그러면 됐어요, 포방 영감님."

"원장님, 지렛대가 적어도 6피트는 되어야겠습죠?"

"그것을 어디서 구할 작정이죠?"

"쇠창살이 있는 곳이라면 반드시 쇠막대가 있는 법이지요. 저는 정원

마당 구석에 고철을 산더미만큼 모아 놓고 있습니다."

"밤 12시 45분 전에는 와야 합니다. 잊어버리면 안 돼요."

"원장님!"

"무슨 일인가요?"

"만약 다음에 또 이런 일이 생긴다면, 힘이 센 제 아우를 생각해 주세요. 장사 같은 놈입니다!"

"일은 되도록 빨리 해 주세요."

"저는 그리 빨리 해내지 못할 겁니다. 몸이 성치 못하니까요. 조수가 하나 필요하다고 말씀드리는 것도 그 때문입니다. 저는 절름발이거든요."

"다리를 저는 것은 흉이 아니에요. 아니 어쩌면, 하느님의 자비일지도 모릅니다. 교황 그레고리와 싸워서 베네딕트 8세를 교황으로 복위시킨 하인리히 2세는 '성자'와 '절름발이'라는 두 가지 별명을 가지고 계셨습니다."

"두 개의 별똥은 컸겠지요."

포슐르방은 중얼거렸다. 실제로 그는 약간 귀가 먹었던 것이다.

"포방 영감님, 생각해 보니 한 시간의 여유는 있어야겠어요. 사실 그것도 많다고는 할 수 없지만, 11시에 쇠막대를 가지고 제단으로 와 주세요. 12시에는 미사가 시작되니, 미사 시작 15분 전에는 모든 것이 끝나 있어야 해요."

"수도원에 바치는 저의 열성을 보여 드리기 위해, 저는 무엇이든 가리지 않고 다 하겠습니다. 분부하신 일은 이렇습지요? 먼저 제가 관에 못질을 하고 11시 정각에 성당으로 가 있습니다. 성가대 수녀님들도 거기에 와 계시고, 아상시옹 수녀님도 와 계십니다. 남자가 둘이었으면 더 좋겠지만, 뭐, 할 수 없지요. 여하튼 괜찮습니다. 저는 지렛대를 가지고 가겠습니다. 우리들은 지하실을 열고, 관을 내려놓고 다시 닫습니다. 그것으로 아무런 흔적도 남지 않을 겁니다. 관청에서도 전혀 눈치채지 못하겠지요. 원장님, 그러면 되는 것입니까?"

"아니에요."

"뭐가 또 남았습니까?"

"빈 관이 그냥 있습니다."

그들의 이야기가 잠시 중단되었다. 포슐르방은 생각에 잠겼다. 원장도 생각에 잠겨 있었다.

"포방 영감님, 관을 어떻게 하면 좋을까요?"

"물론 땅속에 묻어야겠죠."

"빈 채로?"

다시 또 침묵이 흘렀다. 포슐르방은 왼손으로 별문제가 아니라는 몸짓을 했다.

"원장님, 관에 못질을 하는 작업은 성당 아랫방에서 합니다. 그곳에는 저 말고는 아무도 들어갈 수 없습니다. 그리고 제가 관에도 보를 씌웁니다."

"알고 있어요. 하지만, 장의사 인부들이 관을 마차에 싣고 또 땅속에 관을 파묻는 작업을 하는 동안, 관 속에 아무것도 들어 있지 않다는 것을 알아차릴 거예요."

"그렇군요! 이거 난처하군! 제기……."

갑자기 포슐르방은 커다란 소리를 냈다. 수도원장은 성호를 그으며 정원사의 얼굴을 뚫어지게 쳐다보았다. '랄'이라는 끝말은 그의 목구멍에 걸려 나오지 않았다.

그는 듣기 거북스러운 그 말을 잊어버리게 하려고 허둥지둥 한 가지 방책을 얼른 꾸며 냈다.

"원장님, 관 속에 흙을 넣겠습니다. 사람 무게만큼 적당히 흙을 넣으면 사람들도 감쪽같이 속지 않겠습니까?"

"옳은 말이네요. 하기야 흙은 사람과 같은 것이에요. 그럼 그렇게 해서

빈 관을 처리해 주시겠어요?"

"마음 놓으십시오."

조금 전까지만 해도 불안스럽게 흐려 있던 원장의 얼굴은 다시금 홀 가분한 모습으로 돌아왔다. 원장 수녀는 마치 상사가 부하를 물러가게 할 때와 같은 시늉을 내며 포슐르방을 내보냈다. 포슐르방은 입구 쪽으로 발길을 옮겼다. 그가 막 나가려 할 때, 수도원장은 약간 목소리를 높여 말했다.

"포방 영감님, 나는 당신을 만족스럽게 생각하고 있어요. 내일 장례식이 끝난 뒤에 아우님을 데리고 오세요. 그리고 그 딸아이도 데리고 오라고 하세요."

## 마치 오스틴 카스티예호 수도사의 이야기처럼

절름발이의 걸음걸이는 애꾸눈의 추파와도 같은 것이어서, 목적지에 빨리 도달하지 못하는 법이다. 더욱이 포슐르방은 어리둥절하고 있었다. 그는 정원 한구석에 있는 오두막집으로 돌아가는 데 거의 15분이나 걸렸다. 이제 코제트는 잠에서 깨어 있었다. 장 발장은 그 아이를 벽난로 옆에 앉혀 놓고 있었다. 포슐르방이 들어왔을 때, 장 발장은 그 애에게 벽에 걸린 정원사의 치롱을 가리키며 이렇게 말하고 있었다.

"잘 들어라, 코제트. 우리는 이 집에서 반드시 나가야 한단다. 하지만 다시 이곳으로 돌아와 편히 살 거야. 여기 계신 할아버지께서 저 치롱 속에 너를 넣어 짊어지고 나가실 거다. 그리고 어느 아주머니 집에 맡겨지게 될 텐데. 넌 거기서 꼼짝 말고 날 기다려야 한단다. 내가 곧 데리러 갈 거야. 테나르디에 아주머니에게 붙잡히기 싫거든 내 말을 잘 듣고 아무 말도 해서는 안 된다, 알겠니?"

코제트는 진지한 얼굴로 고개를 끄덕였다.

포슐르방이 문 여는 소리에 장 발장은 고개를 돌렸다.

"어떻게 됐소?"

"이야기는 잘되었지만, 끝까지 잘될지는 모르겠소."

포슐르방은 말했다.

"당신이 이곳으로 오시는 일은 승낙을 받았습니다. 그런데 들어오려고 일단 여기서 나가셔야 하는데 그게 문제란 말이지요. 사실 아이는 문제 없습니다만."

"이 아이는 영감이 데려고 나갈 수 있지요?"

"아무 말 않고 가만히 있을까요?"

"그 점은 장담하겠소."

"하지만 마들렌 씨, 당신은 어떻게 하지요?"

불안이 감도는 침묵 속에서 갑자기 포슐르방이 소리쳤다.

"어쩌겠습니까, 들어온 데로 나가야지요!"

장 발장은 처음 대답처럼 다만 '그건 할 수 없소.' 할 뿐이었다.

포슐르방은 장 발장에게 대답하는 대신 혼자 중얼거렸다.

"그리고 또 한 가지 걱정거리가 있어. 관 속에 흙을 넣는다는 말은 했지만, 곰곰 생각해 보니 시체 대신 흙을 넣더라도 진짜 같진 않을 거야. 걱정이야, 흙이 관 속에서 쏠리는 소리라도 낸다면 인부들이 금세 눈치를 챌 거야. 어떻게 생각하십니까, 마들렌 씨, 정말 관청에서 눈치를 챌까요?"

장 발장은 그의 얼굴을 뚫어지게 쳐다보았다. 아무래도 포슐르방이 헛소리를 하고 있다는 생각이 들어서였다.

포슐르방은 멈추지 않고 말했다.

"이 일을 어떻게 한다지, 제기랄…… 정말 방법이 없단 말인가? 그런데 당신이 나갈 수 있는 방법은? 내일까지는 모든 일이 정리가 되어 있어야 하는데! 내일이라고요, 당신을 이곳으로 데리고 오기로 한 날이! 원장님은 당신을 기다리고 계실 겁니다요."

그리고 포슐르방은 장 발장에게 설명하기를, 그렇게 결정 된 것은 자기가 수도원을 위해 봉사한 것에 대한 보수라고 설명했다. 장례식 매장 절차에 한몫 끼게 된 것은 자신의 임무 가운데 하나이므로 자기가 관에 못질을 하고 묘지에서는 무덤 파는 인부들을 거들어야 한다는 것이며, 아침에 죽은 수녀는 자기가 평생토록 잠자리로 삼고 있던 관 속에 넣어 성당 제단 아래 지하실에 묻어 달라고 소원했는데, 그것은 당국의 규칙상 금지된 일이긴 하지만 죽은 수녀는 아무도 거절할 수 없을 만큼 거룩한 수녀였으므로, 당국의 눈을 속이는 것은 안됐지만 원장과 성가대 수녀들은 죽은 사람의 소망을 들어주기로 합의했고, 자기 즉 포슐르방이 방 안에서 못질을 해 성당 제단 아래의 돌을 들어낸 다음 지하실에 시체를 내려놓기로 되었으며, 그러한 답례로 원장은 자기 아우를 정원사로, 그의 조카딸은 기숙생으로 받아들일 것을 허락해 주었는데, 그 아우는 물론 마들렌 씨이고 조카딸이란 코제트로서, 원장은 내일 밤 묘지에서 허위 매장이 끝난 뒤 아우를 데리고 오라고 말했지만, 마들렌 씨가 밖에 나가 있지 않으면 밖에서 데리고 들어올 수가 없으니, 거기에 가장 큰 어려움이 있고, 이어 또 한 가지 어려움은 빈 관을 처리하는 것이 문제라고 했다.

"그 빈 관이라는 것은 뭔가요?"

"관청에서 보내 주는 관입니다."

"어떤 관이요? 또 관청이란 뭐요?"

"수녀가 죽게 되면, 시청에서 의사를 보내 줍니다. 그리고 의사가 '수녀가 죽었다.'고 진단을 하면 관청에서 관을 보내 줍니다. 다음 날은 그 관을 받아 묘지로 운반하기 위해 장의 마차와 무덤 파는 인부를 보냅니다. 그런데 무덤 파는 인부가 관을 들어 올렸을 때 그 속에 아무것도 들어 있지 않으면 계획했던 일은 끝장나는 거지요."

"그럼 거기에 뭘 넣으면 될 게 아니요."

"다른 시체를 말씀하시는 건가요? 하지만 그런 게 어디 있어야지요."

"아니, 그런 말이 아니라."

"그럼 뭡니까?"

"산 사람을 넣자는 말이지."

"산 사람? 대체 누구를요?"

"나 말이오."

장 발장은 말했다. 가만히 앉아 있던 포슐르방은 의자 밑에서 폭발물이라도 터진 듯 벌떡 일어났다.

"당신을!"

"왜 안 되겠소!"

장 발장은 마치 겨울날 햇빛처럼 좀처럼 보기 힘든 미소를 지었다.

"이봐요 포슐르방, 아까 영감이 '크뤼시픽시옹 님이 돌아가셨다.'고 말했을 때 내가 이렇게 말하지 않았소? '그리고 마들렌 씨도 매장되었다.'고. 그게 바로 이 말 아니겠소?"

"농담할 일이 아닙니다. 잘 생각을 해야 합니다."

"이런, 나도 잘 생각하고 있소. 우선은 여기서 나가야 하지요?"

"물론입니다."

"나를 위해서도 치롱 하나와 시트를 마련해 달라고 내가 부탁했소."

"그래서요?"

"그 치롱은 전나무로 만든 것이고, 시트는 검은 천이 될 것이오."

"아니요, 흰 천입니다. 수녀는 흰 베로 싸서 묻거든요."

"그럼 흰 천으로 하지."

"당신은 정말 이상한 분입니다요, 마들렌 씨."

교도소에서나 통할 만한 사납고 무모한 착상이라고밖에 할 수 없는 그런 생각이 이 주위의 안온한 것들 속에서 우러나와 포슐르방이 말하는 이른바 '수도원의 자질구레한 일상다반사'와 한데 얽혀 드는 것을 보자, 이 정원사는 마치 생 드니 거리의 하수도에서 물고기를 쫓는 갈매기를 보고 놀라는 행인처럼 어처구니가 없어 명해지고 말았다.

장 발장은 이야기를 계속했다.

"문제는 사람들 눈에 띄지 않고 여기서 나가는 일인데, 그것이 한 가지 방법이거든. 그런데 우선은 자세한 설명부터 해 주시오. 매장은 어떤 식으로 하는지? 또 그 관은 어디에 있는지 말이오."

"빈 관이요?"

"그렇소."

"저쪽 끝 시체실이라고 불리는 곳이 있는데 평상 위에 올려놓고 초상 때 쓰는 베로 덮어 놓습니다."

"관의 길이는 얼마나 되오?"

"6피트입니다."

"시체실은 어떤 곳이오?"

"맨 아래층에 있는 방으로 쇠창살 달린 창문이 정원 쪽으로 나 있는데, 이 창문은 밖으로 덧문이 닫혀져 있습니다. 출입문이 두 개 있어서 하나는 수도원으로 통하고, 또 하나는 성당으로 통하고 있습니다."

"성당이라면?"

"한길로 닿아 있는 이 건물 안 교회당이지요. 누구나 드나들 수 있는 성당입니다."

"그 두 문의 열쇠는 가지고 있소?"

"아니오. 저는 수도원으로 통하는 열쇠만 가지고 있습니다. 성당으로 통하는 문의 열쇠는 문지기가 가지고 있습죠."

"문지기는 언제 그 문을 열지요?"

"무덤 파는 인부들이 관을 운반할 때에만 그들이 들어오도록 문을 엽니다. 관이 나가고 나면 곧 문을 닫습니다."

"누가 관에 못질을 하나요?"

"접니다."

"그 위에 누가 베를 덮지요?"

"그것도 제가 합니다."

"당신 혼자서?"

"경찰의 검시 의사 말고는 남자는 누구도 시체실에 들어가지 못합니다. 벽에도 분명히 경고문이 적혀 있습지요."

"오늘 밤 수도원 사람들이 모두 잠들면 나를 그 방에 넣어 줄 수 없겠소?"

"그건 안 됩니다. 하지만 시체실로 이어진 헛간 어두운 곳에는 숨겨 드릴 수 있습니다. 그곳은 매장용 연장을 두는 곳인데, 제가 책임자이고 열쇠도 가지고 있습니다."

"내일 몇 시쯤에 장의 마차가 관을 실러 오지요?"

"오후 3시쯤 옵니다. 해지기 전, 보지라르 묘지에서 매장하게 됩지요. 거기까지는 거리가 꽤 됩니다."

"그럼 나는 밤부터 당신이 연장을 두는 헛간에 숨어 있겠소. 그런데 먹을 것은 어쩌지? 배가 고플 텐데."

"요기하실 것을 제가 갖다 드리지요."

"2시에는 내가 들어 있는 관에 못질을 하면 될 것 같소."

그러나 포슐르방은 용기가 나지 않는지 손가락 마디를 꺾으며 말했다.

"그런 짓은 못하겠습니다요."

"뭘 그러시오! 망치 들고 널에 못 몇 개 박으면 될 일을!"

다시 말하지만 포슐르방으로서는 엄청난 일이었지만 장 발장으로서는 지극히 간단한 일이었던 것이다. 장 발장은 몇 번이나 위험한 고비를 넘겨 왔다. 죄수였던 자는 누가나 빠져나갈 구멍의 크기에 따라 몸을 줄이는 방법을 터득하고 있다.

탈옥이라는 것이 죄수에게는 환자를 죽이기도 하고 살리기도 하는 병세의 급변과 같다. 탈옥이란 곧 쾌유를 말했다. 쾌유되기 위해서라면 무엇이든 할 수 있었다. 수하물처럼 궤짝 속에 담겨 못질을 당한 후 운반되는 것, 궤짝 속에서 오랜 시간 동안 생존하는 것, 공기가 없는 곳에서 공기를 얻는 것, 여러 시간 동안 호흡을 참고 견디는 것, 죽지 않고 질식하는 것 등, 그러한 것들이 장 발장의 많은 능력 중 하나였다.

더군다나 살아 있는 사람을 관에 집어넣는, 죄수들이 흔히 쓰는 이 수법은 또한 황제의 수법이기도 했다. 오스틴 카스티예호라는 수도사의 저서를 믿는다면, 카를 5세가 퇴위한 뒤 마지막으로 다시 한 번 플롱브라는 부인을 만나려고 했을 때 그녀를 자기가 있는 생 쥐스트의 수도원으로 끌어들이고 다시 내보내기 위해 이 방법을 사용했다고 한다.

포슐르방은 어느 정도 진정이 되자 소리쳤다.

"그렇지만 어떻게 숨을 쉬려고요?"

"숨이야 쉬겠지."

"그 상자 속에서! 저는 생각만 해도 벌써 숨이 막히는뎁쇼."

"당신이 가지고 있는 송곳으로 입 근처 여기저기 작은 구멍을 뚫어 주시오. 그리고 관 뚜껑도 꽉 달라붙지 않도록 대충 못질해 주구려."

"물론이지요! 하지만 혹시라도 기침이나 재채기라도 나오면 어떡합니까?"

"도망치는 놈이 기침이나 재채기를 할 것 같소?"

그렇게 말하고 나서 장 발장은 덧붙였다.

"포슐르방 영감, 결심을 해야 합니다. 여기서 붙들리느냐, 아니면 장의마차로 빠져나가느냐 하는 것을 말이오."

누구든지 고양이가 반쯤 열린 문틈 사이에서 걸음을 멈추고 머뭇거리는 모습을 본 적이 있을 것이다. 그것을 보고서 "어서 들어와!" 하지 않는 사람은 없을 것이다. 자신들 앞에서 그렇게 살짝 열린 작은 사건 앞에서, 두 가지 결단 사이에 놓여 갈팡질팡하다가, 사건을 별안간 닫아 버리는 운명에 의해 으스러지는 위험을 자초하는 사람들도 있다. 지나치게 조심스러운 사람은 고양이 같음에도 또한 고양이 같은 태도를 지니고 있기 때문에, 대담한 사람보다 오히려 더 많은 위험에 부닥치는 수가 있다.

포슐르방은 그처럼 멈칫거리는 천성을 타고 난 우유부단한 사람이었다. 그러나 장 발장이 태연하므로 그도 결국 그런 마음이 되고 말았다. 그는 중얼거렸다.

"정말 달리 도리가 없나 봅니다요."

장 발장이 다시 한마디 했다.

"다만 한 가지 걱정되는 것은, 묘지에서 어떻게 하느냐 하는 것이오."

"그 점에 대해서는 제게 좋은 생각이 있습니다."

포슐르방은 들뜬 목소리로 외쳤다.

"당신이 관에서 무사히 나오실 수만 있다면 나는 반드시 당신을 무덤 속에서 끌어 낼 자신이 있습니다. 무덤 파는 인부는 제가 잘 아는 주정뱅이거든요. 메스티엔 영감은 포도나무 등걸처럼 늙어 빠진 사람입죠. 이 무덤 파는 인부는 무덤구덩이에다 죽은 자를 넣지만 저는 그놈을 제 호주머니 속에 제 맘대로 넣는다 이 말입니다. 자, 아시겠어요? 묘지에서 일이 어떻게 진행될지 대강 말씀드리겠습니다. 도착하는 것은 날이 어두워지기 조금 전, 묘지의 철문이 닫히기 45분 전쯤이 될 겁니다. 장의 마차는 무덤 앞까지 굴러갑니다. 저도 거기까지 뒤따라가고요. 그것이 제 임무니까요. 저는 호주머니 안에 망치와 끌과 장도리를 넣고 가겠습니다. 장의 마차가 멈추어 서면 인부들은 관을 새끼줄로 묶어 무덤구덩이에 내려놓습니다. 사제는 기도를 드리고, 성호를 긋고, 성수를 뿌리고, 그러고는 뒤도 안 돌아보고 지체 없이 가 버립니다. 저와 메스티엔 영감만

이 뒤에 남습지요. 이 영감은 저와 친한 친구예요. 이 영감 놈은 취해 있거나 취하지 않았거나 둘 중 하나일 겁니다. 만약 취해 있지 않으면 이렇게 말해 준단 말이에요. '봉 쿠앵이 닫히기 전에 한잔하러 가세나.' 그러고는 데리고 가서 실컷 취하게 만듭니다. 취하게 하는 데 그다지 많은 시간은 걸리지 않을 겁니다. 영감은 항상 반쯤은 취해 있으니까요. 나는 놈을 테이블 밑에 뉘어 놓고 묘지로 돌아오기 위해 영감의 허가증을 슬쩍 빼내 가지고는 혼자 묘지로 돌아옵니다. 그렇게 되면 당신은 그때부터 나만을 상대하면 되는 것이지요. 또 만약 놈이 처음부터 취해 있다면 이렇게 말해 줍니다. '자, 어서 빨리 가 버려, 자네 일은 내가 다 해 줄 테니.' 그래서 놈이 가 버리면, 저는 당신을 무덤 속에서 끌어내는 겁니다."

장 발장은 그에게 손을 내밀었다. 포슐르방은 순박한 시골 사람답게 진심으로 감동하며 그 손을 움켜잡았다.

"이젠 다 결정되었소, 포슐르방 영감. 모든 일이 빈틈없이 잘될 거요."

'갑작스런 일이 생기지 않는다면 말이지.'

포슐르방은 생각했다.

'만약 시끄러운 일이라도 벌어지게 된다면 어찌한단 말인가!'


## 술에 취하게 하는 것만으로는 충분치 않다

이튿날 해질 무렵, 멘느 거리를 오가는 많지 않은 통행인들은 해골과 정강이뼈와 눈물 따위를 그린 구식 장의 마차가 지나가는 것을 보고 모자를 벗어 예의를 표했다. 그 영구 마차 안에는 흰 천으로 덮인 관이 들어 있었고, 그 관 위에는 크고 검은 십자가가 뉘어져 있었다. 십자가는 마치 키 큰 여자가 두 팔을 축 늘어뜨리고 죽어 있는 것처럼 보였다. 검은 장

막을 둘러친 사륜마차 한 대가 그 뒤를 따르고, 그 안에는 기다란 흰 옷을 걸친 사제와 붉은 빵모자를 쓴 성가대 소년 하나가 타고 있는 것이 보였다. 장의 마차 좌우에는 소매에 검은 장식이 달린 회색 제복을 입은 무덤 파는 인부 두 사람이 걷고 있었다. 맨 뒤에는 작업복 차림의 한 절름발이 노인이 따랐다. 길게 늘어선 줄은 보지라르 묘지를 향해 가고 있었다.

절름발이 노인의 호주머니에는 쇠망치 손잡이와, 장도리의 노루발 그리고 집게의 두 손잡이로 인하여 불룩했다.

보지라르 묘지는 파리의 수많은 묘지 중에서도 예외적인 대접을 받았다. 그 묘지에는 그 근방의 노인들이 옛날 그대로 기마문(騎馬門), 보행문(步行門)이라고 부르는 정문과 중문이 있었고, 그곳 특유의 다음과 같은 몇 가지 관습이 있었다. 프티 픽퓌스의 베르나르 베네딕트 수도회 수녀들은, 앞에서 말한 바와 같이 이 묘지의 한쪽 구석에 별도로 묻힐 권리를 누렸고, 매장은 저녁에 이루어졌다. 그 옛날 이 묘지는 그 수도원의 소유지였기 때문이다. 그러므로 무덤 파는 인부들은 여름에는 저녁 무렵에, 겨울에는 밤중에 일을 해야 했기 때문에 다른 데서는 볼 수 없는 특유의 규율에 얽매여 있었다.

하지만 그 시절, 파리의 모든 묘지의 출입문은 해가 저무는 것과 동시에 닫히게 되어 있었다. 이것은 시 당국의 규정이었기 때문에 보지라르 묘지도 다른 묘지와 마찬가지로 그 규정을 따르고 있었다. 기사들의 문과 보행자들의 문은 나란히 인접해 있는 두 철책이었고, 그 옆에 건축가 페로네가 세운 작은 정자가 있었다. 묘지의 문지기는 그 건물에서 살고 있었다. 그래서 그 두 철책 문은 폐쇄된 병영의 둥근 지붕 너머로 해가 지면 반드시 가차 없이 닫혔다.

만약 몇 사람의 무덤 파는 인부가 그 시간 이후에도 묘지 안에 남아 있다면, 나갈 수 있는 수단은 오직 한 가지밖에 없었다. 그것은 당국의 장의계로부터 발급된 인부 허가증이었다. 경비실 창문의 덧창에 일종의 우편함 같은 상자를 설치해 두었다. 그리고 인부가 허가증을 그 상자 안으로 던져 넣으면 문지기는 그것이 떨어지는 소리를 듣고 줄을 잡아당겼다. 그러면 보행문이 열리는 것이었다. 그런데 만약 인부 허가증을 갖고 있지 않을 경우에는 인부가 자기 이름을 대면 문지기는 잠자리에 들어 자고 있을 때라도 일어나 인부의 얼굴을 확인하고 나서 열쇠로 문을 열어 주었다. 인부는 이런 방식으로 밖으로 나갈 수가 있으나 이때는 15프랑의 벌금을 내야만 했다.

이 보지라르 묘지는 규칙에서 벗어난 여러 가지 특수한 점이 있어 행정상의 통일을 저해하고 있었다. 그리하여 1830년 이후 얼마 안 가서 폐쇄되었다. 흔히들, 동쪽 묘지라 불리던 몽파르나스 묘지가 그 뒤를 이어받았으며, 또 거의 보지라르 묘지의 소유라고도 할 수 있었던 인근의 유명한 술집까지 유산으로 넘겨받았다. 이 술집 위에는 마르멜로 열매 하나가 그려진 현판이 하나 걸려 있고, 그것과 각을 이루며 '고급 마르멜로의 집'이라는 뜻의 '봉 쿠앵의 집'이라는 간판이 세워져 있었다. 하나는 술을 마시는 사람들의 테이블 쪽으로 다른 하나는 무덤 쪽을 향하고 있었다.

당시 보지라르 묘지는 이미 빛바랜 묘지라고나 했으면 좋을 정도로 완전히 퇴락한 곳이었다. 발길 닿는 곳마다 이끼가 끼어 있고 꽃은 하나도 보이지 않았다. 재산이 있는 중산층 사람은 보지라르 묘지에 묻히는 것을 좋아하지 않았다. 가난뱅이 같은 인상이 풍겼기 때문이다. 대신 페르 라셰즈 묘지가 환영받았다! 페르 라셰즈 묘지에 묻힌다는 것은 마호가니 가구를 갖는 것과 마찬가지로, 그곳에는 우아한 분위기가 있었다. 보지라르 묘지는 고색창연한 구역으로, 나무들이 옛날 프랑스 정원처럼 의연하게 서 있었다. 곧은 오솔길, 회양목, 측백나무, 물푸레나무, 해묵은 주목 아래의 낡은 묘석, 높이 우거진 잡초, 이 묘지의 저녁나절은 비극적인 느낌이었고, 모든 것의 윤곽이 그야말로 음산한 선들로 가득했다.

해가 아직 넘어가지 않았을 때, 흰 천과 검은 십자가의 장의 마차가 보지라르 묘지로 통하는 가로수 길에 이르렀다. 마차 뒤를 따라온 절름발이 노인은 다른 아닌 포슐르방이었다. 크뤼시픽시옹 님을 제단 아래 지하실에 매장하는 일, 코제트를 밖으로 내보내는 일, 장 발장을 시체실로 데리고 들어가는 일, 그러한 일들 모두가 무사히 이루어졌던 것이다. 말이 나온 김에 하는 말이지만, 크뤼시픽시옹 님을 수도원 제단 아래에 매장했다는 것은 우리가 볼 때 실로 작은 잘못이었다. 이것은 죄도 아닌, 하나의 의무라고 할 수 있는 과오라고나 할까. 수녀들은 아무런 양심의 가책을 받지 않았다. 사실은 모두가 자랑으로 느끼며 그 일을 치러 냈다.

수도원에 사는 사람들에게 '정부'란 교권을 간섭하는 곳에 지나지 않는다. 그것도 언제나 이론의 여지가 있는 간섭을 했다. 수도원에서는 규율이 먼저였다. 그리고 세속적 법규는 둘째이다. 인간들이여, 그대들 멋대로 법률을 만들어라. 그러나 그것은 어디까지나 너희들만의 것으로 간직하라. 카이사르에게 지불하는 통행세는 언제나 신에게 바치는 통행세의 잉여분에 불과하니라. 군주도 교리 앞에서는 무력한 것이다.

포슐르방은 자못 만족스러운 얼굴로 절뚝거리면서 장의 마차 뒤를 따라가고 있었다. 그의 은밀한 두 가지 비밀, 그중에서 하나는 수도원을 위해서 수녀들과 같이 꾀한 것이고 또 하나는 수도원을 속이고 마들렌 씨와 꾀한 이중 음모인데, 그것이 동시에 성공한 것이다. 장 발장이 보인 침착성은 주위 사람에게까지 옮겨질 정도로 강했다. 포슐르방은 이제 아무런 의심 없이 성공을 확신하고 있었다. 남은 일은 아무것도 아니었다.

포슐르방은 2년 동안 무덤을 파는, 얼굴이 동그스름한 사람 좋은 메스티엔 영감을 열 번도 더 취해 곯아떨어지게 만들었던 것이다. 포슐르방 영감은 그 늙은이를 얕잡아 보고 있었다. 그는 메스티엔 영감을 손아귀에 넣고 마음껏 주무르며 제멋대로 다뤘다. 메스티엔의 머리는 언제나 포슐르방이 씌워 준 모자 그대로였다. 그래서 포슐르방은 완전히 마음을 놓고 있었다.

묘지로 이어지는 가로수 길에 장의 행렬이 도착했을 때 무척 기분이 좋아진 포슐르방은 장의 마차를 향해 커다란 두 손을 비비며 조그만 목소리로 중얼거렸다.

"이거야말로 진정한 어릿광대 놀음이로군!"

갑자기 장의 마차가 멈춰 섰다. 철문에 도착한 것이다. 매장 허가서를 보여 줘야 했다. 장의사 사람이 묘지의 문지기와 이야기를 한다. 대화는 보통 2분에서 3분 정도 걸리는데, 그 사이 낯선 사나이가 마차 뒤로 와 포슐르방 옆에 섰다. 낯선 사나이는 일꾼 차림으로 큼지막한 호주머니가 달린 윗도리를 걸치고 손에는 곡괭이를 들고 있었다.

포슐르방은 이 낯선 사나이를 매섭게 노려보았다.

"당신은 누구요?"

포슐르방이 물었다.

사나이는 대답했다.

"무덤을 파는 인부요."

만약에 포탄을 가슴 한복판에 맞고도 그냥 살아 있는 사람이 있다면 아마도 이때의 포슐르방이 지은 얼굴 표정과 같았으리라.

"무덤 파는 인부라고?"

"그렇소."

"당신이?"

"그렇다고 말하지 않았소."

"무덤 파는 일은 메스티엔 영감이 하지 않소?"

"그랬었지요."

"뭐라고? 그랬었다고?"

"영감은 죽었소."

포슐르방은 어떤 일이든 모두 궁리를 하며 계획을 세워 두고 있었으나, 이번 일은 꿈에서조차 생각지 않은 일이었다. 무덤 파는 인부가 죽다니! 하긴 무덤 파는 인부는 죽지 않는다는 법이 있는가. 다른 죽은 이의 무덤구덩이를 수없이 팠기 때문에, 자신의 무덤구멍도 누군가가 파게 되는 것이다.

포슐르방은 놀라 입이 다물어지지 않았다. 그리고 조금 뒤, 더듬거리며 간신히 말했다.

"세상에, 이런 일이 있을 수 있나!"

"있지, 왜 없겠소."

"하지만……."

포슐르방은 멍한 얼굴로 말했다.

"원래 무덤구덩이는 메스티엔 영감이 팠는데……."

"허, 나폴레옹 다음에는 루이 18세가 나오고, 메스티엔 다음에는 그리비에가 나온 것이오. 이것 보시오, 시골 영감님. 난 그리비에라고 합니다."

포슐르방은 한동안 얼빠진 얼굴로 그리비에 얼굴을 뚫어지게 바라보았다. 큰 키에 체격은 말랐고 얼굴은 창백한, 그야말로 장례식에 딱 떨어지게 어울리는 사나이였다. 어쩌면 의사가 되려다 일이 꼬여 무덤 파는 인부가 되었을 법한 그런 풍모였다.

포슐르방은 갑자기 소리 내어 웃었다.

"하하하! 정말 기괴한 일도 많아. 메스티엔 영감이 죽다니! 메스티엔 영감은 죽었지만, 땅딸보 르누아르 영감은 아직도 살아 있다니! 여보시오, 땅딸보 르누아르 영감이 뭔지 알고 있소? 6수만 내면 마실 수 있는 포도주 병이라오. 쉬렌의 생포도주 한 병, 어허, 제기랄! 이거 침이 돌아실겠나. 그건 정말 파리의 진짜 쉬렌이거든! 아아, 메스티엔 영감이 죽다니! 이런 애석한 일이 있나, 정말 좋은 사람이었는데……. 하지만 당신도 그렇겠지? 분명 당신도 좋은 사람일 거야. 어이, 형씨! 우리 함께 한잔 시

원하게 쭉 마시지 않겠소, 지금 말이야."

사나이는 대답했다.

"나는 공부를 했소. 제4급까지 마친 사람이란 말이오. 난 술 같은 건 마시지 않소."

다시 장의 마차는 묘지의 넓은 마찻길을 달리기 시작했다.

자기도 모르는 사이 포슐르방의 걸음은 늦어지고 있었다. 그의 절뚝거리는 걸음이 늦어지는 이유는 불구의 몸이 말을 듣지 않아서가 아니라 머리에 걱정이 들어섰기 때문이었다.

무덤 파는 인부는 그보다 앞서 걸어가고 있었다. 포슐르방은 갑자기 나타난 사나이 그리비에의 모습을 물끄러미 훑어보았다. 그는 젊으면서도 나이가 들어 보였고 또 한편으로는 말랐으면서도 힘이 좋아 보이는, 그런 부류의 사나이였다.

"이보시오, 형씨!"

포슐르방은 소리쳤다.

사나이가 뒤돌아보았다.

"나는 수도원에서 무덤 파는 사람이라오."

"함께 일하게 될 사람이군."

사나이가 대답했다.

포슐르방은 무식했지만 머리가 좋은 사람이었다. 지금 자신이 상대하고 있는 사나이가 말솜씨는 좋으나 결코 쉽지 않은 놈임을 직감적으로 알아차렸다.

포슐르방은 중얼거렸다.

"그렇다면 메스티엔 영감은 죽었단 말이지……."

사나이는 대답했다.

"완전히 이 세상을 떠났지요. 하느님이 만기가 된 명부를 살펴보니 메스티엔 영감 차례가 되었더란 말이지. 메스티엔 영감은 죽었소."

포슐르방은 같은 말을 기계적으로 반복했다.

"하느님이……."

"하느님이죠."

사나이는 힘주어 말했다.

"철학자의 말을 잠시 인용한다면 영원한 아버지, 자코뱅당의 말을 인용한다면 더없이 훌륭한 존재자가 되는 것이오."

"자, 어떻소…… 우리 서로 알고서나 지내세."

포슐르방은 띄엄띄엄 말했다.

"벌써 다 알고 있소. 당신은 시골 영감이고 난 파리 사람이고."

"아니지, 같이 한잔 마시기 전에는 알고 지낸다고 말할 수 없지. 잔을 비우는 자만이 가슴을 털어놓거든. 나하고 한잔 마시러 가지. 거절하지 말라고."

"일이 먼저요, 일."

'이제는 다 틀렸구나.'

포슐르방은 생각했다. 수녀들의 묘지로 사용되는 구석으로 통하는 오솔길까지는 수레바퀴가 몇 번 돌아갈 정도의 거리밖에 남지 않았다.

무덤 파는 인부가 말했다.

"영감님, 제게는 먹여 살려야 할 자식들이 일곱이나 있습니다. 그놈들 입에 빵 조각을 물려 줘야 하기 때문에 저는 술을 마셔서는 안 됩니다!"

그리비에는 고지식한 사나이가 격언을 외울 때와 같은 자못 만족스러운 태도로 덧붙였다.

"새끼들의 곯은 창자가 내 갈증의 적이오."

장의 마차는 측백나무 숲을 돌고 마찻길을 벗어나 오솔길로 접어들었다. 땅은 황폐했고 덤불 속을 뚫고 나갔다. 묘지 근처에 다다른 것이다. 포슐르방의 걸음은 느렸다. 하지만 장의 마차는 속도를 유지해야 했다. 다행스럽게도 땅이 질척거리는 데다 겨울비에 젖어 있어 진흙은 수레바퀴에 달라붙었다. 마차는 힘겹게 나아가고 있었다.

포슐르방은 다시 무덤 파는 인부 쪽으로 다가가 말을 걸었다.

"아르장퇴유의 맛있는 술이 있는데."

그러자 그리비에가 대답했다.

"이보시오, 영감님. 본래 난 무덤 파는 인부가 될 사람이 아니라오. 아버지는 '육군 유년 학교' 수위셨는데, 나에게 문학 공부를 시켰지요. 하지만 운도 지지리 없지, 그만 증권 거래소에서 손해를 입고 말았소. 그래서 결국 난 문학가가 되는 길을 포기해야만 했소. 지금도 대서 노릇은 하고 있지만 말이오."

"그럼 당신은 무덤 파는 인부가 아니구먼?"

포슐르방은 물에 빠진 사람이 지푸라기라도 움켜잡는 심정으로 말했다.

"양쪽 모두 하지 말란 법이 어디 있소. 나는 겸직하고 있는 거라오."

포슐르방은 마지막 이 말을 알아듣지 못했다.

"한잔하러 가세."

여기서 한 가지 주의해 둘 일이 있다. 포슐르방은 걱정이 되어 안절부절못하면서도 누가 술값을 지불할지에 관해서는 분명히 이야기하지 않았다. 보통 제의는 포슐르방이 해 놓고도 돈은 메스티엔 영감이 냈다. 물론 한잔하러 가자는 이 제의는 무덤 파는 인부가 바뀌었다는 새로운 사정으로 인해 으레 나올 수 있는 당연한 일이었지만, 늙은 정원사 포슐르방이 생각한 바는 아니었다. 어쨌든 이른바 '라블레의 15분간(음식값을 치러야 하는 불쾌한 시간이란 의미_옮긴이)'에 대해서는 일부러 말하지 않고 있던 것이다. 포슐르방으로서는 아무리 걱정스러워도 술값만은 결코 지불할 생각이 없었다.

무덤 파는 인부는 상대방을 멸시하는 듯한 웃음을 지으면서 말을 계속했다.

"먹고살아야지요. 나는 메스티엔 영감 뒤를 따라 일을 할 것이오. 일단 학교만 마쳤어도 철학자가 될 수 있었소. 나는 육체노동 외에 머리를 쓰는 일도 하고 있지요. 난 세브르 거리의 시장에 대서소를 가지고 있소. 영감 '우산 시장'을 아시지요? 크루아 루주에서 일하는 아가씨들은 모두 내게 옵니다. 나는 아가씨들이 병사들에게 보내는 사랑의 편지를 단숨에 휘갈겨 써 주지요. 아침에는 연애편지를 쓰고, 저녁에는 무덤을 파지요. 이것이 인생 아니겠소, 영감님."

장의 마차는 점점 앞으로 나아가고 있었다. 포슐르방은 불안한 마음이 절정에 달해 주변을 정신없이 살폈다. 굵은 땀방울이 그의 이마에서 떨어졌다.

"그렇긴 하지만."

무덤 파는 인부는 계속해서 말했다.

"두 연인을 데리고 살 순 없지. 언젠가는 펜이든 곡괭이든 하나는 버릴 예정이오. 곡괭이를 잡으면 펜을 잡는 손이 무뎌지거든요."

장의 마차가 멈추어 섰다.

성가대 소년이 검은 천을 드리운 마차에서 내리고 이어서 사제가 내렸다. 장의 마차의 작은 앞바퀴 하나가 수북이 쌓인 흙더미 위에 올라가 있고 그 흙더미 저쪽으로 입을 벌리고 있는 무덤구덩이가 보였다.

"이건 정말 광대놀음이야!"

포슐르방은 몹시 낙심하여 중얼거렸다.


## 네 면의 널빤지 속에서

관 속에 들어 있던 것은 누구였던가? 독자들도 아는 바와 같이 장 발장이었다.

장 발장은 관 속에서 견디기 위한 방법을 생각해 그럭저럭 숨을 쉬고 있었다.

실로 이상한 일이지만, 마음이 편안해지면 나머지 일은 모두 일사천리로 진행되는 법이다. 장 발장이 생각한 계획은 엊저녁부터 하나하나 차분히 잘 진행되고 있었다. 그 역시 포슐르방과 마찬가지로 메스티엔 영감에게 기대를 하고 있었다. 분명 좋은 마무리를 짓게 될 것이라 믿어 의심치 않았다. 이 이상 더 없을 위험한 상황에서도 이 이상 더 없을 완전한 안심은 일찍이 든 적이 없었다.

관의 널빤지 네 조각은 무서울 만큼 평화로운 기운을 발산하고 있었다. 마치 망자들의 평온이라고나 할 만한 것이 장 발장의 평온한 마음속으로 파고드는 것 같았다. 그 관 속에 드러누운 채 그는 죽음을 상대로 펼치고 있던 무서운 드라마의 모든 장면을 따라가며 또 현재를 더듬고 있었다.

포슐르방이 뚜껑을 덮고 못질한 다음 장 발장은 자신을 옮기는 것을 느끼고, 이어 수레 위에서 흔들리는 것을 느꼈다. 아주 작은 진동으로 미루어 보아 그는 돌을 깐 길에서 포장된 길로 나왔다는 것, 즉 변두리 길을 벗어나 한길로 접어들었다는 것을 알았다. 둔탁한 소리가 울렸을 때는, 아우스터리츠 다리를 지나고 있음을 알았다. 처음 잠시 마차가 멎은 것으로 묘지에 도착했음을 알았고, 두 번째 멈춰 섰을 때는 '벌써 무덤구덩이까지 다 왔구나.' 하고 마음속으로 생각했다.

장 발장은 갑작스럽게 여러 사람들의 손이 관에 닿는 것을 느끼고, 다음에는 널빤지 위를 쓱쓱 비벼대는 거친 소리를 들었다. 구덩이 속으로 내리기 위해 관을 새끼로 묶는 것임을 알 수 있었다. 얼마 못 가 그는 어지러움을 느꼈다. 아마도 거칠게 작업하던 인부들이 관을 발 쪽이 아닌 머리 쪽부터 먼저 내려가게 한 모양이었다. 장 발장은 자기 몸이 수평을 유지하며 움직이지 않게 되었음을 알고는 가까스로 정신을 가다듬었다. 그는 이미 구덩이 속에 놓인 것이었다. 그는 약간 오한이 이는 것을 느꼈다.

싸늘하면서도 무거운 목소리가 위쪽에서 들려왔다. 그리고 뜻 모를 라틴어 한 마디 한 마디를 붙들 수 있을 만큼 천천히 외우고 있었다.

"티끌 속에 잠드는 자도 머잖아 눈을 뜨게 되리라. 어떤 자는 영원한 생명 속에, 어떤 자는 바닥 모를 오욕 속에, 그리하여 언제고 눈을 들어 진실을 보리라."

그다음 소년의 목소리가 말했다.

"나는 깊은 슬픔의 심연에서."

장중한 목소리가 다시 말했다.

"주님, 그에게 영원한 안식을 주옵소서."

소년의 목소리가 대답했다.

"영원한 빛이 그에게 비치소서."

그때 장 발장은 자기 위를 덮고 있는 널빤지 위로 빗방울 같은 것이 조용히 떨어지는 소리를 들었다. 그것은 아마 성수였으리라.

장 발장은 생각했다.

'이제 곧 끝나겠지. 조금만 더 견디자. 사제가 가 버리면 포슐르방은 메스티엔를 데리고 술을 마시러 가고 나는 혼자 남게 된다. 다음에 포슐르방이 혼자 되돌아와서 나를 나가게 해 준다. 한 시간이면 끝날 일이야.'

근엄한 목소리가 다시 들려왔다.

"편히 잠들게 하소서."

그리고 소년의 목소리가 말했다.

"아멘."

장 발장은 귀를 곤두세웠다. 그리고 멀어져 가는 사람들의 발자국 소리를 들으며 생각했다.

'사람들이 가 버리는군. 이제 나는 혼자다.'

그러나 그때 갑자기 벼락 치는 듯한 소리가 머리 위에서 났다. 그것은 처음 삽질한 흙이 관 위로 떨어진 소리였다.

이어 두 번째로 삽질한 흙이 떨어졌다. 그가 숨을 쉬고 있던 작은 구멍 중 하나가 막혔다. 세 번째로 삽질한 흙이 떨어져 왔다. 이어서 네 번째 삽질한 흙이 떨어져 왔다. 이래서는 아무리 강한 사나이라 할지라도 견뎌 낼 도리가 없었다. 장 발장은 의식을 잃었다.


## '카드를 잃어서는 안 된다'는 말의 기원


장 발장이 누워 있는 관 위쪽에서는 다음과 같은 일이 일어나고 있었다.

장의 마차가 멀어져 가고, 사제와 성가대 아이도 다시 마차를 타고 출발했을 때, 무덤 파는 인부에게서 눈을 떼지 않고 있던 포슐르방은 이 인부가 수북이 쌓인 흙더미에 똑바로 찔러 놓았던 삽을 허리를 구부려 움켜쥐는 것을 보았다.

그때 포슐르방은 최후의 마지막 결심을 했다. 그러고는 구덩이와 인부 사이를 막고 서서 팔짱을 끼고 말했다.

"그 돈은 내가 지불하겠어!"

무덤 파는 인부는 깜짝 놀라며 그를 바라보고는 대답했다.

"뭐라고요, 영감님?"

포슐르방은 되풀이했다.

"돈은 내가 내겠어!"

"무슨 소리요?"

"무슨 술값 말이야."

"술이라니?"

"아르장퇴유에서 만든 술이지."

"아르장퇴유가 어디 있는데?"

"봉 쿠앵에."

"흥, 집어치우시오!"

무덤 파는 인부는 내뱉듯 중얼거렸다.

그리고 삽으로 수북하게 뜬 흙을 관 위로 던져 넣었다.

관이 울리는 소리가 들렸다. 포슐르방은 자신의 몸이 흔들리는 것을 느꼈고 자신도 그만 구덩이 속으로 빠져 들어갈 것만 같았다. 그는 가쁜 숨을 몰아쉬며 쉰 듯한 목소리로 허둥지둥 외쳤다.

"여봐요 형씨, '봉 쿠앵'이 닫히기 전에 어서!"

무덤 파는 인부는 삽으로 다시 흙을 가득 떠서 던졌다. 포슐르방은 말을 이었다.

"돈은 내가 치를게!"

그렇게 말하면서도 포슐르방은 무덤 파는 인부의 팔을 붙잡았다.

"내 말 좀 들어봐, 형씨. 나는 수도원에서 무덤구덩이를 파는 사람이오. 나는 당신을 도우러 왔소. 그리고 이 일은 나중 밤이라도 할 수 있잖아. 그러니 우선 한잔하기로 하세."

그렇게 말은 하면서도, 그렇게 절망적으로 끈덕지게 매달리기는 하면서도, 포슐르방은 불길한 생각을 버릴 수가 없었다.

'이놈이 비록 술을 마신다고 하더라도 취해 줄는지?'

무덤 파는 인부는 대꾸했다.

"영감님, 그렇게 먹고 싶다면 이제 싫다고는 하지 않겠소. 그럼 마십시다. 하지만 일이 끝난 후 마십시다."

그렇게 말하면서 인부는 힘 있게 삽을 움직였다. 포슐르방은 말렸다.

"6수짜리 아르장퇴유 술이란 말일세."

무덤 파는 사나이는 말했다.

"아, 젠장 또 그 소리군. 당신은 종 치는 사람 같아. 딩동 딩동 언제나 같은 소리만 되풀이하니, 이제 그만 좀 해요."

그는 두 번째로 뜬 흙을 던졌다. 포슐르방은 이제 자기가 무슨 말을 하고 있는지조차 몰랐다.

"글쎄, 마시자면 마시러 가세"

포슐르방은 소리쳤다.

"돈은 내가 낼 테니까!"

"어린아이를 이불 속에 재우고 나서 갑시다."

무덤 파는 사나이는 말했다. 그는 세 번째로 흙을 떠 넣었다.

그러고는 삽을 흙더미에 찌르면서 덧붙였다.

"오늘 밤은 몹시 추울 거야. 아무것도 덮어 주지 않은 채 죽은 여자를 내버려 두면 나중에는 산발하고 우리를 쫓아올 거야."

그 순간 무덤 파는 인부는 흙이 담긴 삽을 들어 올리느라 몸을 구부렸다. 그 바람에 윗도리 호주머니가 살짝 벌어졌다. 초점을 잃은 포슐르방의 핏발 선 눈초리는 자연히 이 호주머니로 향하고 있었다.

태양은 아직 지평선에 걸려 있었다. 그리고 상당히 밝아 벌어진 주머니 속에 있는 하얀 것이 선명하게 보였다.

피카르디 출신의 농부의 눈 속에 있던 반짝이는 섬광의 모든 것이 포슐르방의 눈동자에 집중되었다. 그의 머리에 문득 어떤 착상이 떠올랐다.

포슐르방은 삽질하는 데 열중하고 있는 인부 모르게 살그머니 뒤로 다가가 그의 호주머니 속에 손을 넣어 희끄무레한 것을 꺼냈다.

인부는 구덩이 속으로 네 번째로 삽질한 흙을 던져 넣었다.

인부가 다시 흙을 뜨려고 돌아선 순간, 포슐르방은 태연하게 그를 보며 말했다.

"그런데 이 친구야, 카드는 가지고 있나?"

인부는 손을 멈추었다.

"카드라니?"

"곧 해가 저물지 않나."

"저물면 어떻소. 해님은 나이트캡이나 쓰라지."

"묘지의 철문이 닫히는걸."

"그래서 어쩐다는 거요?"

"카드를 가지고 있느냐 그 말이야."

"아! 내 허가증!"

인부는 말했다. 그리고 그는 호주머니를 더듬었다.

한쪽 호주머니를 뒤지고 나더니 그는 다른 한쪽을 다시 뒤졌다. 그리고 또 바지 호주머니에 손을 넣어 한쪽을 살펴보고 다른 한쪽을 훌렁 뒤집어 보았다.

"아뿔싸!"

인부는 놀라 말했다.

"이런, 허가증이 없네. 집에 놓고 온 모양이오!"

"벌금이 15프랑이야."

포슐르방이 말했다.

무덤 파는 인부는 새파래졌다. 창백한 사나이가 핏기를 잃으면 새파래지는 법이다.

"허어, 이런 제기랄!"

그는 외쳤다.

"15프랑 벌금이라니!"

"다시 말하면 100수짜리 세 닢이야."

포슐르방은 말했다.

인부는 들고 있던 삽을 던져 버렸다.

이번에야말로 포슐르방이 공격할 차례가 온 것이다. 포슐르방은 밀었다.

"뭐 그런 일로. 낙심할 건 없어. 자살까지 해 가면서 이미 파 놓은 구덩이를 이용할 필요는 없지. 하지만 15프랑은 어디까지나 15프랑이야. 그런데 벌금을 내지 않아도 될 방법은 있어. 당신은 신출내기지만 난 늙은 고참이거든. 나는 온갖 방법을 다 터득하고 있지. 친구로서 좋은 수를 하나 가르쳐 주지. 한 가지 분명한 것은 해가 저물어 가고 있다는 사실일세. 즉 해는 저 둥근 지붕에 살짝 걸려 있어. 앞으로 5분이면 묘지 문이 닫힌다 이 말이야."

"그렇소."

인부가 대답했다.

"지금부터 5분 동안에 구덩이를 다 채울 수는 없을걸. 이 구덩이는 마구처럼 여간 깊지 않거든. 그러니까 문이 닫히기 전에 다 해낼 수 없단 말이지."

"정말 그렇군요."

"그렇게 되면 15프랑 벌금을 내야 해."

"15프랑이라."

"아직 시간은 좀 있어……. 그런데 당신은 어디 살고 있소?"

"성문 바로 옆이오. 여기서 대충 15분 정도 걸려요. 보지라르 거리 87번지요."

"지금부터 죽어라 뛰어가면 여기를 빠져나갈 수 있어."

"그렇군요."

"여기 문을 나가서 바로 집으로 달려가서 허가증을 가지고 들어오면 문지기가 문을 열어 줄 거야. 허가증만 있으면 한 푼도 치를 필요가 없지. 그리고 돌아와 이 관을 파묻으면 되는 거지. 나는 시체가 도망가지 않도록 지키겠네. 물론 당신도 기다리고 말이지."

"영감님 덕분에 살았군요."

"자, 어서 가 보게."

포슐르방은 말했다.

무덤 파는 인부는 고마워서 어쩔 줄 몰라 하며 그의 손을 잡아 흔들고는 쏜살같이 달리기 시작했다.

인부의 모습이 숲 속으로 사라져 버린 뒤에도 포슐르방은 그이 발소리가 들리지 않게 될 때까지 귀를 기울이고 있었다. 그리고 얼마 후 구덩이를 내려다보며 낮은 목소리로 말했다.

"마들렌 씨!"

아무 대답이 없었다.

포슐르방은 머리가 쭈뼛거리며 가슴이 철렁 내려앉았다. 그는 구덩이 밑으로 내려간다기보다 차라리 굴러 떨어지듯 들어가 관머리 쪽을 대고 소리쳤다.

"여보세요, 마들렌 씨!"

관 속에서는 여전히 아무 대답이 없었다. 포슐르방은 숨도 쉬지 못할 정도로 겁에 질려 있었다. 그는 날카로운 끌과 망치를 사용해 관 위 널빤지를 떼어 냈다. 황혼 속에 장 발장의 얼굴이 나타났다. 그러나 눈은 감은 채였고 얼굴은 창백했다.

순간 포슐르방 머리칼이 다시 곤두섰다. 그는 넋이 나간 얼굴로 구덩이 벽에 기댔지만 정신이 아득해 관 위로 쓰러질 것만 같았다. 그는 장 발장을 내려다보았다. 장 발장은 창백한 얼굴로 움직임 하나 없이 누워 있었다.

포슐르방은 한숨 쉬듯 낮고 조그만 목소리로 중얼거렸다.

"아, 죽었구나!"

그리고는 몸을 일으켜 두 주먹이 양쪽 어깨에 닿을 정도로 깊이 팔짱을 끼고는 소리쳤다.

"살려 드린다는 것이 이 지경으로 만들어 버렸어!"

결국 이 가엾은 노인은 흐느껴 울면서 혼잣말을 하기 시작했다. 독백

이 자연스럽지 않다는 생각은 잘못된 것이다. 마음에 강한 충격을 받으면 그것은 곧잘 목소리를 가진 말이 되어 나타나는 법이다.

"애초부터 메스티엔 영감이 틀려먹었어. 죽긴 왜 갑자기 죽는 거야, 그것도 하필이면 이렇게 중요할 때 말이지. 마들렌 씨를 죽인 건 그놈이야. 아아, 마들렌 씨! 그분은 관 속에 누워 있어. 벌써 돌아가 버리셨어. 이제 모든 것이 끝났구나. 처음부터 뒤죽박죽 이상한 일뿐이었다니까! 아아, 이를 어쩌면 좋아, 이렇게 돌아가시다니! 그리고 이분의 딸아이는 대체 어떻게 하면 좋단 말인가? 과일 장수 노파는 뭐라고 말할까? 이런 분이 이렇게 돌아가시다니. 대체 어째서 이런 일이 세상에 일어난단 말인가. 내가 깔린 짐수레 밑으로 뛰어들어 오시던 때 일을 생각하면! 마들렌 씨, 마들렌 씨! 정말로 숨을 쉬지 않는구나. 그러게 내가 뭐랬어. 내 말은 들으려고도 하지 않으셨으니 이 지경이 돼 버렸다. 세상에 이런 몹쓸 일이 어디 있단 말인가! 이분은 돌아가셨어, 이렇게 훌륭하신 분이, 하느님이 만드신 착한 분 중에서도 가장 착하신 분이 돌아가셨어. 이제 그 딸아이는 어쩌지? 아니다, 이제 나는 그곳으로 돌아갈 수 없어. 여기 남아 있어야지. 이런 일을 저질러 버렸으니. 늙은이 둘이서 이런 어처구니없는 짓을 저지르다니, 세상에 이런 일이. 그런데 이분은 어떻게 수도원으로 들어오셨을까? 그게 벌써 이런 일이 될 시초였어. 처음부터 그런 짓을 해서는 안 되었어. 마들렌 씨, 마들렌 씨! 아, 마들렌 씨, 마들렌 시장님. 시장님! 아무 소리도 안 들리시는구나. 제발, 제발 좀 살아나 주세요!"

포슐르방은 두 손으로 머리카락을 쥐어뜯었다.

저 멀리 나무들 사이로 날카롭게 삐걱거리는 소리가 들렸다. 묘지 철문이 닫히는 소리였다.

포슐르방은 장 발장 위로 몸을 구부렸다. 그러더니 갑자기 그는 펄쩍 뛰어 구덩이 속에서 한껏 뒷걸음쳤다. 장 발장이 눈을 뜨고 그를 바라보고 있는 것이 아닌가.

사람의 죽음을 보는 것은 무서운 일이다. 그리고 다시 되살아나는 것을 보는 것도 무서운 일이다. 포슐르방은 너무도 놀라 돌처럼 굳어졌다. 그러고는 자기가 마주하고 있는 사람이 살아 있는지 죽어 있는지조차도 모르는 채, 자기를 바라보는 장 발장을 그냥 멍하니 바라볼 뿐이었다.

"잠시 잠들었군."

장 발장은 말했다. 그러고는 윗몸을 일으켰다.

포슐르방은 쓰러지듯 무릎을 꿇었다.

"아아, 마리아님! 이렇게 무서운 일이!"

그리고 다시 일어나 소리쳤다.

"고맙습니다, 마들렌 씨!"

장 발장은 정신을 잃고 있었을 뿐이었다. 바깥 찬바람이 그를 소생시켜 주었던 것이다.

환희는 두려움의 역류 현상이다. 포슐르방은 장 발장과 마찬가지로 정신을 차리기 힘들었다.

"당신은 돌아가신 것이 아니었군요. 아이고, 사람을 이렇게 놀라게 하시다니 당신도 참 너무하십니다! 저는 당신이 다시 살아나실 때까지 이름을 부르고 있었습지요. 당신 눈이 감긴 것을 보고 이제는 모든 것이 틀렸구나, 숨이 막힌 거야, 하고 생각했어요. 사실 미쳐 버릴 것만 같았어요. 아니, 진짜 미치나 했어요. 비세트르의 정신 병원으로 보내졌을지도 모릅니다요. 만약 당신이 돌아가셨다면 과연 전 어떻게 됐을까요? 그리고 그 어린것은요! 과일 장수 노파는 뭐가 뭔지 모르게 됐겠지요. 아이를 맡겨 놓고서 그 할아버지가 죽어 버리니 말입죠! 세상에 이런 일이, 아니 정말 이런 일이 어디 또 있겠어요! 아아, 당신이 살아 계시다니, 뭐니 뭐니 해도 이거야말로 정말 고마운 일이 아니겠어요."

"좀 춥군."

장 발장은 말했다.

이 말이 포슐르방을 절박한 현실 쪽으로 완전히 돌려놓았다. 두 사람 모두 정신은 차렸지만 왠지 까닭 모를 불안에 가슴이 짓눌린 듯했다. 게다가 주위의 그 음산하고 황량한 분위기가 머리를 혼란시키고 있었다.

"어서 여기서 나가지요."

포슐르방이 외쳤다. 그는 호주머니를 더듬어 준비해 두었던 병을 꺼냈다.

"자, 우선 한 모금 드세요!"

포슐르방은 말했다.

바깥의 찬 공기가 시작한 일을 술병이 완수했다. 장 발장은 브랜디를 한 모금 마시자 완전히 기운을 되찾았다.

장 발장은 관에서 나와서 포슐르방을 도와 관 뚜껑을 도로 덮었다.

이삼 분 뒤 그들은 구덩이 밖으로 나왔다.

이제 포슐르방은 침착함을 되찾고 있었다. 그는 서두르지 않고 자연스럽게 행동했다. 묘지 문은 닫혀 있었다. 무덤 파는 인부 그리비에가 갑자기 돌아올 걱정도 없었다. 그 '신출내기'는 자기 집에서 허가증을 찾는 데 몰두해 있겠지만, 그 허가증은 포슐르방의 호주머니에 들어 있으니 그의 집에서는 절대로 찾아낼 수가 없는 것이다. 허가증이 없는 이상 묘지로 돌아올 수도 없다. 포슐르방은 삽으로, 장 발장은 곡괭이로 빈 관을 묻어 버렸다.

구덩이가 완전히 메워졌을 때 포슐르방은 장 발장에게 말했다.

"자, 가시지요. 저는 삽을 가지고 갈 테니 곡괭이를 가져가세요."

어둠이 내려앉고 있었다.

장 발장은 얼마간 몸을 움직이며 걷는 일이 부자유스러웠다. 그는 관속에서 몸이 뻣뻣한 상태로 꼼짝도 하지 않고 시체처럼 누워 있었다. 그 네 쪽 널빤지 속에 있는 동안 죽음의 관절 경직이 그를 에워쌌던 것이다. 그러니까 그는 무덤에서 굳었던 몸을 풀지 않으면 안 되었다.

포슐르방이 말했다.

"몸이 마비되셨군요. 한심하게도 저마저 요렇게 절름발이니 유감스럽습니다. 이렇지만 않아도 서로 발바닥을 마주 비벼 몸을 풀 수도 있을 텐데 말입니다요."

"걱정 마시오. 나는 괜찮소!"

장 발장이 대답했다.

"조금씩 걸으면 차차 괜찮아지겠지."

그들은 장의 마차가 지나온 오솔길을 따라 걸었다. 닫힌 철문과 문지기가 사는 정자로 오자, 인부의 허가증을 손에 들고 있던 포슐르방은 그것을 상자 속에 떨어뜨렸다. 문지기가 줄을 잡아당기자 문이 열렸고 두 사람은 밖으로 나왔다.

"모두 잘됐습니다!"

포슐르방은 말했다.

"정말 용케도 이런 생각을 해내셨습니다, 마들렌 씨!"

그들은 보지라르 성문을 무사히 통과했다. 묘지 주변에서는 삽과 곡괭이가 저마다 훌륭한 통행증 역할을 해 주는 것이다.

보지라르 거리에는 인적이 없었다.

"마들렌 씨."

포슐르방이 집들을 바라보며 말했다.

"당신은 저보다 눈이 밝으니 87번지를 좀 찾아보세요."

"바로 여기요."

장 발장이 말했다.

"한길에는 아무도 없습니다."

포슐르방이 다시 입을 열었다.

"곡괭이를 제게 주시고 잠시 기다리세요."

포슐르방은 87번지 집으로 들어간 뒤, 가난한 사람의 본능을 좇아 곧

장 다락방을 향해 올라갔다. 그리고 어둠 속에서 어느 다락방의 문을 두드렸다. 안에서 대답하는 목소리가 들려왔다.

"들어오시오."

그리비에의 목소리였다. 포슐르방은 문을 열었다.

무덤 파는 인부의 다락방은 모든 가난한 사람들의 거처가 그렇듯, 변변한 가구 하나 없이 지저분했다. 그곳에는 짐짝 같은 나무 궤짝—아마 관일는지도 모른다.—하나가 벽장 대용이 되고, 버터 단지 하나가 물독을 대신하며, 다 해진 거적 하나가 침대 대용이 되고, 돌바닥이 의자나 테이블이 되기도 한다. 한쪽 구석에 있는 낡은 융단 조각인 듯한 누더기 위에 바싹 여윈 여인과 많은 아이들이 한 무더기가 되어 앉아 있었다.

이 가난한 방 안은 온통 뒤집어엎은 듯한 흔적을 보였다. 마치 그곳에만 지진이 휩쓸고 지나간 듯했다. 모든 뚜껑과 덮개는 모두 제자리에 있지 않고, 누더기들은 사방에 흩어지고, 주전자는 찌그러지고, 어머니는 울고, 아이들은 두드려 맞은 모양이었다. 몹시 화가 나 사납게 마구 휘저은 자취를 가감 없이 보여 주고 있었다. 무덤 파는 인부가 미친듯이 자기의 허가증을 찾으며, 그것이 없어진 책임을 모두 다락방 안에 있는 모든 것에, 뚜껑에서부터 자신의 아내에게까지 덮어씌운 것이 분명했다. 인부는 자못 자포자기에 빠진 듯한 모습을 하고 있었다.

하지만 포슐르방은 일의 결말을 너무 서두른 나머지 자신이 이룬 성공이 이런 슬픈 일면을 수반한다는 것을 깨달을 여유가 없었다.

그는 안으로 들어가자 이렇게 말했다.

"당신 곡괭이와 삽을 가지고 왔소."

그리비에는 넋이 나간 얼굴로 그를 쳐다보았다.

"어, 영감님. 당신이시구려?"

"내일 아침에 묘지 문지기에게 가서 허가증을 찾게나."

그러면서 포슐르방은 삽과 곡괭이를 방바닥에 내려놓았다.

"무슨 뜻이오?"

그리비에는 물었다.

"어찌 된 일인가 하면, 당신은 호주머니에서 허가증을 떨어뜨린 거야. 그리고 떨어져 있는 허가증을 당신이 떠난 뒤에 내가 찾았지. 그 뒤에 난 시체도 묻고, 구덩이도 메웠소. 당신 일은 내가 대신 다 해 놓았어. 허가증은 문지기가 돌려줄 거요. 당신은 이제 15프랑을 치르지 않아도 돼. 자, 어떤가, 신출내기?"

"정말 고맙습니다, 영감님!"

그리비에는 속은 줄도 모르고 좋아서 소리쳤다.

"이다음엔 내가 술을 사지요."


## 합격한 면접시험


한 시간 뒤, 칠흑 같은 어둠 속을 두 사나이와 어린아이 하나가 픽퓌스 골목길 62번지 출입문 앞에 나타났다. 두 사나이 가운데 나이 먹은 쪽이 문에 매달린 고리를 쳐들고 문을 두드렸다. 그들은 포슐르방과 장 발장과 코제트였다.

전날 두 노인은 포슐르방이 코제트를 맡겨 놓았던 슈맹 베르 거리의 과일 장수 노파 집에서 코제트를 데리고 왔던 것이다. 코제트는 그 스물네 시간 동안 아무것도 모르는 채 말없이 두려움에 떨고 있었다. 코제트는 두려움에 울음도 나오지 않았다. 아무것도 먹지 않았고 잠도 자지 않았다.

사람 좋은 과일 장수 노파는 코제트에게 이것저것 물었으나 아이는 말없이 슬픈 눈으로 쳐다만 볼 뿐 아무 대답도 하지 않았다. 코제트는 이틀 동안 보고 들은 이 모든 일을 조금도 입 밖에 내지 않았다. 지금 처해 있는 위기를 코제트 또한 나름대로 짐작하고 있었기 때문이다. 아이는 '얌전하게 있지 않으면 안 된다.'는 것을 마음 깊이 느끼고 있었다.

"아무것도 말하지 말아라!"

두려움에 떨고 있는 아이의 귀에 대고 기묘한 억양으로 소곤거린 그 세 단어의 위력을 느껴보지 못한 이가 있겠는가! 두려움은 일종의 벙어리이다. 또한 아무도 어린아이만큼 비밀을 잘 지키지 못한다.

다만, 음산한 이 스물네 시간이 지난 뒤 다시 장 발장을 만났을 때, 코제트는 너무도 좋은 나머지 기쁨의 소리를 질렀다. 혹 생각 깊은 사람이 이 소리를 들었다면, 지옥에서 빠져나온 사람의 절규라고 생각했을 것이다.

포슐르방은 수도원 사람이었던지라 모든 암호를 알고 있었다. 모든 문은 스스로 열렸다.

결국은 밖으로 나갔다 다시 들어오는 이중의 까다로운 문제는 해결되었다.

미리 지시를 받은 문지기는 마당에서 정원으로 통하는 작은 출입문을 열어 주었다. 20년 전만 해도 길에서 보이던, 정문 맞은편 마당 안쪽 벽에 뚫어 놓은 문이었다. 문지기는 세 사람을 그 문을 통해 들여보냈다. 그들은 출입문을 지나 전날 포슐르방이 원장의 지시를 받았던 그 특별 응접실에 도착했다.

수도원장은 묵주를 만지며 그들을 기다리고 있었다. 베일을 늘어뜨린 성가대 수녀 한 사람이 원장 곁에 서 있었다. 촛불 하나가 흔들리며 빛을 내고 있었다. 그 희미한 불빛은 말하자면 명색일 뿐이었다. 수도원장은 장 발장의 모습을 대강 훑어보았다. 내리뜬 눈만큼 날카롭게 살피는 눈도 없다. 그런 뒤 원장은 장 발장에게 질문을 했다.

"아우분 되십니까?"

"네, 원장님."

포슐르방이 대답했다.

"이름은?"

포슐르방이 대답했다.

"월팀 포슐르방입니다."

사실 그에게는 이미 죽었지만 월팀이라는 이름의 친동생이 하나 있었다.

"고향이 어디입니까?"

포슐르방이 대답했다.

"아미앵 근처 피키니입니다."

"나이는 몇 살이지요?"

포슐르방이 대답했다.

"쉰입니다."

"직업은?"

포슐르방이 대답했다.

"정원사입니다."

"독실한 크리스천인가요?"

포슐르방이 대답했다.

"온 집안이 모두 그렇습니다."

"이 애는 당신 아이요?"

포슐르방이 대답했다.

"네, 원장님."

"당신이 아버진가요?"

포슐르방이 대답했다.

"아이의 할아버집니다."

성가대 수녀는 조그만 목소리로 수도원장에게 말했다.

"대답이 명확합니다."

장 발장은 한마디도 하지 않고 있었다. 수도원장은 주의 깊게 코제트를 바라보고 나서 조그만 목소리로 성가대 수녀에게 말했다.

"자라서도 추녀가 되겠군요."

두 사람의 수녀는 오랫동안 응접실 구석에서 낮은 목소리로 이야기를 주고받았다. 그리고 나서 수도원장은 뒤를 돌아보면서 말했다.

"포방 영감님, 방울 달린 가죽 무릎 덮개를 하나 더 드리겠어요. 이제부터는 두 개가 필요할 테니까요."

그다음 날부터는 과연 두 개의 방울 소리가 정원에서 들려왔다. 수녀들은 베일 자락을 쳐들고 살그머니 내다보지 않을 수 없었다. 정원 안쪽 나무 아래에서 두 사람의 사나이, 포방과 또 한 사람이 나란히 서서 가래로 흙을 떠 일구고 있는 것이 보였다. 그야말로 커다란 사건이었다.

침묵의 규칙이 깨지고 여기저기서 서로 수군거렸다.

"정원사의 조수래요."

성가대 수녀들은 덧붙여 말했다.

"포방 영감님의 형제분이시래요."

장 발장은 실제로 규칙에 따라 정식으로 이 지위를 얻었다. 장 발장은 방울 달린 가죽을 무릎에 대었으니 이후 정식 고용인이 된 것이다. 그의 공식적인 이름은 윌팀 포슐르방이었다. 그가 결정적으로 허락받을 수 있었던 가장 유력한 원인은 '추녀가 되겠군요.' 하며 코제트를 관찰하고 나서 한 말이었다. 이 말을 발설한 수도원장은 곧 코제트를 다정하게 대했고 수도원 내 기숙학교에 입학시켜 주었다.

이 일은 지극히 당연한 일이었다. 수도원에서는 거울을 사용하지 못하게 되어 있었다. 하지만 수도원에 있는 여자들은 자신의 용모를 잘 알고 있었다. 그렇기 때문에 자신이 아름답다고 생각하는 처녀는 수녀가 되려고 하지 않는다. 하느님을 섬기는 마음은 대개의 경우 용모의 아름다움과 반비례하는 것이어서, 잘생긴 처녀보다 못생긴 처녀에게 기대를 갖게 된다. 이와 같은 까닭에서 인물이 좋지 못한 소녀 쪽이 훨씬 좋다는 견해가 생겨난다.

결국 이 사건 덕분에 선량한 포슐르방 노인은 아주 훌륭한 인물이 되었다. 그는 삼중의 성공을 거둔 것이다. 장 발장을 사지에서 구출하여 편안한 안식처를 주었으며, 무덤 파는 인부 그리비에에게는 벌금을 물지 않게 해 준 은인으로 생각되었고, 수도원에서는 크뤼시픽시옹 님의 관을 제단 아래에 매장함으로써 카이사르의 눈을 속이고 하느님을 만족하게 한 공로자가 되었다.

프티 픽퓌스에는 시체가 든 관이 있고 보지라르 묘지에는 시체가 들어 있지 않은 관이 묻혔으니, 공공질서는 그로 인해 근본부터 어지럽혀진 셈이다. 하지만 결국은 아무에게도 발각되지 않고 무사히 끝났다. 수도원에서는 포슐르방에게 깊은 고마움을 느꼈다. 동시에 포슐르방은 가장 우수한 하인이며 가장 귀한 정원사가 되었다.

그리고 이 일이 있은 뒤 대주교가 처음 이곳을 방문했을 때였다. 수도원장은 고백과 약간의 자랑 섞인 마음으로 대주교에게 이 이야기를 했다. 그러자 대주교는 수도원을 나갈 때, 황제의 고해 신부였으며 뒷날 랭스의 대주교가 되고 추기경까지 되는 드 라 릴 씨에게 은근히 이 이야기를 들려주며 거듭 칭찬을 했다.

포슐르방에 대한 평판은 점점 높아져 로마까지 전해졌다. 나는 당시 교황이던 레오 12세가 친척의 한 사람이며 자기와 마찬가지로 델라 젱가라는 이름을 가진 파리 주재의 교황 특파 사절에게 보낸 한 통의 편지를 본 일이 있는데, 거기 이런 구절이 있었다.

'파리의 한 수도원에 포방이라는 우수한 정원사가 있는데, 이 사람은 실로 성인이라 할 만한 인간이오.'

하지만 이와 같은 영광스러운 소식은 오두막집에 사는 포슐르방에게 까지는 전해지지 않았다. 그는 자신이 훌륭한 성인이라는가 하는 사실 따윈 전혀 모르는 채 여전히 나무에 접목을 하고, 풀을 뽑고, 멜론밭에 가

마니를 씌워 주고 있을 뿐이었다. 그가 자신의 이런 명예스러운 소식을 전혀 알지 못했다는 것은 마치 쇼트혼 종(種)이나 서리 종의 소가 '뿔 있는 가축 콩쿠르에서 입상한 소'라는 별명이 붙은 자신의 사진이 런던 뉴스에 게재되었다는 사실을 전혀 알지 못하는 것과 같았다.

## 수도원 생활

코제트는 수도원에서도 계속 침묵을 지켰다. 코제트는 자기가 장 발장의 딸이라고 아무 의심 없이 믿고 있었다. 게다가 아무것도 몰랐기에 그녀는 아무 이야기도 할 수 없었다. 설혹 알고 있다 하더라도 아무런 말도 하지 않았을 것이다.

앞에서도 말했지만 불행만큼 어린아이를 말이 없게 만드는 것은 없다. 코제트는 너무나 힘든 일을 겪었다. 그랬기에 말하는 것, 숨 쉬는 것조차도 두려웠다. 단 한마디 말 때문에 자기 위에 불행이 떨어진 일이 흔히 있지 않았는가! 장 발장에게 의지한 이후에야 겨우 안심이 되기 시작했던 것이다.

코제트는 곧 수도원 생활에 익숙해졌다. 인형 카트린이 없는 것을 쓸쓸하게 여기기는 했지만 일부러 말하지는 않았다. 하지만 딱 한 번 장 발장에게 이렇게 말한 적이 있었다.

"아버지, 이렇게 될 줄 알았더라면 카트린을 가지고 오는 건데."

코제트는 수도원의 기숙생이 되었기에 그곳 학생 제복을 입어야 했다. 장 발장은 코제트가 벗어 놓은 옷을 돌려받을 수 있었다. 그것은 코제트가 테나르디에의 싸구려 음식점에서 나올 때, 장 발장이 입혀 주었던 상복이었다. 아직 심하게 낡지는 않았다. 장 발장은 이 옷뿐 아니라 털양말과 단화까지도, 수도원에서는 얼마든지 얻을 수 있는 갖가지 향료와 장뇌를 듬뿍 뿌려서 어렵사리 얻은 조그만 가방 속에 보관했다. 장 발장은 이 가방을 자신의 침대 옆 의자 위에 놓아두고 그 열쇠를 항상 몸에 지니고 다녔다.

어느 날 코제트가 장 발장에게 물었다.

"아버지, 저 상자는 뭔가요? 아주 좋은 냄새가 나네요."

포슐르방 노인은 앞에서도 말한 것처럼 본인 스스로는 전혀 알지 못하는 그 명예로운 일 이외에도 여러 가지로 선행에 대한 보답을 받았다. 무엇보다도 그는 그 일로 말미암아 마음이 즐거워졌다. 그다음으로는 둘이서 일을 하게 되어 훨씬 몸이 편했다. 마지막으로 담배를 특히 좋아하는 그는 마들렌 씨가 온 뒤로 이제까지보다 세 곱절이나 더 많이 피울 수 있었다. 마들렌 씨가 돈을 치러 준다는 생각에 훨씬 느긋한 기분으로 달게 담배를 피웠던 것이다.

수녀들은 윌팀라는 이름을 쓰지 않고, 장 발장을 가리켜 '또 한 사람의 포방'이라 불렀다.

만약 그 순결한 여자들에게 자베르 같은 눈초리를 지녔더라면 정원 손질이나 그 밖의 일로 밖에 나가야 할 일이 생겼을 경우에 나가는 것은 언제나 늙고 절름발이인 형 포슐르방이지 결코 아우 쪽이 아니라는 것을 눈치챘을지도 모른다.

하지만 언제나 하느님에게 눈을 돌리고 있었기에 다른 사람의 움직임을 관찰할 겨를이 없었다. 그도 아니면 그녀들 서로를 살피는 것에만 정신을 빼앗겨 이 점은 조금도 관심을 두지 않았다. 그런데 늘 숨을 죽이고 틀어박혀 있는 일은 장 발장으로서는 매우 잘하는 일이었다. 자베르가 한 달 이상이나 그 주위를 감시하고 있었던 것이다. 장 발장에게 이 수도원은 깊은 바다로 에워싸인 섬과 같았다. 이때부터 네 개의 장벽 안은 그의 온전한 세계가 되었다. 거기서는 마음껏 하늘을 쳐다볼 수도 있었고,

코제트를 바라보며 행복한 마음을 맘껏 누릴 수 있었다.

장 발장에게는 지극히 평온한 생활이 다시 시작되었다. 그는 포슐르 방 노인과 함께 정원 안쪽 초라한 오두막집에서 살고 있었다. 이 오두막 집은 허물어진 건물의 벽토 같은 것을 주워 만든 것으로 1845년까지도 그 자리에 남아 있었다.

앞에서도 이미 설명했지만 그 집은 방이 세 개며 어느 방에도 가구 따 위는 없었다. 단지 칸막이벽이 있을 따름이었다. 포슐르방은 그중에서 가장 좋은 방을 마들렌 씨에게 주었다. 장 발장은 극구 사양했지만 결국 은 포슐르방의 뜻이 이뤄졌다. 그 방 벽에는 가죽 무릎 덮개와 치룽을 걸 어 두기 위한 두 개의 못 외에 장식으로 1793년 왕가의 지폐 한 장이 벽 난로 위 벽면에 붙어 있었다.

가톨릭을 옹호하는

국왕의 군대에 의해 발행된

10리브르의 이 증권은

평화가 회복되면 상환한다.

제3부 10390호

스토플레

왕당파


이 방데당의 난(혁명 중에 일어난 왕당파 농민의 난_옮긴이) 때의 지폐는, 전에 일하던 정원사가 핀으로 벽에 꽂아 놓은 것이었다. 그 사나이는 전 에 슈앙당의 당원으로서 이 수도원에서 죽고 포슐르방이 그 뒤를 이어 들어온 것이다.

장 발장은 정원에서 하루 종일 일했다. 그의 노동은 정원에 매우 유익 한 역할을 했다. 장 발장은 본래 가지치기 인부였으므로 지금 다시 반가운 마음으로 정원사로 돌아가 있었다. 그가 원예에 관해 여러 가지 요령과 비법을 터득하고 있다는 것은 독자도 알고 있으리라. 장 발장은 그 경험을 잘 활용했다. 과수원의 나무는 거의 모두가 야생목이었으므로 장 발장은 그것들을 접목하여 훌륭하게 열매가 열리도록 했다.

코제트는 날마다 한 시간씩 장 발장 곁에 있어도 좋다는 허락을 얻었다. 수녀들은 어둡고 침울했으나 장 발장은 너그러웠으므로 소녀는 양쪽을 비교한 뒤 장 발장을 더욱 따르게 되었다. 정해진 시간이 되면 코제트는 오두막집으로 달려왔다. 그녀가 들어서면 이 헛간 같은 집은 온통 낙원이 되었다. 더불어 장 발장의 얼굴은 기쁨으로 환히 빛났다. 그는 코제트에게 주는 행복으로 말미암아 자신 또한 행복해짐을 느꼈다.

어떤 사물이든 반사되는 빛은 엷어지는 법이다. 하지만 타인에게 주는 기쁨이란 참으로 묘한 것이어서 엷어지기는커녕 한층 더 밝은 빛이 되어 자기에게 되돌아오고 더욱 아름답게 작용한다. 쉬는 시간이 되면 장 발장은 코제트가 놀거나 뛰어다니는 것을 멀리서 바라보았다. 그러고는 다른 아이들의 웃음소리 속에서 그녀의 웃음소리를 구별해 낼 수 있었다.

이제는 코제트도 웃게 되었기 때문이다. 그리고 코제트의 얼굴과 모습은 달라졌다. 어둡고 침울한 그림자가 얼굴에서 사라져 버린 것이다. 웃음은 태양과 마찬가지로 사람의 얼굴에서 겨울을 쫓아내 버린다.

코제트는 여전히 예쁘지는 않았으나 몹시 귀여워졌다. 그녀는 부드럽고 천진한 목소리로 제법 조리에 맞는 이야기들을 했다.

쉬는 시간이 끝나고 코제트가 돌아가면 장 발장은 그녀의 교실 창문을 물끄러미 바라보았다. 또 밤이 되면 그는 침대에서 일어나 코제트의 침실 창문을 조용히 바라보는 것이었다.

하느님은 당신만의 길을 걸어가신다. 수도원이 코제트에게 봉사했듯이 장 발장의 내면에 뿌려진 저 미리엘 주교의 마음을 지속시키고 완성하는 데에도 이바지했다. 확실히 미덕의 여러 측면들 중 하나가 오만으로 귀착되는 것은 틀림없다. 그곳에는 악마가 놓은 다리가 있다. 장 발장은 자기도 모르는 사이에 그 교만의 일면에, 악마가 놓은 다리에 무척이나 가깝게 가고 있었던 터인데, 그때 하느님께서는 그를 프티 픽퓌스 수도원으로 보내셨다.

장 발장은 자신을 오직 주교하고만 비교할 동안에는 자기의 미천함을 알고 겸손하게 살았다. 하지만 얼마 전 자신을 일반 사람들과 비교하기 시작하면서부터 오만한 마음이 고개를 들고 있었다. 만약 그대로 두었더라면 그도 결국에는 자신도 모르는 사이 인간을 증오하게 되었을지도 모른다. 그러나 그런 내리막길을 걷기 시작한 그를 수도원이 멈춰 세웠다.

수도원은 그가 갇힌 두 번째 장소였다. 그의 청년 시절, 그에게 인생의 출발이었던 때에, 그리고 그 뒤 바로 최근에, 그는 다른 유폐 장소 하나를 보고 있었다. 그곳은 무섭고도 끔찍한 장소였다. 그곳에서 이루어지는 혹독한 형벌은 재판의 부정과 법률의 죄악이라고 언제나 생각했다.

그런데 지금 그는 감옥 다음으로 수도원을 구경하고 있다. 그리고 자신은 과거에 감옥에 들어갔던 자이며, 그런 자신이 지금은 수도원의 방관자임을 생각하면서, 이 두 장소를 불안하고 서글픈 마음으로 대조하게 되었다.

때때로 장 발장은 삽자루 위에 팔꿈치를 괴고 서서 끝없이 이어진 몽상의 소용돌이 속으로 빠져드는 때도 있었다.

장 발장은 옛 동료들을 머릿속에 떠올렸다. 아, 그들은 모두 얼마나 비참했던가! 그들은 새벽녘에 일어나 깊은 밤까지 일했으며 잠잘 틈도 거의 없었다. 그들은 널빤지로 된 수용소 침대 위에서 잤는데, 일 년 중 가장 추울 때 외에는 불을 피우지 못했다. 그리고 두께 2인치 정도의 매트리스를 사용하는 것밖에는 허용되지 않았다. 그들은 모두 보기 흉한 붉은 죄수복을 입고 있었다. 그들에게 특별히 베풀어진 의복이라고는 한여름에는 무명 바지, 한겨울에는 마차꾼들이 쓰는 털 윗도리를 걸치는 것뿐이었다. 그들은 일을 하러 갈 때 외에는 포도주도 마시지 못했고 고기는 몹시 고된 일을 할 때만 먹었다. 그들은 더 이상 이름도 없이 한낱 숫자로 불리며, 눈을 밑으로 내리 깔고, 숨을 죽이며, 머리를 깎이고, 몽둥이로 얻어맞으며, 암담한 마음으로 살고 있었다.

그러한 몽상에 잠겨 있던 그가 자기의 눈앞에 있던 존재들에게로 시선을 다시 눈앞에 있는 사람들에게로 옮아갔다.

이곳 사람들 역시 머리채를 잘리고, 눈을 내리깔고, 목소리를 낮추고, 암담한 마음은 아닐지라도 세상의 비웃음 속에서 몽둥이로 등을 얻어맞는 일은 없으나, 계율의 채찍으로 어깨에 상처를 받으면서 살고 있다. 이 사람들도 세상 사람들 사이에서 불리던 이름은 모두 사라졌다. 단지 엄숙한 세례명만이 있었다. 결코 고기를 먹지 않고, 절대로 술을 마시지도 않으며, 저녁때까지 아무것도 먹지 않는 일이 허다했다.

붉은 죄수복은 입지 않으나 검은 수의를 입었으며, 모직으로 지은 그 수의가 여름에는 무겁고 겨울에는 너무 가벼우나, 그것의 한 부분을 잘라 내거나 그것에 무엇을 덧댈 수도 없었다. 계절에 따라 무명옷을 입는다든지 털외투를 입는다든지 하는 배려조차도 없었다. 그리고 한 해 중 여섯 달은 열병이 날 정도로 따가운 서지로 된 옷을 입고 고생하지 않으면 안 되었다.

수녀들은 가장 추운 한겨울에도 불을 피우는 감방이 아니라 불을 전혀 때우지 않는 독방에서 살고 있었다. 잘 때도 두께 2인치 매트리스 위에서 자는 게 아니라 짚방석 위에서 잤다. 그들은 깊게 잠이 드는 것도 허용되지 않았다. 고된 하루를 보낸 후 맞는 밤이지만 휴식 초기에, 막 잠이 들어 몸이 가까스로 따뜻해지기 시작할 순간에, 다시 잠에서 깨어나 얼어붙은 듯한 어두운 성당 돌바닥 위에 두 무릎을 꿇고 앉아 기도를 드려야 했다.

또 어떤 날은 차례대로 열두 시간 내내 돌바닥에 무릎을 꿇거나 얼굴을 바닥에 문지르며 팔을 열십자로 펴고 엎드리는 고행을 하지 않으면 안 되었다.

감옥에 있었던 것은 남자들이었다. 여기 수도원에 있는 것은 여자들이다.

그 남자들은 무슨 짓을 저질렀던가? 그들은 훔치고, 폭행하고, 약탈하고, 사람을 살해하고, 사람을 죽일 계획을 세웠다. 강도며, 사기꾼이며, 독살자며, 방화자며, 살인자며, 부모를 죽인 패륜아의 집단이었다. 그리고 이 여자들은 어떤 짓을 했던가? 아무 짓도 하지 않았다.

한편에는 강도, 사기, 협잡, 폭행, 간음, 살인, 갖가지 신성 모독, 온갖 종류의 범행이 있었다. 하지만 또 다른 한쪽에는 오직 결백만이 있었다. 그것은 신비롭게 하늘로 올라가 승천하는 미덕을 아직 땅에 붙잡고 있으나 신성함으로 벌써 하늘을 잡고 있는 완전무결한 결백함이다.

한편에서는 나지막한 음성으로 죄악을 속삭이고, 다른 한편에서는 큰 목소리로 잘못을 고백한다. 하지만 그자들이 속삭이는 죄악은 얼마나 엄청난 범죄이며, 또 그녀들의 고해는 얼마나 가련한 과실인가!

한편에는 독기가, 다른 한편에는 형언할 수 없는 향기가 있다. 한편에서는 감시를 받고 대포 아래에 집결시켜 간힌 채 감염자들을 서서히 삼키는 정신적 흑사병, 다른 한편에는 같은 아궁이 속에서 이루어지는 모든 영혼들의 순결한 연소. 저쪽은 암흑, 이쪽은 그늘. 하지만 밝음으로 가득한 그늘. 광채로 넘치는 빛이다.

두 곳 모두 속박의 장소이다. 하지만 감옥에는 해방의 가능성이 있고 언제나 눈에 보이는 법률상의 한계가 있으며 또 탈출이라는 것이 있다. 그런데 수도원의 경우는 종신형밖에 없다. 유일한 희망이라고는 까마득하게 먼 미래의 끝에 이르러 사람이 죽음이라고 부르는 저 자유의 희미한 빛이 있을 뿐이다.

첫 번째 감옥에서 사람은 누구나 사슬에 묶여 있는데, 수도원에서 사람은 자기 신앙에 묶여 있었다.

감옥에서 발산되는 것은 무엇이었던가? 끝이 없는 저주, 이를 가는 원한, 증오, 절망적인 악의, 인류 사회에 대한 분노의 절규, 하늘을 향한 조소였다. 수도원에서 발산되는 것은 무엇이었던가? 축복과 사랑이다. 그리고 그토록 닮았으면서도 그토록 상반되는 두 장소에서 그토록 서로 다른 두 종류의 사람들이 같은 행위를 완성하고 있었다. 즉 속죄를.

장 발장은 첫 번째 부류 사람들의 속죄를 잘 알고 있었다. 그것은 개인적인 속죄이며 각자를 위한 속죄였다. 하지만 다른 한쪽 근들의 속죄는 이해하기 힘들었다. 그는 결국 전율을 느끼며 스스로에게 물었다.

'무슨 속죄인가? 어떤 속죄인가?'

그의 마음속에서 하나의 목소리가 이렇게 대답했다.

'인간이 가진 고결한 마음 가운데서도 가장 신성한 것은 다른 이를 위한 속죄이다.'

여기서는 일체의 개인적인 주장은 유보시켜 두었다. 우리는 이야기꾼일 뿐이다. 우리는 오직 장 발장의 관점에서서 그가 받은 인상을 그대로 이야기할 뿐이다.

그는 자기희생의 숭고한 산봉우리를 내려다보고 있었다. 그것은 미덕의 가장 높은 산봉우리였다. 다른 사람들의 죄를 용서하고 그들 대신 죗값을 치르는 순결한 마음을 내려다보고 있었다. 죄를 범하지는 않았지만, 그것을 저지른 영혼들에게서 그것을 벗겨 주기 위해 말없이 묵묵히 감수하는 예속 상태, 기꺼이 몸을 내맡긴 고초, 스스로 요구한 형벌 등을 내려다보고 있었다. 신의 사랑 속에 빠져 스스로를 애써 망가뜨리는 인류에 대한 사랑, 그러나 그 속에서 맑고 선명한 모습으로 남아 호소하는 그 사랑을 보고 있었다. 처벌받은 이들의 비참함과 보상받은 이들의 미소를 모두 가지고 있는 그 나약하고 온화한 존재들을 내려다보고 있었다. 그리고 문득, 자기가 감히 불평을 했다는 사실을 기억해 냈다!

그는 자주 한밤중에 일어나 결백하면서도 엄혹함 아래 짓눌린 수녀들이 부르는 감사의 찬양 소리를 감동하며 들을 때가 있었다. 그리고 정당하게 벌을 받는 사람들이 하늘을 향해 고함을 지르는 것은 오직 저주하기 위해서였음을 생각하고 지난날 자신 또한 하느님을 향해 삿대질을 했던 일을 생각하면서 온몸의 피가 얼어붙는 것을 느꼈다.

충격이었다. 그리고 하늘의 섭리가 몸소 속삭이는 듯한 음성으로 그에게 보내는 경고처럼, 그로 하여금 깊은 몽상에 잠기게 하는 일이었다. 그가 높은 담장을 기어오르고 장벽을 뛰어넘는 등 다른 속죄의 장소에서 벗어나기 위해 했던 것과 똑같은 그 모든 노력을 한 것은 결국 이 죄 값음의 장소로 들어오기 위해서였다는 것이다. 이것은 그의 운명을 보여주는 하나의 상징이었을까?

수녀원 역시 하나의 감옥이며, 그가 도망쳐 나온 또 다른 집과 불길할 정도로 닮았다. 하지만 그는 그것이 같은 것이라고는 조금도 생각하지 않았다. 그는 다시 눈앞에 철문과 빗장과 쇠창살을 보고 있었지만, 그것은 누구를 가두기 위한 것인가? 천사들을 지키기 위한 것이었다. 그가 이전에 본, 호랑이들을 둘러싸고 있던 그 높은 담벼락들이 암양들을 둘러싸고 있는 것을 다시금 보고 있었다.

여기 수도원은 형벌의 장소가 아닌 속죄의 장소였다. 하지만 감옥보다 더 가혹하고 더 침울하고 더 무자비했다. 여기 있는 동정녀들은 죄수보다도 더한 복종에 짓눌려 있었다. 살을 얼어붙게 만드는 차디찬 바람, 그의 청년 시절을 얼어 버리게 했던 그 바람은 철통과 자물통이 달린 황량한 무덤을 휘몰아쳐 가고 있었으나 한결 더 모질고 한결 더 세찬 삭풍이 이 비둘기장 안에서도 불고 있었다.

그것은 무슨 까닭인가?

그러한 일들을 생각할 때마다 그의 내부에 있던 모든 것이 이 숭고한 신비 앞에서 스스로 무너졌다. 또 이러한 생각을 하는 동안은 교만한 마음이 사라졌다. 그는 온갖 반성을 다 해 보았다. 자기가 너무나 하찮고 나약한 존재임을 느끼며 몇 번이나 눈물을 흘렸다. 이즈음 반년 동안 그의 생활 속에 들어온 모든 것이 그를 주교의 신성한 명령 쪽으로 이끌어 가고 있었다. 코제트는 그에게 사랑을 가르쳤고 수도원은 그에게 겸허함을 가르쳤다.

가끔 황혼이 깃들 무렵 정원에 사람 그림자가 보이지 않을 때면 성당으로 가는 오솔길 옆 그가 처음 들어오던 날 밤 들여다보았던 그 창 앞에서 수녀가 엎드려 속죄의 기도를 드리고 있던 그 장소를 향해 그가 때때로 무릎을 꿇고 있는 모습을 발견할 수 있었다. 그는 수녀가 엎드려 과실을 속죄하며 기도를 드렸던 장소를 알고 있었다. 그는 그쪽을 향해 무릎을 꿇고 기도를 드리곤 했다. 그는 하느님 앞에 직접 무릎을 꿇는 일은 도저히 할 수 없다고 생각했다.

그 평화로운 정원, 향기 짙은 꽃들, 고요에 싸인 수도원. 그를 둘러싸고 있는 이 모든 것이 서서히 그의 마음에 스며들고 있었다. 그리하여 그의 마음은 수도원의 고요함과 꽃들의 향기와 정원의 평화와 수녀들의 순박함과 어린아이 같은 천진난만함으로 차차 바뀌고 있었다.

또한 그는 신의 집 두 채가 그의 생애 중 가장 절박하고 힘들었던 두 순간에 그를 맞이해 주었다고 생각했다. 첫 번째 집은 모든 문들이 닫혀 있고 인간 사회가 그를 몰아냈을 때 그를 맞이했고, 두 번째 집은 인간 사회가 다시금 그를 추적하기 시작하고 감옥이 다시 입을 벌린 순간에 그를 맞이했던 것이다. 그리고 첫 번째 집이 없었더라면 그가 죄악 속으로 다시금 빠졌을 것이고, 두 번째 집이 없었더라면 그는 다시 형벌 속으로 휩쓸려 들어갔을 것이라는 생각을 했다.

그의 마음은 감사로 가득 차고 그의 사랑은 더욱 깊어졌다.

그렇게 몇 해가 흘러갔다. 코제트는 무럭무럭 자라났다.

**옮긴이 베스트트랜스**

세계 여러 곳에 숨겨진 작품을 발굴·기획하고 번역하는 사람들의 모임이다. 베스트트랜스는 기존의 번역가가 번역한 작품을 편집자가 편집하는 방식에서 탈피하여 번역가와 편집자가 한 팀을 이뤄 양질의 책을 만드는 데 온 힘을 쏟고 있다. 번역한 책으로는 더클래식 세계문학컬렉션 《노인과 바다》《동물 농장》《어린 왕자》《사람은 무엇으로 사는가》《이방인》《그리스인 조르바》《도리언 그레이의 초상》《벨 아미》《안나 카레니나》 등이 있다.

# 레 미제라블 2

개정 1쇄 펴낸 날 2020년 12월 1일
개정 2쇄 펴낸 날 2021년 1월 30일

지 은 이  빅토르 위고
옮 긴 이  베스트트랜스
펴 낸 이  장영재
펴 낸 곳  (주)미르북컴퍼니
자 회 사  더클래식
전   화  02)3141-4421
팩   스  02)3141-4428
등   록  2012년 3월 16일(제313−2012−81호)
주   소  서울시 마포구 성미산로32길 12, 2층 (우 03983)
E-mail  sanhonjinju@naver.com
카   페  cafe.naver.com/mirbookcompany

* (주)미르북컴퍼니는 독자 여러분의 의견에 항상 귀 기울이고 있습니다.
* 파본은 책을 구입하신 서점에서 교환해 드립니다.
* 책값은 뒤표지에 있습니다.

더클래식
—
세계문학
컬렉션

* 더클래식 세계문학 컬렉션은 계속 출간될 예정입니다.